AF221113

FRAUEN ROMAN

COURAGE!

LISA FREIMANN

Bibliografische Information der Deutschen Nationalbibliothek:
Die Deutsche Nationalbibliothek verzeichnet diese Publikation
in der Deutschen Nationalbibliografie; detaillierte bibliografische
Daten sind im Internet über dnb.dnb.de abrufbar.

© 2021 Lisa Freimann

Lektorat: Bettina Henningsen

Illustration: Jana Mehrgardt

Herstellung und Verlag: BoD – Books on Demand, Norderstedt

ISBN 9783754315309

.

Für die kleine Anna und ihr großes Herz.

1/ 2019

Es ist genau 20:48 Uhr. Mist, ich bin zu früh. Warum verdammt nochmal kann ich nicht die verzeihlichen fünf Minuten zu spät zu einem Blind Date kommen? Auf diese Weise würde ich beschäftigt wirken und nicht liebesbedürftig und anhänglich – noch lange bevor man nur einen Satz gesagt hat. Dabei will ich genau das nicht. Ich will keine Liebe. Ich will keine Abhängigkeit. Ich will Ablenkung, Spaß und Abenteuer. Oder will ich nur, dass ich das will? Blödsinn. Es ist fünf vor. Ich werd' noch um den Block gehen. Nicht einfach greifbar zu wirken, erhöht die Begehrlichkeit. Erhöhen wir sie also und machen uns keine Gedanken über den tieferen Sinn in Männergeschichten. Denn so etwas gibt es nicht. Es gibt nur Zufälle. Sicher kein Schicksal.

Ich gehe weiter und rufe Inga an.

„Hey Sandra, vermisst du mich schon?"

„Ich vermiss dich immer – weißt du doch! Wo bist du denn gerade?", antworte ich. Wir telefonieren zu oft, dafür, dass wir uns den ganzen Tag sehen.

„Auf dem Weg nach Hause. Hab noch 'ne Pizza mitgenommen und gleich werden die Füße hochgelegt."

„Cool. Ich wollte mit dir noch diese merkwürdige Besprechung heute bei Markus analysieren", lüge ich. Eigentlich will ich nur die zehn Minuten überbrücken und von einer Person, die ich zwar innig liebe, die aber nichts von den wahren Abgründen meines chaotischen Liebesleben ahnt, mit Alltäglichem abgelenkt werden. Ich treffe mich jede Woche mit jemand Neuem.

Manchmal sogar öfter. Warum verdammt bin ich heute so viel aufgeregter als sonst? Es ist auch nicht selten, dass ich mich mit demjenigen vorher schon ganz konkret über Sex unterhalte. Eigentlich geht's mir ja auch nur darum. Aber dieses Mal hat alles so absurd geklungen, dass man eigentlich sofort Abstand nehmen muss.

„Du, da gibt es nichts zu analysieren. Markus ist massiv untervögelt und kann seine Furie von Frau nicht verlassen, weil er Angst um seine Kinder hat. Deswegen muss er sich wenigstens im Job aufspielen wie ein richtiges Alphatierchen."

Würde Markus bei unseren Lästereien nur zuhören können. Er könnte sich Stunden um Stunden beim Psychiater sparen. Wenn er es denn aushält.

„Aber dieses Drama um den neuen Kunden. Warum haben die Angst, den Kunden zu verlieren, bevor er richtig an Bord ist? Man könnte fast denken, er hätte kein Selbstbewusstsein mehr, was seine eigenen Fähigkeiten anbelangt."

„Hat er auch nicht. Der schreibt doch selbst schon längst keine einzige Zeile mehr."

„Und korrigiert nur merkwürdiges Zeug in unsere Texte, damit er das Gefühl hat, dass alles seine Idee war."

„Der unersetzbare Markus. Unser ‚Hammer' – was würden wir nur ohne ihn tun?"

„Bessere Texte schreiben!"

Inga lacht: „Ja, definitiv!"

„Trotzdem. Meiner Meinung nach ist es schleimig, 1000 Varianten anzubieten, aber nicht mal eine einzige eigene Meinung zu haben. Und das noch bevor wir wirklich angefangen haben zu arbeiten. Wie sollen wir denn ein gutes Kundenverhältnis schaffen, wenn wir nicht mal am Anfang Profil zeigen?"

„Ich glaub', das hat Markus heute auch verstanden. Ihm fehlen nur die Eier, das durchzuziehen."

„Immer das Gleiche."

„Dieser Job zeigt sich nur nach außen abwechslungsreich, meine Liebe! Du, ich bin grad zu Hause angekommen. Meine Pizza will warm gegessen werden. Wir hören uns später, okay?"

„Klaro. Lass es dir schmecken, süße Inga!"

„Knutsch dich."

„Ich dich nicht!" Zu Inga kann ich so hässliche Sachen sagen und Sie weiß genau, dass ich es nicht so meine. Für was brauche ich einen Mann, wenn ich die beste Freundin habe, die ich mir vorstellen kann? Was auch immer gleich kommen mag – gerade hab ich das Gefühl, ich brauche es nicht.

21:05 Uhr. Jawohl! Ich drehe um und gehe wieder zurück Richtung Molly Darcy's – dem Irish Pub, in dem Martin jetzt bestimmt schon auf mich wartet. Ich weiß, dass er Fotograf ist. Außerdem weiß ich, dass er devot ist. Und bi. Eigentlich ganz und gar nicht mein Beuteschema. Ich stehe auf dominante Männer, die den Ton angeben und nicht herum heulen, wenn man sich danach nicht mehr meldet. Vor devoten Männern habe ich eher Angst. Schließlich will ich niemanden, der sich an mich klettet, weil er jemanden sucht, der sein Leben für ihn ordnet. Das kann und will ich nicht geben. Aber er war so direkt auf dem Punkt. So sexuell aufgeschlossen – mehr als ich selbst – ohne die kleinste Sehnsucht nach etwas Verpflichtendem durchklingen zu lassen. Vielleicht liegt er doch einfach nur gerne unten. Und ein Mann, der mich nach oben lässt, gefällt mir außerordentlich.

Ich betrete das dunkle Pub und arbeite mich durch die dichte Rauchwolke. Es ist ganz schön groß, aber niemand sitzt alleine an einem Tisch. Ich kenne ein paar Fotos – er hat dunkelbraunes Haar, ist 1,90 m groß, breite Schultern und Bauchansatz. Niemand hier passt zu dieser Beschreibung. Hmmm, ich blicke auf mein Handy.

„Sorry, ich bin zehn Minuten zu spät. LG M.", lese ich.

Ich bin genervt. Ich wollte als Letzte kommen. Meine extra Runde hatte überhaupt keinen Sinn. Er ist jetzt der Schwer-greifbare von uns. Na gut, noch mal rauszugehen wäre kindisch. Ich setze mich, bestelle ein Bier und antworte *„Sitze hinten an einem der Hochtische und trinke schon mal eins."* – *„Bin gleich da."* – Na immerhin wirkt es, als hätte er auf eine Antwort von mir gewartet und reagiert so schnell, dass eindeutig er der Bedürftige von uns ist. Warum verdammt nochmal soll irgendetwas von diesen Spielchen wichtig sein? Ich nehme einen riesigen Schluck von dem Bier und stelle erst jetzt bewusst fest, dass ich Alkohol bestellt habe. Seit drei Monaten bin ich im Training auf den nächsten Marathon, da gibt es nie Alkohol. Es gibt auch nie eine Situation, in der ich meinen Trainingsplan vergesse. Ich ärgere mich, akzeptiere aber trotzdem mein Verlangen nach dieser Ausnahme mit einem weiteren Schluck.

Er erkennt mich sofort und kommt ohne Hektik auf mich zu, umarmt mich, als wären wir alte Freunde. Er bittet mich sehr höflich um Verzeihung für die Verspätung. Ich spiele die Unbeeindruckte. In echt sieht er deutlich attraktiver aus als auf den Bildern. Auch wenn er generell nicht den Ansprüchen eines attraktiven Mannes standhält. Der Bauchansatz ist deutlich zu sehen. Er ist breit und groß und wirkt stark, wenn auch untrainiert. Sein Gesicht hat weiche Züge. Eine lange Nase, fast weibliche volle Lippen, die unter einem weichen Fünftagebart, roter als für einen Mann üblich, herausstechen. Wie ich weiß, würde er gerne die Frau sein. Sein Äußeres wirkt jedoch viel mehr wie ein starker beschützender Bär. Er bestellt sich ebenso ein Bier und wir beginnen, wie es immer zu beginnen hat: mit Small Talk.

„Wer stellt denn heutzutage noch fix Fotografen ein?"

„Die CSU!"

„Ernsthaft?"

„Ja. Sie brauchen ständig Fotos von ihren Politikern und den Events, Wahlkämpfen für ihre Social Media Feeds, Presse und so. Auch die CSU muss Öffentlichkeitsarbeit machen."

„Das klingt logisch. Ich hätte nur nicht gedacht, dass die CSU einen bisexuellen devoten Sexsklaven als Fotografen einstellt", beende ich den Small Talk nach weniger als einer Minute und bin selbst von mir überrascht.

Seine Augen sind weit aufgerissen, auch wenn er sonst keine Miene verzieht und ruhig antwortet. „Davon ahnen die nichts. Und das ist auch besser so!"

Wieso reagiert er denn so gelassen? Und scheiße nochmal, wie führe ich dieses Gespräch jetzt weiter? So frech wie ich begonnen habe, kann ich jetzt nicht fragen, wohin er gerne in den Sommerurlaub fährt. Shit. Ich würde gerne aufstehen und gehen. Was tue ich denn hier? Wo ist der dominante Mann, der gerade darum kämpfen würde, selbst wieder die Zügel in die Hand zu nehmen?

„Stimmt. Das ist bestimmt besser so." Etwas Anderes fällt mir nicht ein. Aber wenigstens hab' ich etwas gesagt.

„Das ist Privatsache. Deine Kollegen wissen hoffentlich auch nichts von deinem Sexualleben."

„Das würde garantiert böse enden. Einer Frau steht es nicht so gut, wenn zu viele Geschichten ans Tageslicht kommen. Da wird nur schlecht geredet. Während ein Mann als Held angesehen ist, wird eine Frau schnell zur Schlampe."

„Dabei ist die Qualität doch so viel wichtiger als die Quantität der Sexualpartner."

„Aber gerade die Qualität ist rar und man muss eben viel ausprobieren, um zu wissen, wer es überhaupt bringt."

„Wie viele Sexpartner hattest du denn – sagen wir mal im letzten halben Jahr?", fragt Martin. Und ich kann nicht fassen, was ich da höre. Was für eine kindische

Frage? Ich trinke von meinem Bier, um Zeit zu gewinnen. Gehen oder doch antworten?

„Das geht dich gar nichts an", motze ich. Es gibt schließlich nichts zu verlieren und die korrekte Antwort will ich selbst nicht wissen.

„Ja, Herrin", antwortet er und senkt schuldbewusst den Kopf.

Ich erschrecke vor diesem Wort. Herrin. Was macht das mit mir? Er gibt mir recht. Ordnet sich unter, obwohl es nur ein dummer Spruch war. Ich, eine Herrin? Ich, die bestimmt? Ich, die entscheidet? Wie banal.

Ohne zu fragen, nehme ich eine Zigarette aus seiner Packung und zünde sie an. Dabei richte ich mich auf, denn ich fühle mich größer.

Noch immer mit gesenktem Blick beginnt er: „Ich..."

„PSSSSSST!!!", herrsche ich ihn an.

Sofort ist er still.

Ich kann das. Ich merke, dass ich es kann. Ich will das doch gar nicht können. Doch meine Schamlippen zwinkern mir zu und mir wird heiß.

„Erzähl mir, was du gut findest, wenn du mit einem Mann zusammen bist!", fordere ich ihn auf.

Er blickt wieder nach oben und antwortet mir völlig normal – ohne dabei besonders devot oder beschämt zu wirken. „Ich stehe eigentlich nicht auf Männer. Ich finde sie nicht mal attraktiv. Egal wie gut sie aussehen. Und Küssen geht gar nicht. Wenn ich mit einem Mann schlafe, dann nur ohne Küssen." Er macht eine Pause und sieht wieder verschämt nach unten. „Das Einzige, was ich daran mag, ist ihr Schwanz."

„Erzähl' weiter."

„Ich mag Frauen viel lieber. Ich küsse sie gerne. Ich fasse sie lieber an. Ich betrachte sie gerne. Ihre schönen sanften Kurven. Brüste und einen runden, knackigen Po.

Aber ich brauche eben einen großen dicken Schwanz, der es mir besorgt. Sonst fehlt mir was."

Seine Direktheit und auch der Inhalt beeindrucken mich nicht so sehr wie die Tatsache, dass er genau weiß, was er will. Nach was er sucht. Wie konnte er diese schräge Neigung für sich herausfinden? Warum fällt es mir so schwer, herauszufinden, was ich überhaupt will? Wie viel einfacher ist das Leben, wenn man ein so konkretes Ziel vor Augen hat?

„Hast du mal eine Frau gefunden, die dich mit einem Dildo befriedigt hat und dir all die weiblichen Vorzüge bieten konnte?"

„Nein. Selbst heutzutage ist so etwas nicht leicht zu finden. Frauen wollen einfach etwas anderes."

„Wie ist es dann für dich mit einer Frau zusammen zu sein?"

„Alles fühlt sich viel besser an – aber letztendlich fehlt mir etwas. Etwas Großes, Langes, Hartes."

Ich muss zugeben, wie erregend ich dieses Gespräch finde. Auf der Zigarette hat sich aus Spannung beim Zuhören ein langer Stab feingliedriger Asche gebildet. Mit hoher Konzentration ziehe ich langsam den letzten Zug aus der Zigarette. Meine Augen folgen dem Balanceakt zwischen meinem Mund und dem Aschenbecher und dann beerdige ich den filigranen Zeugen der schnell vergangenen Zeit. Das verlängert unsere Gesprächspause und gibt mir die Chance, mich zu beruhigen.

„Ich weiß nicht, ob ich dir das geben kann, was du suchst."

„Oh doch. Ich glaube, du könntest es mir geben, Herrin."

Da war es schon wieder, dieses Wort. Ich darf nicht zu lange hierbleiben. Es ist gefährlich. Es reizt mich und gleichzeitig habe ich Angst davor. Habe ich nicht genug Aufregung und vor allem genug Chaos? Brauche ich es wirklich noch extremer?

„Was macht dich so sicher?"

„Kaum eine Frau spricht so wie Du. Und ich hatte noch nie so eine erste Begegnung."

Ich tue so, als wäre das für mich völlig normal. Hebe das Glas an meine Lippen und sammle die Flüssigkeit des wärmer gewordenen Bieres in meinem Mund, bevor ich langsam schlucke. Ich konzentriere mich auf all diese Gesten, um nicht an die Situation selbst zu denken und versuche so, mir meine eigene Unsicherheit nicht anmerken zu lassen.

„Wo sind deine Grenzen?", frage ich Martin.

Jetzt spricht doch etwas Unsicherheit aus seinen Augen. Er atmet tief aus und verzögert seine Antwort, indem er sich selbst erst mal einen ordentlichen Schluck von seinem Bier gönnt.

‚Verdammt. Antworte! Lass mich nicht in dieser Situation sitzen – in der ich keine Ahnung habe, wie ich weiter die Harte spielen soll...', denke ich mir.

„Hmmm." Er schmunzelt. „Grundsätzlich bin ich ein ziemlich versautes Stück, musst du wissen. Deswegen habe ich auch dringend jemanden nötig, der mich züchtigt", gibt er lasziv zu.

„Das ist mir klar. Aber ich habe dich nach deinen Grenzen gefragt – oder willst du gleich bestraft werden, dafür dass du deiner Herrin nicht ordentlich antwortest?", fahre ich ihn an.

Seine Augen sind glücklich. Offensichtlich gebe ich ihm genau das, was er sucht.

„Mein Geld und mein Arbeitsplatz. Das sind meine Grenzen. Ich will nicht, das jemand anderes meine Finanzen kontrolliert oder Dinge von mir fordert, die meinen Arbeitsplatz gefährden", antwortet er ehrlich.

Das überrascht mich. Ich hätte nicht mit so vernünftigen

Gründen gerechnet – als ob wir hier über den Abschluss einer Lebensversicherung sprechen. Wieder trinke ich, um darüber nachdenken zu können. Hier geht es primär nicht um Sex. Hier geht es um Kontrolle und Macht. Er braucht es, geführt zu werden und für kleinste Patzer Konsequenzen zu spüren. Sein Gegenüber soll ihn kontrollieren. Warum will man so eine Macht über jemanden haben? Warum soll ich das wollen? Was tue ich hier? Und warum kann ich mich in diese Rolle – zumindest verbal – so hineinspielen? Warum gefällt es mir, wenn er so gehorsam ist? Ich gehöre hier nicht hin. Ich nehme einhändig mein Smartphone in die Hand und tippe das Wort „*Schleudersitz*" in eine Nachricht an Inga.

„...aber abgesehen davon, dürfte die Herrin alles mit mir machen!", führt er fort.

Mein Handy klingelt. Lautlos bewege meine Lippen zu einem „Sorry!" und deute ihm, dass das Gespräch wichtig wäre. Aber sofort schießt mir mein Fehler ein: Warum sollte ich mich gerade bei ihm für etwas entschuldigen?

„Hey, was gibt's denn noch?", antworte ich, bemüht genervt.

„Oh, wie ich es liebe, wenn ich dich aus Situationen retten soll! Das garantiert mir morgen eine großartige Story während der Mittagspause! Aber zunächst bleibt die Frage, wieso hast du mir gar nicht erzählt, dass du ein Date hast?", brabbelt mich Inga fröhlich voll.

„Was? Warum hat er das versprochen? Morgen ist Samstag?", gebe ich ihr zur Antwort.

Ich beobachte Martin, wie er mir den Freiraum für dieses Telefonat gibt – er steckt sich eine Zigarette an und geht an die Bar, um nicht mitzuhören. Ich bin empört. Er soll doch meinen Anruf mitbekommen. Dieser Anruf ist meine Ausrede hier rauszukommen.

„Du hast recht. Keine Mittagspause morgen! Treffen wir uns auf einen Kaffee und du erzählst mir alles von dem Typen, von dem ich dich gerade befreie? Bitte, bitte!"

„Der Typ ist so nett, er hört nicht mal mehr zu", erkläre ich.

„Na, ist doch gut. Der checkt schon, dass du jetzt los musst. Was er gehört hat, hat wohl gereicht. Ruf mich gleich noch mal an, sobald du in der U-Bahn bist! Ich brenne vor Neugier."

„Glaub mir, die Geschichte ist kaum erzählenswert", lüge ich und hoffe, mich aus der Berichterstattung für Inga herausziehen zu können.

„Danke dir für den Anruf! Drück dich!" Ich lege auf.

Natürlich werde ich nicht mehr erklären. Ich trinke mein Bier aus – fühle mich etwas betrunken – greife nach meiner Tasche und gehe zu Martin an die Bar.

„Ich habe keine Zeit für dich. Zahl' mein Getränk und werd' ein anständiger Junge." Damit verabschiede ich mich ohne auf ein Wort von seiner Seite zu warten.

Ich trete aus der Bar und bemerke, dass ich gerade über seine Finanzen bestimmt habe. Bin aber davon überzeugt, dass er vorhin von anderen Summen gesprochen hat. Ich gefalle mir in dieser Bestimmtheit und bin gleichzeitig heilfroh, entkommen zu sein. Ich atme die kalte Luft ein, gehe schnellen Schrittes Richtung U-Bahn-Station und versuche, aus den 50 Tönen von Grau zu erwachen. „Ich bin das nicht", sage ich laut zu mir. Und wenn ich das wäre, dann wäre ich auf der anderen Seite. Ich wäre die naive Kleine, die eins hinten auf den Popo bekommen würde. Ich bin nicht die harte Domina, die Freude daran empfindet, über andere Macht auszuüben.

Ich lösche Martins Nummer aus meinen Kontakten und steige in die U-Bahn.

1/ 1999

Mama heult im Badezimmer. Ich hab' geklopft. Sie hat mich weggeschickt. Sie würde gleich kommen. Was bedeutet: es kann dauern.

Zurück in meinem Zimmer sehe ich meinen gepackten Koffer. Mama hat die ganze Woche damit genervt, endlich zu packen. Für zehn Tage Urlaub hat sie Folgendes bereits herausgelegt: Jeweils zwölf Unterhosen, T-Shirts und Pullover – denn das sind Dinge, die man täglich wechseln muss, plus zwei als Ersatz; je sechs kurze und lange Hosen sowie sechs Bustiers – die können laut Mama jeden zweiten Tag gewechselt werden. Es macht zwar für mich keinen Sinn, dass ich unter dem frischen T-Shirt das verschwitzte Bustier von gestern trage, aber bitte. Dann natürlich zwei kurze und zwei lange Schlafanzüge – obwohl ich nie Schlafanzüge trage; sechs kleine sowie sechs große Handtücher – denn was Handtücher angeht, sollte man sich nie auf die Ferienwohnung verlassen und schon gar nicht auf meinen Vater. Und dann hat sie noch jede Menge anderes herausgelegt: leere Plastiktüten, einen Sonnenhut, Badesachen, einen leichten Schal, Sonnenbrille, Sagrotan-Tücher, Regenschirm, Reise-Geldbeutel zum Umhängen, Sonnencréme, Autan und natürlich die Reiseapotheke. Nachdem diese Sammlung nun über eine Woche demonstrativ auf unserem Esstisch ausgebreitet war und sie mich täglich daran erinnerte, habe ich gestern Abend zehn Unterhosen, zehn Bustiers, sechs T-Shirts, drei Pullover, zwei kurze und vier lange Hosen eingepackt. Keinen Schlafanzug. Keine Handtücher. Bikini schon. Den Rest habe ich fein säuberlich zurück in den Schrank geräumt, und zwar nach ganz hinten ganz unten, damit ihr hoffentlich nicht auffällt, dass sie nicht im Koffer sind. Die Waschsachen konnte ich eh erst heute dazulegen. Fertig.

Je früher dieses Kofferpacken geschieht, desto mehr Chancen hat Mama, den Koffer zu kontrollieren, den sie dann mit all dem ‚Vergessenen‘ auffüllen würde. Aus Angst, auf viel zu viel Unnötigem zu sitzen, habe ich heute zig Mal gecheckt, dass sie mir nicht doch auf die Schliche gekommen ist.

Ich frag' mich, warum meine Mutter sich jetzt nicht zusammenreißt und rauskommt, wenn es doch ach so schrecklich ist, dass ich mit Papa und nicht mit ihr nach Spanien fliege. Warum verbringt sie dann nicht wenigstens die letzten Minuten mit mir? Auf der anderen Seite bin ich froh, da ich mich eh nicht darum reiße, Zeit mit ihr zu verbringen.

Es dauert noch bis Papa kommt. Eigentlich ist er nie pünktlich. Grob kann man davon ausgehen, dass er maximal zwei Stunden vor oder nach der verabredeten Uhrzeit erscheint. Kommen wird er aber sicher. Und genervt ist er nur dann, wenn ich noch nicht fertig bin. Ich blicke auf meinen gepackten Rucksack, nehme das Buch heraus und lese.

Ich wäre gerne belesen und schlau. Noch besser wäre es, könnte ich das Gelesene auffassen und mir merken. Aber so ist es nicht. Es ist noch nicht mal so, dass ich gerne lese. Ich brauche ewig dazu. Es ist als würde sich jede einzelne Zeile wie Kaugummi in die Länge ziehen. Und das kurze Glück, eine weitere Zeile überstanden zu haben, löst sich schnell in der Hoffnungslosigkeit auf, nie ans Ende der nächsten zu gelangen. Die Buchstaben werden von meinen Augen begutachtet, ohne dass das Wort in meinem Kopf ankommt, und so müssen die Augen wieder und wieder über die Buchstaben fahren, um endlich die Vokabel zu begreifen. Einen ganzen Satz zu erfassen, dauert so lange, dass der vorherige schon längst vergessen ist. Also fahren die Augen zurück zum Satz davor, in dem Vertrauen, dass einige Worte mir den Inhalt wieder in Erinnerung rufen könnten. Dann suchen die Augen den Anschluss wieder weiter vorne und verheddern sich im exakt gleich aussehenden Buchstabenlabyrinth. Manchmal folge ich den Zeilen, ohne überhaupt ein einziges Wort wahrzunehmen. Es ist wie eine Fahrbahn für meinen Blick, die meine Gedanken für einen Tagtraum freilässt und einige Seiten später merke ich, dass ich völlig verloren bin und rein gar nichts gelesen habe. Dann geht's wieder zurück, bis ich eine Stelle finde, die mir bekannt vorkommt. Wenn ich versuche zu lesen, fühle ich mich wie ein Versager. Und ich tue es trotzdem, denn ich will es unbedingt können. Ich träume davon, irgendwann, wenn ich Erwachsen bin und in meiner eigenen Wohnung lebe, ein eigenes Bücherregal zu haben, gefüllt mit wunderbaren tiefen Geschichten. Eine Verkörperung meines Wissens. Ein Zeugnis dessen, was ich gelesen und geschafft habe.

Wenn mich jemand nach meinen Hobbys fragt, antworte ich überzeugt „Lesen und Freunde treffen" oder „Lesen und Radfahren", früher „Lesen und Malen" oder neuerdings „Lesen und Telefonieren". All diese Antworten sind also halb gelogen. Denn Lesen ist nichts, was ich gerne mache. Lesen ist das, was ich gerne machen würde. Diese Lüge nimmt mir aber jeder ab. Zweifelsfrei. Das Mädchen verzieht sich gerne alleine in ihr Zimmer, ist gut in der Schule, trägt ständig ein Buch mit sich herum. Eine Leseratte, was sonst. Und auch wenn ich es nicht kann, gefällt es mir, dass die Leute bereits denken, ich würde gut lesen können.

Während ich also warte, schiebe ich meine Augen durch die einzelnen Zeilen der Schachnovelle von Stefan Zweig. Denn natürlich ist auch die Wahl des Buches für diesen Eindruck wichtig. Schließlich soll es mich schlau erscheinen lassen, da fallen Jugendromane genauso weg wie Comics. Was das Lesen ganz und gar nicht leichter macht. Und ich denke wieder daran, wie einfach es ist, dieses Bild zu erschaffen. Man hält sich gerade mal das Buch vor die Nase und schon sieht es danach aus als ob. Wie weit ich vom Begreifen dieser Inhalte weg bin, ist für jeden anderen unsichtbar. Meine größten Schwächen sind meine Geheimnisse. Darüber spreche ich mit niemandem. Obwohl das Lesen noch lange nicht mein größtes Problem ist.

Als mein Vater noch zuhause gelebt hat – ich war wohl etwa acht – hab' ich in unserem Bücherregal ein Buch entdeckt. Eines, das aussieht wie aus einer großen Universitätsbibliothek, nicht aber wie aus unserem Haushalt, wo eigentlich niemand liest. Es ist in weißes Leder gebunden. Der weiche Umschlag ist gestanzt und mit goldenen Buchstaben versehen: Franz Kafka ‚Sämtliche Erzählungen'. Es liegt schwer in der Hand und ist das hochwertigste Buch, das ich je gesehen habe. Mit einem makellosen Goldschnitt, denn schließlich wurde es noch nie berührt. Bis heute schützt es eine dünne Cellophan-Verpackung in Mamas Bücherregal. Warum es dort steht, ist mir ein Rätsel. „Stell das wieder zurück. Das würdest du doch eh nicht verstehen" war ihre Antwort, als ich sie darum gebeten hatte, es lesen zu dürfen. Ich hab mich geärgert und mir geschworen, dass irgendwann in meinem Bücherregal in meiner eigenen Wohnung sämtliche Kafka-Bücher stehen würden. Sämtliche, die ich finden kann.

Das Lesen lässt die Zeit bis Papa kommt nur noch langsamer vergehen. Als meine Augen meinem Geist mal wieder einige Seiten voraus sind, bin ich zu müde, um es nochmal zu probieren. Ich schlage das Buch zu, hole das Telefon und rufe Feli an.

„Berger", hebt Felis Mutter ab.

„Hallo, Frau Berger. Hier ist Sandra, ist Feli da?", frage ich mit lieber Stimme.

„Ah, Hallo Sandra. Klar, warte kurz." Ich nehme ihre Schritte wahr und ihr Anklopfen an Felis Zimmertür. „Feli-Spätzchen, für dich, Sandra."

„Halloooo! Ich dachte, Du bist schon in Spanien", freut sich Feli.

„Neee. Aber bald. Warte grad' auf Papa."

„Warum klingst Du denn so bedrückt? Ich würde mich freuen an deiner Stelle. Du darfst wegfliegen! Sonne! Strand! Meer! Ich dagegen werde hier nur am ollen Baggersee abhängen."

„Ich würde sofort tauschen", bettle ich ehrlich und sehe vor meinem geistigen Auge, wie Feli im Bikini von einer immer um sie versammelten Traube von Menschen umgarnt wird. Sie ist hübsch und beliebt. Mit ihr gesehen zu werden ist grundsätzlich cool, darum findet sie immer Leute zum Abhängen. Und sie schafft es eben auch, sich mit allen gut zu verstehen. Mit jedem ganz ungezwungen zu reden und dabei noch so witzig und charmant zu sein. Sie ist jemand, der bestimmen kann und ich glaube, alle anderen sind so froh einfach nur bei ihr zu sein, dass sie alles machen, was sie befiehlt. Ich bin mir sicher, die meisten Leute kennen mich nur, weil ich so viel mit ihr zusammen bin. Warum sie allerdings mit mir befreundet ist, kann ich nicht nachvollziehen. Denn keine von Felis Eigenschaften trifft auch auf mich zu.

„Haha! Du bist so Eine! Genieß es doch, dass dein Dad dir was bieten will."

„Klar. Wird schon. – Aber egal. Erzähl mir lieber, wie es gestern noch mit Michael weiterging", will ich neugierig wissen.

„Oh, ich find den einfach so süüüüß! Das Problem ist einfach, dass ich nicht weiß, ob er mich gut findet."

„Er findet dich toll. Ganz sicher. Vielleicht bist du ihm einfach nur zu jung."

„Ich bin fast 14!"

„Eben! Und er wird bald 16! Er darf schon ausgehen! Er kann Bier kaufen! Er findet dich super, aber will sich nicht bremsen lassen. Das ist das Einzige, was ihn hemmt, wenn du mich fragst!"

„Aber ich schleich mich eh schon so oft raus. Ich bin vielleicht 13, aber das hält mich doch nicht davon ab, dass ich nicht bereits jetzt alles mache, was ich mit 16 machen würde! Und außerdem hab ich bald Geburtstag", protestiert Feli.

Oh Mann, wie ich sie beneide. Ich bin zwölf. Und jeder einzelne Tag, den Feli älter ist als ich, fühlt sich an wie ganze Welten, die ich noch aufholen muss, um irgendwann mit ihr mithalten zu können.

„Na aber jetzt wirklich, ist gestern noch was passiert oder nicht?", bohre ich nach.

„Na ja, wir sind noch zu seinem besten Kumpel gegangen. Der hat so ein riesiges Zimmer bei seinen Eltern – wie ein ganzes Wohnzimmer – mit cooler Stereoanlage, riesen Fernseher. Ist echt wie im Kino da. Wir haben Bier getrunken. Musik gehört. Und sein Kumpel hat uns seine neue E-Gitarre vorgeführt. Und irgendwann waren wir schon sehr nah nebeneinander auf der Couch gelegen. Und dann", sie macht eine Pause, „hat er mir tief in die Augen geblickt und mich geküsst. Richtig lang und sogar mit Zunge. Aber nur einmal. Wir haben unsere Hände gar nicht mehr losgelassen, obwohl wir schon voll eklig geschwitzt haben. Dann musste ich aber gehen, sonst wäre meine Mutter ausgeflippt. Aber nochmal geküsst hat er mich nicht. Und ich hab es natürlich auch nicht von mir aus gemacht. Will ja nicht so wirken, als wäre ich leicht zu haben."

„Ihr wolltet wohl beide ‚den Coolen' spielen", schmunzele ich und freu' mich über diese Entwicklung.

Meine Mutter stürzt – ohne anzuklopfen - in mein Zimmer. Ihre Augen sind von Tränen aufgequollen und rot.

„Sandra! Was telefonierst du denn jetzt? Du wirst doch gleich abgeholt?"

„Papa ist ja wohl noch nicht da. Also kann ich noch telefonieren", verteidige ich mich und fühle mich völlig zu Unrecht beschuldigt.

„Wir sehen uns jetzt zehn Tage nicht. Du könntest dich ja noch etwas zu deiner Mutter setzen, solange du noch hier bist", fährt sie mich schluchzend und vorwurfsvoll an.

Sofort habe ich ein schlechtes Gewissen. „Ja. Ich komm gleich in die Küche. Lass mich noch fertig telefonieren."

„Ja, mach aber schnell. Dein Vater kann ja jeden Moment hier sein", fordert sie mich hastig und mit unangebracht lautem Ton auf. Sie lässt sich unnötig viel Zeit, aus meinem Zimmer zu verschwinden und späht mit kontrollierendem Blick in Richtung Koffer. Und ich danke dem Telefonhörer in meiner Hand, der sie davon abhält, ihren Gedanken nachzugehen.

Mit dem Satz „Wenn du rausgehst, kann ich auch fertig telefonieren" versuche ich, sie hinauszuwerfen.

„Du kannst doch weiter reden. Mit wem telefonierst du denn?", fragt sie neugierig.

„Mit Feli. Und ich könnte schon, aber ich will nicht. Darf ich also?"

Sie antwortet nicht, sondern schluchzt nur noch viel lauter. Mit dem Koffer in der Hand verschwindet sie endlich. Es wäre eine gute Wette, ob sie jetzt an der Türe lauscht oder ihre einzige Gelegenheit nutzt, um den Koffer zu inspizieren.

„Da bin ich wieder", sag' ich zu Feli.

„Deine Mutter. Man könnte schon fast denken, sie wäre die Verlassene von deinen Eltern", stellt sie wieder mal fest.

„Hmmm. Ich sollte besser zu ihr gehen. Sonst muss ich mir das bloß wieder ewig vorwerfen lassen."

„Du solltest ein viel ungezogeneres Kind sein. Zumindest deine Eltern hätten das verdient."

„Ich werd' im Urlaub daran arbeiten!", verspreche ich ihr.

„Oh ja Süße, mach was Ungezogenes! Und mach Feli stolz."

„Hab' schöne Herbstferien! Und ich will danach alles von Michael wissen. Wirklich Alles!"

„Versprochen! Und du lass dich nicht unterkriegen!"

„HDL!"

„HDAL!"

Ich nehme den Rucksack, stecke mein Buch wieder rein und blicke noch mal umher. Zur Sicherheit packe ich noch eine Zeitschrift ein, die liest sich einfacher.

In der Küche nehme ich mir ein Glas Mineralwasser und setze mich zu meiner schweigend am Küchentisch wartenden Mutter. Die schlechte Laune sitzt ihr im Nacken.

„Und was wirst Du machen in den nächsten 10 Tagen?", frage ich sie, um das Gespräch zu eröffnen.

„Ich muss arbeiten!", wirft sie mir an den Kopf. „Ernst kommt am Wochenende, aber das wird nichts Besonderes", erzählt sie weiter.

„Das ist doch gut. Daraus könnte man ja noch was Besonderes machen", antworte ich motivierend, ohne dass sie diese klitzekleine Provokation wahrnimmt.

Dann schweigen wir wieder – als wären wir Fremde. Ich trinke, um die unangenehme Stille zu ertragen, langsam, Schluck für Schluck, mein Glas aus. Aber nach wie vor gibt es nichts, was wir uns zu sagen haben. Also gehe ich auf die Toilette. Zurück am Tisch, hat sie doch noch eine Frage gefunden.

„Kennst du die? – Die dabei sind. – In Spanien?", holpert sie herum.

Ich zucke mit den Schultern. „Klaus und Teresa, glaub

ich. Die Fliegerfreunde halt."

„Sind da noch andere Kinder?", bohrt sie weiter.

„Ja."

„Kennst du die?"

„Nein."

Ihr Blick ist halb sorgenvoll und halb genervt.

Endlich klingelt es an der Tür. Ich ziehe mich an und Mama nutzt die Zeit, all ihre Zweifel an dieser Reise in kürzester Zeit meinem Vater an den Kopf zu werfen.

„Das soll alles nicht deine Sorge sein. Wir machen uns 'ne super Zeit und haben einfach mal Spaß. Aber sowas kennst du ja nicht", fährt er sie an, ohne auch nur auf einen einzigen ihrer Punkte eingegangenen zu sein. Er breitet seinen Arm aus, winkt hastig und deutet mir damit, mich jetzt zu beeilen. Wir haben es eigentlich nicht eilig. Er will nur keine Minute länger mit meiner Mutter verbringen. Und ich ehrlich gesagt auch nicht.

Ich steige in den Mercedes Kombi meines Vaters und merke, dass ich auch keine weitere Minute mit meinem Vater verbringen will. Aber zumindest ist Schweigen mit ihm nicht so merkwürdig wie mit meiner Mutter. Ich blicke aus dem Fenster und wir fahren in seine Firma. Dort hat er noch irgendwas zu erledigen. Ich sitze auf einem Schreibtisch im Büro und starre wieder in die Schachnovelle. Mein Vater sitzt am Schreibtisch gegenüber und versucht, mit seinem unfassbar langsamen zwei-Finger-Such-und-Absturz-System etwas in den Rechner einzugeben. Neben ihm ein Weißbier, das er direkt aus der Flasche trinkt.

Wir fliegen erst morgen nach Málaga. Einen richtigen Plan für heute gibt es nicht. Es läuft eben wie immer, wenn ich Zeit mit meinem Vater verbringe. Ich fühle mich wie ein tauber alter Hund, der hinter ihm her trottet. Treu ohne Widerrede. Aber zu langweilig, um mit ihm zu spielen und zu mühsam ihm etwas zu erklären. Wir machen, was er eben gerade so zu tun hat, oder auf was er Lust hat. Vorschläge von mir werden meisten mit lustloser Miene abgeschlagen, wenn ich sie überhaupt erst mache. Und gerade jetzt, am Anfang von unendlich langen zehn Tagen mit ihm, fällt mir eh nichts ein, was ich gerade gern mit ihm machen wollen würde.

Wir fahren zu einem befreundeten Paar meines Vaters. Sie haben gekocht und der Abend wird für die Erwachsenen immer feuchtfröhlicher. Ich beschäftige mich mit ihrem Hund. Oder besser gesagt, der Hund beschäftigt sich mit mir. Er ist alles andere als alt oder taub. Er ist jung, verspielt, aufdringlich und laut. Das Zähne fletschende Monster umkreist mich wie ein Geier seine Beute. Und ich versuche, mir meine Angst vor Hunden nicht anmerken zu lassen. Verkrampft strenge ich mich an still zu sitzen, damit er damit aufhört. Doch der Schiss vor dem etwas zu gut gefütterten russischen Terrier versteinert meine komplette Muskulatur, von den Zehen bis zum Haaransatz. Als er endlich auch etwas zu futtern bekommt, ist er zum Glück abgelenkt. Und danach zu müde, um mich weiter nervös zu machen. Ich weiche auf das Sofa aus und probiere mich weiter am Schach. Die Gespräche über den erwachsenen Unsinn interessieren mich nicht. Keiner hat beim Abendessen mit mir geredet und mein Aufstehen wurde weder beobachtet noch kommentiert, daher glaube ich nicht, dass es jemanden stört. Der Abend geht irgendwie vorüber und irgendwann liege ich auf Papas Schlafsofa und halte die unbezwingbare Schachnovelle vor meine Augen. Ich tippe eine letzte SMS an Feli.

„Du weißt gar nicht, was für coole Eltern Du hast!!! Unser Flug geht morgen Mittag. Handy bleibt zu Hause. Drück mir die Daumen, dass ich im Urlaub nicht an Langeweile sterbe."

Ihre Antwort kommt kurz danach.

„Such dir einen feschen spanischen Typen und lern endlich knutschen! Vergiss einfach deinen Alten."

Ich muss schmunzeln und versuche zu schlafen. Was nicht klappt. Stört mich aber nicht, ich schlafe selten auf Papas Couch. Aber es ist einfacher, die Dinge müde zu ertragen. Also beobachte ich die spärlichen Lichter der vorbeifahrende Autos, wie sie über die Zimmerdecke tanzen und warte, dass die Nacht vorübergeht.

Nach einer Packung Bahlsen Kekse als Frühstück packt Papa schnell ein paar Klamotten ein. Und ohne lange zu fackeln, geht's schon los. Wir holen erst irgendwelche Fliegerfreunde ab und fahren dann gemeinsam zum Flughafen nach Stuttgart. Dort warten schon Klaus, Teresa und ein paar Andere, die ich noch nie gesehen habe. Eine Familie und noch ein paar andere Leute sind bereits morgens von München aus geflogen und erwarten uns dort. Hier sind aber nur Erwachsene. Fast nur Pärchen. Bis auf Papa und Iris, eine junge Frau mit schlecht sitzender Kurzhaarfrisur, die von meinem Vater direkt von oben bis unten beäugt wird. Mein Vater ist weder geschickt noch romantisch im Umgang mit Frauen. Seine Flirtversuche erkennt man daran, dass er der Frau seiner Begierde einfach nicht mehr von der Seite rückt. Da Iris es aber schon zwischen Check-In und Boarding viermal schafft, einfach so zu verschwinden, hat er offensichtlich keine Chance bei ihr. Das macht sie mir sympathisch, denn die Vorstellung, dass auch mein Vater eine neue Beziehung hätte, ist grausam. Gefühlt gibt es Ernst in unserem Leben, seitdem ich von der Trennung meiner Eltern weiß. „Hey Sandra, wir lassen uns scheiden. Und übrigens, ich hab einen neuen Freund." Zwei Botschaften, direkt nacheinander, und trotzdem sollen sie nichts miteinander zu tun haben. Da mein Vater in den letzten drei Jahren noch niemanden gefunden hat, gibt es in der Papa-Welt eben nur ihn und mich. Als ob ich hier ein wenig wichtiger wäre.

Bisher bin ich erst einmal geflogen. Ich fand es damals schon toll und heute wieder. Mich faszinieren der Ablauf am Flughafen, die vielen Menschen und die Flugzeuge. Mir gefällt das abgepackte Essen, die Wege, die Beschilderung, die Menschen, die alle anonym umeinander wuseln und doch genau wissen, wohin sie wollen. Hier ist alleine sein nicht gleich abnormal, sondern wirkt stark und selbstständig. Denn nur wer erfolgreich ist, wird von seinen Firmen beauftragt, geschäftlich zu fliegen oder hat den Mut, allein zu reisen. Außerdem haben Flughäfen eine ganz spezielle Atmosphäre. Wir lassen den Globus unter unseren Flugzeugsitzen hin und her springen wie einen kleinen Flummi, sodass die entferntesten Ecken der Welt zur Nachbarschaft werden. Mit müheloser Magie.

Wenn ich etwas an dieser Reise gut finde, dann die Tatsache, dass es eine Flugreise ist. Darauf habe ich mich am allermeisten gefreut. Es stört mich also gerade gar nicht, dass wieder kaum einer mit mir spricht, denn ich bin viel zu konzentriert, das ganze Treiben um mich herum aufzusaugen.

Das Highlight, wie auch beim letzten Mal, ist der Start selbst. Wir rollen auf der Bahn und ich höre bei jedem Sicherheitshinweis der Stewardess aufmerksam zu. Endlich gibt er Gas. Die Schubkraft drückt mich in den Sitz. Ich spüre, wie der Flieger den Kontakt zum Boden verliert und wie eine warme Flüssigkeit in meine Unterhose austritt. Ich erschrecke. Ernsthaft jetzt? Die erste Periode, beim Start in den Urlaub mit meinem Vater? Ich schließe die Augen und gestehe mir ein *,Ja, dieser Urlaub kann doch noch schrecklicher werden.'*

2/ 2019

„Sandra, können wir mit dem DJ weitermachen?",
fragt mich eine Unbekannte im Service-Outfit.

„Nein, Stopp! Wir brauchen erst noch die Tanzgruppe!
Sag dem DJ, er soll warten", brülle ich gegen die Lautstärke, in der Hoffnung, dass die Nuss mich verstanden
hat. Warum liest keiner die Ablaufpläne, die wir
schreiben? Unfassbar.

Auf dem Weg Richtung Bühne – auf der sich der
Moderator gerade durch Punkt 32 von 34 laut Script
arbeitet - quatschen mich noch ein paar andere Leute an,
auf die ich völlig bewusst mit unterschiedlichster Laune
reagiere.

„Sandra, wir haben keine kleinen Löffel mehr für die
Nachspeise!", kreischt mir Dina panisch ins Ohr. Jedes
Mal, wenn ich dieses Mädchen ansehe, bereue ich, dass
auch wir unsere Praktikumsdauer auf sechs Monate
erhöht haben. Noch weitere fünf Monate mit diesem
Kind – ich will gar nicht daran denken. Eigentlich ist sie
ja schon 26, aber wer tatsächlich nicht weiß, wie man sich
im Münchner U-Bahn-Netz zurechtfindet, geschweige
denn eine Kreditkarte beantragt, kann keine 26 sein.

„Und warum erzählst du mir das und tust nichts
dagegen? Sprich' mit dem Caterer, mit dem nächsten
Lokal um die Ecke, ruf deine Oma an und besorg uns euer
gesamtes Familien-Besteck - mir egal! Nur lös es selbst!
Oder sehe ich aus, als hätte ich gerade Zeit dafür?",
schnauze ich sie grob an. Ohne ein Wort klammert sie
sich mit verschrecktem Blick an ihrem Smartphone fest

und rückt verunsichert ab. Sie tut mir ja leid, aber sie nervt mich einfach zu sehr, um ihre Probleme zu meinen zu machen. Wahrscheinlich liegt das Besteck eh unter einem der Tresen und wurde dort einfach vergessen. Ich schlucke mein Schuldgefühl herunter und konzentriere mich wieder auf meinen Job.

„Sandra Spätzchen, ich bin nur deinetwegen hier – lass uns einen trinken", säuselt mir Anskar, der Chefredakteur der Men's Health, ins Ohr.

„Anskar. Wie schön, dass du hier bist! Lass mich die Show zu Ende bringen, dann gehöre ich ganz dir. Ich hab dir noch was Wichtiges zu sagen! Ich finde dich!", beteuere ich. Anskar ist heute einer der wichtigsten Presseleute hier. Er muss definitiv zumindest bis zum DJ bleiben.

„Das klingt ja spannend, Schätzchen. Ich bin ganz für dich da! Aber beeil dich, sonst bin ich eventuell schon angeschickert von diesen leckeren Sport-Shots." Küssend entlässt er mich von seiner Umarmung.

Keine zwei Meter weiter begegne ich meinem mich streng prüfenden Chef.

„Sandra, sorg dafür, dass dieser Spast dort oben nie wieder einen Job von uns erhält. Der liest ja nur von den Karten ab. Wie konnten wir den nur nehmen?", dröhnt er streng.

„Wir machen unser Feedback wie immer morgen. Ich hab' schon mit Clara gesprochen, die findet ihn hinreißend. Darum steht er dort auch. Sie hat ihn ausgesucht", antworte ich und hoffe ihn damit zu beruhigen. Im Hintergrund höre ich das Ende von Punkt 33. Es ist Zeit.

„Ich muss hinter die Bühne. Die Show startet gleich", lasse ich ihn stehen.

„Süße, alles okay bei dir?", erkenne ich Ingas zwar betrunkene, aber wie immer fürsorgliche Stimme.

Ihr muss ich keine Floskeln erzählen: „Es läuft. Lass uns nur hoffen, dass die Show nicht verpatzt wird."

„Das wird super! Go Girl! Es ist dein Abend – und alle haben Spaß!"

Endlich hinter der Bühne angekommen, sehe ich die Tanzgruppe – zum Glück vollständig. Ihr Choreograph weist sie in ihre Tanzschritten ein. Ich frage laut in die Runde: „Are you ready?" Sie nicken und geben mir Peace-Zeichen. Wirken mir aber viel zu entspannt dafür, dass sie gleich einer Sportmarke Dynamik einhauchen sollen.

Ich wende mich an den Choreographen: „Please tell me everything will be great. Your guys look stoned. I need their full power. They have to get the party started!"

„Sandra, calm down! They are always like that before a show. Don't worry. You will get the best of us. I promise, sweetheart. You won't regret it. Asics will shine!", will er mich beruhigen.

„I don't want your best! I need your very best!", gebe ich meinen Druck weiter und fühle mich kurz besser, nur weil ich das gesagt habe und es auf Englisch war.

Punkt 34 ist kurz. Der Moderator kündigt an, was jetzt nicht mehr aufzuhalten ist – die Energie, die dir der neue Gel-Nimbus Schuh gibt. Die Showeinlage startet. Die Lichter gehen aus und die Gruppe geht auf die Bühne. Es folgt laute Musik, Laserstrahlen und eine Tanzshow, die sich – genau wie im Briefing formuliert – durch viel Bewegung nach vorne auszeichnet. Sie rennen, während sie tanzen. Sie flechten ihre Breakdance moves ein, ohne dabei zu vergessen weiter voranzukommen. Von der Decke werden die schweineteuren Parcours-Elemente abgelassen, die jetzt ihre Aufführung direkt über dem Publikum noch nahbarer wirken lassen. Mit den extra gesicherten Stellen bauen sie ihre Precision Jumps ein. Sie sind schnell und gut drauf und verteilen sich wie bunte Flummis über die Bühne und dem luftigen Track. Wie ein Nerd erwische ich mich dabei, wirklich bei jedem

Tänzer das richtige Schuhwerk zu überprüfen. Es scheint zu funktionieren. Die Gäste sind fasziniert und wippen mit. Und ich frage mich mal wieder – warum? Warum beeindruckt es Menschen dabei zuzusehen, wie andere Menschen einstudierte Dinge aufführen? Was haben sie davon? Vielleicht beneiden die Zuschauer sie dafür, sich so bewegen zu können oder so schlank und sportlich zu sein. Aber das ist nur die logische Folge, wenn man solche Dinge unentwegt probt. Dann wird man nicht dick wie eine Bettwanze. Ich verstehe es nicht. Aber es ist auch unser Glück, dass sowas auf unseren Events funktioniert. Die Leute haben 'ne gute Zeit und verbinden das Produkt damit. Sie machen Fotos und laden es mit vorgegebenen Hashtags hoch. Alles gut. Sinnfragen des Lebens werden auf später verschoben. Oder am besten vergessen. Basta.

Ich entdecke den DJ und briefe auch ihn nochmal, dass sein Part gleich losgeht und erinnere ihn an sein Open-End-Versprechen. Aufgehört wird erst dann, wenn weniger als zehn Gäste hier sind. So steht's im Knebelvertrag.

Somit sind alle offiziellen Parts des Abends geschafft. Ich sollte mich unter die Leute mischen – aber noch nicht zu schnell zu Anskar gelangen. Er ist wichtig, aber die anderen sind sicher nicht weniger bedeutend. Und einmal bei Anskar angelangt kann und will ich mich nicht so schnell wieder lösen. Ich besorge mir einen Drink und klappere Leute ab. Es gibt viele Küsschen. Beeindruckende Worte über die Show. Fragen zu den Schuhen. Und andere, die all das scheinbar gar nicht interessiert, die aber wissen wollen, wo ich mein Kleid gekauft habe oder ob ich die Nummer von dem Barmädchen besorgen kann. Diese Events sind wie Klassentreffen. Wir können uns alle nicht mehr erinnern, in welcher Schule das gewesen ist, aber man freut sich, sich wiederzusehen. Uns upzudaten, was in unseren persönlichen Leben los ist. Zu fragen, wie es gemeinsamen Bekannten geht, die wir schon lange nicht mehr gesehen haben. Ein bisschen lästern, ein bisschen in alten Zeiten schwelgen und sich gemeinsam über die Jungen wundern, die so ganz anders sind als wir damals.

Endlich stürze ich mich auf Anskar, als wäre er mein Liebhaber.

„Anskar mein Lieber, sag mir, dass du Spaß hast!", bettle ich ihn an.

„Oh Schätzchen. Ein Abend, an dem du mir in die Arme fällst. Wie könnte ich da keinen Spaß haben?", flirtet er.

Ich würde ihn nicht zu meinen persönlichen Freunden zählen, aber wir haben durchaus Momente, die weit über die gewöhnlichen Business-Geplänkel hinausgehen.

„Wir haben uns viel zu lange nicht gesehen. Was macht dein Umbau und wie geht's deinem entzückenden Walter?", löchere ich ihn.

„Ach, lass uns bloß nicht über den Bau sprechen. Aber Walter! Walter ist ein Frechdachs. Wir gehen jeden Tag Gassi und jeden Tag macht er neue Leute, die mir vorher wohlgesonnen waren, zu meinen Feinden. Er hat sogar letztens den Briefträger angepischert. Kannst du dir vorstellen, wie peinlich mir das war?"

„Das hat er nicht!"

„Doch! Hat er!"

„Er sieht viel zu lieb aus, um zu so etwas fähig zu sein. Darf ich mal mit ihm eine Isar-Runde laufen? Ich kann immer Gesellschaft brauchen, und dich kann ich ja nicht motivieren."

„Du könntest mich schon motivieren: Wenn du dich für uns auf einen Lauf unter sieben Kilometer herablässt, sind Walter und ich dabei!"

„Großartig! Wie wär's mit morgen?"

„Schätzchen, bist du wahnsinnig? Morgen schaff ich nie im Leben. Lass uns Dienstag gehen. Sag deinem Chef, es ist eine Besprechung bei uns, dann können wir die schönen Dinge auch während der Arbeitszeit machen."

„Du bist mein Mann!"

Wir tratschen wie alte Freundinnen und dabei kommen und gehen Freunde, Bekannte und Kollegen von ihm und mir und ich genieße an dem Abend sogar mal einen zweiten Drink, weil's einfach so gut ist, wenn der Stress abfällt. Und wer einmal eine Ausnahme macht, der ist schnell auch bei einer zweiten.

Clara und mein Chef unterhalten sich innig und ich habe kein Bedürfnis, mich einzubringen. Ich habe meinen Job erledigt. Sollen die beiden ihre Zeit haben, ihn auseinander zu nehmen.

Nach Events muss ich zwar erst mittags im Büro sein, aber das hält meine innere Uhr nicht davon ab, bereits um sieben Uhr hellwach zu sein. Ich versuche, mich noch eine halbe Stunde im Bett zu wälzen, dann gebe ich auf, ziehe meine Laufsachen an und mache einen gemütlichen Erholungslauf. Zehn Kilometer Standardstrecke. Nichts Neues, nur Bekanntes und mein Kopf bekommt eine Pause. Laufend bekomme ich Ruhe, obwohl mein Herz im Durchschnitt 155 Mal in der Minute schlägt. So scheint es sich am wohlsten zu fühlen. Ich laufe und alles ist gut. Der erste Media Launch ist geschafft, die anderen werden von Partnerbüros und Ländervertretungen des Kunden ausgeführt. Aber das Auftakt-Event ist immer das Wichtigste und wir haben es gemeistert, ohne große Schwierigkeiten. Sogar Dessertlöffel waren dann da.

Um 14 Uhr ist das Feedback angesagt. Alle Beteiligten sitzen im Büro und ich starte nüchtern eine Zusammenfassung.

„Gestern war großartig! Ich danke euch allen für euren Einsatz. Die Elektriker und Dekorateure haben tagsüber alles geschafft. Caterer und Servicekräfte waren pünktlich. Die im Vorfeld getroffenen Verhandlungen mit Herrn Becker von der Location waren zwar erfolgreich, gestern hat er aber ungebeten die Party gestürmt und ein paar Leute vom Service angemacht, weil er irgendwo verschüttete Getränke entdeckt hat. Das geht gar nicht. Ich werd' mich heute Abend mit ihm treffen, um die Location nach der Reinigung zu übergeben und ihm sagen, dass wir sowas nicht gebrauchen können und diese Location darum von uns nicht mehr präferiert wird. Ich hoffe, ich hab' da euren Rückhalt."

„Moment, Sandra! Du solltest ihm kein Ultimatum stellen. Sag ihm deinen Unmut, aber versperre uns nicht den Weg zurück in eine großartige Location. Die Räumlichkeiten sind schwer vergleichbar mit anderen", warnt mich Markus.

Genau das ist es. Dieser besserwissende undankbare aufgeblasene Gockel. Wieso vergisst er in seiner endlosen Schleimerei für jeden Kunden und Dienstleister, dass er damit auch das Rückgrat seines Teams – mein Rückgrat – bricht. Genau das zeigt, wie wenig Respekt er vor uns hat.

„Wir sind hier in München. Hier poppt jede Woche eine neue Location auf. Ich glaube, es ist besser uns klar auszudrücken, und sollten wir uns sowas tatsächlich nochmal antun wollen, weiß er wenigstens, was uns wichtig ist. Nichts ist endgültig", verteidige ich uns.

„Nein, keinesfalls. Bleib diplomatisch oder ich schick jemanden anderen zur Übergabe."

Ich rolle innerlich mit den Augen. „Okay. Ich mach's auf den diplomatischen Weg", geb' ich klein bei.

„Ich hab' gestern noch lange mit Clara gesprochen. Sie war entzückt und hat uns gebeten, zumindest die anderen zwei Deutschland-Events auch noch zu übernehmen. Dazu will sie unbedingt denselben Moderator. Der war einfach genial. Eine Ausstrahlung hatte der Kerl. Besorgt mir umgehend eine englischsprachige Referenz von dem. Clara muss unbedingt wissen, ob wir ihn bei den englischen Events auch nehmen können", brabbelt mein Chef weiter im Selbstlob.

Natürlich schafft er es nicht, mir in die Augen zu sehen. Er muss noch genau wissen, dass er mir gestern Abend genau das Gegenteil gesagt hat. Mir ist so schlecht beim Anblick dieses Fähnchens im Wind. Doch das Lächeln sitzt vorbildlich auf meinem Mund – ich fühle mich wie ein trainierter Polizeihund, der jetzt wieder still zu sein hat. ‚*Nicht denken*‘ denke ich, ‚*Einfach nicht denken.*‘

2/ 1999

Felis Zimmer ist bunt und lebendig. Sie hat so viel Platz, dass sie ihr Bett mitten im Raum stehen lassen kann. Am Schrank ist ein riesiger Spiegel und daneben ein sehr chaotischer Schreibtisch, der mehr einem Schminktisch gleicht. Überall hängen Fotos von Freunden oder Familie. Wirklich überall. Aber das Beste hier ist die tiefe Fensterbank vor ihrem breiten Fenster. Mit weichen Samtkissen darauf. Wenn ich lesen würde, wäre das der Ort, wo ich mich liegen sehe. Aber natürlich sitzen wir hier zu zweit, stützen unsere Füße gegeneinander und erzählen uns von den Ferien.

„Warum? Warum bekomme ich meine erste Regel ausgerechnet dann, wenn ich mit meinem Vater in den Urlaub fahre? Der weiß doch nicht mal, was ein Tampon ist."

„Vielleicht, um ihn in seinem fortgeschrittenen Alter endlich mal aufzuklären. Der arme Mann tut mir ja leid, wenn er solche Dinge nicht weiß", kontert Feli in gespielt Mitleid erregendem Ton. Und ich muss kichern. ‚Fortgeschrittenen Alter‘, darauf wäre ich nie gekommen. ‚Fortgeschrittenen Alter‘, das muss ich mir unbedingt merken. ‚Fort-ge-...‘ Was war nochmal das Wort? Ehrlich, manchmal denke ich noch schlechter als ich lese.

Feli hatte ihre Periode bereits vor über einem Jahr bekommen und mir zum Glück alles haarklein erklärt. Sämtliche Tampons und Binden getestet und mir berichtet, was wie funktioniert. Also bin ich direkt am Flughafen in Málaga zielgerichtet in einen Laden und hab' besorgt, was ich brauche, völlig souverän, als hätte ich das schon tausend Mal gemacht.

„Aber mal abgesehen von deiner frisch gewonnene Fruchtbarkeit, wie war es denn nun im Urlaub? Wie war das Meer? Wie waren die Jungs? Wie waren die Cocktails? Hat dir dein Vater Alk besorgt? Oder hast du ihm seinen unbemerkt wegtrinken können?", fragt Feli.

Felis Vorstellung von unserem Urlaub ist eine typische Hotelanlage mit Animateuren am Badestrand, Cocktails mit Schirmchen an der All-Inclusive-Bar und jeden Tag wird am Sommer-Teint gearbeitet.

Fakt ist aber: Wir waren auf einem Special-Interest-Urlaub für Menschen, die ausschließlich zwei Dinge gerne machen: Fliegen und Trinken. Von beidem bin ich genervt. Den spanischen Namen dieser Ortschaft konnte ich mir nicht merken, aber wir nannten sie liebevoll ‚Schweinebucht'. Der eigentliche Landeplatz war der wunderschöne weiße Sandstrand der Nachbarbucht. Die war nur durch einen Felsen von unserer getrennt und über einen kleinen Fußpfad zur Strandbar in wenigen Minuten erreichbar. Allerdings gab es dort unberechenbare Böen, die den Gleitschirm noch in den letzten Metern des Landeanflugs gefährlich weit ins Meer hinausfegen konnten. Darum landeten alle, die dieses Risiko nicht eingehen wollten, auf der sicheren Landewiese hinter unserer Ortschaft, deutlich weiter im Landesinneren. ‚Schwein gehabt' sozusagen. Landschaftlich unspektakulär und deutlich länger ist der Gehweg zurück zur Bar. Die Wahl des Landeplatzes war den ganzen Urlaub hindurch Auslöser für großes Gelächter. Wer hat den Mut, doch am Strand zu landen? Mein Vater landete immer am Strand, und jedes Mal wieder hat man das mit einem respektvollen Kopfschütteln hingenommen und irgendwas ausgerufen wie: „Wer so dicke Eier hat, braucht keine Angst vorm Wind haben" oder „Der Gerd wieder, der alte Angeber".

Abgesehen von unserer Gruppe an Gleitschirmfliegern scheint es hier keinen Tourismus zu geben. Wenn, dann kommen hier nur Einheimische her, die wahrscheinlich auch fliegen. Darum spricht auch keiner ein einziges Wort Englisch. Es gab die eine Strandbar mit einer übersichtlichen Speisekarte und einer Truhe mit Eis am Stiel, so alt, dass die Verpackungen bereits vergilbt waren. Der Strand war viel zu schmal, um dort ein Badehandtuch auszubreiten, was bei dem groben Kies aber nicht besonders angenehm gewesen wäre. Rein theoretisch hätte man in der Nachbarbucht baden können, aber dort wollten sie ja landen. Da aber auch kein anderer aus unserer Gruppe auf die Idee gekommen ist und erst recht kein Einheimischer, wäre ich mir wohl vorgekommen wie ein Alien. Das Meer war viel mehr dazu da, um betrachtet zu werden. So haben es zumindest die alten spanischen Herren gemacht, die hier wohnten. Sie saßen schweigend auf abgenutzten alten Plastikstühlen und zählten Schaumkronen. Sie rauchten und tranken Rotwein aus zu kleinen Gläsern. Irgendwie war das eines der schönsten Bilder des ganzen Urlaubs.

Jeden Tag ist die ganze Truppe auf den Berg gefahren. Dort gestartet, versuchte sich jeder möglichst lange in der Luft zu halten oder sogar ein paar Höhenmeter zu machen, um dann am Strand oder eben doch lieber in der Schweinebucht zu landen. Mit einem der zurückgebliebenen Autos ist man dann wieder auf den Berg gefahren, um das Ganze so oft zu wiederholen, bis nur noch ein einziger Mietwagen übrig war. Dann fuhren sie nochmal hoch, knobelten aus, wer an diesem Tag ein letztes Mal fliegen durfte, und die Anderen fuhren die Autos zurück. Dann war es sicher schon nachmittags, und da ja Urlaub war, konnte bereits mit dem Trinken begonnen werden.

Ich bin mit dem ersten Auto nach oben gefahren und mit einem der letzten wieder nach unten, bis auf den einen Tandem-Flug, den Papa mit mir gemacht hat. Wenn man das schon so oft gemacht hat, ist es weniger aufregend als es klingt. Den späten Nachmittag und Abend verbrachten wir in der Strandbar – jeden Tag das

Gleiche – ist besonders bequem, denn nach dem vielen Wein sollte man ja nicht mehr Auto fahren und so musste man spät nachts nur noch die wenigen Meter zurück in die Ferienwohnung wanken.

Die Periode zu haben, war an sich nicht schmerzhaft. Ich hatte keine Krämpfe oder Bauchschmerzen. Meine Brüste haben nicht gespannt. Ob ich dadurch mehr Pickel bekommen hätte, kann ich nicht sagen – Pickel sind ja einfach immer ein Thema und ich merke nie, dass es mal weniger wären. Dafür aber auch nie, dass es mal mehr waren. Es war rein körperlich gesehen also kein großes Drama. Ich habe nur nicht damit gerechnet, dass es doch so viel Blut sein würde, und darum hatte ich ganz oft das Bedürfnis auf die Toilette zu gehen. Was am Berg nicht besonders einfach war. Ich bin zwischen Oliven- und Mandelbäumen herumgelaufen und um mich herum war nichts. Kein Dorf, kein Haus, kein Restaurant und eben auch keine Toilette. Zum Glück aber auch keine Menschen, sodass ich mich ganz unbeobachtet gefühlt habe, wenn ich einfach irgendwo in die Hocke gegangen bin. Sich aber nach dem Wechseln der Binde nicht die Hände waschen zu können, fand ich furchtbar. Außerdem hätte ich noch viel lieber Tampons benutzt, aber wie hätte ich denn die in der freien Natur wechseln können ohne Waschmöglichkeit? Das ging einfach nicht. In einer Plastiktüte habe ich die schmutzigen Binden gesammelt und da ich nicht wusste, wie oft ich wechseln musste und wie viel Blut noch kommt, hatte ich einen hohen Verschleiß. Der Geruch im Rucksack ist über den Tag verteilt immer unangenehmer geworden, trotz verknoteter Plastiktüte. Ich war angeekelt oder beschämt oder war das nur Einbildung?

Kurz: Ich hab mich permanent unwohl gefühlt. Die Zeit ist nicht rum gegangen. Und obwohl wir doch so viele Leute waren, war keiner da, mit dem ich plaudern konnte. Aber all das waren keine Geschichten für Feli.

„Ja. War okay. So viel war da nicht los, wo wir waren.

Kennst ja meinen Vater. Der wollte nur in die Berge."

„Ich versteh' dich nicht. Du bekommst jedes Mal etwas Neues im Urlaub geboten – und kannst dich gar nicht freuen."

Ich zucke nur mit den Schultern, denn ich möchte ihr nicht erklären, dass unabhängig vom Ort alle Urlaube gleich sind, die ich mit meinen Eltern mache.

Jeder Urlaub mit meinem Vater ist ein Fliegerurlaub in Begleitung betrunkener Fliegerfreunde. Ich bin den ganzen Tag am Berg, freue mich, wenn irgendjemand sich erbarmt, doch mal mit mir zu quatschen, stehe mir aber ansonsten die Füße in den Bauch, lese mein mitgebrachtes Buch, nasche viel zu viel, weil mir langweilig ist, und am Abend lästert Papa noch etwas über meine Mutter. Meistens geht es um ihre Ängstlichkeit oder um ihre umständliche Art zu denken. Und dann wird immer aufgezählt, welche Dinge des Tagesablaufs wir ihr besser nicht erzählen. Denn was sie nicht weiß, macht sie nicht heiß. Irgendwann zwischen der ersten oder dritten Flasche Rotwein schläft mein Vater ein und ich höre im Dunkeln seinem Schnarchen zu.

Geht es mit meiner Mutter in den Urlaub, sieht es anders aus. Meine Mutter liebt Ruhe und Sicherheit. Sie mag Natur und Thermalbäder. Die meisten Urlaube gehen also in eine kleine Kurstadt wie Bad Füssing, Bad Gögging, Bad Reichenhall, Bad Griesbach oder Bad Rappenau – manchmal ist sie auch total verrückt und fährt in eine Thermalstadt, die nicht mit ‚Bad' beginnt, wie Zwiesel oder Lindau. Stets dabei: Mamas unfassbar unkommunikativer Freund Ernst. Der sagt nichts und riecht komisch, denn er raucht viel und trinkt fast ausschließlich Filterkaffee. Urlaub mit meiner Mutter bedeutet garantiert ausreichend Zeit zum Lesen.

Egal ob mit ihm oder mit ihr, die beste Genugtuung am Urlaub ist das Abzählen der Tage, wie kleine Kinder, die erwartungsvoll die Türchen ihres Adventskalenders öffnen. Mein Heiligabend ist da, wenn ich endlich den Koffer zu Hause ausgepackt habe und in meinem eigenen Bett liege, hinter der verschlossenen Türe meines Kinderzimmers. Ohne Mama und ohne Papa. Denn Einsamkeit, in der man tatsächlich alleine ist, ist so viel besser zu ertragen als Einsamkeit in Gesellschaft. In meinem Zimmer kann ich tun und lassen, was ich will und von den Zeiten träumen, in denen ich mich vielleicht auch mal unter Leuten wohlfühle. Mit Menschen, die wirklich Zeit mit mir verbringen. Oma. Oder Feli.

All das erzähle ich nicht Feli. Ihre Vorstellung von der aufregenden Reisevielfalt, die meine Eltern mir bieten, hinterlässt immerhin einen Coolness-Faktor, den ich nicht mit trüben Gedanken zerstören will. Trotzdem glaube ich, dass wir uns alles erzählen, was sich beste Freundinnen so erzählen. Zumindest sie mir. Und im Zuhören bin ich richtig gut. Ich hab ihr noch nie gesagt, dass sie meine allerbeste Freundin ist. Irgendwie hoffe ich, ihr ist nicht bewusst, was für eine Bedeutung sie in meinem Leben hat. Sie ist wie aus einer anderen Welt, hebt mich immer mal wieder kurz hoch zu ihr und belebt damit meinen Traum, dass ich es vielleicht auch irgendwann dorthin schaffen werde.

Wie gerne wäre ich wie sie? So schlank, so weiblich, so glatte Haut, so stilvoll, so ganz und gar kein Kind mehr. Und vor allem so selbstbewusst und locker. Aber ich bin keineswegs neidisch – ich möchte nicht im Geringsten, dass sie auf eine dieser Eigenschaften verzichten müsste. Ich wäre nur gern auch so. So unauffällig wie möglich versuche ich bereits, mich ihr anzupassen. Ich verwende die Ausdrücke, die sie benutzt, kopiere ihre Gesten, schaue mir ab, wie sie ihre Haare macht und welche Klamotten sie trägt. Auch wenn ich mir nur wenig neues Zeug leisten kann, aber alles Neue ähnelt sicher irgendwie dem, was Feli hat. Und wenn ich auch nur kleine Schritte gehe, so will ich doch immer ein klein wenig mehr wie Feli sein. Ein klein wenig besser. Aber im Grunde bin ich schon glücklich, dass ich sie zur Freundin habe. Und auch wenn ich keinen Grund kenne, warum sie es cool finden sollte, mit mir befreundet zu sein, fühlt es sich ehrlich an. Sie gibt mir das Gefühl, dass sie Freude daran hat, denn niemand begrüßt mich so fröhlich wie sie. Sie hat ganz klar keinen gesellschaftlichen Vorteil mit mir abzuhängen, aber sie tut es trotzdem. Ganz egal, ob es die anderen mitbekommen oder nicht. Und ich fühle mich in ihrer Umgebung immer wohl. Zumindest, wenn wir nur zu zweit sind.

Feli erzählt von ihren eigenen Urlaubsritualen. Ihre Urlaube sind so gut wie immer im Kreis ihrer Familie. Und die ist groß. Und so gibt es große Familienfeste mit jeder Menge Omas, Tanten, Cousinen, Groß-Irgendwas und Schwippschwager, die eigentlich gar keinen Verwandtschaftsgrad mehr haben. Es gibt jährliche Traditionen, bei denen man sich gemeinsam immer an denselben Orten wieder trifft.

Einmal haben mich ihre Eltern zu einem großen Grillfest in ihrem Garten eingeladen. Ihr Bruder hat auch einen Freund mitgebracht, aber ansonsten waren alle Gäste ,Familie'. Es gab noch nicht mal etwas zu feiern. Man traf sich einfach so, weil Sommer war und alle Zeit hatten. Es war laut und es wurde gelacht, obwohl niemand betrunken wirkte. Bereits bei ihrer liebenswürdigen Tante Anna bin ich hängen geblieben. Sie hat mich über das Back- und Kochtalent meiner Oma ausgefragt, das ihr zu Ohren gekommen ist. Aber wir konnten kaum sprechen, da immer irgendein anderer kam, sich vorgestellt hat und alle haben sich überschwänglich, jedoch nicht unglaubwürdig, gefreut mich ,endlich' kennenzulernen. Das haben sie wirklich gesagt: endlich. Sie wollten Dinge wissen, die ich mich selbst noch nie gefragt habe.

„Glaubst du denn auch, dass euch ein paar Fächer fehlen, die euch besser aufs Leben vorbereiten würden?"

„Was war das Wichtigste, was dir deine Mutter beigebracht hat?"

„Wie alt fühlst du dich eigentlich?"

„Ist dein Vater stolz auf dein Mathe-Talent?"

„Glaubst du, Feli könnte sich etwas von deinem Fleiß abschauen?"

Und trotz aller Ähms und Ich-weiß-nichts in meinen Antworten kam ich mir vor wie eine Bekanntheit. Mit allen hab ich gesprochen, außer mit Feli. Das war total ungewöhnlich.

Es ist schwer nachzuvollziehen, warum Feli so genervt davon ist, immer im Familienkreis Urlaub zu machen. Auf dem Familienfest ist sie total aufgegangen und sie erzählt mit Begeisterung die Geschichten über ihre vielen attraktiven italienischen Verwandten, die permanent essen, ohne dabei auch nur ein Gramm Fett anzulegen und die nur so strotzen vor Lebensfreude. Es gibt unzählige Dinge, die sie mit ihren älteren Cousinen und Cousins anstellt. Sie besorgen sich Alkohol, gehen auf Partys, schenken ihr schicke Kleider. Aber Feli findet's langweilig. „Immer dasselbe." Ich nicke ihr zu, um sie in ihrer Theorie zu bestärken, aber wieder wünschte ich mir so sehr selbst etwas davon. Von dieser lauten glücklichen Verwandtschaft, die auf nichts anderes Wert legt als zusammen zu sein und sich füreinander zu interessieren.

Wir schnappen uns die verstreuten Dinge, die wir in unseren Rucksäcken mit uns herumschleppen: Make-Up, Hausaufgabenheft, Handy, Tintenkiller, Lipgloss, Nagellack, Eyeliner, Zigaretten, Feuerzeug. Dann machen wir uns auf den Weg Richtung Stadtpark, um zu rauchen und weiter zu quatschen.

„Eine Mittelmeerumrundung werde ich machen. Genau. Und zwar von Strand zu Strand. Einen Tag Reisen, einen Tag am Strand Sonnen."

Ich schmunzle. „Das dauert aber."

„Ist doch egal. Ich werd' eh nach der Schule erst mal nichts machen außer Reisen: Neuseeland. Neuengland.

Neufundland. Egal, Hauptsache neu."

„Dieser Plan ist aber ‚neu‘, oder?"

„So neu wie meine Konversion zum Buddhismus."

Jetzt lache ich laut. „Na, hoffentlich weiß das deine Mutter nicht."

Feli will so viel. Und weiß vor allem ganz konkret, was sie will. Ich bewundere das und versuche mir zu merken, was man alles wollen könnte.

„Ich muss langsam los. Heute ist Montag: Sunshine Troopers", kündige ich Feli an.

„Der Name ist wirklich der allergrößte Grund, warum ich nie nur einen einzigen Fuß in eure Gruppe setzen werde", lästert Feli.

„Du hast bereits einen Fuß in diese Gruppe gesetzt. Erinnerst Du dich?"

„Ich möchte mich nicht erinnern."

„Soll ich Basti einen schönen Gruß von dir ausrichten?", grinse ich unverschämt, weil ich weiß, dass sie an diesem kurzen, misslungenen Flirt mit dem Jungen aus unserer Kirchengruppe nicht erinnert werden möchte.

„Haha. Selten so gelacht."

Ich umarme sie und mach mich auf den Weg ins Pfarrheim.

Wie immer bin ich viel zu früh losgegangen, also spaziere ich langsam vor mich hin. Ich mag das Gehen. Beim Gehen grübele ich nicht, sondern lasse die Gedanken fließen. Ich frag' mich, wer heute Abend kommen wird, und je länger ich darüber nachdenke, desto nervöser werde ich. Warum ist Zeit mit anderen Menschen nur so anstrengend für mich? Ich bin ständig unter Druck, etwas Falsches zu sagen, mich lächerlich zu machen, nicht zu verstehen, was die Anderen meinen oder über was sie lachen. Nicht zu begreifen, dass sie über mich lachen und ich mich dank meines Nichtwissens selbst auslache. Noch schlimmer wäre es aber, wenn sie meine Unsicherheit bemerken würden.

Am einfachsten ist es, zu zweit Zeit zu verbringen. Dann habe ich eine Chance mich dabei zu entspannen. Zumindest, wenn wir uns gut genug kennen und ich davon überzeugt bin, dass mein Gegenüber mich wirklich mag. So kann es tatsächlich passieren, dass Zeit schnell vergeht. Ist es eine Person, die ich nicht gut kenne, zwinge ich mich, keinen Moment des Schweigens zuzulassen. Denn ich habe Angst, der andere könnte glauben, ich wäre langweilig und hätte nichts zu erzählen. Und im Nachhinein merk' ich immer, wieviel Blödsinn ich erzählt habe. Sind aber mehr Leute da, ist es am allerschlimmsten. Die Zeit zieht sich ins Unendliche und aus Nervosität verkrampft sich jeder meiner Muskeln, während ich verzweifelt überlege, wie ich mich ins Gespräch einbringen kann. Wenn ich endlich einen Beitrag vorformuliert habe, entsteht nie eine Gesprächslücke, die mir erlaubt, es auch auszusprechen. Und wenn doch, ist mein Satz bereits hinfällig.

Heute sind wir zu sechst. Julia, Anna, Carina, Basti, ich und natürlich Georg, der Gruppenleiter. Der harte Kern. Ich glaube, ich bin nur im harten Kern, weil ich kaum einen Abend auslasse. Fühle mich aber trotzdem eher wie ein Außenseiter. Ein weiteres Geheimnis wie das mit dem Lesen. Ich tue es, obwohl ich es hasse, denn je öfter ich es tue, desto schneller muss ich doch damit klarkommen. Was sonst könnte ich tun, damit sich das irgendwann ändert? Irgendwann werde ich lesen können. Irgendwann werde ich mich in größeren Gruppen wohlfühlen können. Hoffentlich.

Eigentlich gibt es jede Woche einen anderen Plan, wir kochen gemeinsam, machen Foto-Crime-Storys, bemalen die Wände des Pfarrheims, gehen ins Kino, basteln irgendetwas, diskutieren, oder jagen Schnitzeln hinterher. Georg überlegt sich für jeden Abend etwas und wir stimmen ab, auf was wir Lust haben. Das gefällt mir, denn das Programm gibt dem Abend Struktur und ich fühl mich vorbereitet.

Heute bauen wir eine Website. Unserer nach außen hin eher peinlichen Jugendgruppe ‚Sunshine Troopers' eine Website zu bauen, amüsiert uns nicht besonders. Georg pocht aber darauf, denn es wäre wichtig, sich mit neuer Technik auseinanderzusetzen. Wir sind uns alle einig, dass wir das nur machen, damit Georg etwas für seine Ausbildung zum Jugendarbeiter vorzeigen kann. Wir mögen ihn, also machen wir mit. Und eigentlich macht es Georg ja eh selbst. Er hat schon den ganzen Tag an einem unverständlichen HTML Script herumgedoktert und braucht jetzt jeden von uns einzeln nacheinander. Wir sollten Fotos von uns mitbringen, die wir gemeinsam mit ihm einscannen und danach einen Text formulieren, in dem sich jeder von uns vorstellt. Am besten mit einem Bezug zu den Sunshine Troopers. Während einer von uns mit Georg an seinem Computer hängt, haben die anderen nichts zu tun. Wir hängen also einfach so rum. Wirklich kein besonders guter Abend.

„Wir haben jetzt einen neuen Proberaum", erzählt Basti angeberisch in Richtung Anna.

‚Wie heißt eure Band? Was für eine Musik macht ihr? Wo ist der Proberaum?' Mit jeder Frage, die mir dazu einfällt, blamier ich mich nur, weil sie herausschreit, dass ich nicht die geringste Ahnung habe.

„Oh, wie cool. Seit wann das denn?", fragt Carina nach und verdirbt damit Annas Möglichkeit zu antworten. Die ist allerdings wenig interessiert an Bastis Erzählung und kritzelt mit ihrem Edding Diddl-Figuren auf ihre Chucks.

„Seit drei Wochen."

„Genauso lang wie Phillip jetzt in der Band ist", vervollständigt Anna.

Spätestens jetzt fühlen sich alle Fragen, die in meinem

Kopf waren, an wie abgestandene Gedankenfürze. Ich stehe da und fühle mich unnütz.

Carina sucht verzweifelt den Blickkontakt mit Basti, als sie fragt: „Phillip spielt Bass, richtig?"

„Ja. Ja", speist er Carina ab und sucht wiederum Annas Aufmerksamkeit. Carina wirkt beleidigt. Nicht auf Basti, sondern auf Anna.

„Er versucht es zumindest", lacht Anna und vervollständigt wieder: „Aber immerhin hat er einen Proberaum im Keller. Das reicht an Talent, um in eurer Band mitspielen zu dürfen."

Anna provoziert Basti, als wäre es für sie eine Nebensächlichkeit, und konzentriert sich nur auf ihre Zeichnung. Sie steht mit ihrem natürlichen Lächeln, das gefühlt nie ihren Mund verlässt, über alldem und scheint weder die eifersüchtigen Blicke von Carina noch die schmachtenden Gesten von Basti zu bemerken. Das ich wie das fünfte Rad am Wagen daneben stehe, stört niemanden außer mir, da ich in einer innerlichen Sauna aus Nervosität schwitze und darum bete, endlich mitreden zu können.

Julia kommt zu uns und ruft den nächsten auf, gemeinsam mit Georg mit der Homepage weiterzumachen. Ich springe schnell auf und gehe zu ihm. Endlich was zu tun.

Das Foto erscheint Zeile für Zeile auf dem Bildschirm. Das Bild, ist gerade frisch vom Fotostudio entwickelt worden, es zeigt mich im Spanienurlaub. Ich sitze auf einem kleinen Felsen auf dem Berg, hinter mir das Meer, um mich herum trockene Mandelbäume. Ich habe meine Beine verschränkt und meine Hände übereinander auf meine Knie gelegt, meine Hände sind weit in den übergroßen Ärmeln meines Kapuzenpullovers vergraben. Würde es nur ein schöneres Bild von mir geben. Die Wahl ist trotzdem nicht zu peinlich, denn zumindest sind die Klamotten das hippste, was ich gerade habe: das weiße übergroße Fishbone-Logo auf dem Pullover und eine

Schlaghose mit extra breitem Schlag, für die ich ordentlich Ärger von meiner Mutter bekommen habe, denn sie sei so unpraktisch.

Georg weist mich auf das bedrückend weiße Textfeld hin. Die leere Fläche macht mir Lampenfieber, obwohl ich ja bereits darüber nachgedacht habe.

Hallo, mein Name ist Sandra. Meine Hobbys sind Lesen, Fahrradfahren, Klettern und jeden Montag zu den ‚Sunshine Troopers' gehen. Was mich als besonderes Mitglied auszeichnet, ist meine Pünktlichkeit. Ich komme nie zu spät und erinnere auch jeden Montag die Anderen daran, dass es heute Abend schon wieder so weit ist. Sandra – ein ‚Sunshine Trooper' mit Weckfunktion quasi.

Ich hoffe, ich habe einen guten Ton gefunden und bete darum, dass den anderen der Text gefallen wird. Innerlich bin ich verzweifelt. Was hätte ich anderes schreiben sollen, wo es doch nichts über mich zu sagen gibt? Ich versuche, mir die Nervosität wegen des Textes nicht anmerken zu lassen und hole den nächsten aus der Gruppe.

Georg lacht hinter mir laut und ruft: „Sandra, der Text ist spitze."

Ich entspanne innerlich und versuche nach außen zu wirken, als hätte ich nichts anderes erwartet.

„Oh Scheiße, man muss einen Text schreiben", gerät Anna in Panik und schiebt Basti Richtung Büro.

„Mach du als Nächstes, ich muss mir erst noch was Geistreiches überlegen, das ich schreiben kann."

Ich entspanne mich nochmal mehr, da endlich der gutaussehende Junge weg ist, der hier für so viel weibliche Verwirrung sorgt. Wir reden über die Schule und über Mitschüler und auch ich traue mich endlich mal, meinen Mund aufzumachen.

3/ 2019

Ein paar Schritte gehen, stehen, wieder ein paar
Schritte gehen, sitzen, fahren, aufstehen, stehen, weitergehen, stehen, stehen, stehen, dann ein Schritt auf die
Rolltreppe. Eine Stufe – ganz für mich allein. Ich kann
meine Erleichterung über das bisschen freien Raum
kaum fassen. Es geht hinab zur U-Bahn Tottenham Court
Road. Londons tägliches Gedränge ist mir mittlerweile
fremd. All diese ungewollten Berührungen. All diese
Gerüche. Und obwohl ich es hasse, ziehe ich die Underground dem Taxi vor. Ich will mich fühlen wie damals
im Studium. Jünger. Verträumter. Sich damals London
leisten zu können war ein Knochenjob, aber ich wollte es
unbedingt. Die Nebenjobs waren ein Tröpfchen auf den
heißen Stein. Die Wahrheit ist: Ohne die Unterstützung
von meinem Vater hätte ich es nie geschafft. Aber auch
damit war es kein Zuckerschlecken. Ich bin nie Essen
gegangen, sondern lebte von selbst geschmierten Sand-
wiches – jeden Tag; es gab keine Kultur, die Eintritt
gekostet hätte, nur den Drang, möglichst viele Leute zu
kennen, die einen einschleusen konnten. Und selbstverständlich hätte ich nie ein Taxi nehmen können. Dabei
war die Underground mehr als nur Fortbewegung. Hier
wurde gelernt, geschlafen, ausgeruht. Inmitten der
Massen war damals meist der ruhigste Moment. Denn
gefangen in der Achselhöhle Londons konnte man oft
nichts anderes machen, als die Enge zu nutzen, um in
sich zu gehen. *,Das ist schon über 10 Jahre her'*, denke
ich und fühle mich alt.

Der heutige Tag galt vor allem der Anreise. Es gab

nur einen kleinen eingeschobenen Termin zur Kunden-
pflege. Eigentlich viel entspannter als der normale Büro-
alltag, trotzdem bin ich bereits seit zwölf Stunden auf
den Beinen und fühle mich gehetzt. Mir kommt es so vor,
als wäre dieser Tag ein einziges Anstehen gewesen. Ein
Rhythmus aus stotterndem Stillstand unterbrochen von
brennender Hektik pochte den ganzen Tag in meinen
Fußsohlen. Ich stand auf dem Münchner U-Bahn-Gleis,
um auf die Bahn zum Flughafen zu warten, am Flughafen
wartete ich, um einzuchecken, an der Sicherheitskontrolle
sowieso, in der Schlange zum widerlichen WMF-Voll-
automaten-Cappuccino, auf der Toilette, zum Gate, im
Gang des Flugzeuges, noch mal vor der Toilette, beim
Aussteigen, im Bus zum Flughafengebäude, am Gepäckband, am Taxistand, sogar das Taxi war eingereiht im
endlosen Stau in die Innenstadt. Beim Kunden stand ich
vor dem Empfang in einer Schlange und danach vor den
Aufzügen. Ich wartete das Small-Talk-Geplänkel und die
37 PowerPoint-Charts unserer aktuellen Unternehmens-
präsentation ab, um mich kurz danach für einen Coffee-
to-go anzustellen, der mich auf dem Weg zur Schlange
vor der Rezeption begleiten sollte. Ich stand noch mal
vor den Aufzügen und dann konnte ich mich endlich auf
mein Bett fallen lassen. Es fühlt sich also so an, als hätte
ich mich heute Morgen in München in einer Schlange
angestellt, an deren Ende mein Hotelbett hier in London
auf mich gewartet hat. Aber natürlich endete es dort
nicht, denn das war ja nur ein kurzer Warteabschnitt
im Liegen, bevor ich wieder raus bin und jetzt hier auf
meiner Rolltreppenstufe auf die Ankunft am Bahngleis
warte. Und ich weiß, unten angekommen werde ich
wieder im Gedränge von Hunderten darauf warten, den
Zug betreten zu können, der mich zur nächsten Warte-
position bringt. Ich warte auf den morgigen Tag, dann
auf das Frühstück und dann auf das Taxi und dann auf
das Nächste. Ganz egal, was das Nächste ist. Man steht
einfach sein Leben lang an und nichts davon kann

beschleunigt werden, jede Wartezeit ist notwendig und wird in diesem Fall tatsächlich von meinem Arbeitgeber bezahlt. Würde man die Wartezeiten abkürzen, wird man irgendwann dafür bestraft und muss irgendwo anders noch länger warten. Das ist wie mit den Rasern, die einen riskant überholen und dann an der nächsten Ampel doch nur wieder vor einem stehen. Die Frage ist also: Kommt man auch irgendwann an? Ich lasse die Frage im Geiste eine Nummer ziehen und warte weiter.

Ich muss zugeben, dass ich mich mit dem neu zusammengestellten Team astrein amüsiere. Ich liebe junge Foto-Film-Teams, die ihr Glück nicht fassen können, endlich mal auf einem Business-Trip zu sein, während man selbst den Reiz des ganzen schon verloren hat. Sie sind quietschig, gut drauf und hoch motiviert, mal das deutsche Pflaster zu verlassen und den Smog von London zu riechen. Ein Hotelzimmer bezahlt zu bekommen. Im schicken Restaurant zu essen und jede Menge Material vor das Handy zu bekommen, um den Instagram-Feed zu füttern und mit seiner Arbeit anzugeben. Selbst der beschissenste Job fühlt sich wichtig an, nur weil er auf britischem Boden stattfindet.

Abgesehen von der Abrufbarkeit für alle möglichen Ungeklärtheiten des morgigen Jobs, liegen jetzt tatsächlich alle Verpflichtungen für heute hinter mir. Und vor mir liegen 13 Stunden in meiner europäischen Lieblingsstadt zur freien Verfügung, bis morgen früh um fünf Uhr mein Wecker klingelt. Ich checke mein Handy und beginne die anstehenden Nachrichten und verpassten Anrufe zu priorisieren und dementsprechend zu beantworten.

Das Wichtigste zuerst – den Rückruf an mein Team. Sie sind in der Location und wollten die wichtigsten Sachen für morgen einrichten. Ich bin davon ausgegangen, dass sie damit schon längst fertig sind. Da aber die Kaution nicht auf deren Konto eingegangen ist, werden sie nicht reingelassen. Ich rufe bei uns im Büro an und finde heraus, was ich bereits wusste: Alle Zahlungen sind rausgegangen – schon vorgestern. Geld nach London zu verschicken ist gleichzusetzen mit der Schnelligkeit von Brieftauben. Dabei wurde der Brexit noch gar nicht vollzogen. Mit demselben, aber immerhin bestätigten Wissen, telefoniere ich mit dem Mädel von der Location.

„If I don't see the money in my account, I cannot let you in." Das Mädchen klingt jung und die Regeln ihres Bosses kleben an ihren Lippen wie falsches Make-up.

„If we cannot prepare for the job tonight, we won't be able to finish our job tomorrow and we will cancel the whole lease. Which means, you won't get paid at all. Let us in!"

„But, but,..." Der vorgefertigte Plan B fehlt. „...I can loose my job if..." Ihre zarte Stimme zittert hilflos.

„You won't." Ich spreche wie mit meiner Mutter: langsam, klar und in meinem deutlichsten Oxford-Englisch „A bank transfer from Germany to Great Britain takes 3 days. That's more time than we were actually given to prepare for the shoot tomorrow. But we are a professional press agency that can fulfill the special needs of our clients and work with professional locations like yours, to do so. So please be professional and let us in."

‚Spricht da vielleicht schon eine Herrin aus mir?', denke ich. Denn jetzt ist zwar genauso wenig Geld auf ihrem Konto, aber sie lässt das Team durch.

Priorität Nr. 2: Wie verbringe ich die restlichen 12 ½ Stunden meiner freien Zeit?

Natürlich liegt es auf der Hand: in der Stadt, in der man studiert hat, die Freunde und Kollegen von damals besuchen. Bislang hat es aber nur Absagen gehagelt. Jedoch ist es fast utopisch, dass jemand so spontan Zeit hat. Das Leben über 30 ist angenehm, weil jeder mittlerweile gutes Geld verdient. Aber dafür ist freie Zeit Mangelware. Der eigene Alltag ist das Härteste, was jeder von uns zu bewältigen hat. Jeder ist überzeugt, dass sein eigener bedeutend schwerer ist als die der anderen. Und wenn jemand so spontan den komplexen Balanceakt des eigenen Schaffens mit einem weiteren Meeting zerplatzten lassen will, kann man wohl kaum Verständnis dafür haben. Ich weiß es, denn ich bin keinen Deut besser. Ich hab' so gut wie nie Zeit, wenn jemand spontan in München ist, und falls ich tatsächlich Zeit hätte, ist meine Bereitschaft sie herzugeben, nicht sehr hoch. Darum kann ich auch niemandem böse sein. Es erscheint eine weitere Absage von Chen und damit gebe ich die Idee eines Revival-Treffens endgültig auf.

Ich frage mein Team nach ihrem Plan für den Abend. Sie texten mir, dass sie noch sicher zwei Stunden in der Location brauchen und danach nur im Hotelrestaurant essen und sich so schnell es geht, hinlegen wollen. Also auch nichts.

Fast erleichtert öffne ich Tinder und schiebe mich mit viel Ablehnung durch die verfügbaren Männer in meiner Umgebung. Der Unterschied zwischen München und London ist das pure Muskeltraining für meinen Daumen. Größere Stadt, noch größere Anonymität, noch mehr Angebot und vor allem noch mehr Abschaum. Meine Assoziationen anhand ihres Profilbildes sind schnell getroffen.

Macho – Macho – Macho – Angeber – Prolet – Verzweifelter – zu lieb – zu hässlich – zu charakterlos – oh! Hello Mr. Dumm-fickt-gut, dem gebe ich ein Like – und hier: Mr. Richtig, Marke erfolgreicher Geschäftsmann bekommt auch ein Like – Arsch – Arsch – Macho-Arsch – Öko – zu unsportlich – zu unsicher – zu bonzig – zu naiv – zu hässlich – zu jung – zu alt – zu ungepflegt – drogenabhängig – gewalttätig – unzurechnungsfähig - Arsch – Arsch – Arsch.

Bing! Mr. Dumm-fickt-gut und ich haben ein Match. Ich vermisse meine Freude über diesen Zustand. Und gleichzeitig weiß ich schon jetzt, dass ich die Zeit in London nicht mit einem Mann verbringen will, der für keine 30 Minuten in einem Gespräch bleiben kann.

„Hey little Pea"

„Hey Mr."

„What are you up to?"

„I have 12 hours left in London and no company."

„That we can certainly change."

„Where are you from?"

„Munich."

„Nice. Oktoberfest. I know."

„I love Munich!"

Ja. Wer nicht?

„So, what are you doing in London?"

„Business Trip. I have a job tomorrow"

„What are you doing?"

„Doesn't matter, don't you think?"

„Yeah, you are so right!"

„So, do you rather like to discuss, how you want to get fucked?"

„That sounds like the appropriate language for this chat. But as I am pretty well-versed in sexual positions, I'd be more interested to know if you are a proper lover."

„I got no complains."

„Most women, wouldn't really say."

„Are you impulsive?"

„If I have a beautiful body in front of me, there is no other way."

Und dann poppt das zweite Match auf und parallel startet der Chat mit Mr. Richtig.

„Hi."

„Hi, there."

„Nice to meet you here."

„How are you? What are you searching for?"

„Well. I think I am one of the guys lost on the wrong platform, I really like to find an interesting woman – not only for a little fun."

„Sounds honest and cute."

„Well, call me naive. I am just not the person for ONS. But I like the easy approach here. So tell me about you. You are living in London?"

„I am not. I studied here. Right now, I am only here for a business trip."

„Oh."

„Where are you living?"

"Munich."

"What's your job?"

„PR"

„And you, at the police? I feel like I'm in an interrogation"

„Sorry. It's a bad habit here, to check all the boxes of things ‚she' should have."

„Well. Listen. You are honest. I will be honest, too. I don't have the plan to find my true love tonight. But I do have a free but lonely night in front of me, in one of the best cities. I'm looking for a great time and nice company. See some new places, drink, chat. And anyway, I have to get up early tomorrow. So, it won't be the wildest night of our life."

„That doesn't sound too bad."

„Do you know a great place for some proper cocktails?"

„Sure."

„Which area in London are you staying?"

„My hotel is in Whitechapel."

„Do you know ‚Nine Lives'?"

„No."

„I love the location and the drinks are terrific. Do you find the place?"

„Sure."

„9 pm?"

„Great."

„It's a date."

„With no cruel intentions."

„I take your word."

Das ging so schnell wie erwartet. Ich treffe Mr. Richtig. Mr. Dumm-fickt-gut flirtet im gleichen seichten Wasser weiter und bekommt nur die Information, dass sich mein Team doch noch entschlossen hat auszugehen. Ich behalte ihn mir als Backup-Plan.

Auch der dritte Cocktail macht diesen perfekten Vorzeige-Schwiegersohn nicht interessanter. Ich frage mich, was mit mir los ist. Hier sitzt ein attraktiver, durchtrainierter Mann vor mir. Mit perfektem Lebenslauf, intakter Familie und sicherem, aber stinklangweiligem Job. Mittelgroß, mittelblond, mittelprächtig. Ist es nicht genau diese Sicherheit, nach der man suchen sollte? Er interessiert sich ein bisschen für Politik, ein bisschen für Golf, aber so richtig für nichts. Und alles andere, das er mir von sich erzählt hat, habe ich bereits vergessen. Sein Interesse an mir ist allerdings nicht zu übersehen. Er findet mich exotisch, hat er gesagt. Mein Job und meine Kunden und die Menschen, die ich treffe. Er fragt weiter seine Checkboxen ab. Aber jede Information, die man ihm gibt, wird in ein schwarzes Loch der Langeweile gesogen. Nichts kommt zurück. Wie als ob man einen Tischtennis-Partner gefunden hat, der meinen Bällen fasziniert nachschaut, aber keine Anstalten macht einen zurückzuspielen. Und ehrlicherweise spiele ich auch seine Bälle nicht zurück. Lieber nimmt man, ohne sich zu bücken, einen neuen Ball aus der Tasche und spielt ihn. Ich halte nur noch meinen Schläger in der Hand und während ich warte, ob er doch noch einen Ball in der Tasche hat, ziehen meine Gedanke sehnsüchtig zu dem furchtbar aufregenden Abend mit Martin zurück. Ich muss zugeben, dass ich noch immer diese unberührte Ekstase spüre. Eine Lebendigkeit, die bekannt, aber fast vergessen ist.

Bevor uns die Bälle ganz ausgehen, nehme ich den Job als Vorwand, um zu gehen. Als ich mich verabschiede, stelle ich fest, dass ich mir noch nicht mal seinen Vornamen gemerkt habe. Was für eine unzufriedenstellende Zeitverschwendung dieses Treffen doch war. Und obwohl nichts zwischen uns passiert ist, schäme ich mich dafür, mich überhaupt mit ihm getroffen zu haben.

Ich checke mein Handy. Ich hatte schon die Vermutung, dass sich Jef noch mal gemeldet hat. Von ihm weiß ich absolut nichts, außer seiner Lust zu vögeln und seinen Vornamen. *Tiefe Abgründe, Sandra. Tiefe Abgründe*, denke ich.

„My team went to bed. But I could take one more drink. What about you?"

„I just waited for your Go!"

„Go!"

Abrufbereit – so wie es mir gefällt. 15 Minuten später sitze ich mit einem schlecht gekleideten Hobby-Bodybuilder an meiner Hotelbar. Er fühlt sich nicht wohl in dieser Preisklasse – das ist ihm sichtlich anzusehen, auch wenn er versucht, es zu überspielen. Er redet von seinen bisherigen Urlauben und deren Hotelbars. Fitnessstudio, All-inclusive-Hotelanlagen, angehender Alkoholiker, der Frauen wie Trophäen sammelt. Mehr kann man nicht über ihn sagen. Wir haben nur wenige Schlucke unserer Longdrinks genommen, aber eines ist schon jetzt klar – hier gibt es nichts weiter zu reden. Erst recht nicht zuzuhören. Aber dafür haben wir uns auch nicht getroffen.

„Let's finish our drinks in my room."

Wir küssen uns im Aufzug nach oben. Er ist einer dieser Männer, die fälschlicherweise zu viel Können in ihrer Zunge vermuten. Aber ich will eh nicht küssen und leite seine penetrante Zunge auf meinen Hals. Damit fühl ich mich weniger beengt und im Regelfall törnt es mich an. Wir gehen ins Zimmer. Die Drinks bleiben ab jetzt unangerührt und sollen später von mir angewidert im Waschbecken entleert werden.

Sehnsucht nach Lust ist noch lange keine Lust. Der Anblick von perfekt definierten Muskeln, einem erigierten Penis und einem Mann, der vorgibt, dass ihm beim Sex das Vergnügen der Frau das Allerwichtigste wäre, lässt mich kalt. Aber ich will so sehr Lust verspüren. Ich will jetzt. Also lasse ich den altbekannten Ablauf zu und bekomme die ganze Muskelkraft eines testosterongesteuerten Stiers auf unelegante Weise im Stehen zu spüren. Allerdings war das auch meine Bitte. Damit habe ich gleich nicht das Problem, seinen Geruch im Bett ertragen zu müssen – sondern nur die sauberen Hotel-Bettlaken. Ohne Höschen mit hochgestreiftem Shirt stehe ich breitbeinig am Schreibtisch, während er mich von hinten nimmt. Er stöhnt und stößt. Ich fühle mich würdelos und will nur, dass es vorbei geht. Er steigert sich hinein. Ich halte es aus. Ohne etwas zu fühlen. Nicht mal mein Puls geht hoch. Kein Schmerz. Keine Lust. Ein gefühlloser Akt ohne Vorspiel – nur für einen Zweck. Es hinter sich zu bringen. Der verzweifelte Versuch dabei einen Moment abzuschalten, gelingt nicht. Ich spüre, wie seine Penetration gleichmäßiger wird. Meine Entspannung bleibt aus. Seine Bewegungen kommen nicht mehr nur aus seiner Hüfte, sondern aus jeder kleinen Faszie. Er zittert. Ich weiß, ich werde hier nichts mehr fühlen. Ich beginne zu stöhnen und spiele ihm vor, was er sehen möchte. Er denkt, ich komme gleich. Er kommt. Er denkt, ich komme. Ich komme nicht. Damit fühlt er sich besser und ich muss mir kein Gewinsel anhören.

Er gleitet aus mir heraus und streift bereits auf seinem breitbeinigen Weg ins Badezimmer das Kondom herunter. Ich ziehe mir mein Höschen an und brauche Kälte. Ich drehe die Klimaanlage weiter auf. Er kommt zurück, zieht sich seine Shorts wieder an und will sich gerade aufs Bett setzen, um ich weiß nicht was zu tun.

„Wait!" Ich bin fast etwas hysterisch.

Ich schicke ihn weg, ohne ihm die Chance für einen Sitzplatz zu geben, ohne Feedback, ohne Dankbarkeit. Er wirkt enttäuscht. Mit vorgespielter Müdigkeit dränge ich ihn Richtung Tür. Er antwortet mit überschwänglichen Floskeln darüber, wie aufregend dieses Erlebnis für ihn war. Endlich verschwindet er.

Irgendwann mal war ich überzeugt, dass Sex eines der schönsten Dinge der Welt wäre. Aber jetzt spüre ich nur Bedeutungslosigkeit. Ich will es einfach schnell wieder vergessen. Nichts davon war befriedigend. Nichts davon ist neu. Nichts davon will ich wiedererleben. Und doch werde ich es wieder tun. Ich gehe ins Badezimmer und dusche heiß. Ich finde mich merkwürdig. Ich suche Hitze und Kälte gleichzeitig.

Ich liege im blütenweißen frischen Bett, rieche das kalte, reizlose Waschmittel von großen Hotelketten und denke an Desinfektionsmittel. Ich frage mich, ob es so etwas wie desinfizierte Emotionen gibt. Man tut genau das, was sie auslösen sollen, weil sie in unseren Körpern eingespeichert sind, aber nichts passiert. Die Gefühle sind weg. Die für die anderen und die für sich selbst. Diese Gedanken ziehen sich ins Sinnlose. Die Augen bleiben geschlossen, der Kopf wach. Keine vier Stunden sind so zu ertragen, bis ich endlich aufstehen darf.

Der Job war eine Wohltat. 14 Stunden drehen, interviewen, Abläufe, Catering, Abstimmungen, dazwischen E-Mails checken, viel zu viele Dinge gleichzeitig tun und in dieser Hektik nicht auch nur eine Sekunde an das schlampige und unzufriedenstellende Gefühl der letzten Nacht denken. Erst jetzt, nachdem ich mich in den Flugzeugsitz fallen gelassen habe, fällt es mir wieder ein. Denn Flugzeugmodus einschalten heißt auch Gedankenkarussell einschalten.

Früher habe ich mitgezählt, mit wie vielen Männern ich geschlafen hatte. Das ist mir mittlerweile egal. Es ist eben einer mehr. Er hat mir aber nichts genommen, was mir jemand anderes zuvor nicht schon geraubt hätte. Trotzdem spüre ich das Gefühl des Ekels deutlich. Ein flaues Gefühl im Magen. Es ist als wären alle körperlichen Hormone ausgeschüttet, um sich verlieben zu können, aber statt Schmetterlinge unter rosaroten Wolken kommen nur Fledermäuse aus schimmeligen Höhlen. Und doch gibt es ein Flattern. Vielleicht bin ich genau danach süchtig? Denn die Bestätigung, die ich bekomme, habe ich durch seinen Erguss. Ich bereite Freude. Ich weiß genau, welche Knöpfe es zu drücken gilt. Ich spüre keine Lust dabei, aber ich nehme deutlich wahr, wie man ihn damit kontrolliert. Wieder denke ich an Martin. Vielleicht sollte ich noch mehr kontrollieren. Vielleicht ist es genau das, was ich brauche oder ich bereits mache, ohne dass es mir bewusst ist. Vielleicht also doch? Aber mir fehlen die Regeln. Jetzt läuft das Spiel noch immer so, wie es mir Gabriel gezeigt hat. Und wirklich jeder liebt es, so behandelt zu werden. Die Frage ist also: Wie lauten meine eigenen Regeln?

Ich schalte meinen Laptop an und arbeite die Zeit während des Fluges durch. Es muss doch irgendwie gehen, dass man auch mal nicht an Sex denkt.

Wir landen in München und die SMS an Tom ist schon

vorbereitet.

„Komme grad' aus London. War anstrengend, aber gut. Bräuchte dringend ein Gute-Nacht-Hupferl. Hast du eines für mich?"

Ich stehe mit dem Team am Gepäckband, als die Antwort summt.

„Für Dich immer. Wann bist Du hier?"

„Grad' gelandet. Mach mich auf den Weg zu Dir."

„Kanns kaum erwarten."

Ich habe kurz das Gefühl der Erleichterung. Der Gedanke an meine viel zu minimalistisch eingerichtete kalte Wohnung verspricht nichts Entspannendes. Aber in Toms Bude – er wohnt seit zwei Jahren in der alten Eigentumswohnung seiner Mutter – ist nicht nur Tom, sondern auch jede Menge Erinnerungen. Obwohl ich an keinem dieser Andenken selbst beteiligt war, fühlt es sich warm an. Man spürt sie, sobald man den Fuß in die dröge deutsche Standard-Wohnung aus den 80ern setzt. Mein absolutes Lieblingsstück ist der sechseckige Fliesentisch, den Tom nach wie vor mit Stolz behält. Marke: Unkaputtbar. Schon komisch, dass Hässlichkeit oft Wohlfühlen ausmacht. Ich würde so etwas nie in meine Wohnung stellen und fühle aber sofort Gemütlichkeit, wenn ich ihn bei Tom wiedersehe. Er ist der Zeitzeuge dreier Generationen, hat das Lachen beobachtet, das Weinen, das stumme Schweigen vor schlechten Western-Filmen und uns beim Vögeln zugesehen.

Ich klingele. Tom öffnet die Türe und lächelt schon verschmitzt. Wir kennen beide dieses Ritual, auch wenn es keine Regelmäßigkeit dafür gibt.

Als Tom und ich zum ersten Mal zusammen waren, hat er mich von meiner eigenen Geburtstagsfeier abgeschleppt. Ich wurde damals 16 und er war natürlich viel zu alt. Aber ich hab' vergessen, wie alt er ist. Wir haben damals beide noch in Aalen gewohnt. Es ist wie ein anderes Leben. Dass wir jetzt wieder in derselben Stadt wohnen, ist ein absoluter Zufall, den wir ab und an mit den alten Gewohnheiten feiern.

Allerdings haben wir mittlerweile aufgehört mit Dingen, die wir nicht mögen. Er überredet mich nicht zu einem alkoholischen Getränk und ich nerve ihn nicht mit Kuscheln danach. Wir wissen so gut voneinander, was wir mögen und nicht mögen, dass es mindestens einmal im Jahr zu Toms Überlegung kommt, ob wir nicht doch heiraten sollten.

Was wir nie machen werden. Tom ist wie ein altes Relikt, das man in einer Kiste am Dachboden aufhebt, das aber nichts mit dem Heute zu tun hat. Wir reden kaum über die Dinge, die heute in unserem Leben passieren. Wir philosophieren oft mal über Gut und Böse, über Freundschaften, Liebschaften, Wichtiges und Unwichtiges, die Notwendigkeit des Oktoberfests oder über Obdachlosigkeit – aber nie über unseren Alltag. Ich habe keine Ahnung, warum er seine Nägel kaut wie Kinder an ihren Bleistiften. Er ist Vater, aber ich hab' keine Ahnung, in was für einem Verhältnis er zu seinem Kind steht. Oder ob es ein Bub oder Mädel ist, geschweige denn wie alt es ist. Ich will's auch nicht wissen. Ich kenne noch nicht mal seinen aktuellen Job. Es gibt einfach keinen Grund, so etwas zu wissen.

Sein Blick lässt mich seit dem Öffnen der Tür nicht los. Wir geben uns einen liebevollen zarten Kuss und gehen dann in sein Schlafzimmer. Ich vorwärts. Er rückwärts. Wir kennen beide den Weg. Wir blicken uns tiefer und tiefer an und beginnen unser Abstreifen-Spiel. Jeder zieht dem anderen ein Kleidungsstück aus. Nur ein einziges. Danach ist der andere dran. Er zieht also nur den Sommerschal von meinem Hals und dann bin ich dran. Tom trägt allerdings nur Boxershorts.

„Du bist unverbesserlich."

Er hebt unschuldig seine Schultern. „Du warst einfach

schon zu lange nicht mehr hier."

„Aber so macht das Spiel doch keinen Spaß."

„Oh doch."

Nackt beginnt er mich aus meiner Kleidung zu pellen und wir lieben uns in Missionarsstellung. Klassisch, aber mit leidenschaftlicher Ruhe. Ich kann es fühlen. Seine Lust und meine Entspannung. Und dann auch plötzlich meine Lust. Sie ist da. Leise. Dann lauter. Und plötzlich schafft es jeder seiner tiefen Stöße mich mit der Bewegung verrückt zu machen und eben auch mit jedem Stillstand, den er bewusst ausspielt. Er gleitet aus mir, blickt mir in die Augen und bewegt sich kein Stück, bis er wieder kraftvoll zustößt. Ich zappele und verlange nach mehr. Hier bebt der Beweis in mir. Jedes Mal wieder kommt es mir so vor, als wäre er eine Katze, die mit einer kleinen Maus spielt. Langsam bewegt sich sein Spiel in eine gleichmäßige gewohnte Welle und meine Augen driften ab. Meine Gedanken sind weg und ich genieße den Moment, in dem er kommt, wie ein freundschaftliches Geschenk der Nähe. Ich komme nicht, aber es fühlte sich an, als wäre ich auf dem Weg dorthin gewesen.

4/ 2019

Dank Tom wage ich den Weg nach Hause. Ich liege auf meinem japanischen, absolut schadstofffreien Bio-Futon in meinem übergroßen Schlafzimmer, das ich neben den weißen Wänden nur mit einem weißen Kleiderschrank und bodenlangen weißen Gardinen geschmückt habe. Und schaue auf die nackte Glühbirne, die von der Decke hängt. Die Reise nach London würde für viele ausreichen, um danach einfach gut eine Nacht durchschlafen zu können und eingekuschelt wie ein Murmeltier den Vormittag ohne Aktivität verpassen zu können. Ich schaffe es noch nicht mal, einzuschlafen. Seit vier Stunden liege ich, drehe mich hin und her und versuche meinen Kopf auszuschalten. Vergebens.

Meine Gedanken drehen sich im Kreis um eine einzige Frage, die ich in jedem Interview stellen musste. ‚*Why do you run?*‘ Jeder hat eine andere Antwort gegeben. Aber dazu kommt mein Kopf gar nicht. Wie ein defekter Plattenspieler wiederholt er immer nur dieselbe Frage: ‚*Why do you run?*‘. Dann wieder ‚*Why do you run?*‘. Keine Antwort, aber wieder die gleiche Frage ‚*Why do you run?*‘ ‚*Why do you run?*‘ ‚*Why do you run?*‘ Die Interviews sind abgedreht. Ich hab' die Frage gestellt ‚*Why do you run?*‘. Ich hab meine Antworten bekommen. Aber ‚*Why do you run?*‘ Ich kann nichts mehr daran ändern. ‚*Why do you run?*‘ Lass sie los, Sandra! ‚*Why do you run?*‘ Du musst schlafen! ‚*Why do you run?*‘ ‚*Why do you run?*‘ ‚*Why do you run?*‘ Ich kann sie nicht loslassen. ‚*Why do you run?*‘

Erst als ich die Augen öffne, kann ich die Frage in den Rückhalt locken. Ich blicke erneut auf den Wecker. Es ist

4:32 Uhr. Genug gequält, entscheide ich. Ich spritze mir kaltes Wasser ins müde Gesicht. Putze meine Zähne. Und schlüpfe in meine Laufklamotten. Kein Zeitpunkt für viel Kraft. Aber für eine lange langsame Einheit, denn genug Zeit habe ich ja. Ich laufe die gewohnte Strecke, während der ich jeden Baum, jede Ampel, jede Plakatstelle begrüße wie alte Freunde. Ich genieße es, die Veränderungen zum letzten Mal zu registrieren. Um mich herum die Leute, die betrunken aus den Klubs kommen. Auf ihrem Weg in die nächste Bar oder doch schon nach Hause. Mein Puls ist bei 143 bis 145. Genau da, wo er sein soll. Die Beine schwingen nach vorne und es kommt mir vor wie ein Vorwärtsspulen der endlosen Warteschlange. Jeder Meter ist ein weiteres Ziel, der unendlich vielen Ziele, die man zu erreichen hat. Beim Laufen habe ich zigtausende von kleinen Mini-Zielen, die ich als erreicht betrachten kann. Mit dieser Vorstellung habe ich das Gefühl, dass das Warten schneller vergeht.

Es dauert 6,23 km, bis ich wieder an die hinter mir gelassenen Männer der letzten 72 Stunden denke. Warum? Warum kann ich mich nicht auf einen konzentrieren, sondern konsumiere und flirte gleichzeitig und verpasse damit die Chance, irgendetwas davon wirklich ernst zu nehmen? Mr. Richtig hatte niemals eine Chance. Wenn ich an das Sexgerede von Jef denke, hätte ich genau sagen können, wozu es führt. Trotzdem hab' ich es wieder getan. Wieso verbringe ich meine Zeit so sinnlos? Wieso pflege ich nicht die Arbeitsbeziehung mit meinem Team, akzeptiere kein Nein der alten Studienfreunde oder nutze den Abend zumindest für Kultur? Ich hätte mich in ein Massagestudio legen können oder noch besser an der Themse laufen gehen, um etwas für mich zu tun. Und Tom, was mach ich nur mit meinem armen Tom? Im Grunde kommt es mir vor, als ob ich ihm im Weg stehen würde. Ich melde mich nicht oft bei ihm. Aber ich bin mir sicher, dass er jetzt wieder öfter bei mir anklopft und es wagt auf mehr zu hoffen. Er ist wie mein persönlicher Sexdienst. Ihn als Person nehme ich gar nicht wahr – vollkommen egoistisch von mir. Dabei kennen wir uns schon so lange. Es ist gemein. Und trotzdem ist es mir egal. Er ist mir egal. Ich habe kein schlechtes Gewissen gegenüber irgendeinem von ihnen. Ich denke nicht, dass ich irgendjemanden betrogen habe oder irgendjemandem etwas schuldig wäre. Schuld empfinde ich vielmehr gegenüber meinem eigenen Spiegelbild. Wie lange es schon so geht, weiß ich selbst nicht. Ich bin kein Trophäensammler. Ich erzähle ja niemandem davon. Es wäre mir viel zu peinlich. Im Grunde sehne ich mich nur nach der Erlösung von dieser Suche und habe die wahnwitzige Hoffnung, sie in noch mehr Sex zu finden. Habe ich dann Sex, empfinde ich aber nur Abschaum. Vor dem Akt. Vor mir. Und in diesem Gefühl startet direkt die Suche nach dem Nächsten. Wie eine Wunde, an der man ständig kratzt, obwohl man weiß, sie würde viel schneller verheilen, wenn man die Finger davonließe. Es ist mir völlig bewusst, dass ich es dadurch nur schlimmer mache. Und jede weitere dieser Nächte lässt die Erlösung weiter in die Ferne rücken. Und trotzdem werde ich es wieder tun. Von wegen ‚*Why do you run?*‘. Muss die Frage nicht lauten ‚*Why do you fuck?*‘? Und warum? Warum ficken wir? Warum ficke ich? Wogegen ficke ich an? Warum? Fucking fuck!

Der Gedanke, ich kann es mit jemanden tun – ohne Verpflichtung – turnt mich mehr an als der Sex selbst. Dabei erzähl ich ihnen, was sie gerade hören wollen. Ich lüge nicht. Aber ich meine nichts davon ernst oder ziehe nicht im Entferntesten in Betracht, dass einer dieser Männer einen ernsthaften Platz in meinem Leben bekommen könnte. Nachrichten von ihnen geben mir nicht das Gefühl, dass ich irgendeine Verpflichtung hätte, mich zurückzumelden. Tue ich es jedoch, sind sie wieder bereit für alles. Und ich nehme und nehme und gebe ihnen dann nur einen sexuellen Ablauf, den ich in- und auswendig kenne. Eine Handlung, die ich runterrattere, ohne zu genießen. Die mir wertlos vorkommt. Ihnen jedoch alles bedeutet. Ich bin wie ein Mann. Vielleicht hat Inga recht, wenn sie das immer zu mir sagt. Ohne Gewissen. Ohne Passion und ohne Möglichkeit abzuspritzen, um mir endlich Erleichterung zu verschaffen.

Ich laufe weiter und komme immer wieder auf einen Gedanken, der mir den Puls nach oben schnellen lässt. Ich denke an Martin. Martin, der mir etwas geben möchte, von dem ich nicht gedacht hätte, dass ich es brauche. Macht. Und jetzt denke ich bei allem, was ich tue, dass ich nichts anderes brauche außer diese Macht. Selbstbestimmung. Dominanz. Wenn ich bestimmen muss, dann komme ich zwangsläufig in die Situation, dass ich mir überlegen muss, was ich will. Der Gedanke daran lässt mich in Scham erröten. Oder ist es doch Erregung? SM ist etwas, das mich immer abgestoßen hat. Allerdings habe ich auch immer nur die Variante in Betracht gezogen, dass ich den devoten Part übernehmen würde. Schließlich kommt das vielmehr dem nah, was ich bisher erlebt habe. Ich bin dafür zuständig, jemand anderem Freude zu bereiten und nehme Aufträge dazu entgegen. Früher hätte ich gedacht, Spaß beim Sex zu liefern sei die Bezahlung, damit die Männer überhaupt Zeit mit mir verbringen. Dieser Gedanke klingt widerwärtig, ist aber wahr. Und jetzt? Könnte ich Lust verspüren, weil ich die Befehle gebe? Weil ich jemand anderem Schmerzen zufüge, weil ich jemand anderen hinhalte und quäle? Weil ich jemand anderem das Gefühl gebe, ich sei nur deswegen mit ihm zusammen, damit er mir meine sexuellen Gelüste erfüllt? Ich könnte mir keinen meiner Sexpartner vorstellen, der dazu bereit gewesen wäre. Aber Martin ist es. Er ist die Chance, mein Gefühl umzukehren.

Ich trabe weiter und denke immer wieder an seinen untergeordneten Blick, als er mich ‚Herrin‘ genannt hat. Was mache ich nur? Das überschreitet wirklich alles, was ich bisher erlebt habe. Das geht nicht. Oder? Das darf ich nicht. Ich sollte irgendwas Normales anstreben, aber nicht noch mehr aus der Norm herausfallen. Will ich nicht eigentlich nur eine normale Beziehung? Und vor allem:

darin Genugtuung finden? Sollte das nicht jeder wollen? Also doch auch ich? Eine verlässliche treue Beziehung mit einem Menschen, der mehr Freund ist als Sexpartner. Das wäre die Erlösung. Und jetzt will ich mich noch mehr auf Abwege bringen?

Ich ziehe das Handy aus meiner Lauftasche. Es ist noch nicht mal sechs Uhr morgens. Ich erlaube mir nicht, diese Entscheidung jetzt zu treffen. Aber ich gestatte mir, ihn zu kontaktieren, sollte ich heute Abend immer noch von diesen Gedanken besessen sein, melde ich mich. Ich beschließe, aus meinem langsamen Lauf einen Wechsellauf zu machen und klicke auf die Playliste ‚Motivation', programmiere meine Uhr um und laufe schneller.

Die Schnelligkeit spornt nur meine Gedanken an. Martins Nummer ist nach wie vor in unserem Chat. Ich kann es einfach ausprobieren. Wenn es nichts ist, ja gut, dann schäme ich mich wieder einen Tag lang, muss mich aber nicht mit der Frage quälen, wie es gewesen sein könnte. Die Uhr befiehlt mir, meinen Puls nach unten zu bringen, aber ich klicke weiter und überspringe den Wechsel, damit ich schneller in meiner Warteschlange vorankomme. Damit ich ihm schneller schreiben kann. Plötzlich und viel zu schnell stehe ich wieder vor meinem Wohnhaus. Ich nehme das Handy, beende meine Musik und verzichte darauf, bis zum Abend zu warten. Ich schreibe ihm, und zwar mit einer konkreten Uhrzeit und Aufforderung, sich für mich bereit zu halten.

Vor mir liegt die pure Aufregung auf das Unbekannte. Die einzigen Dinge, die ich weiß, sind: Nichts davon darf bei mir stattfinden. Meine Wohnung muss unberührt bleiben. Ich gebe sämtliche Anweisungen. Egal, ob es um den Drink geht oder um den Sex. Ich lasse mir nichts sagen! Ich darf alles. Er darf nichts.

3/ 1999

Heute ist ein guter Mittwoch. Ich bin von allein aufgewacht und Mama ist weder zu sehen noch zu hören. Sie ist also entweder in der Frühschicht oder sie schläft sich aus. Meine rechte Hand drückt meine Zimmertür zu, während ich mit links die Türklinke geräuschlos nach unten drücke. Mit angehaltenem Atem schleiche ich durch den Gang zum Bad, wo ich das Gleiche bei der Badtür wiederhole. Sie zu wecken würde nur ein schlecht gelauntes Gespräch nach sich ziehen.

Im Spiegel schaue ich einem furchtbaren Bild entgegen. Mein Gesicht ist übersät mit Pickeln, die von tief innen meine Haut in eine sich ständig verändernde Kraterlandschaft verwandeln. Manche von ihnen sind noch hautfarben und man erkennt den kleinen Hügel nur durch den harten Lichteinfall der Spiegelschrank-Beleuchtung. Andere sind zusätzlich leicht bis leuchtend rot. Und manche haben es tatsächlich schon geschafft, sich eine weiß-gelbliche Krone aufzusetzen. Einige tun richtig weh, wenn man mit den Fingern drüberfährt oder auch nur das Gesicht bewegt. Und andere spüre ich gar nicht, obwohl sie nicht viel kleiner sind. Nase und Kinn sind gleichmäßig mit unzähligen schwarzen Punkten perforiert, aber heute immerhin ohne zusätzliche Entzündung. Ich starre es an. Das weitere Geheimnis, über das ich nicht rede, aber das mir jeder ansieht. Es hypnotisiert mich wie ein Rorschach-Bild. Dann beginne ich zu drücken. Drücken ist zum einen der Versuch, die schlimmsten Dinger nicht mehr so wirken zu lassen, als würde der Talg-Krater jeden Moment auf mein

Gegenüber ausbrechen können. Zum anderen tut es mir gut. Ich weiß, ich darf nicht drücken, aber ich kann nicht anders. Das Drücken – auch wenn es oft weh tut – beruhigt mich. Ich konzentriere mich auf jede einzelne Unreinheit und danach habe ich das Gefühl, etwas Schlechtes aus meinem Körper herausgedrückt zu haben. Fast vergesse ich die Zeit und bin daher meiner akribischen Mutter dankbar, dass sie einen Wecker im Badezimmer aufgestellt hat, der mich daran erinnert, dass mir nicht mehr viel Zeit bleibt. Ich wasche mir gründlich das Gesicht, trockne es ab und starre auf einen feuerroten Streuselkuchen. Diesen Blick ertrage ich nicht zu lange und tupfe schnell die Haut mit einem in Gesichtswasser getränkten Wattepad ab. Das ist so scharf, dass jedes bisschen Fett und Feuchtigkeit weggebrannt werden. Eine Stelle blutet. Ich versuche die Blutung zu stoppen, aber es will nicht aufhören. Die Schule ruft, ich muss weiter machen. Die tatsächliche Lösung meines Geheimnisses heißt: dickes Make-up. Erst kommt ein guter Abdeckstift, der jeden roten Leuchtturm mehr und mehr Richtung neutrale Hautfarbe taucht. Kreisförmig um den Pickel lasse ich die Tupfer des Abdeckstifts immer weniger werden. Sodass ich dann mit den Fingern einen guten Übergang zur normalen Hautfarbe tupfen kann. Danach folgt ein flüssiges Make-Up, das die vielen Punkte des Abdeckstifts zu möglichst einem einheitlichen Hautton färbt. Mit der Ecke eines Stückes Klopapier sauge ich das Blut auf und endlich kommt kein frisches nach. Es bleibt eine nässende, offene Stelle. Blasses Puder. Noch Mascara. Fertig. Wenn ich jetzt das schlimme Licht des Spiegelschrankes ausschalte, sieht es ganz kurz tatsächlich erträglich aus. Denn die Schatten unter den Kratern sind auf einem Mal weg. Ich könnte mir kurz vorstellen, wie hübsch ich wäre ohne diese Akne. Aber so ist es nun mal und ich bin froh, wenn ich das Badezimmer verlasse, muss ich dieses Gesicht mit etwas Glück bis zum Abend nicht mehr sehen.

Mit gesenktem Blick laufe ich in die Schule und ich fange damit an, mein Gedankengut für den Tag hin und her zu schaukeln. Ich spiele die Stunden durch, die heute auf dem Plan stehen. Die Hausaufgaben und die Vorbereitungen, die ich für jede Unterrichtsklasse getroffen habe. Da ich, wo immer es geht, die nächsten Kapitel lese, fühle ich mich auf mögliche Fragen vorbereitet. Die Hausaufgaben sind erledigt – das würde ich nie vergessen. Richtig Angst habe ich nur vor dem Sprechen vor der Klasse. Egal ob ich Antworten aus dem Stegreif formulieren soll oder mündlich ausgefragt werde. Ganz egal ob vorne vor den Augen aller oder von meinem Platz aus. Meine Kehle ist wie zugeschnürt. Ich schwitze, fange an zu stottern und starre in einen Tunnel, dessen Ende nicht zu erkennen ist. Darum melde ich mich nie freiwillig. Wenn der Lehrer mich aufruft, bleibt mir nichts anderes übrig, als die Antwort aus mir herauszupressen. Das einzig Beruhigende daran ist, dass ich ganz sicher die Antwort weiß.

Mit einer Doppelstunde Deutsch sind es heute nur fünf Fächer. Das ist nochmal leichter, vor allem weil die Lehrer okay sind, mich für meinen Fleiß schätzen und meine sozialen Defizite nicht zur Schau stellen wollen, so wie unsere Chemie-Lehrerin das jede Woche tut. Aber Chemie ist dienstags. Darum ist Mittwoch so ein schöner Tag, es ist der Tag, der am weitesten von der nächsten Chemie-Stunde entfernt ist.

Stundenpläne finde ich großartig. Der Vormittag läuft so strukturiert, wie ich mir alles im Leben wünschen würde. Keine Einheit dauert zu lange, selbst die Doppelstunde Deutsch ist absolut verträglich, man handelt einen Punkt nach dem anderen ab und weiß dabei immer, was gerade zu tun ist.

Schule ist außerdem Zeit mit Feli. Ich unterhalte mich auch hin und wieder mit anderen. Aber ich glaube, die unterhalten sich nur mit mir, weil Feli danebensteht.

Egal, wenn ich das ignoriere, habe ich das Gefühl, auch ich hätte Freunde. Vor der Klasse bemühe ich mich sehr, nicht wie das stumme Anhängsel von Feli zu wirken und tue so, als würde es mir nichts ausmachen allein zu sein, wenn Feli mal nicht bei mir ist. Dann suche ich mir eine Beschäftigung. Selbst wenn es eine Unsinnige ist, wie eine Hausaufgabe nochmal zu machen oder auswendig Gelerntes wieder und wieder abzulesen.

Der 13-Uhr-Gong ertönt. Die ganze Schule jubelt, als wären wir ein Fußballstadion nach dem Torschuss. Für mich ist der Schultag – wie immer – viel zu schnell vorbeigegangen und ich bin nervös wegen dem, worauf alle anderen hinfiebern: freie Zeit.

Nach der Schule gehen wir aber erst noch eine rauchen. Dazu suchen wir uns im naheliegenden Stadtpark ein ruhiges Plätzchen, denn schließlich sind wir dazu noch viel zu jung. Ich rauche, und das wissen auch alle, aber keiner weiß, dass ich es nicht gerne tue. Die Zigarette gibt einem die Möglichkeit, sich festzuhalten und mir eine Aufgabe. Wenn man leicht daran zieht, den warmen Rauch im Mund behält, aber mit der Nase atmet, hoffe ich, dass es so aussieht wie bei den anderen. So bekomme ich keinen Hustenreiz, denn der stechende Rauch gelangt nicht in meine Lunge. Manchmal rauche ich auch ganz für mich allein. Einfach, um es zu üben. Außerdem gibt mir das Rauchen das Gefühl, jemand anderes zu sein. Jemand, der dazugehört – erwachsener, selbstbewusster, was auch immer.

Nach und nach löst sich die Ansammlung von rauchenden Schülern auf. Die meisten wollen noch weiter abhängen in der Stadt, dem Skate-Park oder sie gehen gemeinsam zur Bushaltestelle. Diese Stimmung nutze ich, um auch zu gehen. Dass ich allerdings – ganz langweilig – nur nach Hause will, betone ich nicht.

Oma ist da und hat uns Mittagessen gekocht. Ich liebe

sie. Sie war früher Köchin und auch in einer Haushaltsschule. Wenn sie etwas kann, dann es zuhause so zu machen, wie es sich gehört. Nach guter alter Dr.-Oetker-Manier. Seit sie in Rente ist, geht sie jeden Vormittag zum Supermarkt einkaufen, kommt damit zu uns nach Hause und verwandelt unsere Küche in ein Gasthaus. Ganz nebenbei macht sie dabei auch noch unsere Wäsche und putzt. Sie kocht auch vor, sodass wir uns am Abend noch etwas warmmachen können. Oder sie friert einzelne Portionen ein, falls sie mal keine Zeit hat. Wir haben im Keller einen ganzen Gefrierschrank, der bis oben voll ist mit ihrer Kunst.

Das ist das kleine Geheimnis, warum es bei uns immer ordentlich ist, obwohl meine Mutter und ich dazu nicht einen einzigen Handgriff beisteuern müssen. Irgendwann nach dem Mittagessen, wenn die Küche aufgeräumt ist, geht meine Oma wieder und kümmert sich bei sich zuhause noch um ihren eigenen Haushalt.

Wenn meine Mutter mittags hier ist, gibt es immer Streit zwischen den beiden, denn meine Mutter muss immer an irgendetwas von meiner Oma herumnörgeln. Entweder hat sie das falsche Fett zum Braten benutzt, oder die falsche Beilage gewählt, oder sie hat heute einfach keine Lust auf das, was es eben auch immer gibt. Mama ist heute tatsächlich in der Frühschicht und wird erst gegen 14 Uhr nach Hause kommen. Ich sag ja, ein guter Mittwoch! Ein Mittagessen ohne Streit. Wir quatschen über dies und das, denn die Zeit zu zweit mit meiner Oma ist immer eine Wohltat. Sie beruhigt und ist friedlich und ich bin ihr so dankbar, dass sie hier ist.

Nach dem Essen gehe ich auf mein Zimmer, um Hausaufgaben zu machen. Dafür gehe ich erst die Fächer durch, die ich am nächsten Tag habe, um zu überprüfen, ob bereits alles dafür vorbereitet ist, was aufgegeben wurde oder ob eine Prüfung ansteht. Danach mache ich die neue. Dann lerne ich und mache weitere Übungen.

Schreibe mir Spickzettel, die ich nicht verwenden werde. Formuliere Prüfungsaufgaben, die in den jeweiligen Fächern gestellt werden könnten und werde diese später beantworten, um mich selbst zu überprüfen. Wenn niemand anruft oder ich sonst keinen Plan für den Nachmittag hab', kann das zu einer tagesfüllenden Aufgabe werden.

Wenn meine Mutter nach ihrer Frühschicht das aufgewärmte Mittagessen verschlungen hat – sie lässt sich nie viel Zeit beim Essen – schaut sie kurz rein, ist aber so müde, dass sie mir meist nicht mehr mitteilt, als dass ich jetzt bitte ruhig zu sein habe, denn sie will sich hinlegen. Dann geht sie in ihr Schlafzimmer und ich drehe das Radio auf minimale Lautstärke. Spätestens eine halbe Stunde später kommt sie mit verheulten Augen wieder rein und schreit entnervt, dass ich jetzt mal zu gehorchen habe und diese unerträgliche Musik ausstellen soll. Ich drehe ab und kümmere mich weiter um meine Schulaufgaben. So passiert es immer und heute wieder. Ich bin dankbar, dass das Theater wieder vorbei ist und sie scheinbar schläft.

Es ist 16 Uhr und ich bekomme Hunger. Die Wohnung ist leer und ruhig. Ich wärme mir noch einen kleinen Rest der gefüllten Paprika von heute Mittag in der Mikrowelle auf und setze mich vor den Fernseher. Ganz nah, damit ich ihn so leise wie möglich stellen kann und Mama sich hoffentlich nicht davon gestört fühlt. Es wäre fatal, sie zu wecken und noch fataler, wenn sie mich in dieser krummen Haltung viel zu nah am Augen schädigenden Fernseher erwischen würde. Ich komme mir vor wie ein Rebell und schiebe eine Gabel Hack-Reis-Paprika-Mischung in meinen Mund und gucke irgendeine Soap mit hübschen jungen Leuten, die verliebt sind.

Das Telefon klingelt. Hoffentlich schaffe ich es schnell genug, aus meiner krummen Haltung aufzustehen, den

Teller an die Seite zu stellen und den Fernseher auszuschalten, um ein zweites Telefonklingeln – und den damit einhergehenden Weckruf für Mama – zu vermeiden.

„Sandra Fischer, Hallo!", beantworte ich pflichtbewusst den Anruf.

Kurze Stille auf der anderen Seite.

„Hallo?", frage ich erneut.

Sanft flüstert mir jemand ein „Hi" ins Ohr. So gedämpft und knapp, dass ich keine Chance habe, die Stimme zu erkennen.

„Hallo, wer ist denn da?"

„Ähm. Hier ist Bernd. Hi Sandra!"

Jetzt halte ich inne. Offensichtlich muss ich diesen Bernd kennen. Und denke nach. Ich kenne einen Bernd. Er ist mir den ganzen Sommer über im Chat begegnet. Er ist 17, kommt hier aus dem Landkreis Aalen. Erst haben wir gechattet, dann Mails hin und her geschrieben, in denen es meist um die Probleme mit seiner Freundin Verena ging. Und irgendwann haben wir uns ohne besonderen Grund nicht mehr geschrieben, was mich nicht groß gekümmert hat. Aber warum sollte er mich anrufen?

4/ 1999

„Hey Bernd, das ist ja eine Überraschung", trällere ich etwas zu freudig dafür, wie verwirrt mich sein Anruf macht.

Abgesehen von den gewohnten Gesprächen mit Feli ist es für mich unglaublich aufwühlend, mit Menschen von Angesicht zu Angesicht zu sprechen. Darum verwundert es mich immer wieder, wie angenehm Telefonieren ist. Ich mag die Tatsache, beim Sprechen nicht gesehen zu werden. So kann ich mich nur auf den Inhalt konzentrieren. Hier funktioniert meine Stimme, ohne zu stottern oder zu nervös zu klingen, und auch was ich sage, kommt mir durchdacht und sicher vor. Ich kann witzig sein und auch wirklich gut Dinge erklären. Es ist wie eine ganz andere Seite an mir. Merkwürdig, aber für mich immerhin ein Anfang, der hoffen lässt.

Er lacht leise. „Ja. Überraschung!" – mehr sagt er nicht.

Ich habe noch nie seine Stimme gehört. Aber sie klingt für mich wie etwas absolut Ungehörtes. Als wäre ich die erste Person, die dieser Stimme zuhören darf. Niemand, den ich je sprechen gehört habe, klingt so. Er hat einen Akzent, aber woher? Woher kommt Bernd noch mal? Ich habe keine Ahnung. Ich hatte mich viel zu wenig für ihn interessiert, sodass ich kaum Wissen über ihn abrufen kann.

„Wir haben noch nie telefoniert. Was ist denn das für ein Akzent?", frage ich, um die Leere, die er hinterlässt, zu füllen und nicht zu riskieren, dass er aus Langeweile einfach wieder auflegt.

„Ich weiß. Traurig, dass wir noch nie telefoniert haben, Sandra. Denn deine Stimme klingt einzigartig und wunderschön", gibt er sanft zurück. Jedes Wort formt dieses Stimmbild mehr. Es ist keine starke männliche Stimme. Sie ist zart und weich und hat eine elegante Melodie und trotzdem wirkt sie bestimmt und erfahren. Er spricht langsam und zieht die Vokale an manchen Stellen noch länger. Er lässt sich Zeit und genießt es, seine Worte zu setzen. Und vor allem seine Pausen.

„Na ja. Ich hätte nie damit gerechnet, dass wir das mal tun. Schließlich bist du mit Verena genug beschäftigt. Wie läuft's denn mit ihr?"

„Verena?", fragt er nach und macht eine noch längere Pause.

Was ist das für eine Gegenfrage? Natürlich Verena. Warum antwortet er nicht?

Stille.

Warum diese Pause? Das wollte ich nicht. Ich will, dass er weiterredet. Ich hätte über irgendwas mit ihm quatschen können, anstatt ihn direkt festzunageln. Ich Trottel!

„Hallo, noch dran?", versuche ich, so locker wie möglich, nachzuhaken.

„Es ist vorbei mit Verena", hält er sich kurz und gibt mit diesen kühlen Worten klar zu verstehen, dass er nicht über sie sprechen möchte. Es ist mir unangenehm, Verena überhaupt angesprochen zu haben. Ich wusste doch, dass sie ständig Probleme miteinander haben. Andererseits, über was sollte ich sonst mit ihm sprechen? Außer der komplizierten On-Off-Geschichte mit Verena weiß ich nichts über ihn. Was soll ich denn nur antworten? Worüber können wir noch reden?

„Lass uns einfach nie wieder über Verena sprechen, okay?", fordert er sanft und bestimmt und ich nicke, ohne dass er es sehen kann.

„Ich war blind für alles andere und vor allem für die

wertvollen Geschöpfe, die mich umgeben." Wieder eine kurze Pause. „Wie dich", spricht er weiter.

„Ich? Aber wir haben uns doch noch nie gesehen", gebe ich nervös zurück.

„Aber wir haben kommuniziert. Du warst die ganze Zeit in meinen Gedanken und seitdem ich dieses Bild von dir gesehen habe, kann ich kaum an etwas anderes denken."

„Ich hab dir doch gar kein Bild geschickt?", frage ich verwirrt.

Wieder eine Pause, die mich an meiner Antwort zweifeln lässt. Oder doch?

„Erinnerst du dich nicht mehr?" Das tue ich nicht, aber glaube gerade fest daran, dass ich meinen Verstand verliere. Seine Aussage klingt auf eine ruhige Art überzeugend und unwidersprechlich.

„Welches Bild?"

„Na das, wo du am Meer sitzt. Wo war das noch mal, Sandra?"

Er spricht mich wieder mit meinem Namen an. Ich höre ihn so selten und wenn, dann spüre ich eine Bedrohung von ihm ausgehen. Wenn ein Lehrer mich aufruft, fühle ich die pure Angst. Wenn meine Eltern es tun, sind sie wütend oder fordernd. Dann ist klar, dass ich entweder etwas falsch gemacht habe oder im Weg stehe. Mein Name ist nicht nur wie ein Fremdkörper, sondern gibt mir das Gefühl, eine Enttäuschung zu sein, immer wenn es notwendig wird, ihn auszusprechen. Ich bin viel lieber ‚Du' als ‚Sandra'. Aber hier höre ich meinen Namen zum ersten Mal komplett anders. Als ob er etwas Schönes wäre. Als ob Sandra eine starke Person wäre, jemand Begehrtes, um die man sich bemüht. Ich habe sofort das Gefühl, genau diese Person kennenlernen zu wollen, nur weil Bernd diesen Namen ausgesprochen hat. Ich habe das Bedürfnis, ‚Sandra' zu heißen. Diese ‚Sandra' zu sein, die jemandem von ihrem Urlaubsfoto erzählen soll, der sich dafür interessiert. Er muss mich verwechseln. Er kann nicht mich meinen. Und wie kommt er an dieses Bild ran? Ich bin verwirrt. Ich hab es tatsächlich ein paar Leuten geschickt. E-Mail-Freundschaften. Aber doch nicht Bernd. Er kann dieses Foto gar nicht von mir geschickt bekommen haben. Die letzte Mail an ihn war im August, wenn ich mich richtig erinnere. Definitiv vor den Herbstferien. Ich hab' ihm das Bild nicht geschickt. Er könnte es auf der Sunshine Troopers Homepage gesehen haben, aber wie käme er dazu? So oder so: Er lügt. Und ich ignoriere es und werde zu der Sandra, die ihm von ihrem Urlaubsbild erzählen darf.

„Äh, ja klar, das Bild hat mein Vater gemacht. Vor Kurzem im Spanien-Urlaub", antworte ich wahrheitsgetreu. Diesmal bin ich es, die ungewöhnlich langsam spricht.

„Du siehst unglaublich schön aus auf diesem Foto", flüstert er jetzt. Diese Sandra mit dem begehrenswerten Namen ist auch noch schön. Ich will, dass dieser Traum Wirklichkeit ist. Muss aber trotzdem nachfragen.

„Ich versteh' es nicht. Ich kann mich nicht daran erinnern, dass ich dir das Bild geschickt habe", versuche ich es nochmal.

„Das macht doch nichts. Ich bin unendlich froh, dass du es getan hast. Ich muss es täglich ansehen. Du hast einen so sehnsüchtigen Blick und deine Lippen sind so voll. Und du wirkst so unglaublich zart und zerbrechlich. Was habt ihr an diesem Tag gemacht?"

Ich schwebe in dem Traum, der alle Fragezeichen davonziehen lässt und höre mich antworten: „Ich weiß nicht mehr genau. Ich denke das gleiche Programm wie an jedem anderen Tag. Mein Vater war Fliegen. Berge, Strand, Abendessen am Meer."

„Ich wünschte, ich hätte bei dir sein können. Ich hätte nichts lieber getan, als mit dir dort Zeit zu verbringen. Ich sehne mich danach, mit dir zu sprechen. Seitdem ich dieses Foto kenne, will ich nur zu dir gehen, dir die Hand geben und dich von dem Felsen hochheben, um ewig mit dir am Strand zu spazieren und alles zu erfahren, was in deinem wunderschönen Kopf vorgeht", höre ich ihn sagen.

Ich bin völlig gefangen und begreife nicht, was passiert. Mir ist heiß. Niemand hatte mir je das Gefühl gegeben, so wichtig zu sein, dass es etwas Besonderes wäre, mit mir Zeit zu verbringen. Ich war immer da, weil ich eben irgendwo sein musste.

Als Kind habe ich mich im Geiste bei jedem Pflasterstein entschuldigt, auf den ich treten musste. Weil er meine Last tragen musste und keine andere Wahl hatte. Aber auch ich hatte keine Wahl, ich musste zur Schule und der Weg musste mein Gewicht hinnehmen. Dafür habe ich mich entschuldigt. Wenn keiner bei mir war, sogar laut. Mittlerweile habe ich begriffen, dass ich mich dafür nicht entschuldigen brauche. Pflastersteine haben schließlich keine Seele. Aber bei Menschen, bei denen sollte ich mich eigentlich für meine Gegenwart entschuldigen, aber ich befürchte, sie würden mich auslachen wegen dieser Gedanken. Also tue ich es nur im Stillen.

Er sagt all diese Dinge, obwohl er mich noch nicht einmal in Wirklichkeit gesehen hat. Er kennt nicht meine Akne, meine Hässlichkeit. Er weiß nichts von meinen Unzulänglichkeiten, meinen Ängsten und will trotzdem mit mir zusammen sein. Jetzt komme ich mir vor, als ob ich ihn anlügen würde. Er würde nie so etwas sagen, würde er die Wahrheit kennen.

Es fühlt sich an, als ob er mich direkt ansieht. Hier und jetzt, wie ich fest angewurzelt vor unserem Telefon stehe und nicht wage mich zu bewegen. Und er spricht eine Sehnsucht aus, die ich selbst nie hätte formulieren können. Aber jetzt, da ich es spüre, weiß ich, was mir fehlt: gesehen zu werden. Gemocht zu werden. Jemandem wichtig sein. Sich nicht dafür entschuldigen zu müssen, dass man hier ist. Mir ist so warm, als würde ich in einer kräftigen Umarmung schwitzig werden. Als würde er mich berühren, nur mit seinen Worten.

„Bist du eigentlich alleine, Sandra?"

„Nein. Meine Mutter ist hier."

„Oh", er erschrickt. „Hört sie dir gerade zu?"

Ich muss lachen. „Nein, das nicht. Sie hat sich hingelegt, aber sie ist sehr hellhörig, dass sie sicher schon vernommen hat, dass ich telefoniere."

„Sagst du ihr, wer angerufen hat?"

„Besser nicht. Sie kennt dich ja nicht."

„Ja, vielleicht besser."

„Kann sie denn hören, was du sagst?"

„Hmm. Ich bin mir nicht sicher. Vielleicht."

„Dann sprich leiser, Sandra"

Ich muss schmunzeln. „Okay. Dann ganz leise", flüstere ich in den Hörer.

„Oh wow. Wie schön es ist, dich flüstern zu hören. Du musst mir jetzt täglich etwas ins Ohr flüstern. Einverstanden, Sandra?", fordert er – nicht flüsternd.

„Ja, Bernd. Ich werde dir jeden Tag etwas ins Ohr flüstern", flüstere ich amüsiert weiter.

„Was hast du an, Sandra?"

„Was?", frage ich laut und vergesse zu flüstern.

„Ssssshhhhht. Leise, Sandra! Wir wollen deine Mutter nicht wecken."

„Was?", wiederhole ich, jetzt leise.

„Ich muss wissen, was du anhast. Ich möchte mir dich so real wie möglich vorstellen können. Trägst du die gleiche Hose wie auf dem Foto?"

„Ähh, nein", antworte ich.

„Leise, Sandra. Bitte flüstere!", fleht er.

Ich merke, wie ich zittere. Ich fühle mich, als würde ich

etwas Verbotenes tun. Darf ich das? Wen soll ich denn fragen, ob das okay ist oder nicht? Aber was ist schon dabei? Ich sag' ihm ja nur, was ich anhabe.

„Ich habe eine Jeans an. Eine blaue. Sie hat auch einen Schlag. Aber nicht so weit, wie die, die ich auf dem Foto trage. Und unten ist sie ausgefranst. Und einen roten Pullover aus feinem Strick. Nichts Besonderes", flüstert meine wackelige Stimme.

„Und darunter?"

Das ist jetzt definitiv nicht okay.

„Wie, darunter?"

„Was hast du darunter an? Ich muss es wissen. Ich will alles wissen", höre ich ihn weich, aber bestimmend sagen.

Ich weiß, was ich drunter anhabe. Und ich weiß auch, dass ich es niemals anziehen würde, wenn ich Sport an diesem Tag hätte. Denn ich würde nie wollen, dass mich jemand mit dieser Unterwäsche sieht. Es ist Mädchenunterwäsche. Aus der Kinderabteilung. Nichts, womit man in der Schule vor den anderen Mädchen erwischt werden möchte und nie im Leben etwas, das ich vor einem Jungen entblößen wollen würde, wäre ich mal mit einem zusammen.

„Das kann ich dir nicht erzählen."

„Warum denn nicht?"

„Weil man so etwas eben nicht macht."

Er macht wieder eine Pause. Er redet so lange nicht, dass ich aus Nervosität schon die exakte Beschreibung meiner Wäsche auf der Zungenspitze trage, ganz egal, was ich davon halte.

„Ich glaube schon, dass man sich solche Dinge erzählen darf, wenn man sich mag. Aber ich schlage vor, wir machen es ganz fair und ich erzähl dir erst, was ich anhabe. Okay?"

„Okay. Einverstanden." Ich bin erleichtert.

„Sandra?"

„Ja."

„Willst du wirklich wissen, was ich anhabe? Du sollst es dir nicht mir zuliebe anhören."

„Oh nein. Ich will es wissen", und ich merke, dass ich es wirklich unbedingt wissen möchte.

„Ich trage eine gerade geschnittene schwarze Levi's Jeans. Ich muss sie mit einem schwarzen Ledergürtel tragen. Oben trage ich ein weißes Hemd, das ich in die Hosen gesteckt habe. Und darüber einen leichten dunkelgrünen Strick-Pullover." Er macht eine Pause. „Darunter trage ich eine enge schwarze Short aus leichtem, ganz weichem Baumwollstoff. Weißt du, wie die sich anfühlen?"

„Ja. Ich denke schon", antworte ich automatisiert. In Wahrheit weiß ich nichts mehr.

„Was trägst du darunter, Sandra?"

Ich schweige.

„Lass mich bitte nicht betteln. Ich halt' es kaum aus. Erzähl es mir, Sandra."

Ich schließe meine Augen und halte meinen Teil des Versprechens.

„Na. Einfach. Unterwäsche."

„Was für Unterwäsche?"

Ich will nicht.

„Weiße?"

„Na ja. Eher bunte."

„Bunte? Welche Farbe, Sandra?"

Nach einer kurzen Pause beginne ich mit meiner Beichte: „Das Höschen trägt fast jede Farbe. In schmalen Längsstreifen. Aber vor allem Rot, Dunkelgrün und Orange." Ich flüstere so leise, dass ich hoffe, er könnte es eventuell einfach nicht gehört haben. Die roten Kirschen, die auf der Unterhose gedruckt sind, verschweige ich.

„Das gefällt mir."

Ich schüttele mit geschlossenen Augen meinen Kopf vor Scham. Er hat es gehört.

„Und wie ist das Höschen geschnitten?", hakt er nach.

Ich fühle mich tatsächlich überfragt.

„Ist es ein Slip? Oder eher eine Panty?"

„Panty", gebe ich an.

„Und obenrum?", fragt er weiter. „Brauchst du bereits einen BH?"

„Äh. Ja. Nein. Das ist persönlich, Bernd."

Alles an diesem Gespräch soll persönlich sein, Sandra. Bitte beschreib' mir, wie groß deine Brust ist."

Ich muss stocken, aber es gibt kein Zurück und ich gebe auch das bereitwillig zu. „So groß sind sie nicht. Kleine Hügel, würde ich sagen. Ich trage ein Bustier. Das ist aber ganz Orange – ohne Muster."

„Magst du deine Brüste?"

Mir ist heiß und kalt und mir geht die Spucke aus. Ich finde keine Worte und fühle mich hilflos. Ob ich meine Brüste mag? Warum sollte ich? Ich bin so nervös. Ich muss aus dieser Situation raus. Ich fühle mich, als ob ich einen riesen Fehler mache. Das ist falsch. Ich darf solche Gespräche nicht führen. Ich muss weg.

„Oh! Ich habe etwas gehört. Meine Mutter ist auf", sage ich – wieder ohne zu flüstern.

„Du musst mir nur noch das eine sagen, magst du deine Brüste, Sandra? Sag's mir!"

„Ich muss auflegen. Jetzt."

„Magst du Sie?"

„Nein."

Pause.

„Ich möchte dir zeigen, wie schön Du bist, Sandra. Du musst alles an dir mögen. Denn ich habe noch nie etwas Schöneres gesehen." Lauter und noch langsamer sagt er weiter: „Du bist wunderschön!" Er macht eine lange Pause. „Lass mich dir zeigen, wie schön! Darf ich dich wieder anrufen?"

Ich sollte nicht.

„Ich weiß nicht, Bernd. Du weißt, wie alt ich bin."

„Das stört mich nicht. Stört dich denn mein Alter?"

„Nun ja. Du bist 17. Du bist viel zu alt. Wir dürfen das niemandem sagen."

Wieder wartet er lange, bis er antwortet. „Du hast absolut recht, Sandra! Aber es ist wunderbar, mit dir zu sprechen. Ich muss dich wieder hören. Das gehört nur uns. Wir reden doch nur. Darf ich dich heute Abend anrufen?"

„Ja."

„Hier auf dieser Nummer?"

„Nein. Das bekommt meine Mutter mit."

„Du musst mich auf meinem Handy anrufen."

„Ein Handy? Perfekt!"

Ich gebe ihm die Nummer.

„Ich kann's kaum erwarten, dich wieder zu hören. Zieh dir etwas Hübsches an für später. Du musst es mir beschreiben."

„Okay. Wir müssen jetzt aufhören."

„Es war großartig, mit dir zu telefonieren, meine liebe Sandra."

„Ja. Bis später, Bernd." Ich klinge unbeholfen.

„Bis später, Sandra."

Ich blicke auf den Hörer, der nun wieder auf dem Telefon ruht. Es sieht alles aus wie vor dem Telefonat. Aber nichts fühlt sich so an. Um mich herum ist eisige Stille, die Einsamkeit und Leere ist gnadenlos. In Gedanken höre ich *,meine liebe Sandra'* nachhallen. Ich vermisse seine Stimme sofort. Ob er wirklich wieder anrufen wird? Er hat es versprochen. Er wird es tun, denn er wollte es ja unbedingt. Sonst hätte er es nicht gesagt. Wie traurig Ruhe sein kann, jetzt wo ich weiß, dass es so eine wundervolle Stimme gibt, die mit mir sprechen will. Meine Knie sind zittrig. Meine Zunge pelzig. Ich fühle mich völlig aufgewühlt. Ich wollte nicht aufhören, mit Bernd zu sprechen. Und doch konnte ich nicht weiterreden. Mir widerstrebt es, zu lügen, und trotzdem wusste ich mir nicht anders zu helfen. Ich habe mich noch nie von jemanden so berührt gefühlt. Und gleichzeitig ist mir bewusst, wie falsch es ist. Was mach' ich nur, wenn das nächste Gespräch dort weitergeht? Ich bin zwölf Jahre alt. Ich verstehe von so etwas nichts. Und es gehört sich nicht. Es ist falsch. Er hat mich angelogen mit dem Foto. Ich muss sofort überprüfen, ob ich nicht doch eine Mail aus Versehen an ihn geschickt habe. Aber ich bin doch nicht doof. Irgendwas ist falsch.

Meine Mutter ist nach wie vor nicht zu hören. Und damit das so bleibt, schleich ich geräuschlos wie auf Katzenpfoten in mein Zimmer.

5/ 2019

Ich trage hohe schwarze Stiefel. Schwarze Strümpfe, den kürzesten Rock, den ich besitze, und ein hauchdünnes schwarzes Oberteil, durch das man meinen BH erahnen kann. Er hat keine Bügel, keine Polster, nur Spitze. Fast zu romantisch für diesen Anlass. Meine Lippen sind roter, meine Augen deutlich schwärzer als sonst. Trotzdem bin ich weit entfernt von dem stereotypischen Bild einer Domina. Und doch bin ich nicht ich selbst. Ich fühle mich wie ein kleines Kind, das es gewagt hat, das Ticket für die wildeste Achterbahn zu kaufen. Der Zugang ist mir sicher, aber wie die Fahrt sein wird, kann ich mir einfach nicht vorstellen. Ich weiß, ich werde so lange nervös und aufgeregt bleiben, bis ich es tue. Martin ist mit allem einverstanden, solange er sich dabei devot untergeordnet fühlt, und wo meine eigene Grenze liegt, gilt es zu erforschen.

Mein Herz pocht, als ich ins Taxi steige, das mich zu Martins Wohnung bringen wird. Ich versuche mir vorzustellen, was gleich passieren könnte. In meinem Kopf waren Dominas immer verbunden mit einem eng sitzenden Lederoutfit, einer langen Peitsche und einem fettleibigen alten weißen Mann, der kopfüber an ein altes Wagenrad gefesselt ist und eine rote Kugel im Mund hat. Dann wird genau einmal zugeschlagen oder wahlweise ein Messer knapp an seinem Kopf vorbei ins Wagenrad geworfen. Hier endet meine Vorstellungskraft. Ich habe keine Ahnung, was danach passieren könnte. Nach was verlangt die Domina? Wird fröhlich weiter verhauen? Wo liegt da der Höhepunkt? Oder überhaupt der Spaß? Ist es die völlige körperliche Erschöpfung? Welcher Schmerz ist sexy und welcher einfach zu arg? Kommt es überhaupt zum ordinären Sex? Und wie dann genau? Darf eine Domina eigentlich unten liegen?

Ich habe das starke Gefühl, dass ich es brauche, bestimmt zu werden. Simple Handlungsaufträge zu erhalten, die nach exakter Ausführung genau die Erwartungshaltung erfüllen und jemand anderen zufriedenstellen. Viel einfacher, als von jemand anderem Dinge zu verlangen, die nur mir ein Vergnügen bereiten sollen. Außerdem warum? Hab' ich nicht schon genug Dinge in meinem Leben, in meinem Job, die ich entscheide? Es war schwer genug, das zu lernen. Warum sollte ich es genießen, alle Entscheidungen zu treffen? Und wie finde ich den überzeugenden Ton, wenn ich absolut keine Fantasie davon habe, was ich von ihm verlangen soll? Woher bekomme ich denn dieses Wagenrad? Was habe ich mir dabei gedacht? Vielleicht sollte ich einfach in diesem Aufzug in die nächstgelegene Kneipe gehen und genau das machen, was ich so gut kann: einen typischen Mann abschleppen, der die Missionarsstellung exotisch findet, und mich vögeln lassen. Mir mein Lob abholen, wie gut ich das könnte und wieder feststellen, wie schlecht der andere dabei war. Keine Experimente. Nichts Ungewisses. Aber immerhin bestätigender Sex, denn schließlich sagt mir am Ende jemand, es wäre richtig gut gewesen und ich kann mich kurz gut fühlen. Was erwarte ich mir nur aus dieser Sache? Meine Handflächen sind feucht – und so ist auch mein Höschen. Was gar nicht mehr so oft vorkommt. Und dann begreife ich es. Ich tue es genau dafür. Für genau diesen Moment der Aufregung vor dem Chaos, das ich kontrollieren soll. Es ist keine Angst. Schließlich bin ich mir sicher, er wird mir nicht wehtun. Ich bin die Einzige, die die Schmerzen verursachen darf. Und vielleicht stelle ich fest, dass es mir keine Freude bereitet. Oder doch. Die Neugierde ist zu groß, um jetzt einen Rückzieher zu machen.

Mein Hals verengt sich, als ich vor seiner Klingel stehe.

Ich kriege kaum Luft. Da fällt mir auf, welche Macht ich bereits jetzt habe. Ich kenne seinen Nachnamen, seinen Arbeitgeber und seine sexuellen Neigungen. Er kennt keine dieser Informationen von mir. Er vertraut mir, dass ich ihm mit diesem Wissen nicht schade. Und jetzt darf ich noch tun, was ich will. Nur – was will ich? Er legt alles in meine Hände, obwohl ich ihm bisher gar nichts gegeben habe. Genau das will er. Sich wie ein Nichts fühlen. Vielleicht sollte ich ihm genau das heute geben: Nichts. Denn alles, was sonst normal ist, sollte heute sowieso nicht passieren. Aber wohin führt mich das? Soll ich ihn tatsächlich schlagen? Wie könnte ich? Was gibt mir den Anlass? Das ist es, was ich mir am Allerwenigsten vorstellen kann. Ein großes schwarzes Universum.

Ich klingele.

„3. Stock", verrät Martin über die Gegensprechanlage. Ich kann nicht mal ein simples ‚Okay' antworten und bin heilfroh, dass es einen Aufzug gibt, um irgendwie wieder zu Atem zu kommen.

Er steht mit freudestrahlendem Grinsen in der Tür und ich habe vor lauter Erregtheit tatsächlich vergessen, wie schön er ist. Seine große Statur, seine große Nase, sein liebes Gesicht, das volle Haar. Prall durchblutete Lippen und weiche, warmherzige Augen. Alles an ihm strotzt voll männlicher Stärke und ich wünsche mir noch mal mehr, sein kleines Mädchen zu sein. Wir begrüßen uns mit einem Zungenkuss. Als ob unsere Romanze schon längst begonnen hätte, küssen wir uns innig und unfassbar sexy. Es ist keine Dominanz von ihm oder von mir zu spüren, eher ein sanftes und leidenschaftliches Spiel auf Augenhöhe. Ich werde noch erregter und bekomme kein Wort raus. Ich suche seine Augen, doch er betrachtet mich und mein deutlich anderes Outfit. Er flüstert nur.

„Meine Herrin. Ich habe schon auf dich gewartet."

„Und ich habe Durst", sage ich bestimmt und deutlich lauter als er. Er schließt die Tür und deutet mir den Weg in die Küche. Es riecht wunderbar. In der Küche entdecke ich, warum. Er hat gekocht. Der kleine Küchentisch ist mit zwei Tellern, Besteck und Serviette gedeckt. Es brennt sogar ein kleines Teelicht. Nicht überkandidelt, aber charmant. Er schenkt mir ein Glas Weißwein ein und sich selbst nach.

„Das riecht gut."

„Ich hoffe, du bist hungrig."

Ehrlich gesagt war ich viel zu aufgeregt, um vorher etwas zu essen, und der warme Geruch beruhigt mich. Der Gedanke daran, erstmal hier Zeit zu verbringen, ohne sich ins schwarze Ungewisse zu stürzen, wirkt wie eine sanfte Welle der Erleichterung.

„Ja. Ich hab' tatsächlich Hunger."

„Perfekt."

Wir stoßen an. Der Wein ist köstlich. Ich blicke aufs Etikett – ein gelber Muskateller aus der Steiermark.

„Ein Mann, der guten Weißwein kaufen kann. Selten hier in Bayern."

„Ich komm' von dort. Hab eine ganze Kiste mitgenommen, als ich letztens meine Eltern besucht habe."

„Du kommst aus Österreich? Hört man gar nicht."

„Meine Mutter ist Münchnerin."

„Eigentlich schade. Ich mag den österreichischen Dialekt."

„Und ich bemüh' mich so", lässt er seinen Steirer herausblitzen.

Die Blicke bleiben immer wieder gegenseitig in unseren Augen kleben und ich fühl' mich eher wie auf einem romantischen, ernst gemeinten Date als auf einem verruchten Sex-Abenteuer. Er serviert das Essen, während er mir von seiner Heimat erzählt, und ich muss ihn küssen.

Mir fehlt jegliche Erinnerung daran, wann ein Mann sich zuletzt solche Mühe gemacht hat und mir so ein feines

Abendessen gezaubert hätte. Ich merke, wie die langsamen Schlucke des guten Weins mich entspannt haben und lehne mich zurück, um ihn zu beobachten, wie er den Tisch abräumt.

„Du wärst ein guter Schwiegersohn."

„Ich wäre der perfekte Schwiegersohn", kontert er selbstbewusst.

Aber dafür bin ich nicht hier. Ich will keinen Schwiegersohn. Ich will mich ausprobieren. Und dazu muss ich dieses seichte Fahrwasser verlassen.

Mein Blick geht auf seine Zigarettenschachtel am Fensterbrett. Ungefragt bediene ich mich. Ich rauche. Unser Schweigen ist in keiner Weise unangenehm. Martin ist seit Langem mal wieder ein echt angenehmer und in sich ruhender Typ. Gerade weil er zu seinen ungewöhnlichen Sehnsüchten steht, fasziniert er mich. ‚Wenn man weiß, was man will, könnte man besser schlafen‘, denke ich.

Die Küche ist ein lang gezogener Gang. Links und rechts Küchenflächen und ich sitze am Ende davon auf dem kleinen Tisch. Es ist wie ein kleiner Catwalk. Eine kleine Bühne, und ich bin die einzige Zuschauerin. Ich stehe auf, lehne mich gegen den Küchentisch und beobachte ihn.

„Zieh deine Hosen aus!"

Mit den Gewürzen in der Hand, die er gerade irgendwohin verräumen wollte, blickt er überrascht zu mir.

„Selbstverständlich."

Er stellt geistesabwesend die Gewürzgläser zur Seite und zieht sich die Jeans aus.

Jetzt steht der 1,90 Meter lange Mann vor mir wie ein Schuljunge. In Socken und eng anliegenden, schwarzen Boxershorts. Die Falten seines Hemdes, das vorher in seiner Jeans gesteckt hat, scheinen ihre Freiheit zu suchen.

Ich grinse. Nippe an meinem Wein, ziehe an meiner

Zigarette und genieße seine Aufregung, indem ich mir Zeit lasse.

„Zieh deine Unterhose aus."

Er zögert kurz.

„Es gibt wenig Unattraktiveres als einen Mann, der nur unten ohne ist und dabei noch seine Socken anhat."

„Das muss ich entscheiden. Deine Socken bleiben an."

Er soll sich unbefangen fühlen. Es ist merkwürdig aufregend, genau das nicht zu tun, was ihm Erleichterung schaffen würde.

„Ja, Herrin."

Er macht, was ich ihm aufgetragen habe, und zum Vorschein kommt ein harter voll erregter Penis, steif wie es Viagra gerne auf seine Werbung packen würde, wenn sie Werbung brauchen würden.

Der Anblick erregt mich. Ich überkreuze meine Beine und ziehe meinen Beckenboden an, um den Wunsch zu unterdrücken, ihn anzufassen.

Ich erwische Martin, wie er sich anfassen möchte.

„Stopp. Nicht."

Er blickt mich brav an.

„Sonst."

„Sonst muss ich dich bestrafen."

Seine Augen glänzen auf. Er will noch mal hin fassen.

„Hör sofort auf damit", fahre ich ihn laut und streng an. Er gehorcht sofort.

Ich stelle den Stuhl etwa einen Meter vor mich.

„Setz dich!"

Er kommt mir entgegen, ich lege meine Hände auf seine hohen Schultern und weise ihm den restlichen Weg zum Stuhl. Er setzt sich brav und ich merke, wie unbeholfen er einen Platz für seine Hände sucht.

„Greif mit deinen Händen hinter deinen Rücken! Deine Hände dürfen nichts tun. Einfach nichts. Haben wir uns verstanden?"

„Ja, Herrin."

„So ist es gut."

Ich gebe ihm einen Kuss. Intensiv und lang, ohne etwas anderes als seine Schultern und seinen Hals zu berühren. Und danach ziehe ich mich langsam vor ihm aus. Zunächst meine Stiefel, mein Oberteil, danach meinen Rock. Ich bin ihm so nahe, dass er mich anfassen könnte, wenn er dürfte. Aber er gehorcht ganz artig, findet aber offensichtlich gut, was er zu Gesicht bekommt, denn er kommt nicht aus, ab und zu ein leises „Oh" von sich zu geben und tiefer zu schnaufen.

In Strumpfhosen und BH räume ich die letzten Sachen vom Esstisch ab. Mit dem Rücken zu ihm gewandt, streife ich mir die Strumpfhose herunter und strecke ihm mein Gesäß entgegen. Ich fühle mich wie ein Pin-up-Girl und rolle langsam die Strümpfe von meinen Füßen, ohne mich zu früh wieder nach oben zu begeben. Er küsst mich auf meinen Po, der nur noch von einem minimalistischen schwarzen String bedeckt wird. Ich drehe mich um und reagiere blitzschnell mit einer Ohrfeige. Ich treffe, als ob ich es geübt hätte.

„Hab ich dir das erlaubt?"

Er blickt schuldig mit roten Wange nach unten.

„Nein, Herrin. Das hast du nicht."

Ich bin geschockt von meiner Ohrfeige. In meinem Leben habe ich noch nie jemanden geschlagen. Diese Rolle hat es geschafft, dass es sich völlig normal anfühlt zu schlagen. Martins Gesicht zeigt eindeutig Demut, aber gleichzeitig auch völlige Zufriedenheit. Meine neue Macht breitet sich, ausgehend von meiner brennende Handfläche, aus. Es ist erregend. Es ist gut. Und genau das verstört mich. Darum brauch' ich erst mal einen Schluck Wein. Zur Beruhigung.

„Willst du jetzt wieder deiner Herrin gehorchen?"

„Ich werd' ein braves Stück sein. Versprochen, Herrin." Martin nickt einsichtig. Die Lust steht ihm ins Gesicht geschrieben. Ich gebe ihm einen Schluck aus meinem Weinglas zu trinken und er schluckt gierig.

„Fass mich nie mehr an, ohne dass ich es dir erlaubt habe. Ich will, dass du zuschaust. Nichts anderes!"

Ich ziehe mir das Höschen aus und danach meinen BH. Nackt setze ich mich auf den Esstisch und spreize meine Beine. Ich betrachte seinen prallen Penis und seinen sehnsüchtigen Blick. Auf einer Hand nach hinten lehnend, nehme ich noch einen Schluck Wein, bevor ich mir den Rest des Glases langsam über meine linke Brust tröpfele. *‚Und eine Flasche von die Bier, die so schön hat geprickelt in meine Bauchnabel'*, denke ich völlig automatisiert an das Voiceover der Schöfferhofer-Bier-Werbung. Auch wenn niemand je mehr als den Bauchnabel dieser Frau gesehen hat, stelle ich mir vor, ich wäre sie. Die Tropfen wandern von der Brust über den Bauch und links und rechts neben meinem Bein herab und kitzeln mich. Ich streichele mich, verstreiche die Flüssigkeit und lecke von meinen Fingern. *‚Ist das richtig oder einfach eklig?'*, denke ich. Denn ich komme mir kurz albern vor. Martins Augen folgen meiner Hand. Ich genieße es, beobachtet zu werden und vergesse meine Gedanken. Es ist, als würde meine Bewegung mehr bedeuten, als nur meinen eigenen Körper zu verwöhnen – nur weil er zuschaut. Ich streichele mich an den glatten Schamlippen entlang. Frisch gewachst mag ich es am liebsten, mich anzufassen. Glatt, als wären sie unberührt. Ich benutze meine Finger, um sie voneinander weg zu spreizen, als ob meine empfindlichste Stelle mal frische Luft schnappen darf. Ich kitzele meine Klitoris und spiele zart und vorsichtig mit ihr, als würde ich sie zum ersten Mal entdecken. Zum ersten Mal vor den Augen eines Zuschauers. Ich rücke weiter nach hinten, klemme meine Füße auf den Tisch, hebe mein Becken und spreize meine Beine noch weiter.

„Bitte Herrin, darf ich aufstehen?"

„Nein. Und wenn du dich nicht ab sofort in die andere Richtung auf den Stuhl setzen möchtest, rate ich dir, brav deinen Mund zu halten. Ich will Ruhe."

„Ja, Herrin."

„Psssssst, jetzt!" Mit dem Finger vor meinen Lippen weise ich ihn zurecht, um ihn danach abzuschlecken. Erst Zeigefinger, danach Mittelfinger. Dann führe ich mir beide Finger zart und langsam ein. Ich falle in die Trance meiner eigenen Penetration. Ich verwöhne mich, genauso, wie ich es tue, wenn ich alleine wäre. Na ja. Alleine würde ich es nicht ansatzweise so leidenschaftlich tun. Ich schiebe schnell meine Finger rein und raus und nach wenigen Bewegungen, klatsche ich fest mit der flachen Hand auf Klitoris und Schamlippen. So fühlen sie sich kurz taub an. Ohne zu ihm zu schauen, ohne mich darum zu kümmern, was er davon hält oder tut, liebe ich mich selbst. Penetrieren, Klatschen, Tropfen, Stöhnen. Ohne nachzudenken beginne ich, mit der flachen Hand an meinem Kitzler zu reiben. Schnell, noch schneller und ich komme zitternd mit einem lauten Stöhnen. Ich lasse mich nach hinten auf den Küchentisch fallen und muss meine Beine fest schließen, um die Empfindlichkeit meiner Klitoris auszuhalten. Die innere Explosion hält an, während ich in seitlicher Embryonalstellung, die Hand fest an meine Scham klemme. Einen Moment bin ich ganz für mich allein. Dann registriere ich, dass Martin gerade nichts anderes als meinen blanken Hintern und meine Füße sieht. Nichts davon ist mir peinlich.

Langsam setze ich mich auf den Tisch. Mit verschränkten Beinen zünde ich mir eine Zigarette an und blicke auf den völlig unberührten, aber total verschwitzten Martin.

„Meine Herrin." Er schüttelt etwas unbeholfen den Kopf.

„Ich bin sehr stolz auf dich. Ich hatte dir nicht zugetraut, dass du es aushältst."

„Das war nicht leicht."

„Ich glaube, du hast dir eine Belohnung verdient."

Aus seinen Augen spricht die Hoffnung. Aber ich weiß, ich darf ihm nicht zu viel geben. Ich hab' mir vorgenommen, dass ich darf. Aber er nicht. Dabei muss es heute auf jeden Fall bleiben.

Ich werfe ihm meinen benutzten Slip in seinen Schoß und ziehe meine Strumpfhose ohne etwas darunter wieder an, schenke mir Wein nach, trinke und erkläre ihm die Regel.

„Der Slip soll dir gehören. Aber ich will, dass du dir keine Erleichterung schaffst. Ich will, dass Du an deine Herrin denkst. Ich will es dir besorgen, aber du musst mir beweisen, dass du auf mich hörst, darum darfst du dich nicht selbst anfassen, bis ich Zeit für dich finde."

„Wann wird das sein, Herrin?"

„Das weiß ich nicht. Jetzt muss ich gehen. Zieh dich an und ruf' mir ein Taxi." Er gehorcht mir aufs Wort. Das Wort ‚Bitte' scheint aus meinem Wortschatz gestrichen zu sein.

Wir verabschieden uns mit einem sehr intensiven Kuss voller Sehnsucht. Die Versuchung ist so groß, einfach zu bleiben, um mich in seine großen breiten Arme zu kuscheln.

„Versprich mir, dass du brav sein wirst."

„Versprochen. Aber bitte, lass mich nicht zu lange warten. Ich weiß nicht, wie lange ich es aushalte."

Auf dem Weg nach unten nehme ich die Treppe. Mit jedem Schritt bin ich mir sicher, ich hab noch nie so etwas Mieses gemacht. Aber auch nicht so etwas unglaublich Aufregendes.

Grinsend steige ich ins Taxi. Der Taxifahrer fühlt sich

angesprochen und blickt mich über seine Schulter freude-
strahlend an.

„Na, wo geht's denn hin?", trällert er jovial.

Ich schaue ihn böse an und schmettere ihm im Befehlston
meine Adresse hin. Er hat nichts von dem verdient, was
ich mir gerade erarbeitet habe. Alles an Ekstase gehört
nur mir und ich gebe es niemandem ab, erst recht keinem
fremden Taxifahrer.

Zum ersten Mal seit Stunden blicke ich auf mein
Smartphone. Es ist nach zwei Uhr morgens. Ich kann es
nicht fassen, wie sehr ich die Zeit vergessen habe. Meine
Schultern sind entspannt, mein Bauch verkrampft vor
Aufregung, mein Kopf verarbeitet Bilder und Wörter,
Geschmäcker und Gefühle. Ich fühle mich lebendig. Vielleicht auch etwas betrunken vom wundervollen Gefühl,
etwas zum allerersten Mal im Leben gemacht zu haben. Es
ist der Spaß des erotischen Neulands, der in mir brennt. Es
ist ein Stolz, meine eigene Angst überwunden zu haben. Ich
habe mir nicht zugetraut, dass ich es kann. Aber irgendwie
kann ich es. Was würde meine Familie von mir denken,
wenn sie so etwas von mir wüsste? Was würde er denken?
Was interessieren mich die Fragezeichen. Es hat mir Spaß
gemacht. Endlich bin ich mal wieder richtig gekommen.
Ich spüre mich und es fühlt sich gut an.

Zuhause angekommen, blicke ich in den Spiegel. Die
vorher so schwarzen Augen sind verschmiert. Die vorher
so roten Lippen wieder zartrosa. Ich bin wieder ich.
Nackt putze ich meine Zähne, wasche mein Gesicht und
lege mich ins Bett. Normalerweise schlafe ich nie nackt.
Normalerweise muss ich mich nach dem Sex duschen,
aber heute habe ich nur meinen eigenen Geruch an mir
und aus irgendeinem Grund mag ich ihn. Normalerweise
kann ich nicht schlafen. Normalerweise denke ich zu viel.
Heute ist nicht normalerweise.

5/ 1999

Seit über zwei Stunden sitze ich in meinem Zimmer, unfähig irgendetwas Sinnvolles zu tun. Mir fehlt die Konzentration für Schulaufgaben. Zum Lesen sowieso. Ich kann niemanden anrufen. Denn das Einzige, über was ich reden wollen würde, wäre Bernd. Und davon kann ich niemandem erzählen. Es ist verboten. Es darf eigentlich gar nicht sein. Es ist falsch. Aber auch so schön. Er interessiert sich für mich. Er findet mich gut. Er ruft wegen mir an. Er will mich. Aus irgendeinem Grund bin ich es in seinen Augen wert, Zeit mit mir zu verbringen, mich anzurufen. Aber ich verstehe es nicht. Warum Bernd? Wie konnte dieser Bernd so ganz anders sein als der Bernd, mit dem ich vorher geschrieben habe? Nie im Leben hätte ich damit gerechnet, dass er je anruft. Nicht mal zu dem Zeitpunkt, als wir mehr miteinander geschrieben haben. Jetzt schreiben wir uns Ewigkeiten nicht und plötzlich kommt so ein Anruf. Und dann diese Sache mit dem Foto? Ich verstehe es nicht. Es gibt nur einen, mit dem ich sprechen kann, um das aufzuklären. Aber ich habe seine Nummer nicht. Ich habe nur seine E-Mail-Adresse.

Lieber Bernd,

ich kann an nichts anderes mehr denken außer an unser Telefonat. Hab ich geträumt oder ist es wirklich passiert? Wo bist du die letzten Monate gewesen? Ich hatte nicht mehr damit gerechnet, überhaupt von dir zu hören und dann, wie aus dem Nichts, rufst du einfach an. Das ist schon merkwürdig. Wunderschön natürlich. Aber auch verwirrend. Gerade das mit dem Foto. Ich habe dir nach den Sommerferien keine E-Mail mehr geschrieben. Hab grad extra nachgeschaut und trotzdem behauptest du, ich hätte es dir geschickt. Das verstehe ich nicht. Allerdings bin ich mir sicher, du hast eine Erklärung dafür.

Ich kann's kaum abwarten, dich heute Abend wieder zu hören.

Bis gleich, Sandra

PS. Tut mir leid, dass ich Verena angesprochen habe. Die Trennung war sicher nicht leicht für dich und ich verstehe es vollkommen, dass du nicht darüber sprechen magst. Ich wollte dich nicht verletzen.

Das kann ich nicht abschicken? Ich werde ihn ja eh später hören, warum also jetzt eine E-Mail? Wenn er die liest, ruft er vielleicht erst gar nicht mehr an. Aber ich muss es loswerden. Er ist der Einzige, mit dem ich darüber sprechen kann, auch wenn ich dabei seine Lüge aufdecke. Ich brauche eine Erklärung. Ich habe Angst. Angst vor dem Senden und seinen Konsequenzen. Warum kann ich ihm nicht einfach glauben? Ich klicke auf ‚Senden'. Die E-Mail ist raus. Der Bildschirm leer.

Ich stürze auf mein frisch gemachtes Bett und vergrabe meinen Kopf im Kissen. Ich grinse breit. Ich bin sauer auf mich und meine kritische Mail. Mir ist zum Heulen. Hätte ich es besser nicht geschrieben. Und dann grinse ich wieder. Ich hab keinen Grund zu grinsen, ich hätte genügend Gründe meine Denkfalten zu vertiefen – aber ich grinse. Ich kann nicht anders. Ich bin überglücklich. Er hat gesagt, ich wäre schön. Er hat gesagt, ich hätte eine schöne Stimme. Er will mit mir Zeit verbringen. Er will meine Gedanken kennen. Es gibt tatsächlich jemanden, der das will.

Die nächsten zwei Stunden wird der Kleiderschrank abgesucht nach allem, was ich habe und das sexy und erwachsen wirken könnte. Die Beute ist mau. Er wird mich später fragen, was ich anhabe. Ich muss etwas anderes anziehen. Aber was? Außerdem werde ich nervös, jetzt könnte er ja jederzeit wieder anrufen. Es ist schon nach sieben. Ich ziehe einen schwarzen Slip an. Unauffällig und unspektakulär – aber zumindest hat er keine kindliche Illustration, Rüschchen oder einen aufgedruckten Wochentag drauf. Und einen weißen BH. Er hat keine Bügel. Mama hat ihn mir gekauft, als ich darauf bestanden habe, dass ich auch einen BH brauche. Und sie könnte nie etwas kaufen, was eventuell nur ein bisschen unbequem wäre – dafür aber besser aussieht. Darum – keine Bügel. Und natürlich 100 % reine Baumwolle. Schließlich liegt so ein BH direkt auf der Haut auf. Keine sexy Spitze oder zarte Seide, so wie ich mir in der Fantasie meinen ersten BH vorgestellt habe. Aber immerhin hat er eine dreieckige Form, auch wenn der dünne Stoff zur Aufbesserung der Tatsachen rein gar nichts beiträgt. Darüber ziehe ich dieselben Klamotten an wie zuvor. Es soll ja vor allem meine Mutter nicht merken, dass irgendetwas anders ist. Die benutzte Unterwäsche werfe ich in die Schmutzwäsche im Badezimmer. Nebenbei erblicke ich mein Gesicht im Spiegel. Ich lächle mich an. Wie albern das aussieht. Und trotzdem freue ich mich, dass dieses Gesicht dieser Sandra gehört, die ich plötzlich sein möchte. Wie ein Zwang bleibe ich dicht davorstehen und kontrolliere mein Hautbild. Es hat sich nichts verändert zu heute morgen. Aber ich kann mich jetzt nicht darum kümmern. Ich darf mich nicht aufkratzen und gleich aussehen wie ein Streuselkuchen. Natürlich sieht er mich nicht am Telefon, aber ich darf mich nicht so fühlen. Ich wasche mein Gesicht gründlich, nehme das Peeling und reibe so fest ich kann. Und dann noch fester und schneller, als könnte ich mit einer Waschung alle Unreinheiten loswerden. Ganz ohne Drücken. Nachdem ich das Peeling abgewaschen habe, ist mein Gesicht knallrot. Danach kommt routiniert das scharfe Gesichtswasser und die Creme. Diese Röte wird schnell wieder vergehen. Die Finger bleiben, wo sie sind. Nichts wird gedrückt. Nichts aufgekratzt. Ich bin diese Sandra und die drückt nicht. Diese Sandra lächelt.

Ich gehe zurück in mein Zimmer. Mein Handy hat nach wie vor nicht geklingelt. Was soll ich denn nur tun? Wann wird er anrufen? Wird er anrufen? Was mache ich bis dahin? Ich werde lesen. Ja genau: Lesen! Ich setze mich auf mein Bett. Das Buch ist vor mir aufgeschlagen, das Handy liegt daneben. 100 % aufgeladen. 100 % schweigsam. Ich blicke auf die aufgeschlagene Buchseite und kann keine einzige Zeile aufnehmen, ohne mich von seiner Stimme in meinem Kopf ablenken zu lassen. Ich starre weiter auf das gedruckte Labyrinth aus Buchstaben und versuche mich zu zwingen, etwas davon aufzunehmen. Aber nichts gelangt in meinen Kopf. Ich starre nur – abwechselnd auf das Buch und dann wieder auf mein Handy, auf dem nur die Uhrzeit zäh voranschreitet.

Es ist kurz vor 20 Uhr. Das Abendprogramm im Fernsehen beginnt gleich. Die innere Uhr meiner Mutter lässt sie aufstehen und weiter aufs Sofa ziehen. Sie klopft an der Türe.

„Ja."

Mama öffnet.

„Sandra, willst Du mit fernsehen?"

„Nein. Keine Lust", antworte ich völlig gelassen, möglichst ohne sie spüren zu lassen, wie unglaublich unwichtig ein Fernsehprogramm für mich im Augenblick ist.

„Hast du denn schon was zu Abend gegessen?", fragt sie weiter.

„Ja. Hab' vorhin noch was gegessen. Hab' keinen

Hunger mehr", gebe ich knapp zurück.

Meine Mutter bleibt in der Tür weiter stehen, scannt das Zimmer und blickt etwas beleidigt drein.

„Könntest ja auch mal 'was mit deiner Mutter machen!", poltert sie beleidigt.

„Machen wir ja. Aber ein anderes Mal", murmele ich in mein Buch und bete, dass sie doch bitte gehen soll. Was, wenn er gerade jetzt anruft? Ich wage es nicht aufs Handy zu schauen, um ihr nicht die geringste Möglichkeit des Verdachts zu geben, auf was ich so sehnsüchtig warte. Meine Mutter guckt noch trauriger. Geht dann zu meinem Heizkörper und dreht ihn kommentarlos ab. Sie geht aus dem Zimmer. Ist ja auch gleich 20:15 Uhr. Sonst verpasst sie den Anfang des TV-Programms.

Sie ist draußen. Ich stehe auf und drehe die Heizung wieder auf. Mich macht die Kälte in diesem Haus wahnsinnig. Zurück auf dem Bett, starre ich weiter.

Es ist 22:10. Und ich starre noch immer: Buch, Handy, dummes Buch, stummes Handy, dummes, stummes Handy. Immerhin summt zumindest das Radio im Hintergrund und erinnert daran, dass irgendwo noch Leben weitergeht. Ansonsten tut sich nichts. Zwischendurch musste ich doch ein paar neu entdeckte Pickel ausdrücken. Ich konnte dem Drang einfach nicht widerstehen. Oder war es meine Nervosität? Danach habe ich mich geschämt. Nur die Vorstellung, Bernd könnte sehen, was ich hier tue, hat meine Finger zurückgehalten, weiterzumachen. Wie peinlich das doch wäre. All der herausgedrückte Talg, das Blut, die Entzündungen. Und er ahnt nichts davon. Ich schäme mich.

Die Zeit vergeht langsam. Niemand ruft an. Niemand antwortet auf meine E-Mail. Ich hätte sie nicht schreiben dürfen. Wie konnte ich ihm so direkt das mit dem Foto vorwerfen? Irgendwie gibt es sicherlich eine gute Erklärung dafür. Ich hab' alles versaut. Den werde ich nie wieder hören. So viel Angst ich auch vor dem Gespräch selbst hatte – jetzt fühlt sich ein weiteres Telefonat an wie ein weit entfernter Traum, der nie wiederkommt.

Ich gehe ins Bad – mit meinem Handy. Putze meine Zähne und mache mich bettfertig. Ich lege mich mit dem schweigenden Gerät ins Bett. Das Grinsen wird von Traurigkeit abgelöst. Völlig wach zwinge ich mich die Augen zu schließen und einzuschlafen. Das Handy hab' ich mittlerweile auf lautlos gestellt, damit es Mama nicht hört, sollte es doch noch klingeln. Mit so späten Anrufen wäre sie nicht einverstanden. Eigentlich ist sie mit gar keinem Telefonat am Handy einverstanden. Außer es ist ein Notfall. Wegen der Strahlen. Das Handy hab ich natürlich von Papa geschenkt bekommen. Und er hat dafür jede Menge Ärger kassiert, aber verboten hat sie es mir schlussendlich doch nicht.

Ich kann nicht schlafen.

Es ist 00:12 Uhr. Das Handy klingelt. Ich sehe eine unglaublich lange Nummer darauf aufblitzen. Um nicht zu riskieren, dass er es sich doch anders überlegt, hebe ich sofort ab.

„Sandra! Ich vermisse Deine Stimme so sehr. Bitte sag meinen Namen!"

„Bernd!", flüstere ich ungläubig. Ich will fragen, warum er so lange gebraucht hat. Aber nach meiner Mail sollte ich ihn wohl nicht mit noch mehr Vorwürfen nerven. Ich muss doch froh sein, dass er sich überhaupt noch mal gemeldet hat.

„Sandra! Du hast auf mich gewartet, oder?"

„Ja. Natürlich! Du hast ja gesagt, du wirst anrufen."

„Also vertraust du mir?"

„Ich weiß nicht. Ich hätte erwartet, Du würdest früher anrufen, darum hab ich schon etwas gezweifelt, ob du überhaupt noch…"

„Warum sollte ich mir ein Gespräch mit Dir entgehen lassen?"

„Du redest Blödsinn."

„Tu ich nicht. Ich bin ein Glückspilz, dass du abnimmst. Und mit mir redest. Und noch dazu so spät."

„Quatsch."

„Hast du schon geschlafen?"

„Nein, nein."

„Sag mir, wo du bist, Sandra."

„Ich bin in meinem Zimmer und liege in meinem Bett."

„Dein Kinderzimmer?"

Was für ein peinliches Wort. „Äh, ja. Genau."

„Beschreib' mir dein Zimmer."

Nichts an diesem Zimmer ist es wert darüber zu sprechen. Wie kann man das also in Worte fassen, die lohnenswert wären, dabei zuzuhören?

„Naja, es ist nicht besonders groß. Es ist schmal geschnitten. Längs steht das Bett, parallel der Kleiderschrank. Gegenüber vom Bettfuß ist mein Schreibtisch, darüber das Bücherregal. Und dazwischen ziemlich wenig Platz – sodass es unmöglich ist, hier umzufallen."

„Wie groß ist dein Bett?"

„Na ja, normal. So 90 cm breit, denk ich?"

„Glaubst du, wir würden gemeinsam reinpassen?"

Mir wird ganz anders. Ich lag hier noch nie mit jemandem gemeinsam im Bett.

„Na ja klar. Es wäre halt eng."

„Das würde mich nicht stören." Er macht eine Pause. Ich weiß nicht, was ich sagen soll. „Ich wüsste zu gern, wie du riechst, Sandra. Und wie du dich wohl anfühlst."

Oh, Nein. Endlich ruft er an. Und jetzt das? Er kann

doch solche Sachen nicht zu mir sagen. Was soll ich antworten? Wohin führt das? Ich muss ihn ablenken.

„Warum hast du nicht früher angerufen?"

„Du willst ablenken."

„Nein!", protestiere ich. „Ich habe mir Gedanken gemacht und will wissen, was du gemacht hast!", verteidige ich mich.

„Ich war bei meinem Vater."

„Okay. Du hättest mir schreiben können."

„Du hast mich vermisst, stimmt's?"

„Ja.", flüstere ich.

„Du brauchst dir keine Sorgen zu machen, Sandra. Wenn ich dir sage, dass ich anrufe, dann werde ich anrufen. Darauf kannst du dich von jetzt an verlassen. Immer."

„Du hast nicht vor, wieder wegzugehen?"

„Nein. Ich will für dich da sein, Sandra."

„Warum hast du dich nicht früher gemeldet? Wir haben doch schon ewig keinen Kontakt mehr gehabt."

„Ich war mir nicht sicher."

„Nicht sicher worüber?"

„Ob du das willst."

„Wie kannst du so etwas denken?"

Er zögert. „Eben. Wir hatten lang' keinen Kontakt."

„Das verstehe ich eben nicht."

„Manche Dinge verstehe ich auch nicht. Lass es uns doch einfach genießen, dass wir uns jetzt hören und beieinander sein können."

„Aber wir sind nicht beieinander. Wir telefonieren nur."

„Wir telefonieren nur?" Seine Betonung auf das ‚nur' lässt seinen Vorwurf nicht verbergen. „Ich finde, es gibt kaum etwas Schöneres, als deine Stimme zu hören. Weißt du überhaupt, wie verführerisch du klingst?", gleitet er sanft weiter und ich spüre meine Erleichterung.

„Das hat mir noch nie jemand gesagt." Und es hat mir auch nie jemand beigebracht, wie man auf solche Komplimente reagieren soll.

„Das hast du. Ich kann gar nicht genug davon bekommen. Erzähl' mir, was du anhast!", fordert er mich mit langsamen, bestimmten Worten auf.

Auch wenn ich auf diese Frage vorbereitet war, kommt sie mir noch immer schmutzig vor und ich will sie nicht beantworten. „Na ja. Ich bin ja schon bereit, um schlafen zu gehen. Darum hab' ich mein Schlaf-T-Shirt an und ein Höschen. – Und einen BH."

„Du trägst einen BH? Du hast dich umgezogen? Wie sieht der BH aus? Wie sieht dein Höschen aus? Bitte erzähl mir alles", schießt er neugierig nach.

Ich liege auf meinem Rücken. Meine Augen sind geschlossen. Während eine Hand das Handy fest an mein Ohr hält, drückt die andere fest auf meinen Bauch. Als würde ich mich an mir selbst festhalten. Ich beschreibe Bernd meine Unterwäsche. Leise und langsam und hoffe dabei gefasst zu wirken und davon abzulenken, wie sehr meine Stimme zittert.

„Hmmm. Ich trage nur noch meine Unterhose", entgegnet er mir.

Und mit diesem geteilten Wissen fühle ich mich verpflichtet, ebenso weiterzumachen. „Die gleiche wie vorhin?", frage ich.

„Ja genau."

Vor meinem geistigen Auge erwacht ein männliches Unterwäschemodel, das eine Hugo Boss Short trägt.

„Sie ist schon ganz oft gewaschen und das Material ist ganz weich. Das mag ich so an ihr."

„Verstehe." Ich schließe meine Augen noch fester. Was sind das nur für sinnentleerte Antworten.

„Machst du es dir selbst, Sandra?"

Und auf sinnentleerte folgt schockierte Leere. Als hätte er mit dieser Frage ein dumpfes Loch in meinen Schädel geschlagen.

„Wie... Wie... Wie meinst du das?" Es bringt nichts, das Zittern der Stimme zu verstecken. Er muss meine Überforderung einfach hören.

„Streichelst du dich manchmal? Fasst du dich an? Hast du es dir schon mal selbst gemacht?"

„Äääääh, na ja."

„Sandra. Du kannst es mir sagen. Ich schwöre dir, ich werde es niemandem erzählen. Aber ich will dich kennen. Ich will wissen, was du tust, wenn du nachts alleine bist. Ich will deine Geheimnisse kennen. Sag es mir!"

„Manchmal."

„Ja. Gefällt es dir, dich anzufassen?"

„Es ist schön." Was soll ich sagen. Eigentlich mach' ich es nur aus Neugierde. So viele Gründe, warum man es macht, habe ich darin noch nicht entdeckt. Ob ich mir einen OB reinstecke oder einen Finger. Ich erkenne keinen Unterschied.

„Wie fasst du dich an?"

„Wie meinst du das?", frage ich ernst gemeint, denn ich kann mir nicht vorstellen, dass es dabei unterschiedliche Möglichkeiten gibt.

„Erzähl mir einfach, wie du es dir machst."

„Aber ich habe noch nie darüber gesprochen."

„Dann würdest du mich sehr ehren, wenn ich der erste sein darf."

Ich schweige. Mucksmäuschenstill und völlig erstarrt warte ich, dass dieser Moment vorbei geht.

Dann redet er sanft und lieb weiter. „Nimmst du deine Hand? Oder nimmst du ein Hilfsmittel? Vielleicht etwas großes Langes, wie einen Bürstengriff oder eine Gurke?"

Ein Bürstengriff? Eine Gurke? Ich bin froh, dass niemand mein angewidertes Gesicht sehen kann. Wie kommt er denn auf sowas?

„Ich nehme einfach meine Hand."

„Hast du jemals auch ein Hilfsmittel benutzt?"

„Nein", lüge ich. Ich schäme mich, dass ich es doch getan hab', aber ich will sowas niemandem erzählen. Ich will es mir noch nicht mal erlauben, selbst daran zu denken.

„Was machst du mit deiner Hand?"

Ich zögere.

„Sandra. Ich bitte dich. Ich brenne. Erzähl' es mir. Es bleibt unter uns. Es ist nur für dich und mich. Ich muss es wissen."

„Ich weiß nicht. Ich mache das, was man eben so macht."

„Ich will nicht wissen, was man so macht. Ich will nur wissen, wie du es dir machst. Was dir gefällt. Wo sind deine Finger, Sandra? Am besten du beschreibst es mir, während du es tust."

Mir ist heißer als je zuvor. Das kann ich nicht.

„Sandra, bitte. Lass mich nicht so betteln. Du musst es mir sagen."

Ich sage nichts.

„Hast du deine Hand in deinem Höschen?"

Meine Hand umklammert noch fester meinen Bauch. Die andere noch fester das Handy. Meine Augen sind fest zusammengepresst. Mein ganzer Körper ist total angespannt und ich spüre nichts außer Angst.

„Entspann dich, Sandra. Niemand erfährt hiervon

etwas. Du kannst ganz beruhigt sein. Alles in diesem Gespräch gehört nur dir und mir. Darf ich deine Hand sein? Darf ich deine Hand führen?"

Ich akzeptiere den Preis, den mich dieses Gespräch kostet, und folge.

„Okay."

„Gut so, Sandra. Leg deine Hand auf deinen Bauch unter dein T-Shirt. Aber leg sie nicht ab. Schwebe über deine Haut. Berühr dich so sanft und zart, wie du nur kannst. Und jetzt geh ganz langsam mit deiner Hand nach unten. Über den Bund deines Höschen drüber und spüre deine warme Hand Zentimeter für Zentimeter zwischen deine Beine gleiten. Lass dir Zeit."

Ich atme tief und tue genau wie mir geheißen. Die Zeit scheint stehen zu bleiben.

„Gleite laaaangsam, ganz laaaangsam nach unten. Liegt deine Hand auf deiner Klitoris? Bewegen sich deine Finger?"

„Ja. Dort liegt sie. Ich bewege meine Hand nicht. Ich drücke nur darauf."

„Oh ja, drücke darauf. Spür das Gewicht deiner Hand. Erzähl mir, was du fühlst."

„Es ist warm. Eher heiß. Ich spüre meine Haare im Höschen." Ich zittere.

„Wie lange sind deine Haare?"

„Äh, ich weiß nicht." Wie peinlich.

„Hast du dich bereits rasiert?"

„Nein. Hab' ich nicht." So unglaublich peinlich.

„Und hast du viele Haare, Sandra? Erzähl mir, wie sie sind!"

„Ja, ich hab' viele Haare. Sie sind dick und stark. Noch stärker als mein Kopfhaar."

„Du musst sie wegmachen!"

„Wie, jetzt?"

„Nein. Jetzt gibt es Wichtigeres. Aber du musst dich für mich ganz glatt machen. Ich will deine Muschi haarlos und unschuldig sehen, wenn wir uns sehen. So wie sie ist – ganz unbedeckt. Tust du mir den Gefallen?"

Mir scheint, ich stehe völlig neben mir und antworte geistesabwesend und karg: „Ja."

Ich bin irgendwie dankbar für eine Aufgabe, die er mir aufgibt. Außerdem erscheint es mir einfach im Vergleich dazu, was dieses Telefonat von mir fordert. Und außerdem bedeutet das: Wir werden uns sehen. Weil er es will. Nicht weil ich ihn darum bitte.

„Ich kann es kaum erwarten, sie zu sehen", flüstert Bernd. „Liegt deine Hand noch auf deiner Klitoris?"

„Ja."

„Steck deine Hand in dein Höschen."

Ich sage „Okay", aber ich mache nichts. Ich wage es nicht. Aber ich kann ja sagen, ich würde es tun.

„Bist du sehr feucht?"

„Ja."

„Fang an zu spielen, Sandra. Spreize deine Beine so weit wie möglich. Tauche in dich und nimm deine Feuchtigkeit, um an dir zu spielen. Kitzel deine Klitoris."

Ich fühle mich erwischt, seine vorherige Aufgabe missachtet zu haben und mache sofort wie mir geheißen. Dabei bewege ich meine Finger zu schnell und zu unsensibel in mich, sodass ich sofort wieder die Hand aus meinem Höschen ziehe. Ich erlaube mir nicht, das zu tun. Also lüge ich weiter, damit fühle ich mich weniger schmutzig. Weniger schuldig. Er kann nicht sehen, was ich tue, also sage ich ihm einfach, was er hören möchte und hoffe, wir können bald wieder normal telefonieren.

„Und stöhne, süße Sandra. Zeig mir, wie es dir gefällt. Stöhne, wenn es schön ist."

Ich stöhne langsam und leise und komme mir albern dabei vor.

„Nimm deine Finger und dringe in dich ein. Nimm erst einen!"

„Jaaa."

„Welchen Finger hast du genommen?"

„Meinen Zeigefinger."

Er atmet.

„Oh ja, dein Zeigefinger."

Ich atme etwas lauter.

„Ja. Tu es."

Wir atmen. Er gibt mir die immer gleichen Anweisungen.

„Nimm nun den Zeigefinger und den Mittelfinger. Drück beide Finger fest in dich. Spreize deine Beine noch weiter. Immer noch ein Stück weiter als du gedacht hast, dass es geht. Breiter und tiefer und drücke sie hinein. Und wieder heraus. Und wieder hinein."

Ich stöhne. Ich vergesse alle Peinlichkeit und stöhne.

„Wie viele Finger hast du in dir?"

„Zwei."

„Nimm drei."

Ich stöhne.

„Schaffst du es, drei in dich zu drücken?"

„Ja."

„Gefällt es dir?"

Ich atme, oder stöhne ich schon? Ich kann mir nicht im Entferntesten vorstellen, drei Finger in mir zu haben.

„Ja."

Plötzlich kommt von außen ein Klopfen und gleichzeitig eine bedrohliche Stimme.

„Sandra? Telefonierst du noch?"

„Nein", lüg ich und drücke das Handy auf meine Brust. Was mach ich denn? Sie hat mit Sicherheit etwas gehört. Was hat sie wohl gehört? Und seit wann steht sie dort und hört mir zu? Aber ich hab doch so geflüstert. Sie konnte doch gar nichts hören, oder doch?

Nach einer viel zu langen Pause ermahnt mich meine Mutter: „Es ist jetzt Zeit zu schlafen!"

„Ja. Ich lieg ja schon im Bett." Es ist so peinlich.

„Gute Nacht!"

„Gute Nacht."

Ich hasse und liebe meine Mutter, dass sie mich aus dieser Situation befreit hat. Draußen höre ich die Zimmertüre meiner Mutter und ich nehme erneut das Telefon ans Ohr.

„Bernd?"

„Ja, Sandra. Ich bin noch hier."

„Ich muss auflegen."

„Nein. Leg nicht auf. Sandra. Du kannst jetzt nicht gehen!"

„Ich muss. Ich kann nicht. Tschüss, Bernd."

Ohne auf seine Antwort zu warten, lege ich auf. Mein Herz pocht. Ich liege mit aufgerissenen Augen im stockfinsteren Zimmer und wage es nicht, mich zu bewegen. Wage nicht das kleinste Geräusch. Ich schäme mich. Unendlich.

„Du hast gefickt", entfährt es Inga, als sie mich – wohl immer noch breit grinsend – in unserem Lieblings-Falafel-Laden entdeckt.

„Nein!", protestiere ich.

„Erzähl mir nichts!"

„Ich schwöre dir! Er hat mich nicht angefasst!"

„Warum grinst du dann so?"

„Ich weiß nicht, ich hatte einfach einen schönen Abend."

Inga hat ihre Augen zu zwei misstrauischen engen Schlitzen zusammengezwickt. Sie glaubt mir kein Wort.

„Raus mit der Sprache! Was hat den Abend denn so ,schön' gemacht?"

„Ich wurde bekocht."

„Wie romantisch."

„Risotto mit Steakstreifen."

„Hmmm, nicht so schlecht. Wen hast du denn gestern eigentlich getroffen?"

„Martin."

„Was, ich dachte das war nichts mit dem? Das war doch der aus dem Irish Pub. Wo du gesagt hast, nicht schon wieder ein Fotograf."

„Haben eigentlich gar nicht über den Job gesprochen gestern."

„Dafür warst du ja auch nicht dort. Und worüber habt ihr dann gesprochen?"

Sie merkt, dass ich ihr nichts erzählen mag und fragt extra nach.

„Dies und das. Wo er herkommt und so."

„Warum magst du ihn?"

„Das hab ich doch gar nicht gesagt."

„Sonst hättest du wohl kaum 'nen schönen Abend gehabt. Also?"

„Ich kann's dir noch nicht sagen. Ich weiß gar nicht, ob ich ihn mag oder nur die Tatsache, dass er kein einziges Mal von einer Beziehung gesprochen hat und trotzdem kein Typ für 'ne billige Nummer ist. Schließlich hat er gekocht gestern."

Was für einen Quatsch ich da rede. Aber ich nehme es mir sogar selbst ab.

„Glaubst du, du verliebst dich gerade?"

„Nein. Ganz und gar nicht."

„Oh Mann, Sandra. Du solltest vielleicht genau das wollen. Verliebt sein ist doch schön. Schmetterlinge im Bauch und es würd' dir so guttun. Du bist nicht der harte Typ, den du vorgibst. Du willst auch nur geliebt werden. Glaub mir."

Ich zucke mit den Schultern.

„Ich bin nicht hart, nur weil ich lange keine Gefühle für jemanden mehr hatte. Und solange ich keine Gefühle habe, fällt es mir eben einfach, wieder loszulassen. Das ist besser, als sich 'nen Klotz ans Bein zu legen."

„Das ist sehr harmlos ausgedrückt. Du bist wie ein Mann. Nutzt arme, hilflose Jungs aus. Die können doch nichts dafür: In dich muss man sich einfach sofort verlieben – sportlich, erfolgreich, unabhängig, sexy. Du bist die Frau, nach der sich jeder sehnt. Aber du gibst keinem eine Chance, wirklich in dein Leben zu treten. Du nutzt sie aus und schmeißt sie dann weg wie ein benutztes Taschentuch. Du erfüllst nicht mal ansatzweise das Klischee einer Frau und lässt dich wenigstens auf die Drinks einladen."

„Aber ich bin ein guter Mann", scherze ich. Ihre Theorie habe ich schon oft gehört und immer amüsant gefunden. Und plötzlich kommt mir die Lösung meines Problems: Ich muss ganz einfach ein Mann sein. Warum bin ich da nicht früher draufgekommen.

„Darauf muss man nicht stolz sein, Sandra!" Sie nimmt die Karte. „Los, lass mal bestellen. Ich sterbe vor Hunger."

„Hallo Inga!", trällert eine nur zu bekannte Stimme. Ich schließe meine Augen, um sie ungesehen hinter meinen Lidern nach oben zu rollen.

„Dina! Du? Hier? Aber du wohnst doch ganz woanders! Was machst du hier?"

„Ich weiß, aber ich treffe mich hier mit meinem Bruder."

‚Glaub ich, dass du keinen Typen hast, mit dem du dich treffen kannst‘, denke ich.

„Hier in unserem Falafel-Laden?", frage ich erstaunt. Was wäre denn das für ein Zufall?

„Nein. Vorne in dem Café an dem runden Platz."

„Gärtnerplatz heißt der", erkläre ich ihr mit einem bereits leicht genervten Unterton.

„Ah. Ja. Hab' auch noch 'ne halbe Stunde. Bin zu früh."

Ich sehe Mitleid in Ingas Augen. Wofür ich Inga immer schätzen werde, aber bei Dina kann meine Genervtheit einfach kein Verständnis durchdringen lassen. Und ich muss nochmals meine Augen schließen als ich höre: „Ja komm, dann setzt dich doch so lange zu uns."

Natürlich nimmt sie das Angebot an. Sie ist so unsicher mit den Öffis, dass sie immer viel zu früh losfährt. Dinas Auswärtstermine sind für das ganze Büro ein Nervenakt. Sie bespricht mit jedem den Anfahrtsplan und ob ihre errechnete Zeit tatsächlich ausreicht, um pünktlich zu sein. Sie ist in den zwei Stunden davor unfähig zu arbeiten, weil sie andauernd nervös auf Toilette rennt, ihr Make-up perfektioniert, ihre Hände eincremt und wieder und wieder den Fahrplan studiert. Sie könnte ein Taxi nehmen. Die Firma würde bezahlen. Aber ihr Unbehagen allein mit einem Taxifahrer in einer geschlossenen Karosserie zu sitzen, muss noch größer sein als der Stress in den Öffis. Wahrscheinlich ist sie nicht gerade eben hier angekommen, sondern irrt schon ewig umher und fragt sich, wie sie die Zeit totschlagen kann.

„Wie geht's?", frage ich sie.

„Super! Heute ist mein Cheat Day", erzählt sie freudig.

„Dein was?", fragt Inga, die dank guter Gene oder einem perfekten Stoffwechsel oder was auch immer noch nie in ihrem Leben Diät machen musste. Sie isst und schlemmt und trinkt nach Herzenslust und ist dabei dünn wie ein Strich.

„Mein Cheating Day. Heute darf ich alles essen. Was ich will und so viel ich will."

„Und was hast du schon gegessen?", frage ich.

„1 ½ Buchweizen Pfannkuchen mit Obst und Joghurt. Ich hab' noch viel mehr gemacht, aber ich war danach so platze satt. Ich konnte einfach nicht mehr."

„Und sonst?", es ist schon drei Uhr nachmittags. Und wer an seinem Cheat-Tag nicht mindestens schon zwei Mahlzeiten gegessen hat, hat in meinen Augen ein Problem. Aber diesen Eindruck haben wir eh schon längst von ihr.

„Nichts, ich will ja dann gleich mit meinem Bruder den Burger essen, der so gut sein soll."

„Lass krachen, Dina", sagt Inga. „Wir haben grad von Männern geredet", wechselt sie das Thema – offensichtlich hat sie heute keine Lust das Diät-Thema mit ihr durchzukauen. Zum Glück.

„Hihi", schmunzelt Dina. „Hat sich eine von euch beiden

verliebt?"

„Nein!", gebe ich an. „Wir nutzen sie nur aus."

„Oder wir wollen es nicht zugeben, dass wir vielleicht doch etwas verliebt sind!", stichelt Inga zurück.

„Es war ein Date, weiter nichts", erkläre ich Dina.

„Das zweite Date. Es war das zweite Date", korrigiert Inga.

„Was ist denn mit dir, Dina? Hast du jemanden, für den du dich interessierst?", fragt Inga ehrlich interessiert. Vielleicht will sie ihr auch 'nen Anstoß geben, dass sie sowas von ihrer eigenen Tragik ablenken könnte.

„Nein. Im Augenblick nicht."

„Aber du hattest schon mal jemanden?"

„Ja. Naja."

„Komm schon, erzähl! Wir sind nicht im Büro. Und alles, was hier erzählt wird, bleibt auch unter uns. Versprochen."

„Einmal hat mir ein Junge ein Huhn gefangen und geschenkt. Der wollte was von mir."

Ein Huhn? Ein Junge? Inga und ich blicken uns verwirrt an.

„Das ist aber kein besonders romantisches Geschenk", kritisiere ich ihren Liebhaber.

„Damals, in unserem Dorf in Rumänien, war das etwas sehr Besonderes", erzählt sie stolz und ich beneide sie, diese Geschichte mit so viel Selbstbewusstsein wiedergeben zu können.

„Wie alt warst du denn da?", fragt Inga ungläubig.

„12. Oder 13, glaube ich. Als Dankeschön hab ich ihn geküsst. Aber er war nur für die Ferien da und danach haben wir uns nie wieder gesehen."

„Heißt dass, du hast noch nie…?" Ich muss es nicht aussprechen, damit sie mich versteht. Aber die peinliche Pause, die jetzt entsteht, weckt auch bei mir Mitgefühl.

„Tut mir leid Dina, ich wollte dir nicht zu nahe treten", sage ich ernst gemeint.

„Ich hab 'ne Menge noch nicht gemacht", verteidigt sie sich schnell, als ob sie sich dafür rechtfertigen müsste. „Ich hab auch noch nie einen Bikini getragen. Oder Austern gegessen."

Ich erschrecke. Dieses behütete Ding ist noch immer Jungfrau. Das steckt also hinter dieser Geschichte. Sie hungert sich grad ihren Komfortzonen-Speck von den Rippen, um sich zu spüren, dabei hat sie einfach gar keinen Bezug zu ihrem Körper. Dieses arme Wesen hat noch nie! Noch nie! 26 Jahre und noch keinen Sex.

Ich muss was anderes hören. Das ist zu harte Kost für mich und ich rede so von der Arbeit dahin, bis Dina rechtzeitig – 15 Minuten zu früh – zum Treffen mit ihrem Bruder aufbricht.

„Dieses arme Ding", sagt Inga.

„Dieses arme arme Ding", bestätige ich.

„Noch nie einen Bikini getragen. Ich glaube, das ist das Traurigste, was ich je in meinem ganzen Leben gehört habe", vervollständigt Inga und wir prusten los.

6/ 1999

Hi Sandra,

äh, ich bin sehr verwirrt von deiner Nachricht. Es tut mir ja echt leid, dass ich mich so lange nicht bei dir gemeldet habe. Denn ich schätze deine Freundschaft. Aber ich war es nicht, der dich vorgestern angerufen hat. Ich habe ja noch nicht mal deine Telefonnummer. Kennst du denn noch einen anderen Bernd? Hoffe, du kannst das Missverständnis schnell aufklären und hast keinen Verrückten an der Backe.

Ansonsten geht's mir gut. Verena und ich sind wieder fest zusammen und alles läuft schon erstaunlich lange erstaunlich gut. Keine Zickereien, sondern einfach nur wohltuendes Schmusen. Das Kätzchen schnurrt.

Meld' dich, was da bei dir los ist.

Tschüss, Bernd!

Ich lese diese Mail. Und danach lese ich sie nochmal und nochmal. Ich lese und verstehe nichts, denn ich kenne keinen anderen Bernd. Bernd ist für mich ein so seltener Name wie Helge – da kenne ich nur den Musiker. Oder Ottfried, wie der Schauspieler Ottfried Fischer. Vornamen, deren einmalige Hässlichkeit selten eine zweite Person bestraft. Nicht, dass diese Namen so schlimm sind, dass man sich damit gleich eingraben kann, aber sie sind für mich so fremd, dass ich ohne lange zu überlegen weiß, dass ich niemand anderen kenne, der so heißt. Da bin ich mir absolut sicher. Ganz im Gegensatz zu Michaels, Annas, Julias, Martins oder Florians.

Die kann man gar nicht alle zählen.

Ich habe mit einem Bernd Ewigkeiten am Telefon verbracht; hatte mit ihm Telefonsex – zumindest denkt er das; kenne ihn aber nicht mal? Er hat mir irgendwas erzählt. Er ist irgendwer. Und ich weiß nichts von ihm. Außer eine merkwürdig lange Telefonnummer – mit Schweizer Vorwahl. Das hat mir das Internet mittlerweile verraten. Ich hab' sie schon hunderte Male blind auf meinem Telefon gewählt, aber erst zwei Mal gewagt, es tatsächlich klingeln zu lassen. Jedes Mal hat es nur geklingelt, aber niemand hat abgehoben. Niemand ruft zurück. Ich verstehe nichts. Ich habe eine unbekannte Person, die mich angelogen hat, um was genau zu tun? Telefonkosten zu generieren und einem schüchternen Mädchen ihrer Telefon-Unschuld zu rauben? Was ist das für eine Freakshow? Ich bin verwirrt, einsam, sauer, traurig. Hilflos. Denn ich weiß nicht, was ich tun soll und wen ich um Rat fragen kann, mit so einer verrückten Geschichte. Ich schäme mich so. Ich heule. Schon nach dem ersten Satz dieser E-Mail habe ich geheult und jetzt, Stunden später, heule ich einfach wieder und wieder.

Ich heule mich durch den Freitag und den Samstagvormittag. Samstagmittag steht wie abgemacht mein Vater vor der Tür. Das Wochenende bei Papa steht an, also höre ich auf zu heulen und versuche mir nicht anmerken zu lassen, wie es mir geht. Ich klammere mich an mein Handy, das nie auch nur einen einzigen Ton von sich gibt.

Es ist ein typisches, planloses Wochenende bei Papa. Er will fliegen gehen und seine Freunde sehen, das Wetter passt und ich trotte bei allem hinterher. Während er fliegt, liege ich auf der mitgebrachten Picknickdecke und gebe vor, in meinem Buch zu lesen. Keiner seiner Freunde kommt heute zu mir und ich gehe auch nicht zu ihnen. Sie alle haben schon einen sitzen, mein Vater auch. Trotzdem fliegen sie. Gibt ja auch keine Alkoholkontrollen in der Luft. Zum Auto fahren zu besoffen, aber ob man mit Schlangenlinien durch die Lüfte saust, interessiert niemanden. Sie schleppen mit einer Seilwinde zwischen zwei Feldern ihre Drachen in die Luft und gleiten dann nach unten und das ist dann Spaß. Und dabei hat man noch nicht mal 'nen guten Ausblick. Ich verstehe nichts davon. Ich starre den sinnlosen Wahnsinn an und kann plötzlich mehr Sinn in Schach entdecken oder sogar im Fischen – was ich beides auch als sehr öde empfinde. Hoch und runter und hoch und runter und hoch und runter, während ihr Pegel ständig nur nach oben geht. Aber ich sag' nichts dazu. Immerhin zwingt es mich, nicht zu weinen und lenkt mich von Bernd, der gar nicht Bernd ist, ab. Papa erfüllt seine Scheidungs-Auflagen, ich erfülle meine Tochterrolle. Wir verbringen Zeit am selben Ort. Fertig. Das Handy schweigt. Ich schweige.

Wir schlafen direkt hier am Flugplatz in Papas Wohnwagen. Hellwach liege ich neben meinem laut schnarchenden Vater, der nach so viel Bier und Wein in Sekundenschnelle in seinen typischen komatösen Schlaf gefallen ist. Nichts Ungewöhnliches, dass ich neben diesem Lärm nicht schlafen kann. Aber heute höre ich den Lärm nicht mal. Die Fragezeichen in meinem Kopf scheinen mich taub zu machen. Ich fühle mich gefangen in meiner Unwissenheit. Dumm, das bin ich. Nichts anderes. Das Handy bleibt dunkel. Meine Augen offen.

Der Sonntag beginnt mit einem Camping-Frühstück auf dem taunassen Feld und es folgt der gleiche Schlepp-Spaß wie am Tag zuvor.

Am Montag und Dienstag fühlt sich Schule nach Alltagstrott an. Wie Zeitverschwendung. Jede Hoffnung ihn je wieder zu hören ist dahin. Trotzdem kann ich an nichts anderes denken. Ich verkrieche mich vor den Schulkameraden und gehe auch nicht zu den Sunshine Troopers. Ich müsse für eine Schulaufgabe lernen, sage ich. Auch wenn ich schon alles gelernt habe, lerne ich es einfach nochmal. Ich will mit niemandem reden, denn ich schäme mich so sehr. Hätte ich die Möglichkeit, würde ich mich selbst verstoßen. Dann belästige ich wenigstens nicht die Anderen. Und gleichzeitig will ich mir den Stress nicht geben, nicht jetzt. Chemie – eben noch das Grauen meiner ganzen Woche – geht plötzlich an mir vorbei wie die größte Nebensächlichkeit. Und auch die Lehrerin, Frau Mettfessl, scheint meine Miene richtig zu interpretieren und gibt mir heute eine Verschnaufpause.

Nach der Schule kommt Feli mit ihrer sonst so ansteckenden guten Laune auf mich zu. „Sandra, wir haben ja noch gar nicht gequatscht diese Woche. Alles klar?"

„Ja. Alles klar." versuche ich so normal wie möglich zu klingen.

„Heute Nachmittag sind Michael und seine Clique auf der Half-Pipe. Kommst du mit?"

„Zur Half-Pipe?"

„Komm schon, du lässt dich dort nie blicken."

„Ja, weil ich nicht skate."

„Ich ja auch nicht. Wir gehen doch nur hin, um mit den Jungs zusammen zu sein. Komm schon. Es ist irgendwie peinlich, wenn ich da allein hingehe. Und wir haben doch eh schon lang nix mehr gemacht."

„Ich hab aber grad keinen Bock auf Jungs."

„Keinen Bock auf Jungs? Was ist los? Ich dachte, du willst auch unbedingt mal ein bisschen knutschen."

„Ja. Nein."

Sie erschrickt fast. Und macht riesige hell leuchtende Augen.

„Du hast jemanden kennen gelernt!". Sie schreit fast.

„Pssst. Nein. Hab ich nicht", lüge ich schon wieder. Aber ich weiß ja nicht mal, wen ich da kennengelernt habe. Und wie sollte ich ihr begreiflich machen, dass es mehr als ein gewöhnliches Telefonat war. Ich könnte ihr das nie erzählen.

„Du erzählst mir sofort, was passiert ist. Komm wir gehen rüber in den Park und ich will alles, aber wirklich alles wissen", zerrt sie an mir.

„Es gibt nichts zu erzählen. Da gibt's niemanden."

„Na, dann komm heut mit zur Half-Pipe und wir finden jemanden für deinen ersten Kuss."

„Ich hab' schon mal geküsst!", wehre ich mich.

„Beim Flaschendrehen zählt nicht."

„Heute geht's wirklich nicht. Meine Mutter hat 'nen Zahnarzttermin ausgemacht. Ich kann nicht", lüg' ich wieder. Aber diesmal glaubt mir Feli und ich bin unendlich dankbar dafür. So gern ich mir alles von der Seele reden würde. Ich weiß, dass ich gerade nach nichts anderem als einem kleinen naiven dummen Mädchen klinge, das sich in eine unbekannte Stimme verliebt hat und nichts, absolut nichts, über diese Person weiß. Ich kann nicht riskieren, dass meine beste Freundin so schlimm über mich denkt, wie ich es bereits tue.

Dienstag, 23:12 Uhr. Mein Handy klingelt. Die in-und-auswendig gelernte Schweizer Nummer ruft an. Endlich klingelt es und ich blicke auf das Display und tue nichts. Ich warte. Und dann klingelt es nicht mehr. Meine Augen starren fassungslos und fühlen sich an, als wollten sie aus ihren Höhlen hervortreten.

Wie konnte ich nur? Ich habe meine Chance auf sämtliche Aufklärung verpasst. Wie konnte ich nicht abheben? Wie dumm von mir. Vielleicht kenne ich ihn ja doch? Von irgendwo und mein Hirn hat es einfach vergessen. Woher soll ich es wissen, wenn ich ihm nicht die Chance gebe, es zu erklären. Ich verzweifle, die Spucke läuft mir aus dem Mund, der Rotz aus der Nase und Fluten von Tränen aus den Augen. Und alles in mein Kissen.

Es ist 23:57 Uhr. Ich fühle mich leer. Leergeweint und

leergefegt und unfähig, zittrig und als ob es nichts mehr zu verlieren gibt. Ich rufe die Nummer zurück. Es klingelt nur ein einziges Mal.

„Sandra. Gott sei Dank!"

Ich sage nichts. Ich verliere mich nur in der Zartheit seiner Stimme. Sie klingt verführerisch. Und ich fühle mich wie weiches Wachs. Erleichtert, seine warmen Worte zu hören. Und plötzlich, nur aus diesen Worten bin ich völlig überzeugt, dass er mich mag und schätzt und ich spüre, wie sehr ich das brauche. Aber was mache ich nur. Wie verhalte ich mich nur.

„Sandra? Bitte sag doch etwas."

„Hallo."

„Hallo! Hallo! Wie schön deine Stimme! Wie traurig du klingst? Was ist passiert?"

„Wer ist denn da?", frage ich die vertraute Stimme am Telefon, als ob es sich um einen verwählten Anruf handelt. Und jetzt schweigt er.

7/ 2019

Ihr Kopf ist gesenkt. Der Blick starr auf ihr übertrieben großes Smartphone in strassbesetzter Anime-Hülle. Der Daumen schwebt über das untere Drittel des Bildschirms. Sie ist völlig abwesend. Ich wütend.

Ich hab' sie ausgewählt, ich hab' sie eingestellt und war überzeugt, dass wir eine spitzen Zeit mit ihr haben werden. Sie hatte super Referenzen. Hat was von den Sachen verstanden und gute Gedanken gehabt. Wollte was erreichen. Eine ehemalige Kollegin hat mir ihre Erfahrungen berichtet und alles war wie aus dem Lehrbuch. Ihre einzigen Kritikpunkte waren: Sie ist ein bisschen zu sorgfältig. Detailverliebt, was sie vom großen Ganzen ablenken kann. Bleibt gerne etwas zu lang im Büro. Man müsse sich etwas um sie kümmern. Sie würde sich leicht ausbeuten lassen. Anständig und still, aber angenehm. Nicht creepy. Das waren ihre Worte und auch exakt mein Eindruck. Ich hab' sie mit größter Überzeugung eingestellt, aber leider habe ich nicht die Handlungsfähigkeit, sie jetzt mit der allergrößten Überzeugung rauszuschmeißen. Wir haben die merkwürdige Firmen-Politik, niemanden zu kündigen. Man trennt sich im Einvernehmen. Und Praktikanten sowieso nicht. Dann lässt man sie lieber da sitzen. Klar, erst das zweite Praktikum. Praktikanten, die nicht funktionieren, trägt man halt mit. Kostet ja nichts. Aber für mich entsteht genau hier der Frust. Ich weiß, sie könnte bereits ‚the real Job' locker machen, wenn sie sich nur noch dafür interessieren würde. Sie hat ihn sogar hier schon gemacht, genau zwei Wochen lang und dann ist irgendwas passiert. Als hätte man dem Duracell-Hase die Batterie rausgerissen. Sie sitzt nur noch untätig ihre Zeit ab, weil sie keinen besseren Ort dazu hat. Sie nutzt die Chance, die unser Büro, unser Name ihr bietet, kein bisschen. Es ist ihr einfach egal. Sie ist völlig fremdgesteuert, und abgesehen davon gibt es wenige Leute, die ihr ehrliche Ratschläge geben. Die, die sie bekommt, hört sie nicht. Selbst das allerkleinste ihrer Neuronen, das sich von Synapse zu Synapse angelt, will nur noch Follower sein. Dabei sind ihre Influencer keine großen Helden, Künstler oder Denker. Sondern dürre Mädchen mit Schmink-Tutorials und dem Wissen, wie man vorteilhafte Selfies macht. Das reicht. Das will sie auch. Nichts anderes. Nicht mehr arbeiten. Nicht mehr normale Konversationen führen. Emoticons reichen, um tiefgründige Unterhaltungen mit Freunden zu führen. Nicht mehr lernen. Nicht mehr überzeugen. Nur noch folgen. Selbst dünner werden. Makelloses Make-up anlegen. Bessere Selfies machen. Immer das gleiche. So aussehen, als wäre man erfolgreich, schön und glücklich, beliebt, aber vor allem gertenschlank. Das ist auch wichtiger als die Fähigkeit, die zwei Stockwerke zu uns im Büro ohne Pause hochzugehen.

Dina ist zwar physisch jeden Tag hier, aber de facto arbeitsunfähig. Sitzt vor ihrem Rechner, surft im Internet und führt die wenigen Jobs so langsam und fehlerhaft aus, dass ihr die Kollegen immer weniger zu tun geben. Also arbeiten die anderen zwangsläufig mehr. Vor allem die zeitaufwendigen, aber unkomplizierten Prakti-Aufgaben rauben meinem Team und mir die Kapazität. Und dann denkt sie auch noch, Inga und ich wären ihre besten Freundinnen. Na gut, wahrscheinlich nur Inga. Momentan liegen sieben große Jobs allein auf meinem Schreibtisch und ich weiß genau, ich würde ein langes Briefing-Gespräch mit unzähligen dummen Rückfragen bekommen, würde ich versuchen, den einfachsten Teil an sie abzugeben. Als wäre es für sie ein Spiel, wie sie sich selbst besser die Arbeit vom Hals halten kann. Zeit zum Spielen habe ich aber nicht. Bevor ich nur damit anfange, habe ich den Job schon selbst erledigt. Inga ist da anders. Ihr Herz ist einfach zu groß und sie nimmt sich alle Zeit zum Plaudern mit ihr, hört sich ihre Sorgen an und wiederholt wieder und wieder ihre Ratschläge, die scheinbar an Dina abprallen wie Regentropfen auf Gore-Tex. Und dabei nimmt sie es auch in Kauf, selbst länger zu bleiben, um ihre eigene Arbeit zu schaffen. Ich bewundere ihre Geduld.

„Was sind denn deine Ideen dazu, Dina?", reiße ich sie aus ihrer Welt. Ich bin mir sicher, sie hat nicht mal die Frage verstanden, nur ihren Namen gehört und sich dann erwischt gefühlt. Sie schaut auf. Zeigt aber keine Miene, irgendetwas falsch gemacht zu haben. Sie schaltet das Display des Handys auf Schwarz, legt es langsam auf die Tischplatte vor sich. Ihre Schultern senken sich ab. Ihr Blick ruht auf den Strass-Steinchen. Ihre Miene zeigt überzeugend die tiefe Trauer über die Deaktivierung ihres Endgerätes. Anscheinend konnte sie sich die Frage doch selbst denken und beginnt in einer mitleiderregend leisen Mäuschen-Stimme: „Mir ist nichts eingefallen."

Ich starre sie mit großen Augen an. In meinem Studium, in all meinen bisherigen Jobs, wäre ich für so einen Satz hochkant rausgeflogen. Und wenn nicht das, dann rausgemobbt oder gleich geteert und gefedert. Aber mindestens in Grund und Boden geschrien. Nie im Leben hätte ich gewagt, so etwas Entwürdigendes von mir zu geben. Ich bin entsetzt und mir fährt es fast raus, wie sie mit einer ganzen Woche Zeit nicht mal den kleinsten Gedanken dazu haben kann. Aber mein Chef kommt mir zuvor. „Schon gut, Dina. Beim nächsten Mal hast du bestimmt wieder was. Sonst sind deine Ideen ja ganz toll."

Fuck, wo sind wir hier? In der Maikäfer-Gruppe vom Kindergarten? Was ist denn das wieder für eine Eierlosigkeit? Was würde der sagen, wenn ich nur eines meiner Projekte nicht anrühre, weil ich lieber Löcher in die Luft starre und dann einfach sag', mir wäre nichts eingefallen. Ich will Dina anschreien. Ich will Markus anschreien. Spüre aber knallhart die Hierarchie-Grenze. Er steht über mir und hat bereits entschieden, obwohl sie unter mir steht. Sage ich jetzt was, falle ich ihm in den Rücken und wir haben später wieder ein ‚Gespräch' unter vier Augen in seinem Büro.

„Na gut. Dann geben wir uns noch zwei Tage. Neue Inputs und Weiterentwicklungen bis Donnerstag. Und ich glaube, mit dem Zeitfenster kann jeder einen Slot finden, um daran zu arbeiten", sage ich abschließend und suche Dinas Augen, aber die gehören der funkelnden Handyhülle. Mein Ton ist zu bestimmend. Ich weiß es. Aber die Wut steuert mich. Beim Aufstehen sehe ich im Augenwinkel, wie Markus sich über mein Verhalten mehr ärgert als über Dinas. Sagt aber nichts. Wortlos dränge ich aus dem Besprechungsraum zu meinem Arbeitsplatz und verschwinde in Headphoneland. Drehe mir die Queen Playlist auf und vertröste mich mit ‚Don't stop me now'.

Kurz danach trotten meine Kollegen zurück ins Großraumbüro, Markus geht an mir vorbei in das einzige geschlossene Büro in dieser Etage. Schließlich muss er Telefonate und Gespräche führen, die sonst niemand mitbekommen darf. Während wir die Dinge ständig so umformulieren müssen, dass sie jeder hören kann. Oh, wie schön wäre es doch, wenn man die Dinge direkt sagen dürfte. Doch diese Welt ist nicht gemacht für Ehrlichkeit, denn keiner würde die anderen ohne ihre Masken ertragen, genauso wenig wie sie mich ohne die meine.

Dina sitzt mir schräg gegenüber. Was meine Nerven Tag für Tag, Stunde für Stunde mehr strapaziert. Während ich das Meeting und die wenigen Ergebnisse protokolliere, ans Team schicke und mir Neues für übermorgen überlege, schenkt sie sich ein Glas Wasser nach dem anderen ein. Jedes ext sie in Rekordzeit. Bis sie ihre 1,5-Liter-Flasche ausgetrunken hat. Und dann steht sie auf. „Wollen wir?", fragt sie, unnatürlich motivierend, und alle anderen folgen ihr sofort.

„Mittagessen, Süße, kommst du mit?", fragt mich Inga.

„Puh, was habt ihr denn vor?" Ich will nicht riskieren, bei etwas mitzumachen, das mir nur noch schlechtere Laune macht.

„Nur kurz zum Supermarkt. Nichts Großes."

Ich hasse Supermärkte. Auch wenn man dort Dina gut aus dem Weg gehen kann, würden mir heute die in- und auswendig gelernten Gänge wie pure Zeitverschwendung vorkommen.

„Wärst du so nett und würdest mir einen Salat mitbringen und eine Breze."

„Wie immer", zwinkert sie mir zu.

„Ja, wie immer."

„Klar."

Und sie gehen. Und ich genieße die Ruhe.

Amazon hat mehr als 3000 Ergebnisse, wenn man ‚Strap-on Dildo' eingibt. Und ich hatte bis gerade eben noch nicht mal eine Ahnung, wie sowas heißt. Natürlich surfe ich auf meinem privaten Laptop im Inkognito-Modus. Wäre ja auch eine peinliche Geschichte, wenn doch mal plötzlich jemand auf meinem Rechner surft und besonders preiswerte schwarze Riesendildos angeboten bekommt, die sich Frau überstülpen kann.

Manche befestigt man mit einem Geschirr, manche führt man sich selbst in die Vagina ein und hat damit wohl auch selbst noch Spaß an der Sache. Aber darum geht es mir nicht. Ich will ihn vögeln und nicht mich. Es gibt lange und noch längere in allen möglichen Farben, wobei Schwarz dominiert. Alle Durchmesser von gewöhnlich bis unvorstellbar. Es gibt sogar welche, die abspritzen können – dazu füllt man Wasser in eine kleine Blase, die man mit der Hand kräftig zusammendrückt, wenn es vorne rausspritzen soll. Eine Wasserpistole mit Fernsteuerung.

Ich wähle eine relativ durchschnittliche Größe aus, mit Ledergeschirr zum Umschnallen. Eine recht konservative Wahl, würde ich sagen. Wahrscheinlich etwas größer als ein Mittelklasse-Penis, wenn man ihn mit echten Teilen vergleicht. Allerdings ist das auf Fotos und in Zentimeter-Angaben schwer zu beurteilen. Ich klicke auf Bezahlen und Amazon Prime weiß jetzt für immer, was in meinem Schlafzimmer los ist, verspricht mir im Gegenzug allerdings die Lieferung am nächsten Tag. Fair. Was eine seltene Ausnahme, denke ich, sich etwas nach Hause liefern zu lassen statt in die Firma. Ich logge mich aus, klappe den Laptop zu und widme mich gerade wieder meinem Arbeitsdokument, als meine Kollegen zurückkommen. Inga stellt mir das bestellte Essen auf meinen Tisch. Kurz wird mir heiß bei dem Gedanken, dass sie nur wenige Minuten früher zurückgekommen wären.

Ich blicke in meinen Terminkalender. Die nächsten Tage sind voll. Die Vorstellung, Martin zu erleichtern, noch so lange rauszögern zu müssen, fällt mir schwer. Einen freien Zeitpunkt zu finden, allerdings noch schwerer.

„Du bleibst schön brav. Hörst du!", ermahne ich ihn per SMS.

Mit einem demütigen Emoticon vorweg, kommt innerhalb weniger Sekunden genau das, was ich gerade hören will.

„Ja, Herrin."

Wir treffen uns alle zu unterschiedlichen Zeiten am langen Tisch in der Büroküche. Inga wartet noch, dass ihre Tiefkühl-Lasagne in der Mikrowelle fertig wird, während Dina vor ihrem Arrangement aus Kalorien-armem wartet. Ich reiße die Plastikfolie von dem Salat auf, schütte die Salatsoße schnell und lieblos darüber und setze mich an den Tisch. Als Dina sieht, dass ich bereits beginne, ohne auf Inga zu warten, beginnt auch sie und nimmt mit ihrer Gabel wenige Bröckchen ihres Löffel-käses und eine hauchzarte Tomatenspalte auf. Ich beiße in meine Brezel.

„Ich hab' ja Kohlenhydrate komplett gestrichen von meinem Essensplan."

„Aha." Es fehlt mir an Einfallsreichtum, wie ich auf solche Sätze reagieren soll. Die Brezel in meinem Mund gibt ein zynisches Schmatzgeräusch von sich.

„Bis letzte Woche hab ich noch Reis gegessen. Aber jetzt habe ich gelesen, Reis ist das Ungesündeste, was man essen kann."

Ich schaffe es nicht, zu antworten, denn mein Mund ist noch voller, um schneller fertigzuwerden und hier wegzukönnen.

„Das Ungesündeste. Total schlecht zum Abnehmen", führt Dina ungefragt weiter aus.

Zum Glück ist die Lasagne fertig und Inga kommt zur Unterstützung.

„Seit wann ist Reis ungesund?", fragt sie.

„Zuviel Kalorien."

„Ach Quatsch. Pommes sind ungesund, weil sie frittiert sind. Aber ganz Asien ernährt sich von Reis und ich glaub' nicht, dass die so ein großes Problem mit Adipo-sitas haben."

Dina lutscht auf ihrem Gurkenstick herum. Dann nagt sie, wie ein Hamster, ein paar Millimeter herunter. Dann lutscht sie wieder.

„Du solltest langsamer abnehmen, Dina. Sonst hast

du bald ein echtes Problem", rät Inga einfühlsam, fast mütterlich.

„Ich habe kein Problem", schmettert Dina zurück. Zu laut und zu aggressiv. Offensichtlich fühlt sie sich angegriffen. Und ich weiß genau, dass hier Ingas Mitleid aufhört.

„Okaaaay." Und damit wendet sie sich ab. Und richtet sich zu mir.

„Sandra, ich muss dich was Wichtiges fragen. Glaubst du, es ist wieder Zeit zum Friseur zu gehen?", fragt sie mich mit größtem Eifer und Begeisterung und dafür liebe ich sie.

„Also, ich finde deine Haare super so ein paar Zentimeter länger, aber hinten unten könnten die Spitzen schon 'nen kleinen Schliff vertragen."

„Also könnte ich noch zwei Wochen warten oder doch lieber sofort?"

„Naja, zwei Wochen wäre zu lang. Eine Woche könntest du schon warten, aber länger? Ich weiß nicht."

„Andreas ist nämlich im Urlaub. Wenn ich also diese Woche nicht gehe, bleibt mir nur Warten übrig."

„Dann geh!", rate ich ihr.

„Das dachte ich auch. Besser nicht warten."

Das sind genau die Unterhaltungen, die mich entspannen. Manchmal denke ich, Inga streut sie nur für mich ein, nur damit ich runterkommen kann.

7/ 1999

Es ist noch so viel zu tun. Lauter Dinge, die ich jetzt noch nicht erledigen kann, denn das Rad muss weiterlaufen, als wäre es ein ganz normaler Tag. Keiner darf etwas mitbekommen. Selbst Feli nicht, aber die ist heute ohnehin krank.

Erdkunde. Normalerweise mein Lieblingsfach. Es ist schön, den privaten Reiseeindrücken meines für Fauna und Flora schwärmenden Lieblingslehrers Herrn Lippert zu lauschen. Karten zu betrachten und sich vorzustellen, irgendwann mal selbst dorthin zu reisen. Ganz alleine, um selbst zu bestimmen, was man sehen mag. Doch heute ist alles anders. Die Stunde zieht sich wie ein geschmackloser Kaugummi, auf dem man bereits tagelang herumgekaut hat. Übrig bleibt die aufgequollene zähe Masse, für die man keine Möglichkeit findet, sie auszuspucken. Wie gern ich sonst auch in die Schule gehe. Heute fühlt es sich an wie ein Gefängnis.

In Gedanken gehe ich durch, was ich noch erledigen muss, wie es heute Abend ablaufen könnte, was ich anziehen soll, was ich sagen soll, wie ich mich verhalten soll und ob ich es passieren lassen soll oder ob ich mich zieren sollte. Und schon habe ich vergessen, wo ich anfangen wollte. Mein Herz rast. Meine Hände sind schweißgebadet. Er will mich glatt haben, als hätte ich noch nie ein einziges Schamhaar gehabt. Ich habe mich noch nie rasiert. Eine Rasierklinge macht mir Angst – gerade an dieser Stelle. Wie macht man das? Eigentlich bräuchte ich Feli, aber wie sollte ich ihr diese Frage erklären? Ich muss in die Drogerie. Ich muss eine

Lösung finden, die mir keine Angst macht. Vielleicht ganz schmale Rasierklingen? Außerdem entsteht beim Rasieren doch nur ganz kurz ein glattes Gefühl und dann spürt man schon wieder die Stoppel. Vielleicht einfach jedes Haar einzeln mit der Pinzette zupfen? Wie lange ich dafür brauchen würde, wäre ja egal. Ich bin ihm dankbar für seine detailgenauen Angaben, wie er es sich wünscht. Das hilft mir, mich auf das Unbekannte vorzubereiten. Und gleichzeitig habe ich solche Angst, seine Erwartungen nicht zu erfüllen, dass mir schlecht wird. Was, wenn ich wieder alles verliere?

Noch eine letzte Stunde: Wirtschaft. Langweilig! Hier will die Zeit noch weniger vorbeigehen. Und ich will mir keine Gedanken mehr machen. Ich will etwas tun. Aber es gibt nichts zu tun. Nur bitte nicht mehr warten, damit die Zeit vergeht. So lange wie möglich fokussiere ich den Minutenzeiger der Uhr über der Tür, ohne dabei zu blinzeln. Er steht eine Ewigkeit leblos an der gleichen Stelle. Bis er wie aus dem Nichts eine Minute nach vorne springt, von der ruckartigen Bewegung nachfedert und mir endlich erlaubt, kurz die Augen zu schließen, um dann den Zeiger weiter zu hypnotisieren. In der naiven Hoffnung, dass meine gebündelte Gedankenkraft die Minuten schneller vergehen lassen könnte. Im Hintergrund plätschern die Erklärungen unseres Lehrers.

Nach der Schule wäre mein üblicher Weg nach Hause entgegengesetzt des großen Schülerstroms. Doch ausgerechnet heute, wo ich noch weniger als sonst unter Menschen sein will, muss ich wie jeder andere in Richtung Innenstadt. Mitten unter ihnen fühle ich mich allein. Alle sind ausgelassen, die Freude über den freien Nachmittag vor ihnen und den hinter sich gebrachten Schulpflichten reicht vollkommen aus, um glücklich zu sein und laut durcheinander zu brüllen. Ich frage mich immer, worüber die wohl reden. Ohne irgendeinem der

Schüler in die Augen zu blicken, gehe ich so direkt und so schnell es geht weiter. Bis immer weniger und weniger von ihnen zu sehen sind.

Endlich im Schlecker angekommen, gehe ich direkt zu den Damenrasierern. Akribisch will ich ein Produkt nach dem anderen anschauen, vergleichen, abwägen und dann entscheiden. Natürlich nehme ich nichts auf, wie immer beim Lesen. Meine Augen schieben sich mechanisch über den viel zu klein gedruckten Text, ohne zu denken. Vielleicht bin ich zu aufgeregt. Vielleicht zu dumm. Ich lass' das mit dem Lesen und überlege: Wachs ist mir zu schmerzhaft. Meine Haare sind dick, dunkel und fest verankert, darum traue ich mir einfach nicht zu, dass ich die Kraft habe, mir selbst alle Haare auf einmal auszureißen. Rasierer – ja, irgendwie schon – aber dann gibt es das Risiko auf Rasurbrand und Schnittwunden. Enthaarungscreme mit Aprikosenduft? Ich nehme die Packung in die Hand, als mich die besonders coolen Mädchen aus meiner Klasse von hinten überraschen.

„Hey Sandra. Fängst du jetzt auch endlich an, dir die Beine zu rasieren?"

Mein Gesicht muss knallrot sein. Am liebsten würde ich alles liegen lassen und wegrennen.

„Haha", spreche ich langsam aus, um zu verdeutlichen, wie unlustig ich ihren Kommentar finde. Versuche dabei aber möglichst unverletzt zu wirken und beiße mir auf die Lippen, damit ich mich nicht erkläre. Ich wünschte, ich hätte die Fähigkeit zu kontern oder auch etwas Gemeines zu ihnen zu sagen, über ihr Barbie-Make-up, die künstlichen Fingernägel oder den übertriebenen Bronze-Glow auf ihren Freibad-gebräunten Magerkörpern. Es ist mir so unangenehm, dass sie gerade jetzt hier sind und nicht weitergehen. Sie schauen sich die gleichen Produkte an, die ich eben noch in der Hand hatte. Und quatschen vor mir darüber, ob sie schon mal das Wachs ausprobiert haben. Gemeinsam entscheiden Sie, das heute zusammen zu machen. Ich stehe daneben und quäle mich mit meiner dringenden Kaufentscheidung. Sie scheinen noch lange nicht fertig zu sein. Kichern und quasseln so leise, dass ich keine Chance habe, sie zu verstehen. Als ich mich einen Moment unbeobachtet von ihnen fühle, verstecke ich die Enthaarungscreme hinter meinem Rücken und gebe vor, mich für die Zahnbürsten direkt daneben zu interessieren. Dann verschwinde ich, ohne mich zu verabschieden, Richtung Kasse.

Nach der Bezahlung schiebe ich die Creme und mein Portemonnaie in meinen Schulranzen und erschrecke. Kondome! Ich brauche doch noch Kondome! Ich blicke zurück und höre auch noch die drei Regale weiter die kichernde Mädchen-Gang aus meiner Klasse. Die Kondome sind im selben Gang. Das kann ich nicht machen.

„Alles in Ordnung, Kleine?", reißt mich die Kassiererin aus meinen Gedanken.

„Ähh ja. Alles gut."

Ich gehe. Ohne Kondome.

Das war die einzige Chance. Ich werde sicher nicht in der Apotheke oder an einer Tankstelle Gummis kaufen. Und einen anderen Drogeriemarkt in Laufnähe gibt es nicht. Und dort noch mal rein – nie im Leben. Kondome zu kaufen ist peinlich genug. Da möchte ich nicht zum zweiten Mal am selben Tag von derselben Verkäuferin beäugt werden. Ich merke, dass ich mir jetzt eindeutig selbst im Weg stehe. Warum kann ich sowas nicht? Das ist der doch egal. Kondome mitzubringen, wäre doch viel wichtiger. Egal warum, ich kann es nicht. Ich muss mich auf Gabriel verlassen. Er muss doch an so etwas denken. Er ist der Mann. Obwohl wir noch nie darüber gesprochen haben.

Zumindest kann ich selbst einschätzen, dass ich jetzt

nicht in der Lage bin, Hausaufgaben zu machen. Ich muss mich erst um Untenrum kümmern, um oben wieder klar denken zu können. Im Grunde ist für die Schule morgen alles vorbereitet. Aber da meine Mutter erst in zwei Stunden zur Spätschicht aufbricht, ist es noch zu gefährlich für meine allererste Schamhaarentfernung. Wie würde ich rechtfertigen, dass ich so lange im Bad bin? Das würde sie sofort merkwürdig finden. Also verhalte ich mich wie immer. Und tue so, als würde ich Hausaufgaben machen. Ich drehe das Radio auf eine dezente Lautstärke und mach erst mal meine Fingernägel. Die sind aber schnell fertig und meine Mutter wird noch lange nicht das Haus verlassen. Warten ist so langweilig, also versuche ich es doch mit Schulaufgaben. Aber letztendlich ist es nur eine elende Quälerei. Ich lass mich einfach von jeder Kleinigkeit ablenken, starre die ganze Zeit auf mein Handy, das natürlich, wie immer tagsüber, schweigt. Es gibt keine Nachricht, keine E-Mail und keinen Anruf. Er hat einen Beruf und tagsüber keine Zeit. Ich bin einfach zu gierig nach jeder Art von Lebenszeichen, dass ich sicherheitshalber trotzdem ständig aufs Handy starre, ob nicht gerade heute eine Ausnahme ist. Natürlich vergeblich. Wir telefonieren nur nachts. Jede Nacht. Nur heute nicht. Denn heute sehen wir uns. Gabriel. Zum allerersten Mal soll diese vertraute Stimme einen Körper bekommen. Es ist ein Irrsinn, wie wenig ich von seiner Gestalt eigentlich weiß. Natürlich hat er sich beschrieben, aber keine Beschreibung könnte ein Foto ersetzen. Er würde so aussehen wie Ciriaco Sforza, der Fußballer, hat er gemeint. Aber man sieht nie 1:1 aus wie eine Berühmtheit. Man hat Ähnlichkeiten, okay. Aber er behauptet es fest, schließlich hätten seine Freunde ihm sogar den gleichen Spitznamen gegeben. Auch wenn ich es nicht glauben kann, habe ich die wenigen Bilder, die ich von Ciriaco Sforza im Internet gefunden habe, Ewigkeiten angestarrt. Manche hab ich ausgedruckt. Die kleben jetzt in meinem Hausaufgabenheft. Andere habe ich auf

Diskette gespeichert und guck sie manchmal an, wenn Mama nicht da ist. Jetzt ist sie da und mir bleiben nur die ausgedruckten Schwarz-Weiß-Bilder, deren grobes Druckraster ‚Ciri's' Gesichtszüge nur erahnen lassen. Ich bin so gespannt, wie er wirklich aussieht. Kleiner ist er als der echte ‚Ciri', und so gut Fußball spielen könne er auch nicht. Obwohl er gerne Fußball spielt und auch begeisterter Kaiserslautern-Fan ist. Dort spielt der echte ‚Ciri' und Gabriel ist sofort Kaiserslautern-Fan geworden, nachdem Ciriaco gewechselt ist. Wo auch immer dieser Spieler hingehen mag, Gabriel geht mit ihm. Es geht um diese Person und nicht um die Mannschaft. Er will nur ihn spielen sehen. Als wäre er Fan von sich selbst. Manchmal stelle ich mir vor, dass ich in Wahrheit Nacht für Nacht mit dem echten Ciriaco Sforza telefoniere und nicht mit Gabriel. Aber der Star muss seinen Namen schützen und kann sich keine Affäre mit einem kleinen Mädchen leisten. Irgendwie gefällt mir die Vorstellung.

Meine Mutter klopft und drückt gleichzeitig den Türgriff nach unten. Sie will sich verabschieden, um zur Arbeit zu gehen. ‚Endlich', denke ich. Wir lassen beide die obligatorischen fünf Minuten über uns ergehen, in der sie sich verpflichtet fühlt, mit mir Zeit zu verbringen. Unsere Sätze sind abgehackt. Ich kann mich kaum daran erinnern, dass es mal anders war. Aber sie ist schließlich meine Mutter, ich ihr eigen Fleisch und Blut, wie sie immer sagt. Wir müssen also Zeit miteinander verbringen und uns mögen. Aber es fühlt sich nicht gut an, sie zu mögen. Der Gedanke macht mir ein schlechtes Gewissen. Am Ende scheint sie erleichtert, arbeiten zu dürfen.

Erst als ich dann – gefühlt 15 Minuten später – die Haustüre ins Schloss fallen höre, mache ich mich endlich ans Werk: Schamhaare adé. Jetzt seid ihr fällig. Mit geradem Rücken stehe ich auf, schnappe mir die Aprikosen-Wundercreme und gehe ins Bad.

Das Ergebnis ist wie erwartet, alle Haare sind weg.

Komplett. Trotzdem ist es schrecklich. Jede Stelle, die mit der Creme in Berührung gekommen ist, ist knallrot. Die Hautporen, von denen die Haare weggeätzt wurden, stehen nach außen, wie bei einem gerupften Huhn. Aber glatt ist die Haut ganz und gar nicht. Darüber hält sich ein klebriger Film, der sich einfach nicht abwaschen lässt. Wie kleinste Widerhaken hält er alles auf, selbst wenn man ganz sanft darüberstreichen will. Die in der Haut verbliebenen Stummel machen die Haut zusätzlich stachelig und dunkel. Der künstliche Aprikosenduft riecht widerlich chemisch. Was mach ich denn jetzt? Noch mal duschen oder noch mal eincremen oder noch mal beides? Ich fühle mich hilflos und wünschte mir, ich hätte es einfach früher ausprobiert, und nicht erst heute, am Tag der Tage. Warum gibt es keine anonyme Selbsthilfe-Hotline für Intimrasuren? Selbstmord-Nummern oder Gift-Hotlines gibt's doch auch. Ist das nicht noch ein viel sensibleres Thema, bei dem man noch viel mehr sein Gesicht verstecken mag? Ich bin verzweifelt. Aber nichts scheint zu helfen. Ich muss etwas anderes machen als daran rumzurubbeln. Also sehe ich der Tatsache ins Auge: Es ist, wie es ist und Gabriel wird einen roten Kratzkopf auspacken und keine glatten perfekten Schamlippen, so wie er sie sich wünscht. Ich hab Angst, denn wenn er das sieht, fährt er enttäuscht wieder nach Hause.

Um mich von meiner Angst abzulenken und die Zeit bis zum Abend zu füllen, probiere ich unterschiedliche Outfits an, bis ich mich endlich entschieden habe. Es muss so und so meine schwarze Lieblingsjeans werden. In der fühle ich mich am wohlsten. Keine andere Hose macht meine Beine so schlank. Und dann entscheide ich mich für ein ebenfalls schwarzes Satin-Top mit ein paar Stickereien darauf. Aber die fallen zum Glück kaum auf. Darunter ziehe ich keine Unterwäsche an. Das musste ich ihm versprechen. Es fühlt sich verrucht und falsch an, nichts drunter zu haben. Die empfindliche, stoppelige Haut liegt jetzt direkt auf den Nähten der Jeans.

Unangenehm. Ich zwinge mich, mein Outfit etwas zu tragen. Obwohl ich weiß, es dauert noch. Erst kommt meine Mutter nach Hause und ich muss ihr vorspielen, dass ich schlafen gehe – verkleidet in meinem Schlafanzug. Wenn ich mir sicher bin, dass auch sie schlafen gegangen ist, werde ich mich anziehen und schminken. Dann lege ich mich zurück in mein Bett, bis mein Handy klingelt.

Das Handy klingelt um 00:42 Uhr. Der Stummfilm beginnt. Ich habe gepinkelt, aber nicht gespült. Und schleiche mich in unfassbar langsamen Bewegungen durch die Wohnung Richtung Haustüre. Lasse bewusst meine Lieblings-Sneakers, die ich sonst jeden Tag trage, stehen. Nehme das ältere, eigentlich ausgediente Paar aus dem Schuhschrank, und erst nachdem ich mich in Zeitlupe aus der Haustür geschlichen und die Türe hinter mir geschlossen habe, ziehe ich sie an. Nachdem ich mir die Schuhe gebunden habe, stehe ich auf, wobei mein Magen nicht mit nach oben kommt. Mir ist schlecht. Meine Kehle zugeschnürt. Er sagte, er wartet nach der Hauseinfahrt rechts hinter der Hecke, nur wenige Meter von mir entfernt. Mein Herz schlägt so laut und so schnell. Es kommt mir vor, als würde jeder Schlag meine Zunge mehr anschwellen lassen. Unfähig zu sprechen, zu schlucken oder zu atmen. Ich kann nicht zurück, aber stehen bleiben kann ich auch nicht. Wie aufgezogen schreite ich weiter, spüre Angst oder Glück – ich weiß nicht was, und ganz plötzlich gehört der nächste Schritt der Ecke. Er entdeckt mich sofort. Wir sagen nichts. Wir grinsen uns nur an, als hätte irgendjemand einen Witz erzählt. Ich glaube nicht, was ich sehe. Tränen sammeln sich in meinen Augen. Denn vor mir steht Ciriaco Sforza, nur etwas dünner und weniger trainiert. Wir starren uns an. Er nimmt meine Hand. Wir starren weiter.

„Hast du mir jetzt denn auch wirklich deinen richtigen

Namen genannt?"

Er wirkt unsicher und schuldig.

„Sandra. Ich dachte, das hatten wir geklärt." Er klingt enttäuscht und lässt meine Hand fallen. Ich hasse mich dafür, dass ich Scherze nie gut rüberbringe.

„Ich mein nur, heißt du nicht vielleicht doch Ciriaco Sforza?"

Er grinst wieder und freut sich offensichtlich über das Kompliment. Er ist das lebendig gewordene Fan-Bild. Die Nase, die Form seiner Augenlider, nur Gabriels Lippen wirken noch etwas voller und leicht aufgesprungen. Er hat einen sehr erwachsenen eleganten Stil. Trägt enge Jeans und ein dunkles Hemd. Über seinen Schultern liegt ein feiner Strickpullover. Er riecht nach Parfüm. Ich kann nicht fassen, dass er tatsächlich vor mir steht. Dass es zu dieser Telefonstimme einen echten Menschen gibt, der noch dazu so unbeschreibbar gut aussieht. Keiner der Mädchen in meiner Klasse hat einen Freund, der so attraktiv ist. Der so männlich ist. Obwohl sie alle so viel hübscher sind als ich. Das begreife ich nicht.

Er nimmt mich in den Arm und drückt mich so fest, wie ich noch nie gedrückt wurde. Ich spüre seinen Körper und ich spüre plötzlich meinen eigenen. Es kribbelt in allen Körperregionen. Ich bin aufgeregt. Aber vor allem fühle ich mich gut. Einfach gut. Denn er lässt mich nicht los. Die Umarmung beruhigt. Es war mir nicht bewusst, wie lange man sich umarmen kann. Dann sieht er mich an. Als würde er meinen Körper lesen wollen, fährt sein Blick akribisch über mich. Meine Augen, meine Nase, meine Lippen. Es fühlt sich so an, als schaute er mir in jede Pore. Meine Nervosität steigt, doch ich fühle mich wohl. Das erste Mal in meinem Leben will ich niemand anderer sein als ich selbst. Ich will nicht, dass es aufhört, sondern will genau hier sein. Wir reden. Fragen nach der Fahrt, nach dem Rausschleichen. Erzählen uns, wie wir uns fühlen, jetzt wo wir uns endlich sehen. Wir flüstern.

Schließlich sind wir in einer friedlichen familiären Wohn-
gegend in einer der langweiligsten Kleinstädte Baden-
Württembergs. Hier möchte man nicht auffallen.
Vor allem nicht als 12-Jährige, die sich nachts raus-
geschlichen hat, um einen erwachsenen Mann zu treffen.
Ein Mann mit einem Auto, das nicht unmännlicher sein
könnte. Ein paar Meter weiter steht sein lila Fiat Panda.
Ja, lila! Klein. Vier Räder. Kastig. Gabriel jedoch präsen-
tiert seinen kleinen italienischen Flitzer mit dem größten
Stolz. Er öffnet die Beifahrertür, klappt den Beifahrersitz
nach vorne und lädt mich auf die Rückbank ein, als wäre
es sein Wohnzimmer. Dann folgt er mir. Schließt die Tür
und kippt den Sitz wieder nach hinten. Komplett routiniert. Er wirkt ganz und gar nicht aufgeregt. Es gibt kein
zusätzliches Licht außer der Straßenlaterne. Und ich bin
der Dunkelheit dankbar. Mit ihr lassen sich meine über-
schminkte Akne, meine Hässlichkeit, mein Aprikosen-
Desaster noch etwas länger geheim halten. Hoffe ich.

Wir küssen uns. Mein erster Kuss. Und er geht unter
in all dem Neuen. Ich spüre seine Hände, seinen Atem,
rieche Parfüm, schmecke fremde Spucke und lasse alles
zu. Ohne Denken. Ohne Zögern. Ohne um etwas zu
bitten. Wenn ich aber versuche mitzumachen, meine
Hand an seinen Hals lege oder seinen Oberkörper
streichle, legt er sie ruhig und sanft zur Seite und flüstert
nur leise: „Pssssssssst. Sandra. Du musst gar nichts tun.
Entspann dich einfach. Konzentrier' dich auf dich und
lass es geschehen."

Auf engstem Raum vermittelt er mir das Gefühl,
ich würde auf einer Wolke liegen, denn er liebkost
meinen Körper, als wäre ich Kleopatra. Ich nehme
nicht wahr, wann und wie wir uns ausgezogen haben.
Seine Berührungen sind voller Konzentration. Niemals
beiläufig. Er streichelt langsam und zart. Körperteil für
Körperteil, als wäre er ein Blinder, der mich mit seinem
Tastsinn auswendig lernen möchte. Ich habe mich selbst
noch nie so gut behandelt wie er jetzt. Es ist wie ein

Traum. Aber in all seiner ruhigen Zärtlichkeit rast mein Herz, als würde ich sprinten. Ich weiß, wohin er gehen will. Ich weiß nicht, was ich will. Ob ich das wollen darf.

Mit einem Mal hört er auf damit. Er berührt mich nicht mehr. Es fühlt sich an, als wäre ich in einer unendlichen Dunkelheit völlig alleine und es ist bitterkalt. Er blickt mir tief in die Augen. Ohne Worte. Ich atme lauter und tiefer und scheine trotzdem nicht genügend Sauerstoff zu bekommen. Und dann, als ich fast schon um eine weitere Berührung betteln wollte, stürzen seine Finger in mich. Tief und fest. Zu fest. Zu tief. Der Schreck kann mein Stöhnen nicht zurückhalten. Er drückt mir seine andere Hand fest auf den Mund, um weitere Laute zu verhindern.

„Leise! Ich liebe dein Stöhnen. Das weißt du, aber hier müssen wir ganz leise sein."

Er drückt fest auf meinen Mund und schiebt mit eiserner Kraft seine Hand in mich. Noch nie zuvor war etwas so Großes in mir, das versucht mich auseinander zu dehnen. Er drückt und drängt schnell und hart. Unter seiner anderen Hand höre ich Schmerzen, sicher aber keine Lust, die stöhnt. Und ich verstehe plötzlich, warum man beim Sex stöhnt.

„Wie schön feucht du bist, Sandra. So hab ich es mir vorgestellt. Dein feuchtes Möschen, das nach mir tropft. Deine Muschi ist so wundervoll." Seine Sprache erschreckt mich, obwohl ich sie kenne. Aber jetzt flüstert er es direkt in mein Ohr. Ohne eine Telefonleitung dazwischen. Und ich schäme mich und fühle mich dreckig, wenn ich höre: „Oh, du bist so nass. Du hast es schon so nötig, dass man dich richtig durchfickt."

Ich traue mich nichts mehr von mir zu geben. Ich gehe davon aus, dass so etwas normal ist, und versuche zu überspielen, wie weh es tut. Es muss so sein. Schließlich habe ich schon oft davon gehört, dass das erste Mal schmerzhaft sein kann. Starr vor Überforderung, bleibt mir nur das Verdrängen, was ich fühle. Aushalten, was er macht. Das ist, was alle wollen, wonach alle suchen. Ich sollte es gut finden und kann ihn nicht loswerden, weil ich ihn brauche. Und er braucht das, also muss ich ihm das geben, was er will.

„Deine süße Jungfräulichkeit. Willst Du sie mir tatsächlich geben? Schenkst du mir deine Fotze? Darf ich tatsächlich dein Erster sein."

„Ich schenk Sie dir!", höre ich mich sagen.

„Du musst sagen, dass ich dich ficken soll! Du musst mich darum bitten, Sandra. Das ist ein so großes Geschenk. Und ich werde es mit Sorgfalt behandeln."

,Ich will, dass du mich einfach nur hältst.' Das würde ich gerne sagen – aber ich sage:

„Ich will, dass du mich nimmst. Du sollst der Erste sein."

„Sandra. Ich glaub' dir nicht. Ich will dir nicht wehtun. Du bist zu wertvoll. Du musst mich überzeugen. Du musst bereit sein. Ich kann es dir nicht einfach so wegnehmen."

Er lässt von mir ab und setzt sich unter meine Schenkel. Er schiebt sie auseinander und betrachtet meine Vagina. Dabei lässt er seine Hände auf meinen Schenkel und drückt nach außen, als könne man sie noch weiter spreizen. Die Unterschiedlichkeiten seiner Berührungen sind wie ein Spiel und ich erwische mich bei der Sehnsucht nach einem festen Griff, wenn er so sanft ist und umgekehrt.

„Du bist ein Juwel."

Ich will, dass er weitermacht, damit diese unangenehme Situation der Zurschaustellung ein Ende hat.

„Nimm mich!", bettele ich ihn an. So unangenehm es gerade eben war, jetzt halte ich es nicht aus, dass er es nicht mehr tut.

„Ich gebe dir noch etwas Bedenkzeit. Du musst dich gut dabei fühlen! Und ich muss es dir glauben können. Sonst mache ich es nicht."

Ich muss mich getäuscht haben über seine Grobheit. Er kann es nicht schlecht mit mir meinen. Er hat die Erlaubnis und nimmt mich doch nicht. Er ist besorgt um meine Gefühle. Ich bin es, die es einfach nicht kennt und nicht weiß, wie sich Sex anfühlt. Eindeutig. Woher sollte ich es denn auch bitte wissen? *,Halte dich an ihn und er wird dir genau zeigen, wie es funktioniert. Er macht dich zur Frau, zu jemandem, der was ist'*, sage ich mir.

Er stemmt meine Beine mit einem abrupten Ruck nach oben, sodass meine Schenkel auf seinen Schultern liegen und sein Gesicht tief in der nach Aprikosen duftenden Scham verborgen ist. Ich fühle seine nasse Zunge. Wieder erschrecke ich vor der Festigkeit seines Griffs, vor der Direktheit seiner Zunge, vor der Peinlichkeit dieser Pose und dann entspanne ich. Denn seine Zunge drückt viel weicher zu als seine Finger. Es ist warm. Glitschig. Schön. Er streichelt über meine Schamlippen, leckt und spielt. Mein Kinn presst sich tief nach unten auf meinen Hals, denn er drückt mich so streng nach oben, dass mir kein Platz bleibt, um meinen Kopf auf der Rückbank abzulegen. Ich bekomme nur schwer Luft, atme laut und stöhne mit dem Versuch, dabei leise zu sein. Seine Zunge kitzelt meine Klitoris, dann wechselt er und saugt daran, als könnte er mich austrinken. Was tut er da? Wie muss ich reagieren? Ich kann nicht anders als zu stöhnen und plötzlich, wie aus dem nichts, merke ich wieder seine strengen Finger in mich eindringen. Ohne, dass seine Zunge aufhört. Ich schwebe in der eiskalten Autoluft dieser Novembernacht. Er macht weiter. Ich zittere. Gleite davon. Er weiter. Ich weg. Alles fühlt sich geschwollen an. Heiß. Gepaart mit einem großen Juckreiz, der im gleichen Moment von ihm gestillt wird. Er muss weitermachen. Er macht weiter. Es fühlt sich an, als würde ich gleich pinkeln müssen. Er muss aufhören. Ich muss. Er drückt fester seine Zunge in mich. Ein unbeherrschbares Zucken fährt durch meinen Körper. Zittern, Zucken, wieder und wieder. Er streichelt mich.

Ich weiß, ich habe nicht gepinkelt. Ich weiß nicht, was ich habe. Spüre es aber aus mir laufen. Mit äußerster Vorsicht löst er die Penetration seiner Zunge und Finger und legt mich auf die Sitzfläche wie ein zartes Glasgefäß, das brechen könnte, wenn man es zu schnell oder grob anfasst.

„Schhhh. Schhhhhhhhh. Schhhhhhhhh", beruhigt er mich, als wäre ich ein kleines aufgebrachtes Baby.

Ich verstehe nichts von dem, was ich fühle und nach was ich mich gerade sehne. Meine Vagina pulsiert so laut und stark wie noch nie zuvor, als ob alles Blut sich dort gesammelt hat und gleich explodieren wird.

Er küsst meinen Bauch, danach pustet er sanft auf die leicht feuchte Stelle und schwört eine Gänsehaut herauf. Er küsst meinen Rippenbogen, meine Brüste, meinen Hals. Er hört wieder auf und blickt mir wieder tief in die Augen.

„Es ist wunderbar, dir zuzuschauen, wie du kommst. Es törnt mich an. Bist du gut gekommen?"

„Oh." Mir fehlen die Worte. „Ja." Was sagt man da?

„Ich hab's gespürt. Deine Muschi ist so nass und deine Geilheit lief mir über meine Finger."

Ich erschrecke vor diesem Bild. Wie peinlich. Wie eklig.

„Das ist gut. Schhhhh, Süße! Du bist wundervoll und ich genieße dich so sehr!"

Er liegt auf mir. Ich spüre seinen erregten Penis.

„Darf ich dich ficken?"

„Ja. Bitte."

„Was soll ich tun?"

„Mit mir schlafen."

„Was soll ich tun?"

„In mich eindringen."

„Was soll ich tun, Sandra?"

Ich weiß, was er hören will. Ich fühle mich nur so schlampig, es zu sagen.

„Sag mir, was ich tun soll. Sag es genau."

„Fick mich."

Seine Augen schließen sich, wie als ob ich ihm durch diese beiden Worte Erleichterung geschafft hätte. Er stößt seinen Penis in mich und er tut genau das, was ich ihm gesagt habe – er fickt mich. Hämmernde Schläge. Es klatscht und donnert und meine Beckenknochen fühlen sich an, als ob sie plötzlich nicht vom geringsten Speck geschützt wären. Er geht schnell rein und raus. Wütend, als ob er bei jedem Stoß nicht akzeptieren will, dass es nicht tiefer hinein geht. *,Das ist, wie man Liebe macht. Manchmal sanft. Manchmal hart. Ich werde es aushalten.'*

Und ganz plötzlich erstarre ich vor Schreck. Ich schlage ihn und drücke ihn weg und versuche mich zu entziehen. Er ist aber viel stärker. Er ist schmächtig, hat aber viel mehr Kraft als ich und ist mitten dabei. Ich kann mich nicht wehren. Und er scheint meine Attacke nur noch anregender zu finden. Er fängt meine zappelnden Hände auf und bändigt sie. Er stößt noch härter zu. Er drückt mir den Mund zu, jedes Mal, wenn ich sprechen möchte. Ich wehre mich. Schiebe weg. Klatsche meine flachen Hände gegen seinen Oberkörper. Und als beide seiner Hände meine festhalten, flehe ich „Stopp! Stopp! Gabriel. Ein Kondom! Wir müssen ein Kondom benutzen."

„Ich habe ein Kondom", versichert er mir, als er tief in mir ist. Und macht weiter. Ich wehre mich nicht mehr. Ich habe keine Verpackung gesehen, kein Überstreifen wahrgenommen. Nur kann ich ihn nicht loswerden. Ich muss ihm trauen. Doch meine Hilflosigkeit und die Strenge seiner Bewegungen lässt mich verzweifeln. Er fickt mich so hart. Er zieht an meinen Haaren, drückt auf meine Brust, auf meinen Hals. Seine Hände, seine Finger vergraben sich tief in meiner Haut. Ich bekomme kaum Luft. Er drückt mir mein T-Shirt auf meinen Mund, damit ich still bin, denn der Schmerz ist nicht leise. Es donnert weiter. Es will einfach kein Ende nehmen. Und ich weiß nicht, wie lange ich es noch aushalte. Irgendwann werden seine Stöße rhythmischer. Schnell und exakt. Der Schmerz lässt nach. Mit einem Mal zieht er sich aus mir und spritzt auf meinen Bauch ab.

8/ 1999

Gabriel liegt längs auf der Panda-Rückbank, ich sitze dicht gedrängt am kalten Fenster. Sein Kopf liegt auf meinem Schoß. Die Kälte ist mir egal. Ich bin erleichtert, dass es vorbei ist. Mittlerweile wirkt die Rückbank nur noch eng und beklemmend. Ich kann mir gar nicht mehr vorstellen, wie wir es auf dieser kleinen Fläche machen konnten.

„Danach kuschelt man. Das ist wichtig. Gerade der, der die Arbeit gemacht hat, braucht weiche zarte Streicheleinheiten. Das ist es, was es ausmacht, Sandra. Die Nähe. Hier holt man sich Geborgenheit."

Ich finde keine Worte. Es fällt mir schwer zu begreifen, was passiert ist. Von Geborgenheit spüre ich nichts. Ich unterdrücke nur Schmerz und tiefe Erschöpfung. Allerdings ist sein Wunsch nach ein paar sanften Berührungen lächerlich einfach zu erfüllen, nachdem was vorher war. Schließlich will ich ja gerade das. Kuscheln. Ich will ihn um jeden Preis in meinem Leben. Als meinen Freund. Ich will mit ihm eine Beziehung führen. Ich will seine Liebe und ihn lieben dürfen. Ich will diese Geborgenheit, von der er gesprochen hat, und streichele ihn übertrieben sanft, als ob ich es dann auch spüren würde. Aber ich spüre nichts als Verunsicherung. Muss ich denn all diese Lügen schlucken? Wie kann ich ihm vertrauen? Was stimmt und was nicht? Wie reagiere ich jetzt richtig? Schon wieder Vorwürfe? Schon wieder diskutieren? Ich bin so müde. Sollte nicht genau mit dieser Nacht mein Selbstvertrauen auftauchen und immer für mich einstehen? Ich muss ihm wenigstens vorspielen, dass es da wäre.

„Du hast mich angelogen." Er blickt mich an. Offensichtlich fragt er sich gerade, was ich meine. „Du hast gesagt, du hast ein Kondom." Und wieder wirkt sein Blick erleichtert, als er versteht, was ich meine.

„Es tut mir leid, Sandra. Wirklich. Ich hätte in dieser Situation nicht aufhören können. Du warst so wunderschön und ich so vollkommen in dir. Du hast mich wahnsinnig gemacht und ich wusste, dass ich in diesem Moment nicht aufhören konnte dich zu lieben. Ich wollte nur dich und dazu gehört auch, dich echt und richtig zu spüren." Er macht eine Pause. Ich sage nichts. „Es ist so. Kondome begrenzen mich. Ich spüre weniger und ich finde es schade, das Allerschönste dieser Welt nicht zu 100 % genießen zu können."

„Aber ich könnte schwanger werden." Ich klinge neunmalklug.

Er lacht selbstsicher. „Ich hab doch aufgepasst."

„Du hast auf mir abgespritzt. Das ist... Das ist... Das ist nicht richtig", stottere ich. Er muss mich irgendwie verstehen. Es kann doch nicht sein, dass ich ihm das erklären muss. Das letzte, was ich will, ist eine Teenager-Mum werden, die mit Baby im Arm versucht, ihren Abschluss zu schreiben.

„Ich weiß. Aber ich konnte nicht anders", wird er wieder ernst. Zieht mich zu sich und blickt mir tief in die Augen. „Sandra. Du hast mir gerade das wundervollste und wertvollste Geschenk gemacht, das du einem Mann je geben kannst: deine Jungfräulichkeit. Das hätte ich niemals weniger intensiv fühlen wollen. Und ich nehme diese Verantwortung auf mich. Ich werde auf dich aufpassen. Immer. Und ich werde dich nie in Gefahr bringen. Das schwöre ich. Du bist mir das Allerwichtigste. Ich würde dich niemals schwängern, wenn du das nicht willst. Das heute werde ich dir nie vergessen. Das ist Vertrauen, Sandra. Das ist, was uns für immer zusammenschweißen wird. Das ist dein Versprechen, dass du mich niemals vergessen wirst. Und ich verspreche dir, dass auch ich das niemals vergessen werde. Du weißt, dass ich dich liebe." Ich fließe dahin. Dass ich so eine Rolle im Leben eines so perfekten Menschen einnehmen könnte, hätte ich nie gedacht. Ich schäme mich für meinen Vorwurf.

Damit ich ihn nicht mehr ansehen muss, lege ich meinen Kopf auf seine Schulter. Meine Stimme wird weicher. Leise und langsam versuche ich, mein Stottern zu überlisten.

„Aber... Aber... Was alles passieren kann." Es gelingt mir nicht.

„Du hast ja recht. Und du tust genau das Richtige mit deiner Vorsicht. Ich bin gesund, Sandra. Das schwör' ich dir. Ich bin getestet. Ich sag' doch. Ich bringe dich nicht in Gefahr. Ganz im Gegenteil. Dir soll es gut gehen. Und ich werde alles dafür tun, dass es auch so ist. An jedem neuen Tag."

Er nimmt mich in seinen Arm und beginnt, mich sanft zu streicheln und ich merke, wie schön das ist. Das muss die Geborgenheit sein. Es ist richtig, von ihm zu lernen. Er weiß, was sich gut anfühlt und wie man es tun muss. Ich muss es einfach noch lernen. Dann wird es sicher auch bald nicht mehr so wehtun.

„Ich weiß nicht. Es ist einfach alles so verrückt. Du kommst mir so vertraut vor durch die langen Telefonate, und trotzdem haben wir uns heute zum allerersten Mal gesehen und damit kennen wir uns quasi erst seit zwei...", ich blicke auf die Uhr „Oh, drei Stunden. Und haben jetzt schon..."

„Das ist Leidenschaft."

„Das ist einfach verrückt."

„Wenn es tatsächlich Liebe ist, dann muss es genauso sein."

„Ist es denn nicht falsch, was wir machen? Schon allein wegen unseres Altersunterschieds. Du bist 19. Ich bin 12."

„Sandra. Wenn sich etwas so gut anfühlt, dann kann es gar nicht falsch sein. Glaub nicht, dass das, was du fühlst, jemals falsch ist. Gefühle sind das Beste, was es gibt. Es ist der Beweis dafür, dass wir am Leben sind. Sie zeigen dir, was du suchst. Und damit den Weg zum Glücklichsein. Du musst sie nur lesen und darfst sie nie unterdrücken."

Ich gehe in mich und frage mich, ob ich das will. Es gibt so vieles an ihm, was ich will. Oder besser, was ich brauche. Als wäre ich eine Süchtige, die sich nicht mehr unter Kontrolle hat. Besonders in der Situation, in der ich vorhin abbrechen wollte. In der mir klar wurde, dass wir kein Kondom benutzen, gab es nur ein Gefühl – Ausgeliefertsein. Trotzdem. Es fühlt sich so gut an, was er sagt, wie er mich sieht. Das ist es, was ich will. Aber ich komme nicht um den Zweifel herum. Wieso betont er so oft, was für eine große Geste das erste Mal für ihn ist? Ist es das Einzige, was er von mir will? Und morgen sucht er sich eine andere Jungfrau für seine Jungfernhäutchen-Sammlung. Denn jetzt, da er meine hat, kann ich ihm nichts mehr geben. Es ist gemein von mir, so über ihn zu denken. Aber was und wer bin ich, dass er wirklich von mir so angetan sein kann? Er hat es oft beschworen in den letzten Wochen, dass es ihm nur um mich geht. Vielleicht etwas zu oft. Aber er hat eben auch gelogen, sodass ich an seiner Glaubwürdigkeit zweifele. Aber all die Zeit. Stunde um Stunde hat er mit mir telefoniert. Er hat mich nicht schlafen lassen, wollte meine Stimme nicht gehen lassen und hat ohne Unterlass beteuert, dass ihm so etwas noch nie zuvor passiert ist. Aber die Geschichte ist so skurril, dass ich sie selbst nicht glauben kann. Obwohl er hier ist. Mitten in meinem Leben und auch – da hat er sicher recht – nie wieder aus meinem Leben verschwinden kann, nachdem was wir jetzt miteinander erlebt haben. Nur, ist es tatsächlich der Sex, der ihn jetzt schon in mein Leben eintätowiert hat, oder ist es vielmehr seine Aufmerksamkeit, die er mir schenkt?

Gabriel hat im Internet die Website der Sunshine Troopers gefunden. Durch Zufall. Dort hat er meinen Text gelesen und mein Bild gesehen. Er hat auch das Profil von Anna gesehen. Die hätte ihm auch gefallen, hat er gesagt. Aber er meinte, er war hin und weg von meinen Augen, von den lieben Gesichtszügen, die ihm sofort das Gefühl gaben, mir vertrauen zu können – dass ich jemand wäre, der Liebe bräuchte und auch geben kann. Das alles hätte er in diesem Bild gesehen. Und dann hat er im Telefonbuch meine Nummer gesucht und mich angerufen. Er hatte befürchtet, dass meine Mutter oder mein Vater dran gewesen wären und er wusste auch gar nicht, was er sagen sollte. Oder wie er erklären sollte, dass er mich kennenlernen will. Das klingt doch wirklich wie jemand, der nichts Gutes im Schilde führt. Und da hat er ganz spontan beschlossen, irgendeinen anderen Namen zu nennen, und hat sich nicht mehr davon versprochen, als vielleicht ein einziges Mal meine Stimme zu hören. Er konnte ja nicht wissen, dass ich jemanden kenne mit dem Namen Bernd, aber noch nie zuvor seine Stimme gehört habe. Er hatte niemals damit gerechnet, dass daraus mehr werden könnte, als nur ein einziges Mal Hallo zu sagen.

Seit sich Bernd in Gabriel verwandelt hat, habe ich mir das Foto oft angesehen. Ich sehe dort nur Unsicherheit und Hässlichkeit. Die Beine übereinandergeschlagen. Mein Rücken ist viel zu krumm, als hätte ich einen Buckel. Die Augen haben eher etwas verzweifeltes. Ich sehe nichts Begehrliches. Ich verstehe noch nicht mal mehr, wie ich es für die Website auswählen konnte. Bemüht stylisch, aber klar, dass ich nicht zu den Coolen der Klasse gehöre. Ich sehe traurig aus, irgendwie ernst, aber ich sehe nichts von dem, was Gabriel beschrieben hat. Nichts.

Es war seine Hartnäckigkeit am Telefon, wieder und wieder zu erklären, wie ernst er es meint und wie leid ihm seine Lüge tut, die alles weiterlaufen ließ. Aber auch meine Sehnsucht danach, dass der Traum mit ihm weitergeht. Seine Worte geben mir das Gefühl, mich endlich aufrichten zu können. Ab dem Zeitpunkt, an dem ich wusste, dass er nicht der Bernd ist, für den er sich ausgegeben hat, wollte ich ihm verzeihen. Sogar die Korrektur seines Alters fand ich nicht schlimm. Ich bin ja von einem anderen Bernd ausgegangen, von dem ich wusste, dass er 17 ist. Er musste es in diesem Moment bestätigen, sonst wäre seine falsche Persönlichkeit sofort aufgeflogen. Gabriel ist bereits 19. Und darum hat er natürlich auch schon ein Auto. Er lebt in der Schweiz – was seinen Akzent erklärt. Darum konnten wir uns auch noch nicht früher sehen. Er ist angestellt in einer Bank und macht dort eine Ausbildung. Sein Vater ist Schweizer, seine Mutter Italienerin. Er fühlt sich aber viel mehr als Italiener. Er liebt Italien, spricht fließend Italienisch und liebt italienisches Essen. Viel mehr weiß ich nicht. Ich weiß nur, dass wir jetzt nackt aufeinander liegen und ich habe genau das getan, wovor die Bravo immer warnt. Ich hab' mich sofort hingegeben. Bei unserer allerersten Begegnung. Ich habe nicht die Zeit abgewartet, um mir seiner Ernsthaftigkeit sicher sein zu können. Und die Frage ist auch: Kann man regelmäßige Telefonate mit Telefonsex als Beziehung bezeichnen? Er hat genau das bekommen, was er wollte, Sex. Will er jetzt wirklich noch mehr von mir? Dr. Sommer prophezeit: Nein. Ich spüre seinen Herzschlag unter meinem Ohr, spüre, wie er eingenickt ist und diese schlimmen Gedanken, dass er mich hier nur ausgenutzt hat, lassen meine Tränen hervorquellen. Ich bin so dumm. Ich würde es vor niemandem zugeben. Aber ich bin es, die sich auf das Spiel eingelassen hat und einen Weg zurück gibt es nicht. Den gab es schon nach unserem ersten Telefonat nicht mehr.

„Ich muss wieder hoch. Es ist viel zu spät", wecke ich ihn.

„Was? Wie spät ist es?"

„Es ist halb fünf."

„Ach du meine Güte. Ich muss mich beeilen. Ich darf morgen nicht zu spät im Geschäft sein."

„Wir hätten uns am Wochenende sehen sollen."

„Das hab ich dir doch erklärt. Wir hätten uns frühestens in zwei Wochen sehen können, wenn wir bis auf ein Wochenende gewartet hätten. Und da hast du keine Zeit."

„Ich weiß. Aber trotzdem. Es ist gefährlich. Die weite Fahrt ohne Schlaf."

„Ich pass auf, meine Süße. Wie schön, dass du dich um mich sorgst." Ich blicke nach unten. Es blitzt die Hoffnung auf, er könnte es doch ernst meinen. Aber es kann nicht sein. Ich bin ein Nichts. Ich kann ihm doch nie im Leben das Gleiche bieten wie ein Mädchen in seinem Alter. Ich hab' nicht das Wissen, die Erfahrung und auch nicht das Aussehen. Das ist es, was ich fühle, egal wie oft er sagt, er würde mich anschauen und nicht mein Alter sehen. Er behandelt mich, als wäre ich gleich alt. Als wäre ich schon erwachsen und sagt mir immer etwas von einem geistigen Alter und dass ich viel reifer wäre, als ich es wirklich bin.

„Du bist das wertvollste Geschenk. Ich werde alles tun, damit wir uns so schnell wie möglich wiedersehen. Und wenn ich dafür nie wieder schlafen kann, ich vermisse dich und deinen zarten Körper jetzt schon. Du warst, ... du warst der Wahnsinn heute Nacht."

Mir steigen die Tränen auf. Es ist wie im Märchen. Er sorgt sich wirklich. Liebt er mich wirklich? Vielleicht gibt's ja doch nicht nur Lügen. Die Verabschiedung zieht sich ewig hin. Wir küssen weiter und plötzlich sieht es fast so aus, als ob er mich noch mal nehmen möchte. Aber zum Glück ist die Zeit auf meiner Seite und er sieht ein, dass wir beide losmüssen. Es ist nicht nachvollziehbar, wie lange wir auf dieser engen Rückbank durchgehalten haben. Er schiebt den Beifahrersitz nach vorne, öffnet die Türe und es kommt eine Welle von purem Sauerstoff gepackt mit eisiger Kälte herein. Wie eine giftige Dröhnung wird mir die Realität klar. Was ich hier tue. Wo ich bin. Wer ich bin. Wer ich nicht mehr bin.

Wir umarmen uns fest. Ich wollte alles, was in dieser Nacht passiert ist. Und doch war es ein Fehler. Das fühl ich. Aber immerhin kann ich ihn dafür noch etwas länger in meinem Leben behalten. Er schwört mir seine Liebe. Wieder und wieder. Keiner von uns will gehen, doch die Kälte zwingt uns.

Ich habe die Ecke mit dem Busch erreicht, drehe mich ein letztes Mal um, Gabriel steht neben seinem Auto, lächelt und winkt. Ein letzter Blick, denke ich und gehe zurück ins Haus. Bedacht darauf kein Geräusch von mir zu geben, sperre ich die Haustür auf. Ein Blick auf die schwarze tote Straße. Von hier aus sieht es so aus, als wäre nichts passiert. Alles wie immer. Ich stelle die Schuhe zurück in den Schrank, schleiche mich zitternd zurück in mein Kinderzimmer. Die Kuscheltiere im Regal blicken mich schweigend an. Darunter mein schmales Kinderbett, an dessen Bettkante meine Oma noch immer ab und zu sitzt, wenn sie abends zu Besuch ist und darauf besteht, mit mir zu beten und mir einen Gute-Nacht-Kuss zu geben. Es sind doch nur wenige Stunden vergangen. Wie kann sich all das nun so fremd anfühlen. So vergangen. In völliger Dunkelheit ziehe ich mich aus und schlüpfe zurück in meinen Schlafanzug.

Mein Körper ist völlig verspannt. Ich muss auf Toilette und Zähne putzen. Hoffentlich wacht meine Mutter dabei nicht auf. Aber hier besteht kaum mehr eine Gefahr. Dass man mal nachts aufsteht und auf Toilette geht, ist nicht merkwürdig. Darum gönne ich mir jetzt auch Licht. Ich blicke in den Spiegel und erschrecke. Ich sehe aus wie eine Vogelscheuche. Das Make-up ist weg, nur unter den Augen klebt verschmiert die Wimperntusche. Mein

Hals hat Bissspuren, Knutschflecken, meine Haare sind ein einziger aufgewirbelter Haufen Unordnung, ich fasse sie an und merke, wie sehr die Kopfhaut spannt. Er hat mich oft am Kopf, an meinen Haaren gepackt. Er hat gezogen und es hat weh getan, aber ich habe es schon fast wieder vergessen, denn es hat nicht so weh getan wie das Andere. Ich versuche die Knoten zu lösen und ziehe dabei, ohne einen Schmerz zu spüren, eine Handvoll Haare aus dem Haufen. Ich lasse mit zitternder Hand das Büschel ins Waschbecken fallen. Ich weine. Zwinge mich zum Weitermachen. Zunächst müssen die Knoten aus meinen Haaren verschwinden. Was mir noch mehr Tränen in die Augen treibt. Ich muss die Haare vor der Wurzel festhalten, damit es weniger Spannung auf der Kopfhaut gibt. Nur so halte ich das Bürsten aus. Es dauert ewig und mir geht die Kraft aus. Meine Tränen fallen stumm auf das weiche Bett meiner braunen langen Haare. Aber irgendwann gebe ich auf. Nehme die Schere und schneide mitten in den Knoten.

Ich streife meinen Pyjama weg und untersuche die Stellen, die mir wehtun. Ich entdecke Kratzer, gerötete Stellen, Knutschflecken, dunkle Stellen, meine Knie sind völlig verbeult. Ich untersuche meine Vagina und rechne mit Blut. Aber dort ist nichts. Sie fühlt sich angeschwollen an. Irgendwie taub. Ich muss pinkeln. Es funktioniert, aber brennt. Höllisch. Ich bändige mein noch immer chaotisches Haar zu irgendwas Zopfartigem, putze meine Zähne und zwinge mich nicht mehr hinzugucken und nichts mehr davon wahrzunehmen.

Ich liege mit offenen Augen im minimalen Licht, das sich von der Straßenlaterne durch die Jalousien-Schlitze kämpft, und will nicht mehr ich selbst sein. Ich will nur noch die Augen verschließen, aber sie starren auf das Papageien-Mobile, was ich letztes Jahr als Laubsägearbeit im Werkunterricht gemacht habe.

8/ 2019

Laut Plan hätte mein Training diese Woche einen Zeit-
aufwand von sieben Stunden zehn Minuten. Aber es ist
Freitag und ich gehe bereits zum vierten Mal Laufen. Am
Mittwoch war eigentlich ein Ruhetag geplant, aber ich
musste raus und hab' spontan einen langen Steigerungs-
lauf eingestreut. Jetzt fehlt mir noch der schnelle Lauf im
Wettkampftempo heute und der lange langsame Lauf am
Wochenende. Beide sind Pflicht. Damit komme ich dann
wohl eher so auf zehn Laufstunden. Es ist wunderbar,
dass dir genau gesagt wird, was du zu tun hast, um dein
Ziel zu erreichen. Mach genau diese 256 Läufe und du
wirst eine Zielzeit unter vier Stunden beim Marathon
haben. Eine ewig lange To-run-Liste zum Abhaken.
Nichts zu Hinterfragen. Leider müssen aber auch die
Ruhephasen abgehakt werden, was mir am schwersten
fällt. Sonst steigt die Gefahr von Verletzungen oder dass
man sein Pensum schlichtweg nicht durchhält.

In Paris muss ich eine Geschwindigkeit von fünf
Minuten 35 Sekunden auf den Kilometer laufen. Bei einer
Laufdistanz wie heute von nur zwölf Kilometer ist das
easy, vor allem wenn ich mich gut aufwärme und es nicht
zu heiß ist. Ich bin schon mittendrin und laufe gerade
im fünften Kilometer dem traurigen Gefühl entgegen,
dass ich dem Ende gleich näher bin als dem Start. Ich
verdränge den Gedanken, dass es bald wieder vorbei sein
wird, und genieße einfach, dass ich gerade laufe.

Ich friere nie beim Laufen. Selbst im eisigen Winter
oder stürmischen Regen hält das Laufen meinen Blut-
kreislauf so hoch, dass ich von innen heraus glühe.

Belastender ist der Sommer. Da muss ich am besten sehr früh morgens laufen, um es auszuhalten. Tagsüber schaffe ich es irgendwie, denn in der Hitze zu laufen ist immerhin besser als gar nicht zu laufen. Dann darf nur nicht das Wasser fehlen und am besten gleich ein Gel dazu, sonst dreht sich alles.

Ich habe nie Angst beim Laufen. Früher musste ich abbremsen, wenn ich einen Hund gesehen habe oder einen Mann, der mir in der Abenddämmerung verdächtig vorgekommen ist. Aber jetzt ist es so, als wären die Gummisohlen ein Blitzableiter für alles Böse. Menschen, Autos oder Tiere: Alle lassen mich einfach vorbei, nicken mir höchstens Respekt zollend zu. Aber keiner tut mir was. Nicht mal die Füchse, die mir manchmal in aller Frühe am Land begegnen.

Laufen ist berechenbar. Du weißt genau, auf was du achten sollst: Atmung, Aufkommen, Abrollen, Schritt-länge, Geschwindigkeit, Herzschlag, den Schwung deiner Arme. Jeder Teil des Körpers greift wie ein Zahnrad in das nächste, um das zu tun, zu was er bestimmt ist: Laufen. Bei starken Steigungen oder ungewohnt langen Distanzen genieße ich alles, was anstrengend daran ist: die bren-nenden Muskeln, den ausgetrockneten Rachen und die wiederkehrende Blase, die an der bekannten Stelle gegen den Schuh drückt. Ich weiß, es geht vorbei und genau jetzt und hier wächst meine Kraft und Ausdauer. Eben genau, weil es wehtut. Es passiert genauso, wie ich es mir vornehme. Es ist ein typischer Anfängerfehler, über seinem persönlichen Niveau zu trainieren. Zu schnell zu viel zu wollen. Ausdauer kommt von häufigen, langen, langsamen Läufen, nicht vom spontanen Sprint. Es dauert.

Paris wird jetzt mein vierter Marathon in drei Jahren. Eine tatsächliche Trainingspause gab es in den letzten Jahren also nie. Aber unabhängig davon, dass es immer ein neues Wettkampf-Ziel gab, brauche ich das Laufen wie die Luft zum Atmen.

„Laufen ist für alle, die sich nicht mit ihrem Leben auseinandersetzen und vor ihren Problemen davonlaufen." Wie oft ich mir das schon anhören musste. Jedes Mal frage ich mich, ob sie recht haben. Und dann macht es mich wütend. Wie können sie mir die Freude an der Bewegung schlechtreden, weil ich für sie nur eine untherapierte Wahnsinnige bin. Und was soll ich machen? Einfach stehen bleiben, mich nicht mehr bewegen und stattdessen jedes Problem, das ewig her ist, ständig neu aufleben lassen? Auf- und Abwiegen und erst, wenn ich mein inneres Zen gefunden habe, darf ich wieder laufen gehen? Aber dann mag ich wahrscheinlich nicht, denn schließlich müsste ich dann ja vor nichts mehr weglaufen. Je öfter ich es höre, desto weniger sag' ich dem Gegenüber, was ich von dieser dummen Aussage halte. Lasse ich ihnen ihr Expertenwissen und rede mir selbst ein, dass er ihre faule Unsportlichkeit damit rechtfertigt, keine psychischen Dellen zu haben. Lasst mich doch laufen, wenn ich gerne laufe, obwohl ich, wie so viele andere auch, einen Rucksack voll mit seelischem Müll trage. Vor dem lauf ich sicher nicht davon. Denn mir bleibt keine andere Wahl, als ihn mitzunehmen.

Tatsache ist, dass ich mich beim Laufen am besten mit meinem Kopf verbinden kann. Was für mich genau das Gegenteil von Weglaufen ist. Die Gedanken fließen genau wie der Sauerstoff durch das Blut. Ich schau' hin, mein Kopf spielt Eventualitäten durch. Hätte, hätte, Fahrradkette. Immer wieder. Und gibt mir die Ideen, die mir in der Vergangenheit geholfen hätten. Die Ideen für jetzt, heute und morgen, was ich will und brauche, was ich zwar gerne hätte, aber nicht wirklich brauche, was ich tun muss und was ich nicht tun muss. Die Ideen für irgendwann, die Sehnsüchte und großen Gedanken. Manchmal verschwommen, manchmal glasklar. Manchmal völlige Spinnereien. Laufen bringt mir mehr geistige Aufbruchsstimmung als Erschöpfung. Lebensdurst und einen unstillbaren Vorwärtsdrang. Und natürlich gehen die Gedanken auch dorthin, wo es wehtut. Wo man verletzt wurde, wo Enttäuschungen noch immer bluten. Wo Gefühle abgespeichert sind und man sie aufheben kann, begutachten und wieder am selben Ort ablegen kann, damit man weiß, dass auch sie noch immer da sind.

Laufen ist über allem anderen mein ständiger Begleiter dabei, besser zu werden. Schritt für Schritt, Lauf für Lauf, Wettkampf für Wettkampf werde ich schneller. Ich regeneriere, ich schnaufe, ich schwitze, ich arbeite an meiner Fähigkeit durchzuhalten, effektiver zu werden, noch rhythmischer, noch abgestimmter. So flüssig und geschmeidig es meinen Muskeln gerade möglich ist. Und irgendwann schweb' ich vielleicht wirklich über Wolken. Mit Leichtigkeit und Wind in den Haaren. Wie in Trance.

Letztendlich handelt es sich, wie alles im Leben, um Manipulation. Du trainierst deinen Körper darauf, 42,195 km so schnell wie möglich zu bewältigen, ohne danach tot umzufallen. Ersetzte Laufen mit einer beliebigen Handlung. Überall gilt das Gleiche. Du gibst alles, damit deine Freunde das Geilste von dir denken. Reißt dir den Arsch auf, um noch erfolgreicher zu sein. Musst Sachen kaufen, um Charakter zu zeigen. Musst eine Ernährungsweise leben wie andere Religionen. Verteidigst deine Meinung bis ins Sinnlose, nur damit dein Rückgrat nicht unter Kompromissen einknickt. Pöbelst, um zu zeigen, was 'ne starke Persönlichkeit du bist. Postest jede dieser Handlungen, damit du dich geliebt fühlst. Likest, weil du im Rückzug doch bitte zurück geliked werden willst. Alles wird beäugt von dem schlimmsten Manipulator von allem: dir selbst.

Ein zu unschönes Selbstgeständnis. Vielleicht doch besser so: Schuld bleibt unsere Leistungsgesellschaft. Die Eltern, die sonst enttäuscht sein könnten. Der Chef, der Kunde, die Arbeitskollegin, die Verkäuferin in der Bäckerei. Was sollen die alle nur von mir denken, wenn sie wüssten, dass ich mir statt dem selbst gemörserten Birchermüsli heute Morgen 'nen Fertig-Marmor-Kuchen von Bahlsen reingezogen habe. Und zwar den ganzen. Allein der Druck von außen, das ist doch unsere Überzeugung, lässt uns tun, was wir tun. Falsch! In Wahrheit ist es unser eigener Egoismus, die kleine miese Sau, die uns die Gedanken einpflanzt.

Ich will die vier Stunden beim Marathon knacken und manipuliere meinen schlaflosen gestressten Workaholic-Körper dorthin, wo er mir dieses Ergebnis liefert.

Meine Mutter nimmt den hohen Preis der Einsamkeit in Kauf, nur weil sie auf ihr Recht besteht, zu bestimmen. Keine Kompromisse eingeht und für niemanden anderen zurückstecken möchte. Sie will einfach die Option gar nicht sehen, dass andere daran keinen Spaß haben und redet sich ein, dass das der einzig richtige Weg für sie ist.

Genauso wie mein Vater. Er arbeitet täglich darauf hin, seinen Pegel zu halten – und ich glaube ernsthaft, dass sein Job kein einfacher ist. Ohne Geld, ohne Arbeitserlaubnis, ohne körperliche Hygiene, ohne Höflichkeit, ohne irgendwas. Nur mit dem geschundenen Alkoholiker-Körper, der sich durch die Nebenwirkungen quält. Seine Sucht hat ihn alles gekostet. Seine Arbeit, seine Freunde, seine Familie, seine Freiheit. Er lässt sich vom Alkohol dorthin manipulieren, wo kein gesunder Mensch überleben würde.

Mein Chef versucht täglich aufs Neue sein Ja-Sagen gegenüber seinen Vorgesetzten und den Kunden ins Mögliche umzusetzen. Ungeachtet dessen, dass er sich dabei selbst widerspricht. Denn seine Angst vor der Arbeitslosigkeit, seine finanziellen Verpflichtungen, haben ihn zum charakterlosen Ausführer gemacht, der manipuliert wird, um andere zu manipulieren. Ohne bei dem Manipulations-Kreislauf zu wissen, wer den Stein eigentlich ins Rollen gebracht hat.

Dina nimmt den Hunger in Kauf dafür, dass sie die

Kontrolle über sich selbst behält. Sie sieht ihren Wert in ihrer Magerkeit, ungeachtet dessen, was gesund ist. Die Waage ist ihr Barometer für ihre Laune. Überzeugt davon, dass wenn sie noch dünner wird, ihr Leben auch besser wird.

Wir werden von außen manipuliert, um uns innerlich selbst zu manipulieren. Am Ende entsteht das Chaos von unerfüllten Erwartungen, unausgesprochenen Wünschen, Unzufriedenheit und Unwissenheit. Und was bleibt, ist das Gefühl ausgeliefert zu sein. Denn wir wissen gar nicht mehr, was wir davon eigentlich wirklich selbst wollten. Wie könnte man die Räder stoppen, in denen wir schon so lange drinstecken? Die vor Jahren, Jahrzehnten oder vielleicht noch vor unserem eigenen Leben für uns programmiert wurden, und wir bleiben der stumme Ausführer von Unlogik und Traditionen. Akzeptieren, was erwartet wird. Wir hinterfragen nicht. Und machen weiter. Richtig oder falsch? Letztendlich scheint die Manipulation wie der Sinn des Lebens. Sie sorgt dafür, dass wir unsere Beine morgens aus dem Bett schwingen und weitermachen. Schließlich wissen wir nicht, was wir ohne sie tun sollten.

Ich denke an Biotope, Wildgehege oder Wälder, die bewusst davor geschützt werden, manipuliert zu werden. Tote Bäume werden nicht weggeräumt, sondern gliedern sich ganz natürlich in die Umgebung ein, so wie es die Natur vorgibt. Man lässt wuchern und gedeihen, geht nicht gegen Tiere vor und pflanzt nichts nach, was nicht vom Wind selbst dorthin getragen wird. Und daraus entsteht: das Leben. Der Zufall. Dickes Moos, saftiger unebener Waldboden, Vielfalt. Wie würden unsere Leben aussehen, wenn wir das Manipulieren weglassen würden? Unordentlich?

Wenn ich aufhörte, das zu tun, was ich immer getan habe? Wohin würde ich dann kommen? Zu wem würde ich mich entwickeln? Würde ich vielleicht sogar wieder schlafen können? Würde ich mich wieder vor Martins

Augen selbst befriedigen? Würde das meinem persönlichen Wildgehege entsprechen? Wer wäre ich denn überhaupt? Wer wäre ich ohne meine Mutter? Ohne meinen
Vater? Ohne Gabriel?

Meine Uhr erinnert mich daran, langsamer zu werden,
um mir zumindest noch fünf Minuten Auslaufen zu
gönnen. Der Trainer empfiehlt mindestens zehn oder
besser 15 Minuten langsam gehend das Training zu
beenden. Auch das fällt mir jedes Mal schwer. Den
Muskeln geht es besser, die Erholung nach den Läufen
tritt schneller ein. Für mich bleibt es Zeitverschwendung.

9/ 1999

Doppelstunde Deutsch. In einer mir viel zu schnellen Geschwindigkeit werden die Referate vorangetrieben. Jedes Weitere lässt mein eigenes in unaufhaltbare Nähe rücken. Mein Thema: Queen Victoria von England. Und es ist auch schon aufgesetzt. Eigentlich komplett fertig. Aber die Vorstellung, selbst in drei Wochen dort stehen zu müssen, ist so schlimm, dass ich lieber 100 solcher Referate vorbereiten möchte, als nur ein einziges zu halten.

Heute, am Tag danach, hält Feli ihr Referat. Meine Vermutung ist ja, dass Feli gestern geschwänzt hat, damit sie sich in der letzten Minute noch vorbereiten konnte. Letzte Woche hatte sie zumindest noch nichts dafür gemacht. Besser, ich frage sie nicht danach, dann bin ich auch kein Mitwisser.

Das einzig Gute an Referaten, also an denen, die man nicht selbst halten muss, ist, dass man keine Fragen erwarten braucht und sich einfach mal zurücklehnen und zuhören kann. Aber selbst das ist heute nicht einfach.

Mein Körper fühlt sich komplett erschlagen an. Den kurzen Rest der Nacht lag ich hellwach im Bett, unfähig, zur Ruhe zu kommen. In Gedanken habe ich wieder und wieder jede Einzelheit unseres Treffens durchgespielt. Und auch jetzt kann ich an nichts anders denken. So langsam spüre ich jedoch die Müdigkeit stärker und es entsteht eine dumpfe Ruhe und Langsamkeit in meinem Kopf. Außerdem bin ich träge. Es tut weh zu laufen, zu sitzen, die Arme zu strecken, den

Schulranzen zu tragen, sich anzuziehen. Einfach alles. Die blauen Flecken sind nicht weiter tragisch, außer wenn ich versehentlich dagegen stoße. Das Schlimmste ist das Sitzen. Mir schmerzt meine Vagina. Sie fühlt sich noch geschwollener an und brennt. Zur Sicherheit habe ich eine Binde eingelegt, weil ich das Gefühl habe, ich würde bluten. Aber ich blute nicht. Ich fühle mich nur ausgehöhlt und an der Haut aufgeschürft. Wenn ich mich auf sie konzentriere, spüre ich noch immer seine Stöße, als ob es gerade erst passiert wäre. Der Schmerz wechselt sich ab mit Freude und Stolz. Und etwas, das sich wie ein Kitzeln anfühlt, das ich nicht einordnen kann. Dann sind alle körperlichen Empfindungen wie weggeblasen und ich höre nur seine sanften Worte. Er liebt mich. Er hat es gesagt, ohne dass ich ihn danach gefragt habe. Und ich spüre das unaufhaltsame Grinsen in meinem Gesicht.

Feli referiert über den Film Matrix, der letzten Sommer ins Kino gekommen ist. Natürlich habe ich von dem Hype über den Kinofilm gehört, ihn aber nicht gesehen. Der Film ist ja erst ab 16. Feli ist zwar bei den Älteren der Klasse, aber auch noch keine 16. Diesen Film als Referatsthema zu nehmen, finde ich ganz schön gewagt. Aber scheinbar weiß unsere Lehrerin nichts von der Altersfreigabe und hängt begeistert an Felis Lippen, die wirklich hervorragend vorträgt. Ich beneide sie. Was würde ich dafür geben, so frei vor der Klasse sprechen zu können. Und dabei so gut auszusehen und locker zu sein. Ich zittere ja nur beim Gedanken, dass alle Blicke auf mich gerichtet sein werden und 27 Leute gleichzeitig feststellen, wie scheiße ich aussehe und wie ich mich ein ums andere Mal verhaspele. Feli ist eines der größten Mädchen unter uns, sie ist schlank, aber dank ihrer Brüste nicht nur dünn, sondern auch sexy. Ihr schwarz gefärbtes Haar trägt sie als einziges Mädchen der Klasse kurz. Mit einem Seitenscheitel fällt es vorne bis zu ihrem Kinn und hinten wird es so kurz, dass es bis oberhalb des Hinterhauptbeins kahlgeschoren ist. Provokativ, aber doch fraulich und in meinen Augen wahnsinnig mutig. Nie im Leben würde ich mich trauen, mein Haar so schneiden zu lassen. Und ich denke an das Büschel Haare, das ich heute Morgen fest zu einem Knäuel in Klopapier eingewickelt die Toilette runtergespült habe.

Felis Gesicht wirkt für mich wie das einer erfolgreichen Geschäftsfrau. Nur ihr Kleidungsstil ist zu jugendlich. Sie trägt eine hautenge Jeans, was ihrer perfekten Figur schmeichelt, ein schlichtes schwarzes Shirt mit einem tiefen V-Ausschnitt und eine schwarze Lederkette mit rundem Anhänger, wie jeden Tag. Ein Talisman von ihrer Mutter.

Sie steht breitbeinig stark und gerade vor der Klasse und erklärt den besonderen Spezialeffekt, den die Wachowsky-Brüder für die Kampfszene erschaffen haben. Sie unterbricht ihren Vortrag mit der Einspielung dieser Szene von der Videokassette. Das Referat und die eigene Redezeit mit einem einfachen Video-Schnipsel zu verkürzen. Ich schaffe es nicht, ihr für diese Idee Wertschätzung zu schenken. Missgunst allerdings schon. So kann es sich ja jeder leicht machen, denke ich. Ich habe kein Videomaterial von Queen Victoria. Aber selbst wenn, dann würde es sich jetzt so anfühlen, als hätte ich ihre Idee geklaut. Das wäre noch peinlicher. Außerdem ist es einfach Betrug. Es geht doch gerade ums selbst Vortragen.

So erwachsen und so beneidenswert Feli auch wirkt. Heute ist etwas anders. Jeder Schmerz und jeder Ich-weiß-nicht-was, der meinen Körper durchzuckt, lässt mich ihr überlegen fühlen. Ich weiß, dass sie so etwas noch nicht erlebt hat. Feli ist Jungfrau. Sie geht zwar mittlerweile fest mit Michael, aber noch lief nichts weiter, als dass sie richtig heftig miteinander schmusen. Und auch wenn ich rein äußerlich nicht mit ihr mithalten kann, fühlt es sich plötzlich an, als ob ich es innerlich jetzt könnte. Ich fühle mich wie die Femme fatale eines erfolgreichen jungen Mannes, der in einer Schweizer Bank Geheimnisse hütet und extra den weiten Weg mit dem Auto gekommen ist, nur um mich zu sehen.

An diesem Abend telefoniere ich nicht mit Gabriel. Und ebenso am Tag danach nicht und am Tag danach auch nicht. In jeder dieser Nächte bleibe ich so lange wach, bis die völlige Erschöpfung mich zum Schlaf zwingt. Aber eigentlich will ich nicht einschlafen, denn er könnte ja doch noch anrufen. Doch das Telefon klingelt nicht. Es ist ein unausgesprochenes Gesetz, dass er mich anruft und ich nicht ihn. Ich besitze nur eine Prepaid-Karte, auf der zurzeit noch 13 Mark 80 Guthaben ist. Kein Geld, womit man lange in die Schweiz telefonieren könnte. Mein Taschengeld ging diesen Monat fast vollständig für den Drogeriemarkt drauf und für neue Unterwäsche, die ich noch nicht mal anziehen durfte. Ihn vom Festnetz anzurufen ist unmöglich, denn meine Mutter kontrolliert jeden Anruf. Mit einem Anruf in die Schweiz würde ein endloser Vortrag darüber starten, wie teuer so ein Auslandsanruf ist. Und wie erkläre ich überhaupt, dass ich jemanden kenne, der in der Schweiz wohnt? Wen, woher und seit wann? Irgendwann muss ich es ihr erzählen. Keine Ahnung wann.

Es bleibt mir nichts übrig, als auf seinen Anruf zu warten. Tag für Tag wird der Schmerz in den Gliedmaßen, meiner Scheide und auf meiner Kopfhaut weniger und ich frage mich, ob es wirklich so schlimm wehgetan hat. Denn die Sehnsucht nach seinen Berührungen und seinen Worten ist unerträglich. Was aber, wenn meine Zweifel doch berechtigt sind? Mein Gedächtnis spielt mir seine Liebesschwüre wieder und wieder vor und ich zwinge mich, an das Gute zu glauben. Ich liege auf meinem Bett und wähle, ohne die Tasten zu drücken, seine Telefonnummer. Was mir anfangs wie eine endlose Folge einer unmerkbaren Zahlenreihe vorkam, liegt jetzt wie ein Automatismus auf meinen Fingern.

Dann endlich, 92 Stunden nachdem wir uns vor meiner Haustüre verabschiedet haben, klingelt es und er flüstert noch leiser und noch verführerischer als gewöhnlich.

„Sandra!"

„Gabriel!"

„Sandra! Oh, wie schön es ist, deine Stimme zu hören."

„Ich hab' auf deinen Anruf gewartet. Sehr."

„Das dachte ich schon. Es tut mir leid, Sandra. Der Besuch bei dir hat mich müde gemacht und dann musste ich die Abende danach ein paar Dinge nachholen, sodass ich immer so spät nach Hause gekommen bin, dass ich mich nicht mehr getraut habe, dich anzurufen."

„Du kannst mich immer anrufen. Es macht nichts, wenn du mich dabei weckst. Ich muss doch deine Stimme hören."

„Hast du viel an unsere Nacht gedacht?"

„Natürlich. Ich kann an nichts anderes mehr denken!"

Die vielen wachen Stunden des Wartens sind wie vergessen. Genauso mein Bedürfnis, über all meine Zweifel zu sprechen. In kürzester Zeit fallen wir wieder in eine telefonische Ekstase, indem wir uns erzählen, wie wir uns in unserer Nacht angefasst haben. Wir beginnen uns zu massieren und erzählen uns, was wir gerade tun. Wir atmen laut und stöhnen leise und flüstern unsere Namen und fordern uns auf, weiterzumachen, tiefer zu gehen, schneller zu machen. Eine Routine, die sich schon vor unserem Treffen eingespielt hat und die mir jetzt vertraut und harmlos vorkommt. Nicht mehr peinlich.

9/ 2019

Abgesehen von der Tatsache, dass die Kollegen freitags später in der Arbeit erscheinen, gibt es keinen Unterschied zu den anderen Wochentagen. Es ist zu viel zu tun, um einen Unterschied zu spüren. Wir vergleichen oft voller Neid unsere Arbeitszeiten mit denen anderer Branchen, weil sie freitagnachmittags um 14 Uhr schon Wochenende haben. Im Stillen erwische ich mich aber jedes Mal, heilfroh zu sein, auch freitags mindestens bis 18 Uhr arbeiten zu können. Es wäre der pure Stress, bereits für den Nachmittag eine sinnvolle Freizeitplanung zu gestalten. Dagegen fühlt sich der vorgegebene Arbeitsalltag an wie sicheres Terrain.

Zwei neue E-Mails weisen mich darauf hin, dass Martin heute eine Lieferung von Amazon bekommen hat, genau wie ich. Der Gedanke an meinen Plan erregt mich, auch wenn ich ihn mir noch immer nicht ganz zutraue. Um Martins Geschenk zumindest etwas zu erklären, schicke ich ihm eine Nachricht.

„Süße, ich hab dir etwas gekauft, es sollte grad bei dir angekommen sein. Sei ein braves Stück und warte damit im Schlafzimmer heute Nacht auf mich. Ich lass dich noch die Uhrzeit wissen." Senden.

Ich muss meine eigene Nachricht noch ein paarmal lesen. Ja. Ich hab das geschrieben. Und ja, ich hab es tatsächlich abgeschickt. Dringend nach einer Ablenkung lechzend, gehe ich ins Bad und wasche mir die Hände mit kaltem Wasser. Ich blicke in das Gesicht der Frau, die solche Nachrichten schickt und frage mich, ob ich sie kenne. Das, was ich sehe, ist doch vielmehr das kleine Mädchen in mir. Mit den weichen rehbraunen Augen, die nach Aufmerksamkeit schreien, meinen Lippen, die sich jederzeit zu einem Lächeln bereit erklären wollen, für die Chance, damit, egal wem, besser zu gefallen. Was auch immer ich je gedacht habe, was ich im Leben brauche oder will – bei einem bin ich mir sicher: Das hätte ich sicher nie gewollt. Und doch fasziniert mich meine eigene Überzeugung, jetzt zu wissen, was ich heute Nacht will. Aus irgendeinem perversen Grund habe ich Spaß daran, jemand anderes so bewusst zu manipulieren und selbst nicht ansatzweise das Gefühl zu haben, manipuliert zu werden. Noch schnell die Nase auf unschuldig pudern und auf geht's zur Video-Abnahme.

Die Arbeitswoche wird heute von einem Firmen-fest abgerundet. Um gute Presse zu machen, muss was passieren. Und was ist besser als positive Anlässe, über die sich schreiben lässt. Diese wiederkehrenden Feste stärken das Kundenverhältnis und wenn Essen und Trinken im Spiel sind, kommt jeder gern. Heute beim ‚Toastday' sind die wichtigsten Kunden und Geschäfts-partner eingeladen. Es gibt irgendeinen tollen Koch, der extra für uns einen neuen ‚Toast' kreiert hat. Je nach Jahreszeit wird dann oft draufgelegt, was gut kommt. Wir hatten schon süße French Toasts mit Erdbeeren. Toasts mit Spargel oder roter Bete und Schafskäse, Pfifferlingen, Rehbraten, British-Breakfast. Jeder dieser Toasts wird bei uns im Treppenhaus mit Bild, Rezept und Unterschrift des Starkochs ausgestellt und natürlich mit jeder Menge ‚Kommentare' und dem entsprechenden Pressetext. Wir zelebrieren diese Unternehmenskultur bis ins Kleinste, denn die Kunden lieben es. Zum Glück haben wir endlich einen Namen gefunden, der solche Phänomene beschreibt: Storytelling. Als ob das gerade erst erfunden wäre. Aber seitdem wir unsere Toasties mit diesem Begriff geprägt haben, lieben es die Leute noch viel mehr. Toll. Wir haben was, worüber wir sprechen können. Content. Das wollen die Kunden auch.

Vor dem Abend kennen sogar wir Mitarbeiter nur die Location. Keiner hat eine Ahnung, damit niemand was verrät. Dieser Überraschungseffekt lässt alle spekulieren und darüber sprechen und vielleicht eben auch jedes Mal so viele Leute erscheinen. Dafür dass es nur Toast gibt, ist nämlich immer viel los. Um im Ungewissen jedoch auf Nummer sicher zu gehen, wird auch eine vegetarische und eine vegane Toast-Alternative angeboten. So findet jeder etwas für sich. Dazu wird alles gereicht, was den Kunden Schüchternheit und Sparsamkeit vergessen lässt: Bier, Wein, Longdrinks, gerne etwas zu hart gemischt. Selbstverständlich sind auch die Getränke auf den noch-nie-da-gewesenen Toast des Abends abgestimmt.

Früher haben wir noch unser Büro für diese Veranstaltung genutzt. Aber das ist zu mühsam. Kunden dürfen gegenseitig nichts voneinander wissen, also musste der ganze Arbeitskram ordentlich weggepackt werden und wir verloren mit dem Aufräumen vorher und nachher zu viel Arbeitszeit. Seit zwei Jahren werden also alle ‚Toastdays' an externen Locations abgehalten, die natürlich einen Zusammenhang mit dem Rezept finden. Die Jagdhütte beim Rehbraten-Toast oder eine Pop-up-Location im Zoo zu Kangeroo- und Schlangenfleisch Toast mit Straußeneier-Salat. Der Verrücktheit sind keine Grenzen gesetzt. Und dem Budget scheinbar auch nicht.

Voller Stolz denke ich an den original verpackten Strap-On-Penis in meiner Handtasche, während ich das umgestaltete Gewächshaus eines Bio-Bauernhofs betrete. Zwischen den Gemüsebeeten stehen hohe Bistro-Tische. Von den Decken strahlen bunte Lichter auf hochgewachsene Tomatenstauden. DJ, Servicekräfte, Barmänner sowie alle Mitarbeiter tragen Kräuterkränzchen als Anstecknadeln. Die Stimmung ist entspannt.

Alle reden noch. Keiner tanzt. Clara begrüßt mich. Auf ihrem Teller ein fancy Upgrade eines Schinken-Käse-Toasts. Heute sieht der Toast so aus, wie ihn jedes billige Pub zubereiten würde. Aber das Brot ist glutenfrei, selbst gebacken und wurde nicht getoastet, sondern gegrillt. Der Schinken ist aus einer Bio-Fleischerei ohne Strombetrieb irgendwo am Neusiedlersee vom Mangalitza Schwein. Der Käse ist ein besonders stinkiger Bergkäse aus Südtirol. Beide Zutaten wurden wohl mit der Pferdekutsche hierhergebracht, um auch dabei keine Art von Umweltverschmutzung zu generieren. Clara sieht etwas unglücklich aus über dieses biologische Vergnügen.

„Sieht aus wie ein Schinken-Käse-Toast, schmeckt aber wie ein Schiiiiinken-Käääääääse-Tooooooaast." So nimmt mein Chef unserer Kundin jegliche Möglichkeit, selbst einen Kommentar zu der neuen Kreation zu geben.

Sie lächelt höflich und spart sich jedes weitere Wort über das Essen. Die Möglichkeiten bei Toast sind eben mannigfaltig, aber trotzdem wünscht man sich innerlich eine Scheibe billigen Sandwich-Schinken und Scheiblettenkäse und am besten noch einen Schuss Ketchup und Mayo obendrauf. Fertig.

„Sandra, ich wollte mit dir sprechen. Ich bin mir doch unsicher, was unsere Moderatoren-Wahl angeht. Vor allem für die englischsprachigen Events."

„Aber ihr wart doch so zufrieden", drängt sich mein Chef rein.

„Ja. Ich weiß. Aber es zählt ja nicht nur meine Meinung. Wir haben uns ausführlich darüber unterhalten und ausgewertet und ich brauche am Montag von euch Alternativen. Wen können wir noch haben?"

„Unsere Suche hat sich damals auf das deutschsprachige Launch-Event konzentriert. Da sind sicher keine Natives dabei, und die wenigsten davon sprechen ein so gutes Englisch, dass es eine gute Wahl geben würde, um damit auch vor Natives zu moderieren."

„Gib' sie mir trotzdem."

„Können wir nicht noch mal über den alten sprechen. Wo lag denn genau das Problem?", bohrt mein Chef nach.

„Schau,...", übergehe ich meinen Chef. „Ich kann dir am Montag gerne ein paar Alternativen schicken – trotzdem würde ich dir vorschlagen, du gibst uns Zeit bis Mittwoch und wir recherchieren nach ein paar passenden Native-Speakern, die ihren Job wirklich gut machen und dann auch wirklich verfügbar wären."

„Danke, Sandra. Das ist in Ordnung. Bis Mittwoch kann ich sie schon noch hinhalten."

„Ich werde ihnen Beine machen, vielleicht schaffen wir ja auch schon Dienstag", versucht mich mein Chef zu übertrumpfen. Ich blicke ihn böse an.

„Clara, ich brauch dich auch nochmal", betont er und wirft mir einen strengen Blick zu, der mir sagen soll, dass ich nicht für den Kundenkontakt angestellt bin, er aber schon. Ich koche vor Wut. Dieser 12-Finger-Darm-kriechende Schleimpfropfen denkt echt, er sei etwas Besseres. Fällt uns dauernd in den Rücken. Er muss sie ja nicht suchen. Trottel.

Ich sehne mich nach einem Drink. Warum habe ich plötzlich ständig Lust, Alkohol zu trinken? Ach egal. Wenigstens halte ich mich an mein Laufpensum, wenn schon nicht an den Ernährungsplan. Und um das später wirklich über die Bühne zu bringen, brauche ich eh einen Drink. Warum also nicht jetzt schon? Ich gehe an die Bar und bestelle mir einen Gin Tonic mit selbst gezogenen Gurken einer Münchner Dachterrasse. *„Ungedüngt, aber trotzdem lang gewachsen"* steht auf einem extrem hohen Papp-Aufsteller. Ich blicke verstört auf die Gurke, die in ihrer ganzen Länge zu einer Art extra dicker Deko-Stange aus dem Drink ragt. Warum zwingen wir uns nur ständig, aus der Normalität auszubrechen? Ich ziehe mit angewidertem Blick das Gemüse aus dem Drink und lege es auf die Serviette.

„Danke! Salat hatte ich heute schon."

Ich drehe mich um, trinke und schmecke nur Pfeffer. Ich stelle ihn unzufrieden zurück.

„Tut mir leid, aber der schmeckt wirklich nicht!", entgegne ich dem Barkeeper. Der ist völlig verkrampft von meiner unerwarteten Kritik und entgegnet mir stotterndes Schweigen. Hier sind alle zu höflich, um ehrlich zu sein. Und ich bin zu genervt mitzumachen.

Dann sehe ich Dina direkt auf mich zusteuern. Sie trägt ein beigefarbenes Samtkleid, bedruckt mit großen tiefroten Rosen. Man sieht das ganze Ausmaß ihrer Magerkeit in den dünnen kraftlosen Beinchen, an denen viel zu schwere Plateau-Absätze kleben. Man bekommt Angst, sie könnten auf dem Weg bis zur Bar einfach abbrechen. Das halt ich nicht aus, denke ich und drücke die Handtasche an mich, spüre wie sich mein Penis an meine Brust drückt. Es ist Zeit zu gehen.

„Ich bin in 30 Minuten bei dir. Öffne mir die Türe und warte brav im Schlafzimmer auf deine Belohnung."

Dina will mit mir reden. Ich entschuldige mich und zeige Richtung Toilette. Meine aber den Ausgang.

Ich klingele an der Tür. Die Gegensprechanlage schweigt, nur die Haustüre surrt. Auch heute nehme ich den Aufzug. Meine Bewegungen geschehen in völliger Achtsamkeit, ganz ohne Hektik. Jeder Yogalehrer wäre stolz auf mich. Aber der Grund dafür ist viel aufwühlender, als es ein Asana je sein könnte.

Die Wohnungstür von Martin ist nur angelehnt. Innen machen wenige kleine Kerzen eine schummrige Stimmung. Wäre es nicht so versaut, wäre das Drumherum ehrlich kitschig romantisch. Aber mit echten Gefühlen für ihn könnte ich das wohl nicht, davon bin ich überzeugt. Es ist merkwürdig, ganz alleine in seine Wohnung zu gehen. Er hat mir eine gekühlte Flasche Weißwein auf den Küchentisch gestellt, seine Packung Zigaretten liegt auf dem Tisch und ich nehme diese Einladung gerne an. Ich mag die Vorstellung, dass er mich in seiner Wohnung weiß, aber nicht abschätzen kann, wie lange ich brauche, um zu ihm zu kommen. In Seelenruhe blicke ich mich in der fremden Küche um und trinke Weißwein. Ich schweife sogar kurz ab mit den Gedanken und genieße etwas total Seltenes – völlige Ruhe. Ich weiß, was gleich kommt. Aber ich bestimme, wann es soweit ist. Dass er auf mich wartet ist kein Grund, mich schneller zu bewegen, als ich dafür bereit bin. Es bleibt ein unheimliches Gefühl zu tun, was man selbst will und ganz absichtlich den anderen dabei leiden zu lassen. Ich nehme eine zweite Zigarette und inhaliere noch tiefer. Es brennt im Rachen. Ich stehe auf, um mich direkt vor dem Küchenfenster bis auf die Unterwäsche auszuziehen. Dann schnalle ich das Geschirr um meine Hüften. Festgezurrt wirkt er noch viel stabiler, er bildet mit meinem Po und meinen Schenkeln die perfekte Ergänzung zu meinem Körper. Ich fasse ihn an, so wie das Männer immer machen, wenn sie sich selbst stimulieren wollen. Und fühle mich kraftvoll. Verstärkt. Als hätte ich eine Waffe in der Hand. Aber in keiner Weise albern. Ich fühle Macht.

Kunden, die dieses Produkt gekauft haben, haben auch eine XXL-Tube Gleitgel gekauft. Ich bin dieser Empfehlung gerne gefolgt. Die große Handtasche wirkt leer ohne diese beiden Spielsachen und ich fühle mich wie Clark Kent, der gerade in sein Superhelden-Kostüm geschlüpft ist und jetzt mit seiner stahlharten schwarzen Männlichkeit die Welt rettet. Die Spannung steigt, ob auch Martin sein Kostüm angezogen hat?

In radikaler Behäbigkeit gehe ich ins Schlafzimmer. Ich genieße die Zeit, die vergeht, genau jetzt. Genau dieser Moment. Der Moment, bevor es passiert, mit dem Wissen, dass es gleich passieren wird. Weil die Vorstellungen von Sex schon immer besser war als Sex selbst ist das Jetzt, vor dem ultimativen Neuen, besonders geil.

Noch nie zuvor habe ich sein Schlafzimmer betreten. Es ist groß und weiß und mittig steht ein großes Bett, auf dem der zitternde Martin im Vierfüßlerstand wartet. Er trägt das Haushälterinnen-Kleid, das ich ihm bestellt habe. Neben ihm der Staubwedel, der mitgeliefert wurde, und ein Dildo. Er wusste ja nicht, dass ich dafür selbst gesorgt habe. Das Röckchen ist so kurz wie eine Unterhose, sodass er mir in dieser Position direkt seinen nackten runden Hintern entgegenstreckt. Damit habe ich nicht gerechnet. Ich hätte gedacht, er spielt mir eher die brave Putze, als sich in seiner Kostümierung so wohlzufühlen und sich bereits direkt bereit zu halten, damit ich mich über ihn hermachen kann. Er antwortet mir mit der gleichen Direktheit, mit der ich ihn zuletzt konfrontiert hatte. Das ist okay. Oder möchte er vielleicht erzwingen, dass er damit nicht ‚brav' ist und eine Strafe kassieren? Es ist ein ungewohntes Spiel. Und ich muss mich daran erinnern, dass ich jetzt die Spielregeln schreibe. Das Gute an dieser Position ist jedoch, dass die Handlung noch unpersönlicher wird. Ich blicke ihm nicht in seine treuen Augen und komme nicht mal auf die Idee, mit ihm irgendetwas zu quatschen. Er ist nur hier, um von mir benutzt zu werden. Und wenn ich fertig bin, gehe ich wieder. Sonst findet zwischen uns nichts Zwischenmenschliches statt. Keine Floskeln, keine leeren Versprechungen, keine unausgesprochenen Erwartungen. Nur Abreagieren. Fertig, Abwischen und Weitergehen. Ich sage also zunächst nichts, knie mich hinter ihn aufs Bett und berühre ihn leicht mit der Spitze meines Strap-ons.

„Was für ein braves Stück", begrüße ich ihn.

„Ja. Herrin. Ich war ganz brav."

„Hast du dich angefasst?"

„Nein, Herrin. Wie du befohlen hast."

„Und ich kann dir das glauben?"

„Ich habe so gelitten, aber ich habe auf die Erlösung

von dir gewartet, meine Herrin."

„Sehr gut. Dann hast du sie wohl tatsächlich verdient."

Ohne ihn ein einziges Mal zuvor anzufassen, knie ich mich zwischen seine Knie, nehme viel Gleitgel und beginne, ihn in seinen Anus einzuführen. Mit einer extremen Langsamkeit, aber mit unnachgiebig steigendem Druck, schiebe ich mich in ihn hinein. Das braucht Kraft, und trotzdem erschrecke ich, wie routiniert sich die Bewegungen meiner Hüfte anfühlen. Mit langsamen tiefen Stößen weite ich ihn und mache alles noch glitschiger mit noch mehr Gleitgel. ‚Hoffentlich tue ich ihm nicht weh', denke ich und bin mehr als froh, auf dieser Seite zu stehen. Aber Martin ist ein großer Junge und er legt kein Veto ein. Vielleicht sollten wir uns ein Sicherheitswort ausmachen? Aber es scheint ihm zu gefallen. Und ich gehe tiefer. Es liegt Schmerz in seinem Stöhnen und doch lässt er mich gewähren. Ich greife auf seinen weichen Bauch und fordere seine rechte Hand auf, seinen Penis zu berühren. Er beginnt sich zu massieren und wir passen uns an die Geschwindigkeit des jeweils anderen an. Fest umgreife ich seine unweiblichen Hüften und packe zu, so fest ich kann. Ich nehme ihn, und spüre dabei, wie seine Hoden gegen meine geschlossenen Schenkel klatschen. Ein unwirkliches Gefühl.

Meine Vernunft will mir erklären, wie abartig das ist. Aber meine Hände und meine Hüfte verlieben sich gerade in die Kraft, die in mir liegt. Unter mir liegt ein großer, starker Mann; so weich, völlig ausgeliefert wie ein absolut hilfloses Objekt. Er kommt. Ich habe zwar keinen Orgasmus, genieße aber seinen Höhepunkt, als ob es mein eigener wäre. Und während er abspritzt, drück ich mich noch tiefer in ihn und bleibe dort, um uns einen Moment in völliger Stille zu schenken. Dann lasse ich ihn los und entziehe mich ihm. Ich sehe Blut. Ohne auf ihn Rücksicht zu nehmen, gehe ich ins Badezimmer, um das riesen Teil zu waschen. Ich streife das Geschirr von meinen Hüften und sage meinem Spiegelbild: „Ja, ich kenne dich." Ich schäme mich kein bisschen. Ich habe getan, woran ein Mann statistisch gesehen alle sieben Minuten denkt. Aber ich noch nie gemacht habe. Ich habe bestimmt. Ich habe geführt. Und niemand hat mich dabei angefasst.

Niemand fasst mich an.

Niemand, solange ich es nicht erlaube.

Ich fühle mich frei.

Martin kommt in einem gelben Morgenmantel ins Bad. Das erste Mal an diesem Abend blicken wir uns in die Augen. Ein Blick des Vertrauens, denn das Geheimnis, das wir teilen, scheint uns beiden zu gefallen. Wir küssen uns unschuldig auf den Mund. Ohne Zunge, ohne Leidenschaft, fast geschwisterlich. Auf seiner Oberlippe ist salziger Schweiß zu schmecken. Ich lasse ihm seine Privatsphäre und gehe zurück in die Küche. Trinke Wein gegen den Durst und fühle mich müde. Ich zünde mir eine Zigarette an und genieße das Gefühl des Erfolgs. Das war viel einfacher, als ich es mir gedacht habe.

Martin gibt mir noch einen Kuss und holt sich ebenso ein Glas Wein und eine Zigarette.

„Komm, lass uns aufs Sofa setzen!", fordert er mich plötzlich auf. Ich möchte protestieren. Denn es gefällt mir zu sehr, dass ich bestimme. Aber gegen das Sofa habe ich kein Argument. Außer, dass es vielleicht besser wäre, nicht weiter an der persönlichen Beziehung zwischen uns zu arbeiten und nach Hause zu gehen. Aber die Ruhe, die gerade in der Luft liegt, ist eine wahre Wohltat. Mein Kopf lehnt an seiner Schulter, während wir Peter Gabriel hören. Sein Morgenmantel ist so weich, wie man das von Hotel-Bademänteln gewohnt ist.

„Kann ich noch irgendetwas für dich tun?", fragt er vorsichtig.

„Das erlaube ich dir nicht." Er blickt mich fragend an,

als ob er mir etwas schuldig ist. „Ich will dich ficken. Aber ich erlaube dir nicht, mich zu ficken. Verstehst du.“

„Ich verstehe. Damit kann ich gut leben. Das war einfach nur der Wahnsinn gerade.“

„Bist du gut gekommen?“, frage ich, so wie Gabriel mich immer gefragt hat.

„Oh ja. Verdammt gut.“

„Ganz schön schmutzig, was wir hier so treiben.“

„Denkst du das? Empfindest du es als falsch?“

„Ganz und gar nicht. – Nur nicht,… gewöhnlich.“

„Gewöhnlich ist auch nicht so gut.“

„Erzähl mir von dem Verruchtesten, das du bereits gemacht hast.“

Er schmunzelt. „Nein. Manche Dinge sind gut, weil man sie nur für sich behält.“

„Bist du plötzlich schüchtern?“

Wieder lächelt er. Er wirkt unfassbar entspannt. „Nein. Gar nicht.“ Er zieht genüsslich an seiner Zigarette. Wir schweigen beide und summen abwechselnd zu Solsbury Hill. „Ich habe mich mal prostituiert.“

„Was, ehrlich?“ Ich kann's kaum glauben. Martin passt rein optisch ganz und gar nicht in das Bild eines Gigolos. Er sieht viel zu nett aus. Untrainiert und mit gemütlichem Bauchansatz. Wenn man jemanden dafür bezahlt, erwartet man dann nicht einen stählernen Jungen, ein Unterwäschemodel mit Sixpack oder zumindest verkleidet wie einer der Village People? Er wirkt viel zu hetero, ganz und gar nicht wie ein bisexueller Sadomaso-Junky, der es mit seinem Gewissen ausmachen könnte, sich selbst zu verkaufen. Aber ich nehme seine Aussage so hin wie einen Fakt. Tue so, als ob es das Normalste der Welt wäre.

„Mit einem Mann oder einer Frau?“

„Einem Mann. Ein Politiker aus dem Stadtrat.“

„Verrat mir bloß nicht den Namen."

„Keine Sorge. Ist schon lange her."

„Das ist ja verrückt. Diese CSU."

„Das heißt, ihr habt das unter euch ausgemacht, oder hat euch jemand vermittelt?"

„Nein. Unter uns."

„Klingt verrückt."

„Es hat mich ziemlich angetörnt."

„Tatsächlich? – Der Sex oder die Tatsache, dich gerade zu verkaufen?"

„Letzteres. Der Sex war unspektakulär, aber das Geld hat es zu etwas Besonderem gemacht."

„Klingt schräg. Ich hätte lieber heißen Sex statt Geld für schlechten." Und dabei frage ich mich, ob ich nur die leiseste Ahnung habe, wovon ich gerade spreche.

Er schmunzelt und zuckt nur mit den Schultern, als wolle er sagen ‚Jedem seins'. Ich werde mich nicht mehr dazu äußern und hoffe, wir wechseln gleich das Thema.

„Wenn ich mir was wünschen dürfte, Herrin?"

„Ich finde nicht, dass du in der Position bist, dir etwas wünschen zu dürfen, du billiges Stück!"

Er zögert etwas und sagt es dann trotzdem. „Ich würde es geil finden, wenn du mich verkaufen würdest."

10/ 1999

Feli erzählt. Irgendwas. Wir sitzen in der schummrigen Ecke vor den Toiletten auf einer gemütlichen Couch. Dieser Teil vom Metro ist mit schweren marineblauen Samt-Vorhängen abgeteilt. Der Rest des Lokals ist lichtdurchflutet und mit typischen Bistro-Tischen und abgenutzten Holzstühlen ausgestattet, aber hier hinten fühlt es sich richtig kuschelig an. Nicht wie ein Café, sondern wie zu Hause. Hier sitzen wir immer. Ist der Platz belegt, stehen wir oft ewig daneben, um die Couchbesetzer zu vertreiben. Klappt das nicht, suchen wir uns unter Protest einen Tisch, von dem wir das Eck gut beobachten können, um sofort aufspringen zu können, sobald die Couch frei wird. Meine Augen hängen an ihren Lippen, während meine Gedanken davonfliegen.

Es sind ein paar Wochen vergangen seit unserem ersten Mal, und es ist wie ein anderes Leben. Als wäre ich eine andere Person. Und das, ohne überhaupt mit jemand anderen außer Gabriel darüber gesprochen zu haben. Wir telefonieren jeden Tag miteinander. Oft sehr spät. Manchmal ist es sogar schon drei Uhr morgens. Unsere Gespräche sind oft minimalistisch kurz, der Telefonsex dafür umso länger. Jeden Tag schlafe ich mit glühendem Ohr und feuchter Hand ein. Morgens wache ich völlig übermüdet, aber überglücklich auf. Jeder seiner Anrufe lässt meine Zweifel, er könne es doch nicht ernst meinen, mehr und mehr verschwinden. Schließlich ruft er weiterhin an.

Es kommt mir auch so vor, als würde sich mein Körper verändern. Meine Mitschüler reagieren anders auf mich.

Es ist, als würden die Jungs mich plötzlich sehen und die Lehrer schauen nicht mehr so mitleidig. Im Spiegel sehe ich noch immer den unsicheren Teenager mit der schlimmen Akne. Aber ich berühre sie nicht mehr. Mein Drang, bessere Haut zu bekommen, endlich besser auszusehen, ist so groß, dass ich meine Finger zwinge, sich zurückzuhalten. Nur die ganz schlimmen eitrigen Pickel, die fast schon von selbst drohen zu platzen, drücke ich aus. Trotzdem kommen täglich neue. Es fällt mir alles andere als leicht, sie nicht anzufassen. Es ist so wie dem Juckreiz eines Mückenstichs nicht nachzugeben. Was mir noch nie gelungen ist.

„Sandra. Ich liebe dich. Das musst du mir glauben!", versichert Gabriel mir bei jedem Telefonat. Eindringlichst. Fast schon energisch. „Für das, was du mir in jener Nacht geschenkt hast, werde ich dich immer lieben." Diese Worte hallen in meinem Kopf nach wie ein Echo. Und sie lassen mich das fühlen, was ich noch nie zuvor erlebt habe. Ich habe einen Platz im Herzen eines anderen Menschen. Ich fühle mich, als wäre ich plötzlich wertvoll. Ich fühle mich größer, stärker, älter und erfahrener. Ich fühle mich bestätigt, dass es doch gut ist, die zu sein, die ich bin.

Die Unbequemlichkeit sich nachts unter der Woche zu treffen, leuchtete uns schon nach dem ersten Treffen ein. Die Unbequemlichkeit des Fiat Pandas jedoch nicht. Schließlich können wir uns weder bei mir noch bei ihm treffen. An allen Wochenenden, an denen ich nicht bei Papa bin, treffen wir uns jetzt tagsüber. Gabriel fährt vormittags in Winterthur los und holt mich irgendwann am frühen Nachmittag ab. Meistens an einem anderen Ort, weg von zu Hause, dass niemand Verdacht schöpft, der mich erkennen könnte, und beobachtet, wie ich in ein Auto mit Schweizer Kennzeichen steige. Wir fahren in irgendeinen der naheliegenden Wälder und bleiben dort auf dem erstbesten Waldweg stehen, wo wir uns lieben. Das ist Gabriels Bezeichnung. Entweder er nennt es ‚ficken' oder ‚lieben'. Und ‚lieben' gefällt mir viel mehr. Wir ruhen aufeinander, lieben uns und ruhen und lieben; wieder und wieder. In diesen Stunden sind sämtliche anderen körperlichen Bedürfnisse ausgeschaltet: Hunger, Durst oder der Drang auf die Toilette zu gehen. Gibt es alles nicht. Der Sex ist nicht weniger schmerzhaft als beim ersten Mal. Mir kommt es sogar vor, als hätte er mich bei unserem ersten Mal geschont, wenn sich seine harten Stöße von hinten in mich rammen, als wollte er mich innerlich zertrümmern. Aber ich gehe nicht weg, ich entziehe mich nicht. Denn was ich im Gegenzug erhalte, ist größer als der körperliche Schmerz, der nach ein paar Tagen wieder verstrichen sein wird. Mein Körper scheint sich daran zu gewöhnen. Es entwickelt sich eine gewisse Sportlichkeit in meinen vorher wenig trainierten Beinen, mein Po ist fester, meine Körperspannung stabiler. Ich halte es aus und fühle mich erleichtert, wenn er endlich, endlich kommt.

Sollte irgendjemand herausfinden, was zwischen uns läuft, würde die Welt angehalten werden, um uns auseinander zu bringen. Das weiß ich. Denn ich weiß, dass es verboten ist. Aber ich weiß auch, ich kann nicht mehr ohne ihn sein. Ich liebe ihn. Und trotzdem kann ich nicht mehr schweigen. Ich muss es Feli erzählen. Sie ist meine beste Freundin und eigentlich erzählen wir uns alle Jungs-Geschichten. Sie hat ja eh schon bemerkt, dass ich mich irgendwie verändert habe. Es wird toll sein, sie einzuweihen und jemanden auf meiner Seite zu haben, der sich mit mir freut und der Gabriel gut findet, weil er mir guttut. Aber wie sage ich es ihr nur?

Der Ober bringt ihr bereits den zweiten Cappuccino, während ich noch immer an meinem Latte macchiato herum nippe. *‚Kaffee trinken ist wie Zigarette rauchen: ein notwendiges Übel, um erwachsener zu wirken'*, denke ich, als ich in die nicht enden wollende, hellbraune Suppe unter mir blicke. Die viele Milch und der Zucker machen den Geschmack leider nicht erträglicher. Feli redet noch immer. Ich hab grad keine Ahnung worüber. Was für eine schlechte Freundin ich doch geworden bin, und mit diesem Vorwurf an mich höre ich wieder zu.

„Die kommen alle aus dem Gym. Die haben dort einfach viel coolere Kurse und Wahlfächer. Machen echte Theaterstücke mit richtigem Schauspielunterricht und sowas. Haben Lehrer, die was draufhaben. Der eine Schauspiellehrer soll sogar schon beim Tatort mitgespielt haben. Nicht so wie bei uns, die wir an den Schulaufführungen nur jedes Mal wieder versuchen, Memory von Cats fehlerfrei zu singen."

„Nichts gegen Memory. Das Lied ist und bleibt einfach schön und ist echt nicht einfach zu singen." Ich freue mich, es geschafft zu haben, mich wieder einzuklinken. Sogar so überzeugend, dass Feli meine geistige Abwesenheit scheinbar nicht wahrgenommen hat.

„Memory ist so 1980!"

Ich mache einen verständnisvollen Gesichtsausdruck. ,Ist es gar nicht', denke ich und sehne mich allein beim Klang des Titels danach, in den Song zu hören. Sie rührt zwei Löffel Zucker in ihren Kaffee und verstummt kurz. Da ich den Zusammenhang nicht kenne, nehme ich auch einen Schluck Kaffee und hoffe, sie erzählt von sich aus weiter.

„Auf jeden Fall...", sagt sie zum Glück, „...dieses bekannte Pärchen von Michael ist eben in dieser Schauspielgruppe und die haben einfach die ärgste Nummer abgezogen. Hier in unserem langweiligen Aalen."

„Aha. Was denn?"

„Sie stellen sich mitten auf den Marktplatz, mitten in die Leute und spielen die volle Skandal-Szene. Einfach so spontan, aus dem Stegreif. Sie keift ihn an: ,Du Arschloch, ich bin schwanger und du willst dich einfach so verpissen und mich verlassen. Was fällt dir ein?' Und er blökt zurück ,Du kannst mir doch noch nicht mal sagen, *ob das Kind von mir ist.'* Und sie wieder *‚Natürlich ist es von dir, dein bester Freund hat doch keinen hoch bekommen.'* Die haben sich so laut gefetzt und die Leute sind stehen geblieben und wussten nicht, ob sie Mitleid haben oder vor Scham in den Erdboden versinken sollten. Die haben es ihnen total abgenommen. Das hätten sie echt filmen sollen. Michael war dabei und hat alles gesehen und hat sich einen abgelacht über die entsetzten Gesichter. Aber die beiden haben die Show bis zuletzt voll durchgezogen.“

„Die sind aber nicht aus Aalen, oder?“

„Keine Ahnung. Sie gehen auf jeden Fall in Aalen aufs Gym. Die sind mit Michael in derselben Klasse.“

„Boah, das versteh’ ich nicht. Haben die nicht Angst, erkannt zu werden? Hier kennt doch jeder jeden. Ich hätte so Angst, zum vollen Gespött zu werden.“

„Die stehen da drüber. Wahrscheinlich würden die sich auch dann noch bestätigt fühlen, wie gut ihre Performance gewesen ist, wenn es wieder zu ihnen zurückgetragen werden würde.“

„Ich würd’ mich so etwas nie trauen.“

„Ach komm schon, Sandra. Vielleicht würde gerade dir so was guttun.“

Ich denke an den Propf in meinem Hals, allein wenn ich mit der Eventualität leben muss, vom Lehrer im Unterricht aufgerufen zu werden. Wie könnte ich da einen Stand-up-Skandal mitten auf der Straße aufführen?

„Oh ja, das wär der Hammer. Michael und ich haben beschlossen, wir machen das jetzt auch. Aber wir müssen erst noch eine Szene finden.“

„Wirklich? Ihr seid die Ärgsten.“

„Dachten schon drüber nach, bei Orsay ein Teil von C&A zurückzugeben.“

Ich schmunzle. „Na ja, in der Szene würdest du schon

sehr schnell als doof dastehen. Und was würde dann Michael machen?"

„Der würde dann 'nen Beziehungsstreit auftun, wie dumm und peinlich ich doch bin. Aber du hast recht, die Idee gibt jetzt nicht so eine lange Konversation her, ohne dass ich wie ein Volldepp aussehe."

„Da wäre es wohl besser, du würdest mit einem Stadtplan von Freiburg nach dem Weg zur Herz-Jesu Kirche fragen, aber eben hier in Aalen."

„Hey. Nicht blöd. Das wär vielleicht noch lustiger und dann einfach schauen, wie doof die Leute drum herum sind, bis sie selbst checken, dass es gar nicht der richtige Plan ist."

Die Idee ist genauso schlecht wie die mit dem Umtauschen', denke ich. Feli ist aber ganz angetan und spinnt darauf weiter herum.

Unser Zusammensein fühlt sich fremd an, seit ich ihr Gabriel verschweige. Normalerweise wusste Feli schon Bescheid, nur wenn mich ein süßer Junge angeschaut hat. Meistens hat sie ihre Witze über meine Schüchternheit gemacht. Natürlich lieb gemeint, denn sie hat mir schon oft gesagt, wie sehr sie mir einen ehrlichen Freund wünscht. Ich glaub' Feli tatsächlich, dass sie mich mag. Und ihr Vertrauen in mich ist auch so groß, dass sie wiederum mir alles erzählt. Sie vertraut mir mehr an als jeder anderen Freundin, und das macht mich stolz. Jedes Mal, wenn sie so ein Geheimnis teilt und mich dann darauf hinweist: „Das weiß sonst keiner. Das bleibt unter uns, okay?", bin ich stolz. Feli bedeutet mir die Welt. Sie ist meine Überlebensgarantie in der Schule und überhaupt im Umgang mit Menschen. Sie kann so viel und weiß so viel. Sie hat Geschmack, weiß, was angesagt ist. Ich folge ihr, weil sie mir Sicherheit gibt. Und wenn sie zwischendurch auch immer wieder abtaucht und wir von jetzt auf gleich keine Zeit miteinander verbringen oder sie kaum mit mir spricht, verunsichert mich das wenig.

Solche Tage gibt es. Manchmal dauert es auch ein oder zwei Wochen, aber dann ist alles wieder wie vorher. Die ersten solcher stummen Pausen haben mich nervös gemacht. Aber so geht das jetzt schon, seitdem sie in der 5. Klasse hierhergezogen ist und meine Banknachbarin wurde.

Dass ich ihr bis jetzt noch kein Wort über Gabriel erzählt habe, bereitet mir ein schlechtes Gewissen. Es ist, als würde ich sie hintergehen. Schon allein aus dem Grund kann ich ihr viele Fakten nicht erzählen. Das Risiko, dass sie mir böse wäre, weil ich es ihr nicht früher erzählt habe, ist viel zu groß. Was erzähle ich ihr nur? Wie erzähle ich es ihr, sodass sie sich auch wirklich für mich freut? Es gibt in mir so viele kritische Stimmen, dass all das falsch ist, dass der Sex falsch ist, unsere Telefonate. Aber ich kann nicht darauf hören. Ich brauche ihn. Genauso, vielleicht noch mehr, als ich Feli brauche. Aber was, wenn Feli dagegen ist? Wenn sie mir logisch erklärt, wie unsinnig es ist, das ‚Beziehung' zu nennen, dass es nicht gut für mich ist? Muss ich ihn dann verlassen? Oder kann Feli meine Entscheidung für ihn akzeptieren und weiter mit mir befreundet sein? Er ist das Beste, was mir je passiert ist. Es ist mir egal, wie hoch der Preis dafür ist. Sie darf nicht dagegen sein. Aber was, wenn ich mich am Ende für einen von den beiden entscheiden müsste? Ich bin nervös. Nichts fällt mir einfacher, als das Thema noch ein bisschen länger zu verschweigen und über Felis Dinge zu plaudern.

„Wie ist das denn jetzt mit dieser Geburtstagsfeier von Michael? Werdet ihr da schon so ganz offiziell zusammen sein? Oder darf's immer noch nicht jeder wissen?"

„Oh wie gut, dass du es sagst. Die Geburtstagsfeier! Ich brauch unbedingt noch was zum Anziehen. Wir müssen shoppen gehen."

„Das ist keine Antwort."

„Ja. Ich weiß es doch auch nicht. Es wissen schon all

seine Kumpels, dass da zwischen uns was läuft. Aber so ganz offiziell ist noch nichts. Und immer wenn noch andere Leute dabei sind, berührt er mich nicht und ist voll kühl."

„Echt? Beunruhigt dich das nicht?"

„Voll! Ich befürchte halt, dass das alles wegen seiner Ex-Freundin ist. Er will sie nicht verletzten, weil er jetzt schon wieder jemand Neues hat und sie nicht."

„Er hat ja sie verlassen, oder?"

„Genau. Und sie ist die Verletzte. Kann ich ja auch verstehen, dass man da nicht gleich den Ex mit 'ner anderen sehen möchte."

„Wie alt ist denn seine Ex? Kennst du die"

„15. Ich hab sie ein paarmal gesehen. Die haben ja dieselben Freunde. Das ist echt blöd."

„Aber auf der Geburtstagsfeier wäre es ja super bescheuert, wenn er dich links liegen lässt."

„Darum musst du ja mitgehen."

„Aber nicht, dass du mich dann links liegen lässt."

„Sollte es super laufen, kannst du ja einfach irgendwann sagen, du müsstest heim. Dass deine Mutter wieder rumstresst. Oder so."

„Ich mach das nur dir zuliebe!"

„Ach Süße, du wirst auch Spaß haben. Komm, wir gehen was shoppen und suchen auch für dich ein cooles Party-Outfit. Gebongt?"

Mein schlechtes Gewissen ist so groß, dass ich noch nicht mal gegen die sinnlose Begleitung auf diese Party protestiere. Natürlich weiß ich, wie unwohl ich mich fühlen werde. Aber ich hab auch gut gelernt, mich im Hintergrund aufzuhalten, darum wird's kein Stress sein, abzuwarten bis Feli ihren Partytiger rauslässt und dann zu verschwinden. Selbst wenn Michael sie tatsächlich weniger beachtet, ist Feli so beliebt, dass sich jeder mit ihr unterhalten oder besser gleich tanzen möchte. Und das tut sie ja auch gerne.

„Was um Gottes willen hast du denn da gemacht?", entfährt es Feli und ich erschrecke.

„Was meinst du?"

„Dein Rücken. Die langen Kratzer. Hast du dich mit 'nem Wolf angelegt, oder was? Und die blauen Flecken. Sandra?"

,Oh Scheiße', denke ich. *,Das hab ich vergessen.'*

Wir stehen, wie immer, gemeinsam in einer C&A-Umkleidekabine. Seit wir festgestellt haben, dass Anprobieren zu zweit viel lustiger ist, gehen wir immer gemeinsam in eine Kabine. Man kann direkt beurteilen und gegenseitig die Teile tauschen, zumindest Feli probiert auch immer meine Sachen. Denn eine Nummer größer passt eher, als wenn ich mich in Felis Teile quetsche. Das letzte Treffen mit Gabriel ist schon drei Tage her. Eigentlich dachte ich, alles ist verheilt, aber der Rücken ist mir selbst nicht mal aufgefallen. Ich betrachte ihn über dem zweiten Spiegel und nehme die leicht rötlichen Striche wahr. Nach ihrer Reaktion habe ich Schlimmeres befürchtet. Es ist nur noch leicht zu sehen, aber definitiv sehen die Kratzer und blauen Flecken erklärungsbedürftig aus. „Haha, ja. Sieht arg aus. Hab ich schon voll vergessen."

„Was bitte hast du angestellt?"

,Was? Was? Was? Was verdammt könnte ich angestellt haben?' Ich lache.

„Mein Dad und ich waren doch im Wald. Pilze suchen. Und er war so überzeugt von dem Weg und dabei sind wir immer mehr ins Dickicht gekrochen. Und irgendwann bin ich so heftig über eine Wurzel gestolpert."

Feli glaubt mir nicht.

„Du warst doch letztes Wochenende gar nicht bei deinem Vater."

„Ne, nicht das Ganze. Er hat mich nur Sonntagnachmittag spontan abgeholt. Meine Mutter hatte Spätschicht."

„Alter, die sehen echt arg aus, die Kratzer. Erklär' deinem Dad doch mal, dass man Pilze im Supermarkt kaufen kann und er seine Zeit mit dir mit lässigen Dingen füllen kann: Kino, Billard, Schwimmbad. So was eben." Sie glaubt es doch. Ich zieh mir schnell das Oberteil an, ein viel zu buntes, viel zu weit ausgeschnittenes Teil mit viel zu vielen Pailletten.

„Das ist es doch. Das zieh ich an auf Michaels Party." Und wir prusten beide los. Feli ist zum Glück mit sich selbst beschäftigt und macht sich selten lange Sorgen um andere.

Wir sind noch ewig in der Umkleidekabine, weil sie unendlich viele Teile – auch welche für mich – angeschleppt hat und alle probieren muss. Immer wieder versuche ich meinen Rücken vor ihr zu verstecken, damit sie beim genaueren Hinsehen die Geschichte mit dem Wald am Ende doch noch hinterfragt. Am liebsten wäre ich rausgegangen aus der Kabine. Doch das wäre noch auffälliger gewesen. Die weitere Lüge liegt mir sauer im Magen. Am liebsten würde ich nach Hause gehen. Aber ich habe es mir vorgenommen, mit ihr zu sprechen. Ich muss ihr zumindest einen Teil davon erzählen.

Feli hat sich für ein enges supersexy Spaghettiträger-Oberteil entschieden. Die Träger werden hinter dem Hals gebunden, sodass sie nichts drunter ziehen kann. Ihre Brüste sind deutlich wahrnehmbar und auch wenn das schlammgraue Teil selbst wenig auffällig ist, so wird es Feli umso mehr sein.

Da mein Taschengeld sowieso knapp ist, wage ich es nicht, etwas zu kaufen, vor allem nicht für eine Party, auf die ich nicht mal gehen möchte. Shoppen ist für mich merkwürdig. Ich liebe den Moment des Bezahlens. Das gute Gefühl, etwas bekommen zu haben. So als wäre es eine Belohnung, trage ich voller Stolz die Einkaufstüte. Sobald das Teil dann aber zuhause ausgepackt in meinem Kleiderschrank liegt, verliert es sofort an Coolness. Es ist auf einen Schlag nur noch ein hässlicher Fetzen, ein Beweis meiner Geschmacklosigkeit. Probiere ich es noch mal, schäme ich mich nur umso mehr. Was habe ich mir beim Anprobieren im Laden gedacht? Das Schlimmste ist, wenn es dann meine Mutter zum ersten Mal sieht. Dann untersucht sie die Nähte nach Fehlern ab und schaut, was für ein Material das ist. Sie regt sich über die billige Verarbeitung auf und erklärt, dass man nur reine Baumwolle tragen sollte. Und oft sagt sie so etwas wie: „Das solltest du besser sowieso nicht tragen. Das steht dir nicht." Manchmal erwähnt sie dann noch seufzend, dass sie ja viel schlanker war in meinem Alter. Am besten ist es, mit meiner Oma Sachen zu kaufen. Das ist dann zwar immer etwas unscheinbare Kleidung. Aber das wird dann auch weniger uncool, wenn's zu Hause ist und meine Mutter spart sich aus irgendeinem Grund ihren Kommentar. Trotzdem muss ich weiter einkaufen, schon allein deshalb, weil man das gerne macht unter Mädchen. Vor allem Feli macht es gerne. Und immerhin bekomme ich zumindest den kurzen Moment an der Kasse, der sich gut anfühlt.

Sie ist super happy mit ihrem Kauf. Wir spazieren raus aus der Innenstadt, um ungestört zu rauchen. Als ob ich darin Mut finden könnte, nehme ich einen richtigen Zug von meiner Zigarette. Ich atme aus, ganz ohne Husten. Der ganze Rachen brennt heiß nach oben.

„Ich habe jemanden kennengelernt", erzähl ich im normalsten Ton, den ich nur finden kann.

Sie blickt mich etwas skeptisch an. „Wie, jemanden kennengelernt? Du meinst, jemanden getroffen, den du gut findest? Oder jemand getroffen, der auch dich gut findet?"

„Er macht den Eindruck, als ob er mich auch ziemlich gut findet."

„Was? Und warum erzählst du das erst jetzt? Wen? Wann? Wie? Erzähl!", hakt sie ehrlich interessiert nach.

„Gabriel heißt er. Wir haben uns übers Internet kennengelernt." Diese Antwort lässt für Feli wenig Fragen offen. Sie weiß, dass ich mich manchmal in Chatrooms mit wildfremden Leuten unterhalte und macht sich regelmäßig darüber lustig, dass ich nicht in der Lage bin, Menschen ins Gesicht zu schauen, dafür aber mit komplett Fremden über den Computer schreibe. Und mit dieser Erklärung ist es noch nicht mal eine Lüge. Schließlich hat er mich im Internet entdeckt, auch wenn unsere Kommunikation übers Telefon begonnen hat. Aber die Geschichte ist zu verrückt, um sie zu erzählen.

„Wie alt? Was macht er? Wie ist er so?"

„Er ist 19. Macht 'ne Lehre bei einer Bank und ist ziemlich, ziemlich hübsch."

„Du verarschst mich doch."

„Nein, tue ich nicht."

„Hast du ihn schon gesehen?"

Diese Wahrheit würde sie mir nicht verzeihen. Ich schlucke die Schwere dieser Lüge herunter und versuche so normal wie möglich zu erzählen: „Nein. Aber wir telefonieren fast täglich."

„Das heißt, du hast ein Foto von ihm gesehen."

„Ja, genau."

„Zeig her."

Ich zeige ihr das Foto. Seit ich es habe, trage ich es immer im Umschlag von meinem Hausaufgabenheft mit mir herum. Es ist nur ein kleines Foto, und es zeigt ihn in einer Halbkörper-Aufnahme. Wenn ich nicht wüsste, wie gut er wirklich aussieht, könnte man es auf diesem Foto nicht wirklich erkennen. Es ist leicht unscharf. Er steht direkt an einer anderen Person, die er aber vom Foto abgeschnitten hat, bevor er es mir gegeben hat. Vielleicht eine Ex-Freundin? Schließlich wirkt es so, als würde er seine Arme um sie halten. Ich habe nicht gewagt zu fragen.

„Na, das ist ja ein super Foto. Was Besseres hatte er nicht für dich?"

„Er ist doch voll hübsch, oder?"

„Ja, mit viel Fantasie." Ich bringe keinen Wort raus. „Warum findest du ihn denn so toll?", fragt Feli scharf nach.

„Er ist so ganz anders." Ich würde am liebsten eine unendliche Liste an Dingen aufzählen. Aber auch wenn ich sie fühlen kann, kann ich sie einfach nicht benennen. „So,... So aufmerksam, so nett", verteidige ich mich.

„Süße. Ich will ja nicht gemein sein. Aber glaubst du nicht, du würdest dich für jeden interessieren, der sich nur einen Hauch für dich interessiert? Du bist schon etwas, wie soll ich sagen, leicht zu haben."

Es hat sich ja bisher noch nie jemand für mich interessiert', denke ich, zucke aber nur eingeschüchtert mit den Schultern.

„Außerdem, der ist doch viel zu alt!"

„Das hab ich ihm ja auch gesagt. Aber er findet mich so lieb und meine Art viel erwachsener als für mein Alter üblich."

„Hoffentlich lässt Du dich nicht verarschen."

Ich habe es gewusst. Sie ist viel zu kritisch. Sie findet ihn nicht gut. Sie freut sich nicht für mich. Ich will nur heulen. Ich will nur heim.

„Darum hab' ich es dir ja auch noch nicht gesagt. Wer weiß, ob es was wird. Und eben, wir haben uns ja noch gar nicht gesehen."

„Wann wollt ihr euch denn sehen?"

„Übernächstes Wochenende kommt er her."

„Und von wo kommt er?"

„Er wohnt in der Schweiz"

„In der Schweiz? Ja, Himmel, was willst du denn mit jemandem, der so weit weg wohnt?"

„Ja, das ist es ja auch. Wahrscheinlich werden wir einfach freundschaftlich miteinander chatten und telefonieren ein paarmal."

„Und ich dachte schon, du hast jemanden Ernstes kennengelernt."

„Manchmal hoffe ich halt einfach, dass hätte ich." Den Blick, den ich für diesen Satz ernte, zeigt Unverständnis, aber kein Mitleid. Wie hätte sie nur reagiert, hätte ich ihr tatsächlich die Wahrheit erzählt? Und wie kann ich es ihr noch erzählen, wenn es so weiter geht mit Gabriel?

„Dein Oberteil sieht wirklich spitze aus, Feli", lenke ich ab.

„Ja. Findest du?" Sie badet in ihrem Kompliment. Holt erneut das Teil aus ihrem Rucksack und betrachtet es. Und wir reden wieder über Michael, die Party und den Inhalt von Felis Kleiderschrank.

Seitdem die Türe hinter mir geschlossen ist, weine ich still vor mich hin. Ich habe mich so danach gesehnt, mit jemandem darüber zu sprechen. Feli. Nichts bräuchte ich dringender. Ihre Reaktion ist komplett verständlich. Und wenn ich an den ganzen Rest der Geschichte denke, den Feli noch nicht mal ahnt, wird alles nur noch viel unheimlicher. Allein sein falscher Name. Ich schäme mich dafür, es überhaupt Feli erzählt zu haben. Für meine Naivität, an eine Beziehung zwischen Gabriel und mir zu glauben. Für meine Dummheit, meine eigenen Zweifel, auf die ich nicht hören will. Ich schäme mich für den Anblick meines Rückens. Und dafür, dass ich noch nicht mal etwas dagegen sage, dass ich jedes Mal so aussehe. Das man immer mit solchen Schrammen nach Hause kommt, kann doch nicht normal sein? Von ausgerissenen Haarbüscheln und der Unfähigkeit, am Tag danach zu sitzen, ganz zu schweigen. Und doch will ich, dass es sich so gehört. Denn mit Gabriel ist es nun mal so. Auch wenn's wehtut, glaube ich immer mehr, dass ich es auch will. Es ist schön, mit ihm zu schlafen, zumindest Teile davon. Ich verbiete mir, schlecht von ihm zu denken. Zumindest ich muss doch auf meiner eigenen Seite stehen. Und ich brauche ihn einfach. Mein Herz und mein Hirn spielen Pingpong. Keiner gewinnt.

Da ich so verheult bin, traue ich mich nicht vor den Fernseher im Wohnzimmer. Hier fühle ich mich sicherer vor einem Gespräch mit meiner Mutter. Das Radio läuft und ich nehme seit Ewigkeiten mal wieder Bleistift und Skizzenblock in die Hand, um zu zeichnen. Dabei kommt nicht viel heraus, aber es lässt mich meine trüben Gedanken vertreiben. Ideenlos male ich die Comics aus meinem Hausaufgabenheft ab, damit ich mir nichts Eigenes ausdenken muss, das es Wert wäre, gezeichnet zu werden. Ich zeichne, höre Radio und dann klingelt das Telefon.

„Bei Fischer, Hallo", hebe ich ab.

„Hey Sandra. Hier Feli. Alles klar?", trällert es mir entgegen und ich fühle mich erleichtert und glücklich, doch so schnell wieder von Feli zu hören.

„Ja. Klar. Alles klar." Nichts ist klar. Gar nichts. Was soll ich denn nur sagen.

„Du, ich wollte dir was sagen."

„Was denn?"

„Na ja, ich war vorhin echt gemein." Sie macht eine kurze Pause. „Nur, weil du so sehr drauf wartest, dass du mal jemanden kennenlernst, heißt das noch lange nicht, dass es schlecht ist, wenn jemand dafür in Frage kommt. Ich glaub', ich hab' das vorhin total mies rübergebracht.

Du bist eine tolle Freundin. Und keiner hätte es so sehr verdient, jemand Liebes an ihrer Seite zu haben wie du." Mir laufen schon wieder die Tränen über die Wangen. Diesmal aus Erleichterung und purer Freude. Wie gut das tut. „Also...", sagt sie weiter.

„Also was?", frage ich nach.

„Ist er denn wirklich ein Lieber?" Ich muss schmunzeln.

„Ja. Er ist lieb. Und ganz schön romantisch."

„Erzähl!"

Ich erzähle ihr von Gabriel. Alles, was ich gerne an ihm mag. Von seinem Dialekt. Von dem Stolz, so auszusehen wie ein Fußballstar, den auch Feli nicht kennt. Davon, wie seine Stimme klingt, und dass er mich wertschätzt. Dass er meine Stimme schön findet und nie derjenige ist, der am Telefon auflegt. Und plötzlich erzähle ich mehr und mehr – ohne natürlich den Telefonsex, den echten Sex oder die Schmerzen zu erwähnen. Es fühlt sich plötzlich an, als gäbe es all das nicht. Und es ist großartig, von diesem Gabriel zu erzählen, nur der, der mich auf Händen trägt und mir zeigt, wie es ist, erwachsen zu sein. Der mir sagt, wieviel ich ihm bedeute und wie schön es ist, mit mir Zeit zu verbringen. Dann gibt Feli zu, dass Michael solche Dinge nie sagen würde, und ich höre ihre Tränen.

„Hey, ich komm noch schnell rüber, wie wär's mit 'ner letzten Zigarette hinten am Spielplatz?", schlage ich vor.

10/ 2019

Mein Herz weigert sich vehement gegen die Idee, dass Martin einen festen Platz in meinem Gefühlsleben hätte. In meinem Terminkalender hat er ihn aber ganz sicher. Das Gute ist, dass er nur wenig arbeitet. Ab und an ist er zwar auf irgendwelchen Politik-Reisen, ansonsten hat er aber so gut wie immer Zeit. Ich warte nicht darauf, dass sich Martin meldet. Sobald ich dazu Lust habe, melde ich mich. Schreibt er doch, ignoriere ich ihn und bestrafe das ungeduldige Stück beim nächsten Mal dafür. Die Organisation unserer Treffen ist die Aufgabe der Herrin. Ich nehme ihn mir nur dann, wenn ich will.

‚Warum hat sich der andere noch nicht gemeldet? Wann wird er sich melden? Wird er sich melden? Vielleicht mag er mich gar nicht und meldet sich nie wieder?' All diese Fragen gibt es nicht. Genauso wenig interessiert mich, was er wohl von mir denkt oder ob er Gefühle hat. Ob er mir diese Rolle tatsächlich abnimmt oder nicht. Ich weiß, wie gut er den Sex findet und wie sehr er sich immer schon aufs nächste Mal freut. Gleichzeitig ist unser Umgang so anders, dass eine normale Beziehung unvorstellbar ist. Genau das gibt mir Sicherheit. Wir erwarten beide nichts Festes, aber genießen unsere sexuelle Freiheit, uns auszuleben und auszuprobieren.

Um ihn tagsüber schnell zwischen der Arbeit zu vögeln, buche ich uns ein Hotelzimmer, irgendwo in der Nähe meines Büros. Ich bestelle ihn grundsätzlich zu früh dorthin, damit er sich bereit machen kann. In der darauffolgenden Nacht schlafe ich ganz alleine dort. Als wäre es ein kurzer Urlaub in der eigenen Stadt. Mit dem Geruch von Schweiß und Sperma im Laken. Aber mit dem guten Gefühl von Unschuldigkeit. Denn niemand hat mit mir geschlafen. Niemand kam auch nur ansatzweise in die Nähe meiner Möse. Theoretisch habe ich keinen Sex, bereits seit Monaten nicht mehr, und es fehlt mir kein bisschen. Es ist, als hätte ich meinen Körper endlich für mich. Und mit diesem Gefühl kann ich schlafen.

Abends treffen wir uns bei ihm, wo ich mich mittlerweile selbst im Dunkeln perfekt zurechtfinde. Ich kenne das Versteck zu seinem Sex-Spielzeug und bediene mich wie ein Kind aus einer Lade Süßigkeiten. Jedes Mal wartet er geduldig in seinem Röckchen auf dem Bett. Die Ruhe davor bleibt für mich das Schönste. Ich denke mir immer kleine Abweichungen aus, die mir eine Mischung von Ungewissheit geben, aber auch reizvolle Aufregung. Wenn ich weiß, er zittert gerade auf seinen nackten Knien meinem Kommen entgegen, bereitet das dem Blut, das meine Scheide zum Pulsieren bringt, etwas, das besser ist als ein Orgasmus. Ich spüre mich. Das genieße ich so lange, bis ich bestimme, wann die Spiele losgehen.

Wir schauen uns nicht an, er hält seinen Po hin und ich nehm' in mir. Bestimme, was er zu tun hat. Ich demütige ihn. Ich befriedige ihn. Ich schlage ihn. Ich schicke ihn fort. Die Bewegungen als ‚Mann', die Kontrolle und Macht, die mir diese Rolle verleiht, ist ernst. Es kommt mir noch nicht mal mehr wie eine Verkleidung vor. Nur wie ein neuer Teil von mir. Etwas anderes. Und wenn ich sehe, was für ein braves billiges Stück er ist, der jedes Wort von mir umsetzt, bekomme ich nur eines: Bestätigung und Zufriedenheit.

Danach setzt die pure Entspannung ein. Der Zustand, in dem man sich einfach nach nichts sehnt. Weder wäge ich Probleme ab noch denke ich an das, was noch zu tun ist. Schwebend auf einer warmen weichen Wolke, ärgere ich mich über nichts und niemanden und bin für einen Moment frei und gedankenlos. Ich fühle mich wohl in meiner Haut und genieße das ausgeglichene Gefühl, ähnlich wie nach einem langen Lauf. Nur besser. Ich fühle mich schön. Genau richtig. Ich. Ohne Zweifel.

Wir kennen unsere Abläufe, kennen unsere Körper, wissen genau, wo die Grenzen des anderen liegen. Manchmal reden wir Stunden danach. Über unsere Jobs, politische und gesellschaftliche Themen, über Essen, Lokale oder Reisen. Über unsere Vergangenheit oder wirklich Persönliches sprechen wir allerdings nicht. Fragt er zu viel nach, gebe ich ihm eine schnelle Ohrfeige und es ist Ruhe. Darin bin ich schon richtig gut geworden. Er fragt immer wieder. Ich glaube, weil er sich mehr nach der Bestrafung sehnt als nach einer Antwort. Eigentlich könnte man unser Verhältnis als harmonisch bezeichnen, obwohl es so viele Ohrfeigen hagelt, gefesselt und gequält wird. Aus extraordinären Ekstasen wurde milde Gewohnheit. Das Einzige, das mich unrund macht, ist sein wieder und wieder ausgesprochener Wunsch, dass ich ihn verkaufen soll.

Wenn ich an Prostitution denke, so denke ich zwangsläufig an die Reeperbahn in Hamburg. Ich muss etwa 15 gewesen sein und war mit meinem Vater dort. Wir verbrachten noch immer jedes zweite Wochenende zusammen und er hat sich richtig Mühe gegeben, mir etwas Cooles zu bieten. Je älter ich wurde, desto mehr stieg wohl seine Angst, ich hätte bald keine Lust mehr, mit ihm Zeit zu verbringen. Und während ich früher eher das Gefühl hatte, hinter ihm her zu laufen, fühlte es sich mehr und mehr an, als würden wir tatsächlich Dinge gemeinsam machen.

Wir waren, wie immer, mit dem petrolfarbenen VW Bus unterwegs. Was das Übernachten im Bus oder Zelt angeht, waren wir ein eingespieltes Team. Normalerweise hatte mein Vater den Drang, in die Wildnis zu gehen; auf den höchsten Berg oder die abgelegenste

Lichtung. Hauptsache aber an einen ruhigen Fleck, wo man ungestört ein Feuer schüren konnte. Aber in Hamburg tat es auch mal ein Schotterplatz in der Nähe des Fischmarkts. Statt Lagerfeuer gab es Leuchtstoff-Reklame. Für das kleine Geschäft hat sich mein Vater nicht viel gedacht. Sein geheimer Trick: die Fahrertür des Busses öffnen und gezielt unterhalb der Tür an den Vorderreifen pinkeln. Mein geheimer Trick: aushalten und wenn es doch nicht mehr geht, im nächsten Lokal nett fragen. Und die haben in Hamburg ja zum Glück die ganze Nacht offen.

Das Hamburg-Wochenende war toll. Ich wollte shoppen gehen, den Hafen sehen und ins Miniatur-Wunderland. Papa hat alles mitgemacht. Für das Abendprogramm hat er dann wieder das Ruder übernommen. Nach dem obligatorischen Steak im Block House hat er mich auf die Reeperbahn gezerrt. Er war schon mal dort, damals mit den Jungs vom THW. Die Erzählungen von damals waren der ständige Begleiter an diesem Wochenende und oft davor und unendlich oft danach.

Es war nicht so, dass mich dieser Teil von Hamburg nicht interessiert hätte oder Ausgehen generell. Ganz im Gegenteil. Aber es sind doch Dinge, die ich ungern mit meinem Vater geteilt habe. Und auch das Thema Sex wollte ich meiden. Ich wusste, dass er von dem, was mit Gabriel lief, eine Ahnung hatte, aber ich war froh, dass wir nur ein einziges Mal darüber gesprochen haben und danach nie wieder. Er war es, der mir am meisten Halt gegeben hat, als meine Welt damals zusammengebrochen ist, vor allem, weil er mich nicht anders behandelte als zuvor.

Wir fuhren mit der Rolltreppe von der U-Bahn-Station Reeperbahn nach oben. Um uns herum: dicht gedrängte Leute in Partylaune. Kaum jemand hatte kein Bier in der Hand. Außer mein Vater, was er dringend ändern musste, sodass er einem jungen Studenten für 'nen Zehner sein angefangenes Bier abgekauft hat. Damit war mein Vater sein Held, schließlich konnte er sich von dem Geld vier neue kaufen. Und der Student war der beste Freund meines Vaters, schließlich hat er ihn vor seiner trockenen Kehle gerettet. Mein Vater liebt es, zu feiern und am besten ist es, wenn er dabei im Mittelpunkt stehen darf. Er hatte versucht, ihnen Baden-Württembergisch beizubringen und dass das nichts mit Bayerisch zu tun hat. Dabei hatten die platten Zungen einen riesen Spaß. Ich fand den Typen gutaussehend und hab mich gefragt, ob ich ihm auch gefallen würde, das weiß ich noch. Oben angekommen, trennten sich aber unsere Wege und ich hab es nie herausfinden können. Mit seinem Astra in der Hand und mir im Arm gingen wir auf die bunt erleuchtete Reeperbahn. Der Glanz in den Augen meines Vaters, wenn er in die Auslagen der Sex-Shops blickte, war bizarr. Ich wüsste nicht, dass mein Vater bei irgendwelchen sexuellen Fetischen weich geworden wäre, aber trotzdem durchstöberte er mit kichernder Begeisterung sämtliche Läden. Ich weiß nicht mehr, wie viele es waren, aber gefühlt wollte es kein Ende nehmen. Er wollte nichts kaufen. Er wollte sich einfach darüber amüsieren wie ein kleiner, pubertierender Junge. Aus Unsinn hat er sich beraten lassen. Hat sich genau erklären lassen, wie die Dinge funktionieren. Penisring. Vibrator. Ledermaske. Meistens bin ich etwas zur Seite gegangen und hab' gehofft, er ist bald fertig.

Scheinbar zufällig standen wir plötzlich vor der Mauer zur Herbertstraße, die Straße, zu der nur Männer Zutritt haben. Er wolle nur mal kucken und ich sollte hier kurz auf ihn warten. Es würde nicht lange dauern, er ist nur neugierig, denn sowas müsste man ja mal gesehen haben. Er hat mehr Ausreden gefunden als notwendig, um mich zum Warten zu überreden. Ich hätte ja ohnehin alles gemacht, was mein Vater wollte, darum war das ganze Herumgerede gar nicht notwendig. Das hat die Aktion schon von Anfang an merkwürdig erscheinen lassen.

Mein Vater verschwand hinter der feuerroten Mauer, die mit Stickern, Graffiti und Werbeplakaten vollgepflastert war; und ich wartete davor.

Die Herbertstraße kann nicht besonders lang sein, darum sollte man für eine ausführliche Betrachtung dieser ‚Sehenswürdigkeit' auch nicht so lange brauchen. Aber gut, da es ja was zu sehen gibt, kann man sich schon mal etwas aufhalten und angequatscht wirst du da drin sowieso 100%ig. Keine Frage. Die ersten 15 Minuten sind am langsamsten vergangen, weil ich jeden Augenblick damit gerechnet habe, er würde sofort wieder vor mir stehen.

‚Würde ich wissen, dass draußen vor der Puff-Straße meine Tochter auf mich wartet, würde ich schnell durch und dann wieder zurück, damit ich sie nicht zu lange alleine warten lasse in dieser verruchten Gegend', dachte ich wohl.

Frauen, die anscheinend eine Erlaubnis hatten, hinter die Mauer zu treten, gingen an mir vorbei und blickten mich bitterböse an. Am liebsten hätte ich erklärt, was ich hier verloren hatte. Ich wich den Blicken der Damen aus und blickte auf den Strich des Bordsteins und fragte mich, was mich selbst tatsächlich von ihnen unterscheidet. Die Mädchen bieten ihren Körper an für Geld. Ich habe Gabriel meinen Körper für seine Aufmerksamkeit gegeben.

Die wenigen Männer, die sich voller Scham an mir vorbei und hinter die Mauer schlichen, drängte nur die Lust. Aber Lust hin oder her, ich fand es abartig. Lust muss man kontrollieren können. Lust ist nicht lebensnotwendig. Lust ist abartig. Prostitution gehört verboten und man muss all diesen armen Mädchen da drin einen Ausweg aufzeigen. Denn es kann gar nicht sein, dass die das freiwillig machen. Die Gesichter, in die ich schaute, sagten auch genau das: Frustration, Ausweglosigkeit und Hass. Denn was sollte sonst hieraus geschürt werden?

Ich war angewidert. 25 Minuten waren vergangen. 30. 35. Auf und ab gehend stieg meine Abneigung gegen dieses System. Aber selbst das Argument, dass mein Vater vorher gebracht hatte, dass es ohne Prostitution so viel mehr Sexualverbrechen geben würde, zählte für mich nicht. Es war mit jeder Sekunde des Wartens noch ekliger, denn ich verdrängte nur mühsam die Gedanken, was mein Vater da drin wohl gerade macht.

Nach über 40 Minuten stand mein Vater wieder vor mir. Er brachte kaum ein Wort raus. Lachte nur wie ein unartiger Junge und versuchte schnell abzulenken, indem wir zurück Richtung Reeperbahn spazierten. Und da war es, das ziemlich sichere Gefühl, dass er es getan hatte. Die Vorstellung, dass mein Vater es so dringend brauchte und mich dabei noch warten lässt – widerwärtig. Und von da an hasste ich die Prostitution.

Heute denke ich, dass über Prostitution die Pseudomoral der Menschheit liegt, nichts anderes. Was ist verwerflich daran, sich um ein Bedürfnis zu kümmern, das absolut menschlich ist. Ich find's noch nicht mal schlimm, dass es mein Vater getan hat, auch wenn ich nie wirklich nachgefragt habe.

Du bist hungrig, also lässt du dir von einem Koch etwas zu Essen zubereiten. Du bist durstig und lässt dir vom Ober ein Getränk bringen. Du hast das Verlangen nach Sicherheit und schließt eine Versicherung ab. Für jedes Bedürfnis gibt es einen Dienstleister. Es ist keine Schande, sich das Bedürfnis der Sexualität einfach zu kaufen, so wie das tägliche Brot. Man will etwas, also nimmt man es sich. Nähe, Zärtlichkeit, Bestätigung. Wir haben eben Spaß am Ficken, darum finden wir einen Weg dafür. Schon immer. Wir alle brauchen es und diejenigen, die es nicht ausleben, bekommen über kurz oder lang irgendeinen psychischen Schaden.

Aber jetzt kommt das Merkwürdige. Ich spüre plötzlich

wieder die gleiche Abartigkeit wie damals, wenn ich mir vorstelle, ich wäre Martins Zuhälter. Auch wenn meine erwachsene Vernunft keine Anstößigkeit entdeckt. Der Koch sieht seine Erfüllung im Zubereiten von Speisen. Er hat Spaß daran, neue Gerichte zu entwerfen. Und der Ober mag vielleicht dicke Füße am Ende des Tages haben, aber er hat Freude im Umgang mit Menschen und mag die Stimmung im Lokal. Warum sollte es nicht die Frauen und Männer geben, die sich völlig freiwillig für Geld hingeben wollen? Wenn es eben genau das ist, was ihnen Freude bereitet. Martin hat's schon gemacht und kennt sein Verlangen. Es macht ihn glücklich, ohne dass jemand anderes zu Schaden kommt. Schließlich macht es der andere ja auch freiwillig.

Die Frage ist aber vor allem: Bereitet es mir Freude? Oder denke ich nur darüber nach, um unsere Harmonie nicht zu gefährden? Warum eigentlich nicht? Warum sollte ich keine Freude daran haben, es zu vermitteln und vor allem dabei zuzusehen? Nur wegen eines Gefühls aus meiner Jugend? Meine eigene Regel, dass ich nicht angefasst werde, bleibt ja weiterhin bestehen. Je mehr Gedanken ich mir dazu mache, desto mehr sticht Neugierde meine Aversion.

Aber wie? Wie werde ich zum Zuhälter, ohne ein ebenerdiges Schaufenster in der Herbertstraße zu mieten, wo ich mein süßes Röckchen zur Schau stellen kann? Soll ich in eine Schwulenbar gehen und potenziellen Freiern ein Foto von Martins Hintern zeigen? Ich weiß genügend über Marketingstrategien, Presse und Werbung, dass ich auch die sinnlosesten Produkte anhimmeln könnte. PR zu generieren für die neue aspartamgesüßte Diät-Limonade mit extra Vitaminen und Antioxidantien – eine Leichtigkeit. Aber devoten Sex? Wie würde dazu das Werbeplakat aussehen? Das übersteigt meine Vorstellungskraft. Alleine es zu organisieren, würde mich bereits zufriedenstellen. Ich google, werde schnell fündig und melde mich in Martins Namen bei einer

Schwulen-App an. Dort blättere ich durch einen Katalog an Sexsuchenden. Genial. Die Männer schreiben konkret, was sie suchen und was sie bereit sind zu geben. Aktiv. Passiv. Fetisch. Tabus. Alles wird genannt. Als Frau läuft es mir eiskalt den Rücken herunter, bei so viel Direktheit und so gar keiner Verblümtheit. Aber die Herrin in mir lächelt und ist plötzlich optimistisch. Ich lade Fotos von Martin hoch. Sein Gesicht habe ich unkenntlich gemacht. Und dann beschreibe ich ebenso direkt:

Hier ist mein süßer Arsch für deinen Spaß. Du bist aktiv und offen für Neues? Dann kommt hier der Deal: Du bekommst mich nur gegen Bares, denn ich bin nichts weiter als der unmündige Besitz meiner Herrin. Aber keine Sorge. Ich bin ein wahrlich billiges Stück und meine Herrin und Du, Ihr werdet Euch sicher über einen angemessenen Preis einigen. Danach darfst Du alles mit mir tun. Einzige Bedingung: Sie guckt zu.

Und damit gebe ich das Profil frei und gehe auf Freier-Fang. Niemand meldet sich. Ich bin davon ausgegangen, dass die Leute sich hier auf Neuanmeldungen stürzen wie die Geier auf Kadaver. Aber ich warte und warte und lese weiter die ekligen Beschreibungen der anderen Nutzer. Nachdem sich auch nach dreißig Minuten niemand meldet, schreibe ich allen, bei denen ich mir vorstellen könnte, sie beim Sex zu beobachten. Zurück kommt jedes Mal nur eines: Ablehnung. Aber in genau den gleichen direkten Worten. Ich lese jedes Wort.

Du dreckige Fotze, hau bloß ab hier.

Du bist abartig.

Vergiss es, Nutte.

Jedes Mal gab es eine andere Formulierung, aber kein einziges Mal das Wort ‚Nein‘. Jede trifft mich hart und bricht mein wundervolles Gefühl von Reinheit mit wenigen Zeichen ein. Weg ist es. Ich spüre Abartigkeit. Wie damals vor der Mauer. Nur gegen mich selbst.

Diese Nacht liege ich wach da und schäme mich dafür, es in Betracht gezogen zu haben. Ich schäme mich für das Verhältnis, das ich zu Martin habe. Für die Worte, für die Schläge, für die Rolle. Für den Aufzug, in dem ich bei ihm erscheine. Für alles. Sie ist verschwunden, die Herrin in mir.

Mit den Wireless-Kopfhörern auf dem Kopf setze ich mich in die hinterste Ecke, so weit von meinem Smartphone weg, wie es nur geht, und höre Memory. Und schäme mich weiter. Für Memory. Für mich. Wie jeher.

11/ 1999

„Hallo. Schmeckt's dir?"

„Ja. Ist halt aufgewärmt. Aber okay", antworte ich, ohne sie anzuschauen.

„Wie lange hast du es gewärmt?"

„Ich weiß nicht."

„Das musst du doch wissen."

„6 Minuten. 600 Watt", murmele ich genervt in den Teller. Diese Antwort sage ich nur, weil ich ihren wiederverwendeten handgeschriebenen Zettel mit der Anleitung zum Erwärmen in der Mikrowelle schon tausendmal gelesen und genauso oft ignoriert habe. Aber wenn es sie glücklich macht, zu wissen, ich hätte mein Essen zum Verglühen gebracht, nur um danach 15 Minuten zu warten, bis es wieder essbar wäre, schön für sie.

„Gut."

Wir schweigen. Ich spüre ihren nervösen Zitterblick auf mir. Aus ihrem Mund kommen kurze Stotterlaute und doch bildet sich kein Inhalt. Unsere Stille ist ihr sichtlich unangenehmer als mir. Daher wirkt ihre Frage „Wie war's in der Schule?" nicht interessiert, sondern wie eine verzweifelter Reaktion auf unsere Wortkargheit.

„Wie immer", kapituliere ich.

Sie seufzt laut und gleitet in eine ungespielte Traurigkeit, die mein Mitleid erweckt. Also beginne ich zu plaudern.

„Oma war nur heute Vormittag da. Hat anscheinend nur gebügelt, darum gibt's nichts Frisches zu essen. Sie hat 'nen Zettel hinterlassen, dass sie heute Nachmittag zum Rentnertreff muss."

Sie geht zum Kühlschrank und belegt sich zwei Brote mit Gelbwurst. Die Wurst fast so dick wie das akkurat aus der Brotmaschine geschnittene Brot. Dazu schneidet sie eine Tomate in Spalten. Salz. Pfeffer. Ich muss schmunzeln. Meine Mutter liebt Tomaten und hasst Gurken. Mein Vater liebt Gurken und hasst Tomaten. Es ist kein Wunder, dass es so gekommen ist wie es ist. Komischerweise mag ich beides.

Nach einem einzigen Bissen von ihrem Brot macht sie sich noch ein drittes Brot. Sie setzt sich zu mir und kaut mit offenem Mund. Irgendwie unangenehm. Und trotzdem spüre ich noch immer ein schlechtes Gewissen. Sie ist meine Mutter. Eigentlich hat sie echt niemanden. Außer diesen Loser, den sie Freund nennt.

„Du bist ja am Wochenende endlich mal da! Ich habe frei. Ernst kommt vielleicht. Es wäre doch schön, wenn wir alle gemeinsam etwas unternehmen würden."

„Ich kann am Wochenende nicht", lehne ich ab.

Und ihre vorherige Traurigkeit wandelt sich in Wut. Wie ein beleidigtes Kind kontert sie: „Mit deinem Vater unternimmst du jedes Mal etwas, wenn du bei ihm bist."

„Ja, stimmt. Da komm ich ja auch nicht raus." Das soll sie trösten. Aber ich glaube, es kommt genauso beleidigend an wie ihre Antwort bei mir.

„Ich mein doch nur, es wäre schön. Das Wetter soll gut werden und wir wollten den kleinen Weg zur Wallfahrtskirche gehen, hinten über die Ecke, wo wir früher immer Blaubeeren gepflückt haben."

„Schade, dass es so kurz vor Weihnachten keine zu pflücken gibt", bekunde ich mein Desinteresse.

„Heißt das, du kommst mit?"

„Kann nicht. Ich bekomme schon Besuch."

„Aha. Von wem denn?"

Ich weiß, er will nicht, dass ich es meinen Eltern sage. Und ich weiß nicht, warum ich die Verpflichtung fühle, es doch zu tun. Vielleicht aus dem Wunsch, dass es normal für mich wäre, solche Dinge meiner Mutter zu erzählen. Vielleicht, weil sie mir noch immer leidtut. Vielleicht, weil ich mich gerade so sicher mit Gabriel fühle.

„Gabriel."

„Wer ist denn Gabriel?"

„Hab ihn gerade erst kennengelernt und ja, ich mag ihn."

„Du bist 12. Bist du nicht etwas zu jung, um jemanden zu mögen?"

„Ich lern' ihn doch grad erst kennen."

„Und woher kommt er, wenn er hier nur zu Besuch ist?" Oh nein. Es war ein Fehler. Jetzt ist das Streichholz entzündet für eine endlose Fragerunde und noch genaueres Beschatten.

„Winterthur. In der Schweiz!"

Darüber scheint sie erleichtert.

„Woher kennst du denn jemanden aus der Schweiz?"

„Er hat Freunde hier."

„Ach ja? Wen denn?"

„Feli. Er war schon vor 'ner Weile hier und da haben wir uns kennengelernt."

„Feli also."

„Ja. Er besucht sie dieses Wochenende und wir wollen uns wiedersehen."

„Stellst du ihn mir vor?"

„Wenn es sich ergibt. Ich weiß nicht. Seine Eltern kommen ja auch mit. Die kennen Felis Eltern aus irgendeinem Urlaub. Und ich kenne nicht ihren ganzen Plan", ziehe ich mir aus dem Ärmel.

„Also bist du die ganze Zeit bei den Bergers, oder wie?"

„Mal sehen, vielleicht kommen wir ja doch mal hier vorbei."

Ich stelle den leeren Teller in die Spüle, nicht in die Spülmaschine, und gehe so lässig wie möglich aus der Küche. So als wäre hinter all dem nichts Besonderes. Doch innerlich zittere ich vor Angst, wie ich Gabriel beibringen soll, dass ich gerade meiner Mutter von ihm erzählt habe.

Der Samstag läuft wie geplant. Gabriel kommt an und holt mich an der Bushaltestelle Purweider Weg ab. Als er hält und die Beifahrertür von innen aufstößt, bin ich komplett durchgefroren. Der elegante Mantel ist nichts, um im Dezember länger an einer Stelle zu hocken, ohne sich zu bewegen. Trotzdem fühle ich mich erwachsen darin, darum ist es das wert. Und so oder so hätte ich mich nicht gut gefühlt bei dem, was mir bevorsteht. Er küsst mich und erzählt mir von seiner Autofahrt und ich verkrampfe und versuche mir Wärme einzuhauchen, indem ich in meine geschlossenen Hände atme.

„Mein Schatz hat kalt." Ich schmunzele, denn das ist meine liebste Schweizer Formulierung, die er wohl nicht losbekommt, wenn er mit mir spricht. Er legt seine Hand auf meinen Oberschenkel und reibt schnell daran. „Ich werde dafür sorgen, dass es dir ganz schnell warm wird."

Irgendwo im Wald bleiben wir stehen. Mir ist noch immer kalt, als wir nach hinten auf die Rückbank wandern und ich versuche, mich in seine Arme zu kuscheln. Aber er will mehr als nur kuscheln und ich weiß, ich kann nicht, bevor ich es ihm nicht gebeichtet habe.

„Ich muss dir etwas sagen."

„Später, okay?" Er küsst mich am Hals. Er saugt regelrecht an mir.

„Bitte. Ich muss es jetzt sagen!" Und drücke dabei meinen Kopf gegen seinen, sodass er nicht mehr an meinen Hals herankommt.

„Was ist los, mein Schatz?" Und er zieht sich tatsächlich zurück und gibt mir die Ruhe zu sprechen.

Einen Moment denke ich, das wird unser letzter harmonischer Moment sein, denn er wird mir nie verzeihen.

„Ich weiß ehrlich nicht, warum ich das gemacht habe. Aber irgendwie musste es einfach raus."

„Was? Was hast du gemacht?"

„Ich habe meiner Mutter von dir erzählt."

Seine Augen fokussieren mich, doch sie zeigen mir keine Wut. Sie zeigen Angst.

„Was?"

„Ich weiß nicht. Irgendwie hatte ich das Bedürfnis, es ihr zu erzählen. Vielleicht, weil ich mir wünschte, ich könnte mit ihr darüber sprechen."

„Aber ich dachte, du sprichst so gut wie nie mit deiner Mutter."

„Ja. Tu ich ja auch nicht. Aber vielleicht wünsch ich mir grad deswegen, dass es anders wäre."

Er schweigt kurz.

„Was hast du ihr denn alles erzählt?"

„Nur, dass ich jemand kennengelernt habe, den ich mag. Dass du ein Freund von Felis Familie wärst und mit deinen Eltern zu Besuch kommst. Und dass du aus der Schweiz kommst."

„Und, wie hat sie reagiert?"

„Nicht besonders. Aber sie hat gefragt, ob ich dich ihr vorstelle."

Er sagt nichts und schaut nach vorne durch die Windschutzscheibe. Als würde er etwas beobachten. Ich kann seine Gefühle nicht deuten und bete innerlich, er möge mir verzeihen.

„Und tust du das?"

„Ich würde gerne", presse ich heraus. ‚*Als wäre das meine Entscheidung*', denke ich.

„Warum?"

‚*Warum? Wirklich warum?*' Ich brauche einen Moment, um eine Antwort zu finden. „Weil man das so macht, wenn man einen echten Freund hat."

„Einverstanden."

„Wirklich?"

„Wirklich."

‚*Wow!*' Die Vorstellung, dass unsere Beziehung nicht mehr verboten ist, fühlt sich an wie der erste gesunde Atemzug nach einer schlimmen Erkältung. „Ich hab' damit gerechnet, dass du sauer wärst."

„Nein. Ich bin dein Freund. Und ich will alles sein, was du dir vorstellst, was ein Freund so tun muss. Und ich will, dass du alles tust, was ich mir von meinem Mädchen wünsche."

„Ich will alles tun."

Dann tun wir alles, was er sich vorstellt. Wir verbringen den ganzen Nachmittag auf der Rückbank. Nichts und niemand ist um uns herum, außer eisige Kälte. Und innen wage ich es kein einziges Mal, irgendetwas zu verneinen, das er möchte. Er möchte nichts, was wir nicht schon zuvor gemacht haben. Aber er will es immer wieder. Und vor allem will er heute, dass ich seinen Penis in den Mund nehme. Er hat mich da unten ja genauso geküsst und es war schön und darum erlaube ich mir nicht, es eklig zu finden. Aber trotzdem, ich habe Angst, ihm mit meinen Zähnen wehzutun und gleichzeitig verlangt er, dass ich meinen Mund enger um ihn schließe. Ich spanne meine Lippen zusammen, obwohl ich gleichzeitig meinen Mund aufreiße. Mein Kiefer verkrampft. Es türmt sich ein Kopfschmerz auf. Er benutzt meinen Mund, als wäre es ein Objekt und führt mit seinen Händen meinen Kopf. Fest. Er krallt sich in meine Haare und reißt an ihnen. Seine

Instruktionen sind genau und scheinen nicht aufzuhören, aber mein Kopf glüht und pocht und ich kann mir nichts davon aufnehmen. Ich arbeite gegen seine Hände und dann wird mir bewusst, dass es nichts bringt. Dass ich mich locker machen muss, aber er ist so tief in meinen Rachen, dass mir der Brechreiz droht. Ich kann mich nicht fallen lassen. Ich kann nicht verstehen, wie das schön sein soll. Ich will, dass es aufhört, aber er gönnt mir nur kurze Pausen. Meistens wenn ich Husten muss. Aber schnell fordert er, dass ich es noch mal versuchen soll. Wieder und wieder und irgendwann freue ich mich einfach, dass er mit mir schläft und er es nicht noch mal verlangt.

Auf dem Weg zurück in die Stadt mache ich meine Haare zurecht und versuche, mit Make-up wieder frisch zu wirken. So zu wirken, als wäre nichts passiert. Wir fahren zu mir, um meine Mutter zu sehen, was sich unwirklich anfühlt.

Es ist kurz vor dem Abendprogramm und ich bin mir sicher, sie ist bereits im Wohnzimmer. Sie muss gerade den Fernseher ausgeschaltet haben, als sie uns beim Reinkommen gehört hat. Sie schnellt erschrocken nach oben, als sie bemerkt, dass ich nicht alleine bin. Sie wirkt so, als hätte sie es genauso wenig geglaubt wie ich, dass ich ihn ihr tatsächlich vorstelle. Ihr ist der ausgewaschene Jogginganzug sichtlich peinlich, sodass sie sich schnell die Decke über die Beine zieht und fest auf der Couch sitzen bleibt.

Gabriel strahlt sie an und schenkt meiner Mutter die gleiche Aufmerksamkeit, die ich sonst spüre. Und sie tut etwas Befremdliches. Sie grinst. Dämlich. Ungewöhnlich. Verstörend. Ohne ein Wort weiß ich, das war ein Fehler. Aber es führt kein Weg zurück.

„Mama, darf ich dir Gabriel vorstellen. Gabriel, das ist meine Mutter Beate."

Gabriel geht zu ihr und gibt ihr die Hand, die er ungewöhnlich lange festhält.

„Gabriel. Aha, wie heißt du denn noch?"

Ohne Aufforderung setzt sich Gabriel direkt neben meine Mutter. Wobei kein Platz mehr für mich neben ihm bleibt. Mir bleibt nichts anderes, als mich auf den Sessel gegenüberzusetzen.

„Rochat. Gabriel Rochat. Wie du mit Nachnamen heißt, weiß ich ja schon, Bea."

Er nennt sie Bea, obwohl niemand ihr je einen Spitznamen gegeben hat. Sie hat mir mal erzählt, wie sehr sie unter ihren Schulkameraden gelitten hat und sie nur verletzende Spitznamen bekommen hätte. Und jetzt kommt mein Freund, der das nicht weiß, und nennt sie ‚Bea'?

„Diese Stadt ist wirklich ein Juwel. Da hast du dir einen guten Ort zum Leben ausgesucht für dich und deine Tochter."

Per Du muss man natürlich auch sein, wenn man schon einen Spitznamen bekommt. Sie grinst weiter und ich frage mich, wer diese Frau ist.

„Na ja. Ehrlich gesagt, ich wohne schon immer hier. Es hat sich einfach nie die Frage gestellt, woanders hinzuziehen."

„Wenn ich hier leben würde, würde ich mir diese Frage auch nicht stellen", bestätigt er sie.

„Aber du kommst aus Winterthur, da habt ihr ein ganz schönes Stück Weg hinter euch. Wie lang wart ihr denn unterwegs?"

„Etwas über drei Stunden. Kommt darauf an, ob man über Ulm oder über Stuttgart fährt. Aber mit Pause kommt man bei beiden Strecken über drei Stunden."

„Sandra meinte, ihr seid Freunde von den Bergers."

„Ja, genau. Wir sehen die Bergers öfter. Schließlich

haben wir am selben Ort in Italien Verwandtschaft."

„Und wie lange kennst du Sandra bereits?"

Diese Fragerei klingt schon mehr nach meiner Mutter.

„Du bist ja ganz schön neugierig!", kontert Gabriel frech, was ihr scheinbar peinlich ist. „Aber das verstehe ich. Ich bin auch neugierig. – Wie lange bist du denn schon mit Ernst zusammen? Sandra hat mir erzählt, er scheint ja deine große Liebe zu sein?" Jetzt läuft sie hochrot an. Gabriel rückt ein deutliches Stück an sie heran und legt seine Hand auf ihren Rücken. Ich traue meinen Augen nicht. Was macht er da? Flirtet er mit meiner Mutter?

„Große Liebe. Na ja, nein, ja doch. Ich weiß nicht. So würde ich das nicht nennen", stottert sie.

Ich fühle mich völlig überflüssig. Es ist, als wäre er ihretwegen hier. Als wäre ich nicht im Raum. Und auch sie beachtet mich nicht.

„Keine Sorge, ich verrate es ihm nicht."

„Wir sind schon seit über 2 ½ Jahren ein Paar."

„Sag ihm, dass es auch nach der Zeit wichtig ist, seiner Frau zu zeigen, dass sie seine große Liebe ist. Damit du für solche Fragen besser gewappnet bist." Er geht mit ihr um, als würden sie sich schon Ewigkeiten kennen. Wobei ich niemanden kenne, der so mit meiner Mutter spricht. Nicht mal Ernst. Erst recht nicht Ernst.

„Ich weiß nicht, ob man ihm das so sagen kann."

Es reicht. Ich unterbreche die beiden, strenger und lauter, als ich mich je zuvor sprechen gehört habe. „Ich würde Gabriel gerne mein Zimmer zeigen. Und dann müssen wir zum Abendessen zurück bei den Bergers sein."

„Okay ja. Klar", stammelt meine Mutter.

Er blickt meiner Mutter tief in die Augen und hält mit beiden Händen ihre Hand fest. „Bea, es war mir eine große Freude, dich kennenzulernen. Du hast eine faszinierende Tochter. Aber jetzt, wo ich dich gesehen habe, ist mir klar, warum", verabschiedet sich Gabriel.

„Wirklich nett. Auch dich – also, ja – dich mal getroffen zu haben. Wirklich", holpert sie.

Ich bin stocksauer und zerre an seiner Hand, um ihn da rauszubekommen. Ohne ein Wort gehe ich mit ihm in mein Zimmer und schließe die Tür.

„Deine Mutter ist eine wunderschöne Frau."

„Das könnte sie bestimmt sein", antworte ich und schlucke meinen Zorn herunter. Bin ich gerade eifersüchtig auf meine eigene Mutter? Das kann nicht sein.

Als stünden wir in einem Museum, blickt sich Gabriel um und untersucht mein kleines Kinderzimmer. Das mir jetzt, da er hier ist, peinlich ist. Er schmunzelt über den Papageien über meinem Bett. „Der schaut uns also jede Nacht zu, was?" Ich zucke nur mit den Schultern. Auf dem Fensterbrett steht das peruanische Indianerschiff, das mir mein Vater aus seiner Südamerika-Reise mitgebracht hat. Und in meinem Bett liegen mein Teddy und der Plüsch-Obelix, die ich beide noch zum Einschlafen brauche. Der Versuch, die beiden zu verstecken, schlägt natürlich fehl und er nimmt beide in die Hand.

„Hey. Das ist doch nicht peinlich. Das bist du. Es ist so wunderschön, endlich hier zu sein. Hier, wo du bist, wenn wir so viele wunderschöne Stunden am Telefon verbringen."

Die Peinlichkeit friert meine Stimmbänder ein und ich bin froh, dass er mich einfach küsst. Auch wenn es ein gefährlicher wilder Kuss ist. Ich spüre, dass meine Mutter vor meiner Zimmertüre herumschleicht und bitte ihn aufzuhören.

„Nicht hier."

„Wir küssen doch nur."

„Bitte, Gabriel."

„Okay, okay. Ich hab ohnehin einen riesen Hunger. Wollen wir was essen gehen?"

„Ja. Wollen wir." Ich will nichts anderes als hier raus.

Wir gehen aus dem Zimmer und vor uns steht meine Mutter.

„Äh, ich war grad auf dem Weg ins Bad", stammelt sie und greift zum Türgriff. „Gibt es denn was Spezielles bei Bergers heute?"

„Spaghetti alle vongole – selbstgemachte Pasta mit Venusmuscheln. Das ist so Tradition", sagt Gabriel. Er scheint perfektioniert im Lügen.

„Okay. Aber bis halb zehn bist du wieder zuhause. Spätestens."

„Oh Mann, echt jetzt?"

„Ja, ganz echt, junges Fräulein. Du bist noch nicht mal in einem Alter, in dem du ausgehen darfst. Schon vergessen?"

„Keine Sorge, Bea. Ich pass auf sie auf und bringe sie rechtzeitig wieder hierher. Ich will auch nicht, dass ihr 'was zustößt", versichert ihr Gabriel und berührt dabei ihren Oberarm.

„Einverstanden. Bis halb zehn dann."

Es ist schon ein paar Minuten nach halb, als mich Gabriel an der Ecke absetzt und mit mir zu meinem Haus geht. Das Abendessen war toll. Zu zweit mit Kerzenlicht beim Italiener. Er kennt meine Mutter. Und jetzt gehen wir Hand in Hand und er bringt mich sicher nach Hause. Heute ist er wirklich mein Freund, denke ich. Und wir küssen uns sanft und unschuldig. Filmreif. Der unendlich lange Nachmittag auf der Rückbank ist nur noch ein kleiner Schatten. Denn er hält mich fest im Arm und füllt mich mit Geborgenheit.

„Es war wunderbar, so viel heute von dir erfahren zu

haben. Dein Zimmer zu sehen. Deine Mutter kennenzulernen. Du bist ein so toller Mensch und ich bin dankbar dafür, dass ich in deinem Leben Platz habe. Pass auf dich auf, mein Schatz." Und er hat schon lange aufgehört zu reden, aber noch lange nicht damit mich zu halten.

Wir winken uns zu und ich gehe rein. Meine Mutter ist natürlich noch wach, es bleibt mir nichts anderes übrig als noch bei ihr vorbeizuschauen. Ich stecke nur den Kopf durch die Tür.

„Ich bin wieder da."

„21:30 Uhr hatten wir ausgemacht!"

„Sorry. Ich dachte, wir wären pünktlich losgegangen", antworte ich ehrlich und fühle mich gezwungen, die Türe weiter zu öffnen, bleibe aber im Türrahmen stehen.

„Schon gut. Ich mag einfach nicht, dass du zu spät noch draußen bist." Sie wirkt plötzlich sanft.

„Versteh' schon." Innerlich hoffe ich, dass diese Begegnung doch kein Fehler war. Und wenn ich sie mit ihrem Bauchansatz so vor mir liegen sehe, verstehe ich nicht, wie ich tatsächlich auf sie eifersüchtig sein konnte. Das hab' ich mir doch eingebildet.

„War's denn schön?"

„Ja. Vor allem lecker."

„Jetzt muss ich aber schon mal fragen. Wie alt ist Gabriel denn?"

Ich zögere. „19."

„19? Sandra! Was soll das denn? Wieso interessierst du dich denn für jemanden, der so alt ist?" Ihre Stimme ist noch lauter als gewöhnlich und strenger.

„Ich wusste doch nicht, wie alt er war, als ich ihn kennengelernt habe. Und er ist nett. Und höflich und interessant. Und er mag mich."

„Sandra, das sind sieben Jahre. Du musst dir den Jungen aus dem Kopf schlagen. Du bist ein Kind im

Vergleich zu ihm." Jedes Wort gleicht einem Schlag ins Gesicht.

„Aber wir verstehen uns so gut", bettele ich sie an.

„Sandra. Ich verbiete es dir. Du wirst ihn nicht wiedersehen! Das ist ein erwachsener Mann."

Es war ein Fehler. Voller Wut schaue ich sie an. Und bringe wieder kein Wort heraus, schlage die Wohnzimmertür zu und renne in mein Zimmer. Noch während ich rausgehe, beginne ich zu flennen.

12/ 1999

Warum lacht sie? Lacht sie mich aus?

Schweigend drehe ich meinen Kopf und starre lieber gegen die altbackene Oma-Tapete als in ihr schadenfrohes Gesicht. Parallel sind vertikale Fäden mit hellen, unförmigen Schaumstoff-Klecksen verklebt. Die Fäden nehmen für ein paar Zentimeter zu und werden zu verzottelten Fasern, bevor sie wieder ihre gleichbleibende Stärke einnehmen. Die unterschiedlichen Beige-Töne, die im Schaumstoff verwendet wurden, sind sich so ähnlich, dass sie sich weder voneinander noch von dem eierschalenfarbenen Hintergrund abheben. Diese langen vergilbten Tränen der Langeweile haben nach elf Jahren die peinliche Clown-Tapete abgelöst. Monatelang hatte ich meiner Mutter mit dem Wunsch nach einer neuen Tapete in den Ohren gelegen. Die neue durfte auf keinen Fall mehr kindlich sein, in diesem Punkt war ich mit meiner Mutter einer Meinung. Ansonsten hasse ich diese Tapete so sehr wie ihr Lachen gerade.

Meine Augen fahren die einzelnen Fäden von oben nach unten ab, soweit mein Blick reicht, ohne den Kopf zu bewegen. Die Aufgabe scheint mir Halt zu geben, scheint mich die Worte aus ihrer Fratze irgendwie aushalten zu lassen. Die Fäden werden unscharf, der Blick getrübt vom ansteigenden Wasser in meinen Augen, bis sie überlaufen und die nächste Träne nach außen drücken. Den Monolog meiner Mutter nehme ich nicht wahr. Es ist eine entfernte Stimme, die verharmlosen will, was sie mir bereits gesagt hat. 27. Gabriel ist in Wirklichkeit 27. Das weiß ich, den Rest muss ich nicht hören. Ungeachtet meiner Tränen zwinge ich meine Konzentration auf die Fäden. Kein Schaumstoff-Pünktchen hält mich auf. Zentimeter für Zentimeter spüre ich die Wut über die Hässlichkeit der Tapete größer werden. Warum durfte ich keine Tapete aussuchen? Es ist mein Zimmer, in dem ich jeden Tag meine Zeit verbringe, aber ich hatte kein Mitspracherecht. Sie hat sie ausgesucht. Mir gezeigt. Ich war dagegen. Sie hat sie trotzdem bestellt und mir aufgedrängt. Damit hätte sie sich ihr alibimäßiges Fragen auch sparen können. Die langweiligste und hässlichste Tapete der Welt für den langweiligsten Teenager, der hier noch ein paar Jahre abzusitzen hat. Dafür reicht's schon. Und wenn sie dann weg ist, dann ist die Tapete wenigstens so neutral, dass man alles mit dem Raum machen kann. Diese Gedanken hat sie sogar laut mit mir geteilt. Und jetzt plötzlich erinnere ich mich daran. Wut. Noch mehr Wut. Saure überkochende Wut über ihre Freude, als die Tapete damals frisch angebracht war. Natürlich schwarz tapeziert. Von einem Bekannten meines Vaters. Was gespart. Wut über das Gefühl der eigenen Wertlosigkeit, denn es musste so günstig wie möglich sein. Ich will kotzen, beim Anblick dieser scheiß Tapete. Also schaue ich doch wieder zu ihr und sehe ihr Lachen, das sie vielleicht sogar tröstend meint, und will noch mehr kotzen.

Ihr scheiß Lachen darüber, Gabriel und mich auseinanderzubringen. Als ob sie ihre dumpfe Gala durchliest und lacht, weil irgendein Promi-Paar sich getrennt hat. Schadenfroh. So wirkt sie. Ich bin so wütend. Über mich selbst. Darüber, von ihr ausgelacht zu werden. Über meine Naivität diesen Jungen zu lieben. Verliebt zu sein und Liebe gefühlt zu haben, obwohl ich doch nichts anderes bin, als was sie mir mit so vielen Dingen zeigt: hässliche Überflüssigkeit. Das ist es, was ich bin. Hässlich. Überflüssig. Und wütend, weil ich nicht mehr bin. Nicht mehr kann. Nichts und niemandem etwas geben kann. Keinen Wert habe. Für niemanden. Nicht mal so viel, dass ich ein Recht hätte, das richtige Alter von meinem Gegenüber zu kennen. Kein Recht, meine eigene Tapete auszusuchen. Aber es ist eben nicht mein Raum. Ich darf ihn nur benutzen. Übergangsweise. Er gehört meiner Mutter. Und ich habe es zu akzeptieren. Und nichts weiter dazu zu sagen. Vielleicht hat sie deswegen die Tapete ausgewählt, um mir das beizubringen. Die Wut lässt meine Tränen überquellen. Die Wut über ihr Einmischen, die Wut über seine Lüge. Wie konnte er? Wer ist er überhaupt? Wie kann er mir so etwas antun? Was habe ich nur getan? Werde ich ihn je wieder hören oder sehen? Wie reagiert man auf eine so schwerwiegende Lüge, nachdem er ja schon zuvor gelogen hat? Wie kann ich ihm je wieder vertrauen? Warum sollte ich? Was stimmt denn überhaupt von den Dingen, die er mir erzählt hat? Darf man so etwas überhaupt verzeihen? Je verschwommener die Fäden, desto mehr denke ich, mein Kopf explodiert gleich.

Meine Mutter kniet sich auf die Bettkante und will mich umarmen, aber ich will ihre Nähe nicht. Ich will so weit wie möglich weg von ihr. Sie widert mich an. Wie konnte sie mir das antun? Wäre sie nicht, hätte ich keine Ahnung. Warum hat sie das getan? Ich stoße sie weg und brülle sie an.

„Lass mich in Ruhe!", schreie ich. „Lass mich in Ruhe! Lass mich bitte! Bitte lass mich! Lass mich!"

Ich bin unfähig, mehr zu sagen. Aber immerhin ist ihr blödes Lachen jetzt weg. Wie konnte sie überhaupt diese Abartigkeit lustig finden. Wie kann sie stolz auf sich und ihren Fund sein? Wieso kann sie nicht ein bisschen mitfühlend sein? Oder zumindest so tun, als wäre sie es. Und wieso verdammt checkt sie nicht, dass ich sie jetzt am allerwenigsten brauche? Warum haut sie nicht einfach ab? Sie bleibt einfach neben mir sitzen, obwohl ich die immer gleichen Phrasen mit viel Spucke aus meinem verheulten Mund presse.

„Lass mich! Bitte, verdammt lass mich! Lass mich in Ruhe! Lass es einfach! Lass es!"

Und dann versucht sie wieder, mich zu umarmen. Ich reiße mich mit einem Ruck vom Bett. Stehe auf und stelle mich so weit entfernt von meiner Mutter, wie es nur geht. Ich kreische jetzt meine Worte. Augen geschlossen. Hände an den Ohren, um nichts von ihren verdammten Ausreden zu hören. „Laaaaaaaasssssss miiiiiiich in Ruuuuuuuuuuheeeeee! Laaaaaaassss miiiiiich! Bitte, bitte, lass mich!"

Sie schreitet auf mich zu und versucht es wieder. Ich schrei weiter und schiebe sie wie eine Pistenwalze in Richtung Zimmertür. Ich drücke mit aller Kraft. Sie stemmt sich dagegen. Irgendwann gelingt es mir und ich drücke schnell die alte Holztür zu. Hocke mich mit dem Rücken gegen die Tür und klemme mich als Türstopper dagegen, indem ich meine Beine am Schreibtisch abstütze. Das Holz ist alt und dünn und ich spüre die Biegungen ihrer kräftigen Schläge gegen die Tür, aber meine Spreizhaltung ist gut erprobt. Hier fühl' ich mich sicher und höre auf zu schreien. Jetzt ist es meine Mutter, die schrillend schreit.

„Sandra, mach sofort die Türe auf! Lass mich rein! Das hilft doch nichts!" Und sie drückt und drückt und wiederholt ihre Forderung.

„Nein! Lass mich in Ruhe!"

„Sofort! Mach die Türe auf!"

„Ich will meine Ruhe! Laaaaaaasss mich in Ruuuuuuhe!"

Es dauert ewig, aber ich gewinne. Sie brüllt ein beleidigtes „Na schön. Dann mach doch, was du willst." Und endlich höre ich ihre leiser werdenden Schritte.

Ich weine leise weiter in meiner Türstopper-Haltung, denn ich bin mir sicher, wenn sie sich wieder zurückschleicht, wird sie nicht klopfen. Ich presse weiterhin meinen Körper gegen die schweigende Zimmertür und gleichzeitig meine Augen zusammen, was nicht verhindert, dass mehr und mehr Tränen meine Wangen herunterlaufen.

Als ich wieder in der Lage bin, meine Augen zu öffnen, hat es schon gedämmert. Die Dunkelheit hat meinem Zimmer sämtliche Beigetöne gestohlen. Alles ist nur noch grau. Mein Zimmer war schon immer klein, aber so eng kam es mir noch nie vor. Es wirkt fremd, als hätte es sich in einen Aufzug verwandelt, der im untersten Kellergeschoss stecken geblieben ist. Da wo es noch kälter ist als sonst. Man hört keinen Mucks, als hätte sich auf dem Weg in ihre Tiefe ein dumpfer Druck in den Ohren aufgebaut, der sich nicht mehr löst.

Und dann plötzlich ein leises Klopfen. Ich reagiere nicht.

„Sandra, ich hab dir ein Abendbrot gemacht. Es steht hier vor deiner Tür. Ich gehe jetzt schlafen. Hab' ja Frühschicht.“

Ich reagiere nicht.

„Mach doch auf, Sandra.“

Nichts.

Lange, lange nichts.

Noch länger einfach nichts.

„Gute Nacht, Sandra.“

Endlich wirklich nichts.

Es vergehen noch weitere eineinhalb Stunden in der Haltung, bis meine Blase fast am Zerspringen ist und ich mich auf die Toilette traue.

Ich schaffe es drei Tage, meiner Mutter aus dem Weg zu gehen. Als sie aber dann keine Frühschicht mehr hat, hat sie mich beim Verlassen für die Schule erwischt.

„Wie geht's dir?“

„Wie soll es mir denn schon gehen?"

„Willst du nicht darüber reden?"

„Nein. Ich will zur Schule."

„Hast du das denn jetzt beendet, mit diesem…", sie macht eine kurze Pause, "…Mann?"

„Ja. Es ist aus."

Ab dem Zeitpunkt reden wir nie wieder darüber, was geschehen ist. Sie fragt nicht und ich erzähle nichts. Es ist ja aus.

Noch in derselben Nacht, nachdem mir meine Mutter Gabriels wahres Alter verraten hat, rief er an.

„Sie haben es dir gesagt, richtig?"

„Ja."

„Ich wollte es dir die ganze Zeit sagen. Es tut mir unendlich leid, dass du es nicht von mir erfahren hast."

„Warum hast du es mir denn nicht gesagt?"

„Ich war mir sicher, du würdest mich nicht nehmen, wenn du wüsstest, wie alt ich wirklich bin."

„Ja, das wäre wohl auch cleverer gewesen."

„Hat es dir denn nicht gefallen, mit mir zusammen zu sein?"

Ich weinte bereits. Wie konnte er diese Frage stellen? Wie hätte es mir nicht gefallen können? Ich will nichts anderes, als mit ihm zusammen zu sein. Aber wie kann ich mit einem 15 Jahre älteren Mann zusammen sein? Ein 27-Jähriger mit einer 12-Jährigen? Ernsthaft? Was ist das?

„Das ist es doch nicht. Du hast mich angelogen."

„Und das tut mir unendlich leid."

„Du hattest mich davor bereits angelogen. Du hättest die Chance gehabt, gleich nach der ersten Lüge die ganze Wahrheit zu sagen. Und du hast damals gesagt, du würdest mich nie mehr belügen. Aber nach der Lüge kam einfach die nächste. Warum?"

„Weil du mich nicht genommen hättest. Du hättest mich nie sehen wollen, hättest du es gewusst. Und ich musste dich sehen. Ich hätte es bereut, dieses Leben ohne das Wissen weiterzuleben, wie du dich anfühlst, wie du riechst, wie es ist, von dir berührt zu werden. Zu Recht hasst du mich jetzt, aber ich bereue es nicht, denn es hat mich zu dir gebracht und du bist das Wundervollste, das mir je passiert ist. Du bist rein und ich habe dich nicht verdient. Das wusste ich von Anfang an. Es tut mir so leid. Aber ich habe dich so sehr gebraucht."

Zitternd weine ich weiter und versuche dabei keine Geräusche zu machen. Ich kann nicht antworten. Und es vergeht ein kurzer Moment und dann irgendwo in der Ferne vernehme ich Gabriels Worte: „Ich werde dich nie wieder belästigen, Sandra. Ciao."

Ich höre das Tuten noch immer. Er ist weg. Hat einfach Schluss gemacht. Ich hätte doch ihn verlassen müssen. Er ist mir zuvorgekommen. Er hat mich angelogen und jetzt lässt er mich im Stich.

11/ 2019

Jedes Jahr wieder kommt der Auftrag meines regionalen Lieblingskunden: der München Marathon. Wie könnte mir etwas leichter von der Hand gehen als PR zu machen für meine Lieblingsbeschäftigung in meiner Wahlheimat. Der Kunde macht seine Aufgabe ebenso gern und ambitioniert wie ich, sodass sich jedes unserer Meetings mehr wie ein gemeinsamer Lauf anfühlt als wie Arbeit. Wir starten gemeinsam und haben alle das gleiche Ziel. Das einzige Problem dieses Jahr ist, dass ich Dina mit ins Boot holen musste. Was natürlich die Idee von Markus ist. Sie sitzt mit am Tisch und gibt sich vor dem Kunden kein bisschen anders als bei uns im Büro.

„Dina, können wir auch deine Aufmerksamkeit bekommen? Ich nehm' gerne dein Handy bis nach dem Termin, wenn dich das zu sehr ablenkt", weise ich sie zurecht und strecke ihr auffordernd meine Hand entgegen. Sie blickt verunsichert in die Gesichter der Kunden, als würden sie sie vor mir retten. Keiner sagt was und ich komme mir albern vor in der Rolle der strengen Lehrerin. Alberner, als wenn ich den Plastikdildo um die Hüfte geschnallt habe. Aber ich muss hart bleiben und fordere noch mal: „Sofort, oder ich suche mir jemand anderes, der mich hier unterstützt." Weiß hier ja niemand, dass eigentlich ich diejenige bin, die keine Wahl hatte. Zögernd gibt sie mir das Handy, das ich schnell in meine Tasche fallen lasse. Ohne mir selbst diesen kurzen Ausfall anmerken zu lassen, gehe ich mit Euphorie zurück in die Präsentation. Die Kunden sind wohl etwas überrascht über meinen strengen Ton, lassen sich aber schnell wieder auf unser Thema ein. Der Rest des Meetings verläuft reibungslos. Der Kunde ist so angenehm und kooperativ wie immer. Nur Dina ist schweigsam und stockbeleidigt.

Wir verabschieden uns vom Kunden und bis auf dieses kleine Wörtchen „Wiedersehen" hat sie keinen Beitrag zu diesem Meeting geleistet. Ich bin wieder mal wütend über die Chance, die wir an dieses undankbare Wesen vergeuden. Und ich ärgere mich über meine eigene Zeit, die ich mit so viel Dummheit und Uneinsichtigkeit verbringen muss. Wir stehen vor dem Gebäude und ich warte auf eine Entschuldigung.

„Und?", frage ich.

Sie rollt mit den Augen und blickt danach über ihre verschränkten Arme hinweg auf ihre Füße. Keine Antwort.

„Echt? Du hast nichts zu sagen?"

„Bekomme ich mein Handy zurück?"

Ich reiße erstaunt meine Augen auf.

„Bekomme ich – bitte – mein Handy zurück", ergänzt sie.

„Wir sind nicht im Kindergarten, wo wir Danke und Bitte lernen müssen. Das ist das echte Leben, wo wir Respekt vor unseren Kunden, Kollegen und Vorgesetzten leben sollten!", presse ich wütend aus mir heraus und spüre plötzlich mein Bedürfnis loszuheulen. Was ist nur mit mir los? Ich kann das nicht. Ohne ein weiteres Wort lege ich ihr das Handy in die Hand. Drehe mich um und gehe.

Voller Wut stampfen meine Beine wie Klötze gegen den Asphalt. So schnell es geht, treibt es mich weg von ihr. Was ist nur los mit mir? Warum ruft dieses kleine verstörte Mädchen so viel Unruhe in mir hervor? Ich hasse mich für die Härte, die ich ihr gezeigt habe und dafür, dass ich jetzt tatsächlich heule. Und wische mir die Tränen weg.

Ich gehe drei Blöcke, vielleicht vier und erkenne plötzlich die Gegend. Normalerweise fahre ich hier nur mit dem Taxi her und lasse mich wieder abholen, dabei ist mir nie aufgefallen, dass Martin so nah am Büro des Münchner Marathons wohnt.

Seit meinem Versuch, einen Freier für ihn zu finden, habe ich mich nicht mehr bei Martin gemeldet. Als wären die Beleidigungen aus seinem Mund gekommen. Vielleicht erwartet er auch, dass ich als Nächstes nicht alleine, sondern eben zu zweit in seiner Wohnungstür stehe, wer weiß. Aber eigentlich habe ich mich dazu entschlossen, mich gar nicht mehr bei ihm zu melden. Ich bin ihm keine Rechenschaft schuldig und mein Schamgefühl für diesen eigenartigen Versuch auf der Gay Plattform ist so groß, dass ich nur nach vorne und vor allem darüber hinwegblicken möchte. Alles war ein Fehler und ich verstehe nicht mehr, was mir an dem Spiel mit dem Röckchen Spaß gemacht haben soll. Ich empfinde den gleichen Ekel mir gegenüber wie schon so vielen Schwanz-fixierten Männern zuvor. Es ist der Schwanz, der einen eklig macht. Kommt nicht mal drauf an, ob er aus Fleisch oder aus Plastik ist. Schwanz ist Schwanz. Eklig bleibt eklig.

Ich müsste nur rechts abbiegen, um ihn wieder rauszuholen. Und in all dem Ekel spüre ich doch wieder die Lust, es noch einmal zu tun. Als ob ein Schalter umgelegt ist, fasziniert mich der Gedanke erneut. Ist doch egal; ich hab's ja schon gemacht. Versauter kann ich dadurch nicht werden. Ein weiteres Mal wird mein Karma nicht weiter zerstören, als es ohnehin schon ist. Dann bekomm' ich es wieder, mein süßes billiges Stück, und ich könnte mich abreagieren. Meter für Meter kann ich an nichts anderes mehr denken, als endlich wieder Mann zu sein. Endlich wieder die Rolle der Herrin auszuführen – ohne schlechtes Gewissen kommandieren, ohne Gegenworte das bekommen, was man will und sich danach gut fühlen, und eben nicht heulen.

Ich verdränge die Sache mit der Prostitution. Verdränge meinen Ekel. Ich tue so, als wäre nichts gewesen, denn ich will nicht, dass etwas gewesen ist, das mein Spiel mit Martin schlecht macht. Ich spaziere in die Richtung von Martins Wohnung, ziehe meine Kreise darum. In Gedanken bei meinem süßen Röckchen. Nur nicht bei Dina. Ich würde so gerne wissen, dass er gerade auf mich wartet. Aber ich wollte doch aufhören. Und doch würde es mich gerade jetzt so gut runterbringen wie nichts anderes. Ich weiß nicht, was ich will.

Verzweifelt falle ich in eine stinkende Alkoholiker-Kneipe. Eine der Spelunken, die immer offen sind und an jeden ausschenken und sich nie für ihr Publikum schämen. Auch wenn ich nicht so heruntergekommen aussehe wie der Rest der Kundschaft, fühle ich mich emotional gleichauf. In einer merkwürdigen Sucht nach dem Röckchen suche ich Ablenkung in dem, was ich noch mit Martin verbinde: Alkohol und Zigaretten.

Hier bin ich also, trinke und rauche. Alleine. Wenn die Alkis mich ansprechen, verjage ich sie mit Beleidigungen – eine Fähigkeit, die ich dank Martin perfektioniert habe. Nach meinem dritten Bier bleiben zwar die Wut und Traurigkeit, aber meine Zunge löst sich. Ich will plötzlich sprechen. Bin mir aber sehr sicher, dass ich nicht mit dem Publikum hier sprechen möchte. Also rufe ich Inga an.

„Endlich! Was war denn das für ein Marathon-Meeting?"

„Haha, ich bin schon längst draußen. Der Termin war lässig. Wie immer. Kennst die doch. Aber Dina. Ich pack sie einfach nicht", erzähle ich, mit dem Versuch, dabei nicht zu lallen.

„Die ist grad' voll verheult ins Büro gekommen. Was war denn los?"

„Dina war los. Es ist einfach nur sie. Ich halt' sie einfach nicht mehr aus!"

„Hast du getrunken?"

„Klar. Du musst mindestens 2-3 Liter Wasser am Tag trinken!"

„Scherzkeks. Bist du betrunken?"

„Vielleicht."

„Das hab ich ja seit Jahren nicht mehr erlebt. Bleib, wo du bist, ich komme und trinke mit."

„Du musst aber noch die Artikelreihe für den neuen Pop-up Store fertig schreiben."

„Warum kannst du nicht wenigstens betrunken dein Pflichtbewusstheit vergessen?"

„Meine Pflichten vergesse ich ja gerade. Nur deine hab ich noch ganz gut am Radar."

„Heißt das, du kommst heute nicht mehr rein?"

„Ich bezweifle, dass das Sinn macht." Jetzt bemühe ich mich nicht mehr, gerade zu sprechen. „Aber ich wollte etwas mit dir besprechen."

„Hat es etwas mit Pop-up-Stores zu tun?"

„Neeeeeee, gar nicht."

„Dann schieß los."

Vor meinem geistigen Auge sehe ich meine süße, an die große Liebe glaubende Inga vor mir. Ich kann ihr das nicht erzählen. Sie könnte mich nie wieder so ansehen wie vorher. Sie würde mich so nie akzeptieren. Es ist die pure Angst, Inga zu verlieren, die mich schweigen lässt.

„Was ist denn los?"

Sie reißt mich aus den Gedanken, aber nicht aus meiner Angst. „Wir bekommen den Job!"

„Den Marathon-Job? Das ist doch sonnenklar gewesen."

„Ich freu' mich trotzdem."

„Zu Recht, Süße! Bring dich mal runter! Gönn dir einen zu viel und vergiss den Ärger mit der Kleinen. Das ist 'ne ganz, ganz arme Seele. Weißt du doch!"

„Weiß ich", antworte ich. „Auf dich, süße Inga!"

„Prost, Süße!"

Wir legen auf. Und ich bestelle noch ein Bier und einen Schnaps. Mehr Männlichkeit geht doch gar nicht.

13/ 2000

Ich sitze am PC von meinem Vater und schieße bereits seit Stunden auf Moorhühner. Die Freunde meines Vaters sitzen mit ihm im Wohnzimmer und die Lautstärke steigt mit jeder Flasche Wein. Direkt nach dem Essen habe ich mich vor den Rechner verzogen. Die Stimmen werden etwas leiser und ich weiß genau, was das bedeutet: Mein Vater ist aufgestanden. Ich vermute, es muss eine neue Flasche Wein geholt werden. Einen kurzen Augenblick später geht die Tür auf und er steht mit einer vollen Flasche Wein in der Hand vor mir.

„Hey, komm doch rüber, die anderen würden sich auch freuen."

„Ne, das Spiel ist so cool. Und zu Hause hab ich das nicht", lüg' ich ihn an. Denn was ist das schon, so eine kleine Lüge?

Er setzt sich an die Tischkante, dreht meinen Bürostuhl zu sich und zwingt mich, ihn anzuschauen.

„Deine Mutter hat mir erzählt, was passiert ist."

Ich rolle mit den Augen.

„Ich finde nicht richtig, dass sie dir hinterherspioniert hat. Aber, dass du dich jetzt von so einem Trottel nicht mehr verarschen lassen brauchst, ist trotzdem gut." Je länger er ohne Pause spricht, desto mehr lallt er.

Mein Blick liegt auf seinen ausgelatschten Birkenstock-Schlappen und seinen dunkelroten Herrensocken mit dem dezenten Burlington-Muster. Meine Schultern zucken leicht nach oben und ich bete, dass ihm das als Antwort reicht, denn ich spüre wieder, wie mir meine Tränen die Stimme abschnüren.

„Du bist halt 'ne starke Frau. Schon jetzt. Und du haust die Vollidioten einfach in den Wind. So ist es richtig."

Wenn er wüsste. Ich schäme mich für die Wahrheit und fokussiere noch stärker die Rauten.

„Ach, mein Mädchen. Sei doch froh, besser du weißt jetzt gleich am Anfang, dass es ein Vollidiot ist und hältst dich gar nicht mehr damit auf. Lieber nix zu Weihnachten als so 'nen Hanswurst an deiner Seite." Er nimmt einen großen Schluck direkt aus der Weinflasche. „Außerdem hast du doch keine Eile, du bist noch so jung. Und wenn du mal 'ne Sehnsucht verspürst, ja dann brauchst du doch keinen Mann dazu. Stell dich einfach in der Dusche breit-beinig hin und lass' die Brause dich massieren. Wirst sehen, wie gut das tut."

Meine Tränen sind weg. Abgelöst von der reinen Scham. Das hat er doch nicht gerade wirklich gesagt, oder? Doch, hat er. Ich weiß weder, was ich denken noch was ich sagen soll. Es ist mir alles zu viel und ich will nur raus aus dieser Situation.

„Du, ich glaub, ich werd' schon mal schlafen gehen. Ich bin müde."

„Und wer erschießt dann die Moorhühner?", fragt mein Vater im Spaß.

„Du kannst ja gerne weitermachen."

„Neeee. Des ist doch Tiiiiierquäääääälerei", rückt er mit künstlich hoher Stimme heraus. Wird seine Aussprache so überzeichnet, ist sein Pegel mehr als überschritten. Immerhin garantiert das, dass er sich morgen nicht mehr an diese unangenehme Situation erinnern wird. Ich lache ihm zuliebe und verziehe mich ins Schlafzimmer.

Ich verfolge ihre lallenden Stimmen, bis sie endlich von der zufallenden Wohnungstür beendet werden. Das einzige

Geräusch, das bleibt, ist das laute Schnarchen meines Vaters. Da ich eh nicht schlafe, gehe ich im Dunkeln ins Wohnzimmer. Mein Vater liegt nur in Unterhose, er trägt immer diese Männer-Slips, und vollgekleicksten T-Shirt quer über dem Sofa. Die dezenten Herrensocken trägt er natürlich auch noch, aber nur noch einen Schlappen. Der andere muss irgendwo in der Unordnung dieses Gelages liegen. Seine Brille hängt schief über seiner Nase. Die ganze Bandbreite der Lorenz Snack-Hits ist in Krümel-form über Tisch, Boden und Couch verteilt; dazwischen leere Gläser, leere Keksverpackungen. Die fix fertigen Schoko-Mousse-Desserts aus dem Kühlregal mussten im Laufe des Abends wohl auch dran glauben. Es liegen benutztes Besteck, Gläser in allen Größen, Papas Hose und jede Menge leere Flaschen Bier, Schnaps, Wein herum. Heute musste es mal alles sein. Alkohol lässt einen nicht frieren. Ich nehme trotzdem die Wolldecke, decke ihn zu und nehme ihm seine Brille ab. Sein Schnarchen ist nach so einem Besäufnis immer noch lauter als sonst. Still stehe ich da und starre ihn gedankenlos an. Irgendwann drehe ich mich um, ziehe mich an und mache einen Spaziergang durch Aalens dunkle Straßen.

Die frische Luft tut gut. Mein Vater hat bereits die zweite Wohnung nach der Trennung von meiner Mutter. Die Erste war nur der ausgebaute Dachboden von Freunden. Eine schnelle Zwischenlösung und mehr Partyraum als richtige Wohnung. Aber diese finde ich sehr schick. Es ist eine neuere Wohngegend und die Wohnblocks sind modern und sauber. Das mag ich. Überall sind Tiefgaragen unter den Wohnhäusern, dazwischen eine Berufsschule, ein Aldi und ein Café mit Billard Club. Ich ziehe die immer gleiche Runde und habe nicht die geringste Angst so allein in der Nacht. Alleine zu sein ist gut, denn ich wüsste nicht, bei wem ich jetzt sein wollte, außer bei ihm natürlich. Aber ihn gibt es nicht mehr, nicht mehr so, wie ich ihn kennen-gelernt habe.

Mein Daumen fährt in meiner Jackentasche über die Zahlen meines Handys und wählt blind seine Nummer. Natürlich ohne anzurufen. Es ist nur eine Beschäftigung für meinen Daumen, die mich ihm näher fühlen lässt. So wie ich es in den vielen Stunden des Wartens auf seine Anrufe gemacht hatte. Als ob es das Einzige wäre, was mir noch von ihm geblieben ist.

Und dann klingelt die Tasche. Erst befürchte ich, ich hätte vielleicht doch seine Nummer gewählt, aber das kann gar nicht sein. Das Display zeigt mir den eingehenden Anruf von ‚Ciri‘. Ich klicke auf den grünen Hörer und lausche statt zu sprechen.

„Sandra, bitte sag etwas", fleht er, nachdem er verstanden hat, dass ich nichts sagen werde. „Bitte. Sandra. Du hast abgenommen, also bitte gib mir ein Wort von dir."

„Hallo."

„Hallo! Hallo Sandra! Hallo! Wie schön! Wie geht's dir? Ich kann nicht aufhören, an dich zu denken. Ich sterbe vor Sehnsucht. Bitte sag mir, wie es dir geht!"

„Wie soll es mir denn gehen?"

„Ich hoffe so sehr, dass es dir gut geht. Ich will alles dafür tun, dass es dir wieder gut geht."

„Du hast schon genug getan."

„Es tut mir so leid, dass ich es dir nicht selbst gesagt habe. Ich wollte es. Das musst du mir glauben. Die ganze Zeit habe ich darüber gegrübelt, wie. Aber wie hätte ich es dir sagen können, ohne dass du mich in den Wind geschossen hättest?"

„Das hat ja jetzt meine Mutter für dich übernommen."

„Willst du mir erzählen, was sie dir erzählt hat?"

„Warum? Was spielt das für eine Rolle? Dein Vater wird ja wohl auch mit dir gesprochen haben. Oder hat er nicht?"

„Mein Vater. Ja. Hat er."

„Na dann hat er doch sicher auch erzählt, was er meiner

Mutter erzählt hat."

„Nein. Unser Gespräch verlief etwas anders."

„Wie denn?"

„Das ist egal. Wir hatten einen Streit. Aber der ist nicht wichtig. Ich streite mit jedem, wenn ich nur dich zurückbekommen kann. Ich brauche dich, Sandra!"

Ich sage nichts. So weh es mir tut, nicht mehr mit ihm zusammen zu sein, so weiß ich doch, dass es das Richtige ist. Aber was soll ich denn tun? Mein Herz will nichts anderes als zurück zu ihm! Aber ich darf nicht.

„Ich halte es ohne dich nicht aus. Du bist das Beste, das Reinste, das Wertvollste, was mir je geschehen ist und es ist mir unmöglich, ohne dich zu sein. Ich lass' alles hinter mir. Meine Eltern, meinen Job, meine Wohnung hier. Wir leben dort, wo du möchtest. Wir lieben uns und geben Nichts auf das Gerede der anderen. Die wollen nur alles kaputtmachen, weil sie selbst so etwas nicht haben. Verstehst du? Es gönnt uns niemand, weil sie neidisch sind. Sie wollen das Beste zerstören, was uns je passiert ist. Du hast doch selbst gesagt, dass du mich liebst. Du hast doch gesagt, dass ich dir die Welt bedeute. Haben sich deine Gefühle denn so schnell geändert?"

Ich komme in den Verteidigungsmodus. „Nein. Natürlich haben sich meine Gefühle für dich nicht verändert. Aber du kannst doch nicht von mir verlangen, dass ich einfach darüber hinwegblicke, dass du 15 Jahre älter bist und mich zweimal über dein Alter belogen hast!"

„Was spielt denn das Alter für eine Rolle, wenn wir uns lieben?"

„Es spielt keine Rolle, wenn wir uns lieben. Aber Liebe bedeutet Ehrlichkeit."

Er macht eine Pause, um zu seufzen. „Ach, Sandra. Die Wahrheit ist, dass du die Erwachsene von uns beiden bist, nicht ich. Ich bin ein Narr, der über beide Ohren verliebt ist."

Und so telefonieren wir weiter und er heilt mein zerrissenes Herz mit Liebesschwüren und Entschuldigungen. Den immer gleichen. Aber jede davon tut gut. Das einzige, das nicht gut tut, ist das Wissen, dass es verboten ist.

Gegen Ende des Telefonats bin ich in immer kleineren Kreisen um die Wohnung meines Vaters spaziert. Ich zittere vor Kälte, wage es aber nicht nach oben zu gehen, da mein Vater eventuell aufgewacht sein könnte oder hören könnte, wie ich mit Gabriel telefoniere. Lieber erfrieren als dass er doch etwas mitkriegt. Aber jetzt muss ich dringend ins Warme. Wir streiten uns liebevoll, wer zuerst auflegen soll, und er will einfach nicht, aber ich muss. Die Kälte kriecht durch meine Wirbelsäule. Ich schlottere und zittere und nach gefühlten zehn Minuten Diskutieren, wer es tun soll, drücke ich den roten Hörer auf meinem Handy. Sofort danach kommt eine SMS von ihm: „Ich vermisse deine Stimme." Das Handy zeigt: Es ist schon nach vier Uhr morgens.

Zurück in der Wohnung stehe ich vor dem exakt gleichen, würdelosen Bild meines schlafenden Vaters in der Unordnung seines Saufgelages. Er hätte womöglich nichts von meinem Gespräch mitbekommen, selbst wenn ich genau hier vor ihm gestanden wäre. Ich schließe die Augen und fühle regelrecht, wie sich dieses Bild auf meine Hornhaut brennt.

Ich zittere noch immer und sehne mich nach einer warmen Bettdecke. Nicht zum Schlafen, aber zumindest für die Wärme.

Wir telefonieren wieder jede Nacht. Meine Müdigkeit tagsüber ist schier unerträglich, denn für jeden Abend nehme ich mir erneut vor, wovon meine Mutter ausgeht, es wäre schon längst Realität: mit Gabriel Schluss machen. Und je öfter ich Zweifel an Gabriels Liebe und Treue ausspreche, desto intensiver wird seine Kunst mit Worten, seine Liebe zu beschreiben. Und sie kommen besonders dann, wenn ich ihm Fragen stelle, über das, was ich von ihm nicht weiß – Wie viele Freundinnen hatte er schon? Hatte er schon öfter was mit so jungen Mädchen wie mir? Stört es ihn nicht, dass ich so jung bin? Seine Antworten sind ausweichend. Seine Worte fesselnd. Und am Ende wird dann doch ewig darüber diskutiert, wer auflegt.

„Wie könnte ich einen Knopf drücken, der deine Stimme ausstellt. Du musst auflegen! Ich kann einfach nicht."

Natürlich weiß ich, dass es falsch ist. Aber ich kann ihn einfach nicht loslassen. Nicht nach allem, was wir jetzt schon gemeinsam erlebt haben. Er ist so lieb. Er ist alles, wonach ich mich sehne. Seine Aufmerksamkeit, seine offenen Ohren für meine Welt, seine Verrücktheit, seine Gefühle für mich, dass ich jemandem tatsächlich etwas bedeuten kann, geben mir das Gefühl, am Leben zu sein. Jemand zu sein. Für jemand anderen wichtig zu sein. Tag für Tag halten wir diese Gespräche und sie werden nie, kein einziges Mal, anzüglich. Die Telefonate, in denen ich mich am Telefon selbst befriedigt habe, liegen in längst vergessener Vergangenheit. Und er schwört mir, er wird erst wieder versuchen, mit mir zu schlafen, wenn ich ihm ganz und gar verziehen habe und bis dahin reden wir auch nicht mehr darüber, denn es würde ihm gar nicht leichtfallen, darauf zu verzichten. Er will mir beweisen, dass er nicht wegen dem Sex mit mir zusammen ist.

14/ 2000

Es ist Sonntagnacht. Eigentlich eher Montag, denn es ist schon nach zwei Uhr morgens und ich warte auf Gabriels Anruf. Heute ist die erste Nacht, in der er mich wieder richtig lange warten lässt. Ich fühl mich dumm, zu warten. Ich zweifle wieder. Und fühl' mich alleine. Irgendetwas muss geschehen sein. Vielleicht wird die nächste Lüge aufgedeckt. Auf die Decke starrend nehme ich wahr, wie meine Zuversicht ausläuft, als hätte mein Körper irgendwo ein Leck. Übrig bleibt eine pickelige Hülle Bedeutungslosigkeit. Und dann keimt doch ein Gedanke auf. Sollte Gabriel jetzt wirklich wegbleiben, hätte ich keine Probleme mehr. Ich müsste niemanden mehr belügen. Und auch wenn es jetzt noch so wehtut, danach könnte er mich nie mehr so verletzen. Dann vibriert es doch noch in meinen Händen. Er ist wieder da und ich bin unendlich erleichtert.

„Ja", flüstere ich.

„Ich stehe vor deiner Haustüre."

Schlagartig reißt es mich nach oben. „Was?"

„Sandra, ich muss dich einfach sehen. Ich muss hören, dass du mir verziehen hast. Ich muss dich sehen. Du musst rauskommen. Bitte komm raus. Bitte." Mein Körper wird erfüllt von einer Welle heißer Glut. Ich bedeute ihm so viel, dass er den ganzen Weg auf sich genommen hat, nur wegen mir. Ein Knoten in meinem Hals verlangt eine Pause, bevor ich antworten kann.

„Du bist wirklich hier?"

„Nur für dich. Ich bin nur für dich gekommen. Kommst

du raus zu mir?"

„Natürlich komme ich zu dir. Gib mir eine Minute."

„Beeil dich. Ich sterbe vor Sehnsucht."

Ich ziehe mir schnellstmöglich die ersten Kleider über, die ich zu fassen bekomme. Schiebe den Haustürschlüssel in die Hosentasche und mach' mich auf den langsamen stummen Schleichweg zu ihm, wobei mein Herz rast, als würde ich um mein Leben rennen.

Nachdem ich die Haustüre geräuschlos verschlossen habe, ist alles egal und ich renne zur Straße. Ich rieche sein Parfüm, noch bevor ich ihn sehe. Und dann steht er da. Das erste, das ich wahrnehme, sind seine tief-dunklen Augen, die mich Mitleid erweckend anstarren. Und doch hebt er plötzlich seine Hand, um mich zum Stehen zu bewegen. Bevor ich mich in seine Arme retten kann. Er ist keinen halben Meter von mir entfernt und wirkt doch unerreichbar.

„Bleib stehen, Sandra."

Ich bin verunsichert. Es zieht mich zu ihm und ich will nichts Sehnlicheres, als ihn zu spüren. Und so knapp vor ihm soll ich stehenbleiben, wie kann er das verlangen?

„Warum?"

„Bleib stehen, Sandra!", wiederholt er. „Du hast dir so viele Gedanken gemacht und hast sehr oft in der letzten Wochen gesagt, dass ich gehen soll. Dass wir alles zwischen uns beenden sollten. Aber das ist Quatsch. Das weißt du auch. Du weißt, das zwischen uns ist etwas ganz Besonderes. Das einzig Wahre."

Ich brenne darauf, seine Rede zu unterbrechen und zu ihm zu gehen. Doch er hält mich mit seinem ausgestreckten Arm von sich weg.

„Ich bin hier, weil ich dir beweisen will, wie sehr ich dich liebe. Aber wenn du jetzt sagst, dass du mich nicht mehr liebst und du mich nicht mehr sehen willst, dann setze ich mich sofort wieder ins Auto und fahre zurück.

Und ich schwöre dir, du wirst mich nie wieder sehen oder hören. Aber du musst mir in die Augen sehen und sagen, dass ich gehen soll."

Mir strömen die Tränen über die Wangen. Ihn mit dieser Geste einfach wegzuschicken. Ich will doch mit ihm zusammen sein. Es gibt nichts Wichtigeres. Wenn das bedeutet, alle anlügen zu müssen, okay. Und auch die Sehnsucht und das Vermissen, weil wir uns nur so selten sehen können. In Ordnung. Ich nehme alles in Kauf. Nur will ich ihn spüren. Ihn umarmen. Niemals würde ich ihn wegschicken. „Ich liebe dich, Gabriel. Bitte bleib. Bitte, bitte bleib bei mir!", bettele ich, als würde ich ihn um Verzeihung bitten.

Er zieht mich zu sich, nimmt mich so fest in den Arm, dass ich kaum atmen kann. Trotzdem fühle ich mich frei und erleichtert. Wir stehen in der Kälte ohne Jacke, halten uns fest und weinen gemeinsam. Seine Tränen sind echt. So wie er. So wie seine Gefühle. Wie sein Atem und wie seine salzigen Küsse. Wir drücken uns an allen Stellen, fester und fester und halten uns. Als ob wir nur durchs Anfassen begreifen, dass wir beieinander sind. Ich bin so dankbar, dass er hier ist.

Nachdem wir uns ewig umarmt haben, beginnen wir, uns zu küssen. Liebevoll. Zärtlich. Und plötzlich auffordernd und heftig. Er hält meinen Kopf mit seinen Händen und schiebt mir seine Zunge in den Mund. Nach und nach befiehlt mir die Umarmung, die gerade noch Ruhe vermittelt hat, mich hinzugeben. Ich gehöre völlig ihm und werde alles tun, immer ihm zu gehören. Ich wage es nicht mal zu fragen, ob wir uns ins Auto setzen können. Er öffnet meine Hose. Mit einer unbegreiflichen Schnelligkeit und Festigkeit drückt er seine Finger in mich. Ich muss stöhnen vor Schmerz. Seine Hand schiebt sich so fest gegen meine Schamlippen, dass mein Schambein fest auf seiner Hand aufliegt. Er schiebt seine Finger tiefer und klemmt dabei meine Haut ein. Ob zwischen

Knochen oder Jeans und Hand, ich kann's nicht sagen. Ich spüre nur das Zwicken. Jeder Schlag seiner Hand wird fester. Ich stöhne rhythmisch dazu und es scheint ihn nur zu motivieren, noch mehr Kraft zu benutzen. Rückwärts versuche ich, mich zu seinem Auto zu drängen, damit ich nicht umfalle und hoffe, ihm damit die Idee zu geben, wir könnten im Auto weitermachen. Er versteht den Drang zu einer Veränderung, aber anstatt mich ins Warme zu bringen, zieht er mir schnell die Hose runter, dreht mich um und nimmt mich im Stehen. Jetzt gebe ich keinen Ton von mir. Die pure Scham treibt mir die Tränen in die Augen. Die ich aber fest zukneife, als wäre ich ein kleines Kind, das noch daran glaubt, man sei für alle anderen unsichtbar, wenn man die Augen schließt.

Bitte, bitte, lass es vorbeigehen. Bitte, werde fertig. Warum nur konnte ich ihn nicht wegschicken? Wie kann man das aushalten? Warum geht dieser Moment nicht vorbei? Warum?

12/ 2019

Wer weiß schon, wie viel Uhr es mittlerweile ist. Jeden-
falls ist es dunkel. Oben in seiner Wohnung brennt Licht,
das erkenne ich genau. Viel schwerer einzuschätzen ist
die Distanz zwischen mir und der Haustüre. Ich lass'
mich gegen die Tür fallen, an deren Knauf ich mich zum
Glück grad noch festhalten kann. Fuck, ich muss mich
zusammenreißen. Der Alkohol wirkt ganz gut, obwohl ich
es doch gerade gewohnt sein sollte. Frauen, die trinken,
sind unsexy. Frauen, die alleine saufen, abartig. Aber
in irgendeinem dieser Wodka Shots, bin ich mir sicher,
habe ich die Herrin wiedergefunden. Und die muss jetzt
jemanden bestrafen. Dafür, dass er mir diesen Mist mit
dem Verkaufen eingebrockt hat. Mein Kopf fühlt sich
an wie in dumpfe Watte gehüllt, mein Mund pelzig und
meine Muskeln übermütig.

„Hallo?", höre ich Martins beruhigende Stimme in der
Gegensprechanlage.

„Ich bin's", versuche ich klar auszusprechen und merke
schon, dass Reden jetzt nicht mehr meine Disziplin ist.

Bestrafungen waren bislang kleine Ohrfeigen. Am Bett
gefesselt hat er ein paar sanfte Schläge mit den Putz-
federn über sich ergehen lassen. Das war's und hatte
wenig mit dem Wagenrad zu tun, an das ich ursprünglich
gedacht habe. Es gefällt ihm. Dass ihm noch viel mehr
gefallen würde, weiß ich auch. Bei seinem Sex-Spielzeug habe ich alles gesehen: schwere Manschetten, Seile,
Ketten, Flodder und lange Peitschen. Er steht drauf. Aber
für mich gab es nie ein Bedürfnis, noch grober zu werden.

Nur jetzt bin ich wütend. Unendlich wütend. Auf ihn. Auf mich. Auf sie. Dieses dünne Mädchen treibt mich in den Wahnsinn. Wie kann man sich selbst so wegschmeißen, sich selbst so schlecht behandeln? Wie kann man in diesem Alter so unselbstständig, so verängstigt und so lebensfremd sein? Ich versteh's nicht. Gleichzeitig sehe ich in ihr, was ich immer verdränge: Vielleicht wäre das meine Zukunft gewesen, wäre ich ihm nicht begegnet? So gerne ich all das aus meinem Leben schneiden würde wie einen Tumor, so dankbar bin ich doch für das, was ich heute bin. Aber bin ich nicht genau das, was ich bin, weil es ihn gab? Oder sollte ich nur auf eine einzige Person wütend sein: auf mich selbst? Habe ich nicht selbst schuld, wenn ich nicht aus mir selbst heraus Selbstsicherheit erlernen konnte? Die Fähigkeit, vor anderen Menschen frei zu sprechen. Mir stand dieselbe Welt offen wie anderen auch, und ich häng' noch immer wie ein naives Ding an einer Liebe, die mich zerstört hat. Weil ich mir einbilde, sie hätte mich mehr aufgebaut als kaputt gemacht? Das gibt's doch gar nicht. Ich bin und bleibe genauso dumm wie damals.

Angelehnt an den Türrahmen wartet Martin auf mich, mit großer Vorfreude in den Augen.

„Wieso hast du die Treppe genommen?"

„Hab noch Zeit gebraucht nachzudenken."

„Über was?"

„Wie ich dich am besten bestrafen soll!"

Seine Augen flackern auf.

„Für was muss ich denn bestraft werden?", fragt er viel zu euphorisch.

Und als Antwort gebe ich ihm schnell eine Ohrfeige. „Das fragst du noch?"

Er zieht mich in die Wohnung, wahrscheinlich hat er Angst, die Nachbarn hätten das gesehen.

„Hol die Ketten. Hol die Armfesseln. Bring' alles zum

Haken."

Wieder wirkt es so, als könnte er sein Glück nicht fassen. Während ich innerlich erwarte, für meine Anweisungen Angst und Trotz zu ernten, bekomme ich Gehorsamkeit. Wie ein braves Hündchen apportiert er beides, so schnell er kann. Ich schnappe mir einen Küchenstuhl und stelle ihn unter den Haken. Kurz muss ich mich selbst daran festhalten, um mein Gleichgewicht zu halten.

„Zieh dich aus. Komplett."

„Soll ich nicht mein Röckchen anziehen, Herrin?", fragt er gewissenhaft.

„Nichts da. Ich will dich nackt!" Und vor allem will ich nicht unser wunderbares Röckchen-Ritual mit Schlimmerem beflecken. Das hier ist was anderes.

Etwas eingeschüchtert zieht er sich aus.

„Darf ich fragen, meine Herrin: Für was werde ich denn bestraft?", fragt er erneut, etwas zögerlicher.

Aber es gibt ja eigentlich keinen Grund, den er mir gegeben hat. Die Prostitution, ja. Ihm aber das zu erklären, nervt mich. Ich wende mich ab, damit mir meine Grübelei nach der richtigen Ausrede nicht meine Rolle kaputt macht. Er will nur irgendeinen Grund hören. Es musste nicht der wahre sein.

„Dafür wie es hier aussieht. Schau nur, wie du deine Klamotten dahin gepfeffert hast. Die Küche ist ungeputzt. Das mutest du deiner Herrin zu? Das ist doch widerlich."

Und wieder leuchten seine Augen auf, bevor er einsichtig nach unten blickt. „Oh ja, ich bin ein faules nichtsnutziges Stück!"

„Halt den Mund", schreie ich ihn an. „Entschuldigungen helfen nicht. Knie dich hin und streck' deine Hände nach oben."

Ich mache die Fesseln an seinen Handgelenken fest. Verwundert, wie wenig der Alkohol noch meinen Körper blockiert, steige ich auf den Stuhl und hänge die Kette gespannt in die Ösen, sodass seine Arme nach oben beinahe ausgestreckt sind. Ich bringe den Stuhl zurück in die Küche. Er kann mir mit dem Blick folgen. Sich aber nicht mehr bewegen.

Ich hole eine kurze Peitsche mit dünnen Lederbändern. Bestimmt auch wieder ein Teil mit ganz speziellem SM-Begriff. Egal. Damit schlagen kann man auch, ohne den Namen zu kennen.

„Herrin."

„Ruhe jetzt."

Ich schnalze mit der Peitsche in der Luft und erschrecke vor dem Knall. Jetzt merke ich, dass ich das nicht kann. Niemals will ich jemandem wehtun. Vor Angst erstarrt mein Körper. Wie kann ich einschätzen, wie stark ich zuschlagen darf? Alleine in seiner Position verharren zu müssen, sieht schon schmerzhaft aus. Und jetzt noch mehr? Aber ich stehe hier und kann nicht zurück. Ich nehme den Frottee-Gürtel aus seinem sonnengelben Bademantel und binde ihm den Mund zu. Wie ein Auftrag, den ich noch erfüllen könnte, bei dem ich mir sicher bin, dass ich es schaffe ohne ihn dabei umzubringen. Aber auch das hilft nichts, ich knicke ein. Mein Hirn legt den Rückwärtsgang an. Ruhe. Ich muss raus. Er bleibt, wie er ist und ich gehe mir Wein einschenken. Was eine blöde Idee, jetzt noch mehr zu trinken. Trinkend rauche ich eine Zigarette und betrachte ihn aus unangenehm nahem Abstand. Er zittert. Sogar seine Erektion zittert. Langsam nehme ich ihm den Gürtel aus dem Mund, gebe ihm zu trinken und einen Zug seiner Zigarette.

„Herrin, bitte!"

„Pssst. Ich weiß, du bereust deine Fehler. Aber du musst es auch spüren." Ich spiele weiter. Auch wenn mein Herz mich zum Rückzug zwingen will, mein Kopf muss es durchziehen. Dinge, die man nicht zu Ende bringt, begleiten einen ewig. Es muss ein Ende haben. Jetzt.

Zurück in der Küche stelle ich mir vor, ich löse mein zweifelndes Ich von mir ab. Es soll sich mit Wein und Kippe in die Küche setzen und dabei zusehen, wie die wagemutige Sandra sich abreagiert.

Und ich setze mich.

Ich sehe eine Sandra, komplett bekleidet, auf den nackten gefesselten Martin zugehen. Die Hände frei, blickt sie ihn wortlos in seine großen Augen. Ohne Vorwarnung, ohne Absehbarkeit, klatscht ihre Hand auf seine Wange. Es zieht ihm das Gesicht nach links weg. Als er sich langsam zurückdreht, erkenne ich die Röte an seiner Wange. Sein Gesicht ist schmerzverzerrt. Das war keine Ohrfeige. Das war ein harter Schlag.

„Ich war ein wirklich faules Stück, Herrin."

„Hab ich gesagt, du darfst schon wieder reden?"

Sie hebt die Peitsche vom Boden, holt aus und schlägt mit den Bändern gegen seinen Rücken. Sein ganzer Oberkörper streckt sich in ein tiefes Hohlkreuz. Ihr Blick ist stumpf. Leer. Sie steht jetzt hinter ihm, aber ich sehe beide an. Er lächelt. Fühlt eine Zufriedenheit in seinem Schmerz. Sandras Gesicht ändert sich nicht. Sie ist leer und gefühllos.

Sie holt aus.

Schlägt zu.

Holt aus.

Schlägt zu.

Er windet sich von Schlag zu Schlag. Wackelt so weit weg von ihr wie es ihm die Ketten ermöglichen. Er dreht sich – zwangsweise – zu mir. Ich habe Mitleid. Sie holt aus und jetzt trifft es nicht nur den Rücken, sondern auch seinen seitlichen Rücken und den Bauch. Und ich sehe feuerrote Striemen. Es drücken sich kleine rote Punkte hervor. Sie sammeln sich zu dicken Tropfen, bevor sie sich miteinander verbinden und nach unten rinnen. Die Panik reißt mich nach oben. Ich stoße auf beide drauf und sehe ein eingebranntes Bild. Ein Duschkopf prellt mir entgegen und ich spüre eiskaltes steinhartes Wasser.

„Sandra, hallo Sandra, Sandra, aufwachen! Scheiße, wach auf!", entnehme ich Martins lauter werdende Stimme aus dem Hintergrund.

Ich liege am Boden, als ich wieder komplett zu mir komme. Sehe, was ich getan habe und erschrecke. Es reißt mich nach oben. Ich hole den Stuhl und löse die Ketten, die jetzt unter voller Spannung stehen. Er fällt zu Boden. Und so fällt meine Rolle.

„Du bist umgekippt. Alles klar? Geht's wieder?"

„Ja, ja. Ich denke." Ich orientiere mich und sehe sein Blut über den Bauch laufen. „Oh Shit! Was hab ich getan?"

„Ich wollte noch sagen, pass auf mit der Peitsche. Damit brauchst du nicht viel Schwung."

„Oh Shit. Shit! Es tut mir so leid." Mir laufen die Tränen herunter, während ich mich hektisch dran mache, seine Hände zu befreien. Wie konnte ich ihm sowas antun? Und das Schlimmste, ich weiß nicht mal, wie ich mich dabei gefühlt habe. Ich reiche ihm seinen Morgenmantel.

„Es war ziemlich geil", gibt Martin zu. „Wobei auch ganz schön heftig, junge Dame. Du hast schon echt Kraft. Deine Ohrfeige allein hat gesessen."

„Das ist doch jetzt nicht der richtige Moment, mir Komplimente zu machen." Ich schäme mich.

„Komm her jetzt!" Und er hält mich fest im Arm. Ganz freundschaftlich. „Alles ist gut. Du hast nichts getan, was ich nicht wollte. Aber du warst grad echt ausgeknockt. Ich hab mir Sorgen gemacht", erklärt er langsam.

Wir legen uns gemeinsam auf die Couch und kuscheln, ohne Küsse, ohne Erotik. Er ist einfach für mich da. Er stellt uns jeweils ein Glas Wein hin und mir noch zusätzlich ein riesiges Glas Leitungswasser.

„Trink' das."

Und ich trinke und trinke, als könnte ich schluckweise meine dumme, ekelhafte Aktion wieder wegmachen.

„Was war denn los?", fragt Martin.

„Oh Mann! Ich weiß es nicht!"

„Fangen wir mal vorne an. Du hast dich drei Wochen, oder sind's schon vier, nicht mehr gemeldet, und plötzlich stehst du vor mir in deiner geilen Bestimmtheit und willst mich bestrafen. Nicht, dass ich das nicht gerne habe. Aber irgendwas ist doch passiert?"

„Ich hab mich geärgert. Über meine Praktikantin. Sie ist der totale Reinfall und wir waren bei einem Kunden gemeinsam. Hier um die Ecke."

„Ist das Meeting denn schlecht gelaufen?"

„Nein. Ganz im Gegenteil."

„Warum hast du dich dann geärgert?"

Ich seufze und beginne, ihm mein Herz über Dina auszuschütten. Mittlerweile gibt es schon richtig viele Geschichten über sie zu erzählen. Zum Beispiel, dass sie sogar unter ihrem Schreibtisch, mitten im offenen Großraumbüro, eine Körperwaage hat. Und sich – auch wenn andere Leute im Raum sind – etwa drei Mal am Tag wiegt. Und wenn einer der Kollegen die Krankhaftigkeit solchen Verhaltens anspricht, schreit sie, weint und stampft davon.

„27. Und noch Jungfrau. Das erklärt doch alles!"

„Ich weiß! Ich wünsche ja auch jeden meiner mühsamen Kollegen und Kunden mehr Sex. Vor allem guten Sex. Wir hätten alle bessere Laune und würden uns im Alltag nicht so unterschwellig das Leben hart machen", schwafele ich.

„Ich würd's machen!"

„Was? Was würdest du machen?"

„Ich würde sie entjungfern."

„Du würdest dir eine Klette an den Hals binden? Freiwillig?"

„Wenn du mir meinen Wunsch erfüllst. Du verkaufst mich. Und ich gebe Dina einen Schritt Richtung Erwachsensein."

„Du bist abartig!"

„Denk darüber nach!"

„Ich könnte dich ja auch an Dina verkaufen, dann hätten wir zwei Menschen auf einmal glücklich gemacht", scherze ich.

„Beim ersten Mal Zuschauer dabeihaben, wäre aber schon sehr merkwürdig. Und außerdem: Du musst mir schon einen ordentlichen Schwanz besorgen. Sonst werd ich nicht aufhören zu betteln."

Wir kichern wie Teenies.

15/ 2000

In der Schlange des Pausenverkaufs geht's meistens um die eine Frage: Wird es noch Käsestangen geben, bis wir dran sind, oder nicht? Heute sind wir aber so weit hinten, dass es hoffnungslos ist. Kein Wunder, wenn man vom 5. Stock nach unten rennen muss.

„Mist. Was will ich denn dann stattdessen?", denkt Feli laut und ich gebe ihr keine Antwort. Ich bin nur wegen ihr mit gestürmt. Appetit habe ich eh keinen. Aber ich will die Pause nicht alleine verbringen und darüber nachdenken, was letzte Nacht war.

„Ach, dann halt 'ne Breze. Was soll's", winkt sie ab.

Es ist Montagmorgen und irgendwie wirken Montage immer voller, vielleicht liegt das an der Kombination Mathe und Physik. Oder liegt es daran, dass die freie Zeit für alle völlig überraschend beendet wurde? Ich mag die Stimmung. Es ist der Beginn des neuen Stundenplans und alle Fächer sind wieder von Neuem abzuhaken.

„Wie war dein Wochenende?", fragt Feli. Und innerlich zieht es mir bei der Frage die Stirn zusammen, was ich ihr hoffentlich verheimlichen kann.

„Mama-Wochenende. Also gab es keinen Plan."

„Naja, immerhin zieht dich deine Mutter nicht in den Wald." Oh nein, sie hat sich die dumme Ausrede gemerkt.

„Ne, das wäre auch viel zu anstrengend für meine Mum. Körperliche Betätigung. Pfui, pfui."

„Deine Mum ist schon 'ne Marke. Wobei, dein Dad noch viel mehr."

„Hmmm." Ich zucke mit den Schultern. Mein Vater liebt Feli. In ihrer lustigen, aufgeweckten Art haben die beiden immer 'ne Menge Spaß. Mein Vater zieht alle Witze aus den Ärmeln und bietet uns jede Menge lässiger Sachen an, die wir gemeinsam unternehmen können: Kletterhalle, Kanufahren, Zelten mit Nachtwanderung, Lagerfeuer mit Stockbrot und Marshmallows, Badesee, eben alles, das ohne Feli nur selten auf dem Programm steht. Ein richtiges Tochter-Programm, extra für Feli. „Du musst mal wieder mitkommen", fordere ich sie auf, nicht ganz uneigennützig.

„Klar. Jetzt aber viel wichtiger: Was ist mit Gabriel? Meldet er sich weiterhin bei dir nach seiner scheiß Aktion?" Sie meint die Lüge über sein Alter.

„Ja. Immer noch. Jeden Tag bittet er mich um Verzeihung."

„Echt? Der meint es schon ernst. Krass. Ich meine, der Altersunterschied ist jetzt schon echt arg, aber er sieht halt wirklich nicht so aus. Und dann ist er auch noch so lieb. Glaubst du nicht, du kannst ihm das nochmal verzeihen?" Feli ist seit dem kurzen Zusammentreffen mit ihm ein riesengroßer Gabriel-Fan.

Wir waren gemeinsam im Metro. Gabriel und ich haben auf einen der vorderen Tische gewartet. Da Gabriel den Platz ausgesucht hat, konnte er ja nicht wissen, dass wir uns sonst immer auf der Couch fläzen. Er war sichtlich nervös, Feli zu treffen und hat mich regelrecht über sie ausgefragt. Über unser Verhältnis zueinander. Ob ich sie attraktiv finde. Was dieser Michael für einer ist und wie sie genau aussieht und dann war er plötzlich still. Er hörte nicht mehr, was ich sage, und gab keine Antworten. Er grübelte und wirkte nervös, ist sich nicht sicher gewesen, ob er nochmal auf Toilette gehen sollte. Obwohl er sonst nie unsicher wirkt, war er irgendwie ängstlich und ich kam mir mit meiner Gelassenheit einen kurzen Moment überlegen vor. Für mich war die Situation, Feli endlich Gabriel vorzustellen, wie ein Schritt von einer fantastischen Traumwelt in die Realität. Hier sitzt er. Gabriel gibt es wirklich. Er existiert, genau hier, an meiner Seite. Er ist weder erfunden noch viel hässlicher oder merkwürdiger, sondern genauso großartig, wie ich ihn beschrieben habe. Vielleicht eher noch besser. Ich konnte es gar nicht abwarten, das alles Feli zu beweisen.

Dann kam sie. Sie hat sich richtig schick gemacht für dieses Treffen. Der kurze Jeansrock, sonst ihre Flirt-Garantie, das Make-up, kräftiger und kühler als gewöhnlich mit extra dickem Lidstrich und verruchtem, dunklem Lidschatten. Sie hat uns völlig selbstverständlich auf der Couch vermutet. Darum musste ich das tun, was ich gar nicht kann, laut nach ihr rufen. Ich bin mir sicher, dass nicht meine Mäuschenstimme sie zu uns gelockt hat, sondern ihre intuitive Suche nach uns. Nachdem sie uns entdeckt hat, schritt sie in ihren hochhackigen Schuhen, die sie noch größer machten, auf uns zu, als wären die Gänge zwischen den Tischen ein Laufsteg. Der sichtlich hingerissene Gabriel ist sofort aufgestanden, um sie zu begrüßen, küsste sie drei Mal, links, rechts, links, auf die Wangen und rückte für sie den Stuhl zwischen uns heraus. Er nahm ihr die Jacke ab. Er ist so. Auch bei mir ist er ein wahrer Gentleman, aber jetzt war etwas anders. Es gab nur noch die beiden. Feli hat sogar vergessen, mich zu begrüßen. Ihre Augen hielten sich gegenseitig fest und Gabriel hat den wärmedurchfluteten Blick seiner Aufmerksamkeit ausschließlich auf Feli geschwenkt. Und ich stand im kühlen Schatten und sie glänzte noch viel mehr als sonst. Ich hab nicht wahrgenommen, über was sie gesprochen haben, denn ich spürte nur Angst. Er ist so gutaussehend, so charmant und elegant, er schafft es, jede Frau herumzubekommen. Die sonst so coole Feli schmolz vor ihm hin und doch soll ich diejenige sein, mit der er zusammen sein will. Die Uncoolere, die nicht wirklich Schlanke, die Pickelige, die Verunsicherte und

Schweigsame, die ab und zu Stotternde. Er versichert mir ständig, wie hübsch, wie zart und einfühlsam ich wäre. Aber gerade in diesem Moment, als er das hübscheste Mädchen, das ich kenne, in seinen Bann gezogen hat, hab' ich mich gefragt, warum er mich so belügt. Diese Begegnung war merkwürdig für mich und erfüllend für die anderen beiden.

Es war tatsächlich Gabriel, der auf die Uhr schaute und meinte: „Leider, müssen wir uns schon bald verabschieden, diese junge Grazie hier und ich haben noch etwas vor." Und von einem Satz auf den anderen schien sein warmes Licht wieder auf mich. Ich hab' weiterhin kaum ein Wort gesagt, aber plötzlich nahm ich wahr, dass sie sich über mich unterhalten, was für ein toller Mensch ich sei. Was ein Glück es wäre, mich zu kennen. Tief in seine Augen blickend, vergaß ich die Kälte und glaubte ihm wieder. Wie sich meine eigenen Gedanken so schnell drehen können, macht mir Angst.

Aber noch viel mehr Angst habe ich vor der Zerbrechlichkeit unsere Beziehung, jetzt, da ich gleich bei zwei Frauen beobachtet habe, wie sie alle Gabriel lieben. Die Zweifel an mir, an uns, sind unerträglich. Und jetzt noch dieses Wiedersehen gestern Nacht. Diese Demütigung mitten auf Straße. Da weiß ich doch selbst nicht, ob ich ihn lieben oder hassen soll?

„Irgendwie hab' ich ihm schon verziehen, aber es fällt mir schwer, ihm wirklich wieder zu vertrauen. Du weißt doch: Wer einmal lügt…"

„…dem glaubt man nicht", vervollständigt sie meinen Satz mit äffender nerviger Stimme.

Feli bestellt tatsächlich die allerletzte Käsestange.

„Schau, manchmal hat man einfach Glück im Leben. Ich sag's dir, Gabriel ist dein Glücksgriff. Dem würd' ich nie einen Korb geben an deiner Stelle. Er ist gutaussehend, total romantisch und kann reden. Ein echter Gentleman. Was stört es dich, dass er in 60 Jahren früher ins Gras beißen wird als du? Er ist dein Lottogewinn, nimm ihn an und freu' dich."

„Meine Mutter wird ausflippen, wenn sie erfährt, dass ich nicht Schluss gemacht habe."

„Dann sag's ihr nicht."

Ich rolle mit den Augen. „Das ist leichter gesagt als getan. Ich muss ständig lügen, mir ständig Ausreden einfallen lassen und dauernd Angst haben, dass wir doch auffliegen."

„Ich deck dich. Jedes Mal. Kein Problem. Mir traut sie doch."

„Naja, nachdem ich behauptet habe, dass ich Gabriel durch dich kennengelernt habe, befürchte ich, dass sie uns da nicht mehr hundertprozentig traut."

„Was ist denn das für 'ne Motivation? Ich dachte, du liebst ihn? Es muss dir einfach egal sein. Es kostet halt was, mit so 'nem Typen zusammen zu sein. Glaubst du, Beziehungen sind einfach? Man muss ständig dafür arbeiten und richtig viel geben. Aber eines sag' ich dir, ich würd' alles dafür geben, dass Michael ein bisschen mehr wie Gabriel wäre."

„Ach komm. Michael ist doch großartig."

„Michael ist ein kleiner Bub im Vergleich zu Gabriel."

„Macht wohl auch der Altersunterschied", bestätige ich sarkastisch.

„Wir haben letztens rumgefummelt und als ich Michael unter sein T-Shirt gefasst hab, musste er lachen wie ein kleines Kind. Das hat die ganze Stimmung versaut. Ich sag's dir, es wird ewig dauern, bis der mal so weit ist. Aber vor seinen Kumpels tut er immer so, als hätte er mich schon flachgelegt. Echt peinlich."

„Oh Mann. Jungs."

„Ich wette, sowas würde bei Gabriel nicht passieren."

„Nein. Kitzlig ist er nicht", antworte ich wahrheitsgetreu.

„Schon ausprobiert?"

„Noch nicht überall." Auch das ist die Wahrheit.

„Wie weit seid ihr denn schon gegangen?", fragt Feli. Und ich muss voller Scham an letzte Nacht denken. An meine ausweglose Hilflosigkeit. *,Bitte, bitte mach, dass mich keiner gesehen hat!'*, bete ich im Stillen. Wie konnte er das nur tun? Nach all der Abstinenz zuvor ist nun alles nur noch schlimmer. Noch beschämender. Und warum konnte ich mich dagegen nur nicht wehren? Noch nicht mal was dagegen sagen?

„Wir sind schon ganz schön weit gegangen, finde ich."

„Hast du sein Teil gesehen?", hakt sie nach und ich fühle mich plötzlich zu erfahren für dieses Gespräch.

Obwohl mich Gesprächspausen sonst nervös machen, warte ich mit der Antwort. So lässig wie möglich. Sogar ein kurzer Schulterzucker entfällt mir, als ich ihr sage: „Ja, klar."

Ich frage mich langsam, was mich von dem Pärchen, die eine Szene auf Aalens Marktplatz vorgespielt haben, unterscheidet. Ich spiele allen etwas vor. Feli, Gabriel, meiner Mutter, meinem Vater, sogar mir selbst. Ich verachte mich. Zutiefst. Für alles.

„Oh, ich beneide dich so", sagt Feli und zum Glück rettet mich der Gong zum Ende der Pause. Die nächste Stunde ist Religion. Feli ist katholisch, also trennen sich hier unsere Wege.

„Du musst mir alles erzählen. Alles. Komm doch heute nach der Schule vorbei?", fordert sie.

„Geht echt nicht. Ich muss für die Mathe-Schulaufgabe lernen."

„Du musst dich mit Mathe mal entspannen. Das kannst du doch so und so. Ganz ohne Lernen."

„So ist's leider auch wieder nicht", erwidere ich und gehe in Richtung Religionsraum.

Als ich durch unsere Straße auf unser Haus zugehe, blicke ich in jedes Fenster, in jeden Garten, ob ich irgendjemanden sehe und ob ich in demjenigen Blick etwas lesen könnte. Herr Bernhard kommt mir am Gehsteig entgegen. Er wohnt gegenüber und hätte bestimmt die beste Sicht gestern Nacht gehabt. Mein Blut brodelt. Meine Zunge ist staubtrocken. Meine Scham ist so groß, dass ich mir vorkomme, als würde ich jetzt gerade mit heruntergelassener Hose vor ihm stehen. Ich fühle mich fiebrig und beinahe traue ich mich nicht, den Blick zu halten, als er näherkommt. Als er freundlich „Grüß dich, Sandra" trällert, entspanne ich und erkenne seine freundlichen grünen Augen hinter der sympathischen Peter-Lustig-Brille. Er weiß von nichts. Zum Glück weiß er von nichts. Oder? Vielleicht tut er auch nur so. Oh Gott! Ich will sterben. Und was ist mit den anderen? Ich hoffe so, dass alle fest schliefen. Nicht ahnend, was vor der Haustüre passiert. Am liebsten würde ich in alle Köpfe der Nachbarn sehen, um zu wissen, was sie wissen. Aber ich kann schlecht nachfragen. Also bleibt mir nichts anderes übrig als abzuwarten, ob ich damit davonkomme. Ich schäme mich so. Das tiefe Bedürfnis, mich in meinem Zimmer zu verstecken und nie mehr einen Fuß nach draußen zu setzen, treibt mich an, schneller nach Hause zu kommen.

Das Mittagessen kann ich mit Mühe abwenden mit der Ausrede, dass mir übel ist und verschwinde endlich in mein Zimmer. Hier vergesse ich die Zeit. Sogar die Aufgaben, die zu erledigen wären. Vergesse, was die anderen später oder morgen oder irgendwann von mir erwarten. Ich vergesse alles. Nur eines vergesse ich nicht: wie sehr ich mich für letzte Nacht schäme. Wie ich versucht habe, den Schmerz herunterzuschlucken. Und dann von einem Moment auf den anderen denke ich nur noch, wie stark meine Liebe zu ihm ist. Wie schön der Moment war, ihn wiederzusehen. Was für eine Überraschung. Wie sehr ich wusste, dass er der Richtige ist, als er von mir eine Entscheidung wollte. Ich habe es gespürt. Er ist der Richtige. Ich will nur ihn und er nur mich und nichts anderes zählt, und darum ist es okay. Wir gehören zusammen und dazu gehört eben auch Sex. Vielleicht hört es irgendwann auf wehzutun, wenn man es nur oft genug gemacht hat. Wenn ich ihn haben will, dann muss ich das aushalten. Es gehört dazu. Und normalerweise ist er doch nicht so grob. Gabriel ist zärtlich und romantisch und gestern ist wohl auch bei ihm die Sehnsucht mit ihm durchgegangen. Der ganze Stress nach dem Streit.

Das eigentliche Problem ist nicht, was wir tun. Sondern wo wir es tun. Und das ist ein Problem, das sich nur schwer lösen lässt. Wir können uns nicht hier treffen. Nie im Leben könnte ich ihn hier hereinschmuggeln, und niemals wären wir leise genug, dass meine Mutter uns nicht hören würde. Außerdem wäre ich total unentspannt dabei. Das ist keine Option. Und im Auto ist es natürlich eng. Wahrscheinlich so eng, dass es gestern auch Gabriel gestört hat, in den kleinen Kasten zu klettern. Aber auch wenn wir dort etwas geschützter sind, garantiert das nichts. Es könnte uns noch immer irgendein Spaziergänger erwischen. Ich könnte natürlich Gabriel besuchen. Aber auch das wäre wohl nur sehr selten möglich. Was würde ich meiner Mutter erzählen? Ein Wochenende gemeinsam mit Felis Familie, weil Feli ab und zu auch das Wochenende bei meinem Dad und mir verbringt? Ja, vielleicht. Aber selbst wenn sie es tatsächlich glauben würde, wie komme ich dann noch in die Schweiz? Mit dem Zug? Wie lange brauch ich da wohl und, vor allem, woher nehme ich das Geld? Ich kann darauf sparen, aber es wird bestimmt eine Zeit dauern, von meinen 40 Mark Taschengeld das Ticket zusammenzukratzen. Und das würde auch bedeuten, kein Geld auszugeben. Genauer betrachtet bleibt uns wohl nur sein Auto.

„Wir dürfen sowas wie gestern Nacht nie wieder machen", gestehe ich Gabriel in dieser Nacht am Telefon.

„Hat es dir nicht gefallen von hinten?"

„Nein. Das meine ich nicht. Ich meine draußen in aller Öffentlichkeit. Direkt vor meinem Haus und allen Nachbarn."

„Die haben doch alle geschlafen."

„Das weißt du nicht."

Ich erkläre ihm die Gedanken um den Ort und er lässt mich ungewöhnlich lang aussprechen, ohne mich zu unterbrechen. Ich führe ihm alle Vor- und Nachteile auf.

„Darum bitte ich dich, lass uns bitte einfach gute Orte finden, wo wir dein Auto ungesehen parken können und auf der Rückbank ganz für uns sein können. Bitte!", schließe ich meine Rede und höre nichts. „Bitte, Gabriel, es ist mir wirklich wichtig", flehe ich und meine Stimme zittert aus Verzweiflung, er würde wieder von mir erneut verlangen, mitten auf der Straße mit ihm zu schlafen.

„Ich habe eine bessere Idee. Wir nehmen uns ein Zimmer", beschließt er. Ich reiße die Augen auf. Die Aussicht auf Platz und Privatsphäre kommt völlig überraschend. Es ist nicht so, als wäre mir diese Option gar nicht eingefallen, aber ich hätte ja gar nicht gewusst, wie ich so etwas bezahlen soll, und somit habe ich es vollkommen ausgeschlossen.

„Das kann ich mir nicht leisten."

„Sandra, ich bitte dich. Ich bezahle natürlich."

„Das kann ich nicht annehmen." Denn das fühlt sich an, als würde auch ich damit bezahlt werden.

„Oh mein lieber Schatz, natürlich kannst du das. Außerdem ist die Idee wirklich ganz gut. Immer diese durchgemachten Nächte sind ganz schön anstrengend und so bleib' ich einfach eine Nacht bei dir und fahre dann sonntags wieder gut ausgeschlafen nach Hause."

„Aber, aber,..."

„Das ist super. Ich weiß, in was für eine peinliche und unangenehme Lage ich dich gebracht habe. Ich hätte selber draufkommen können, dass das so nicht geht."

„Aber,..."

„Du musst dir keine Gedanken machen. Wenn du dir schon so einen alten Knacker ausgesucht hast, dann hat es wenigstens den Vorteil, dass ich arbeite und Geld verdiene. Ich kann mir das leisten, keine Sorge."

„Aber, ich denke nicht, dass ich bei dir schlafen kann. Ich kann schon ein, zweimal die Ausrede erfinden, dass ich bei Feli penne, aber nicht jedes zweite Wochenende. Du bezahlst für die ganze Nacht, aber ich kann gar nicht bei dir sein."

„Das ist kein Problem." Er klingt fast so, als würde ihn das freuen. „Du kommst und gehst einfach so, wie es dir möglich ist. Hauptsache, wir sehen uns, auch wenn ich zwischendurch auf dich warten muss oder ohne dich schlafen muss."

„Wirklich."

„Aber natürlich Sandra. Nur eine Sache musst du mir versprechen."

„Jede."

„Du musst mir jede freie Minute schenken. So oft und solange es geht, musst du zu mir kommen. Und du musst alles machen, was ich von dir verlange. In der Zeit, in der wir in diesem Hotelzimmer sind, gehörst du voll und ganz mir." Dieses Mal brauche ich einen Moment, bis ich antworten kann. „Versprich es mir, Sandra", verlangt er nachdrücklich.

Meine Augen sind fest geschlossen.

„Ich versprech' es."

16/ 2000

Er trägt seine elegante, überquellende Reisetasche aus schwarzem glattem Leder. Ich dagegen halte mich an meiner kleinen Handtasche fest. So stehen wir vor der Rezeption und warten darauf, dass Gabriel einchecken darf.

Von Wochenende zu Wochenende wird es schwerer, passende Kleidung zu finden, um mit seinem eleganten Stil mitzuhalten. Zumindest dieses Leid kann ich Feli klagen und sie zwingt mich, mir ihre Sachen zu leihen. Was mein Probxlem natürlich löst, mir aber gleichzeitig unangenehm ist. Was, wenn etwas kaputt geht, zerrissen oder blutig ist? Wie würde ich ihr das erklären? Und ganz generell ist es mir unangenehm, etwas zu borgen. Heute trage ich einen klassischen beigen Wollmantel von Feli und darunter meine Lieblingsjeans mit einem dunkelroten Oberteil, auch von Feli. Es besteht aus zwei Schichten. Unten ein enganliegendes Top und darüber ein flattriger halb durchsichtiger Vorhangstoff. Ich fühl mich ein bisschen, als hätte ich mich als Feli verkleidet. An ihr sieht es super aus. Bei mir hoffe ich, dass die zweite Schicht alle engen Wülste darunter genug verdeckt.

Die alte Dame an der Rezeption schaut uns, wie jedes Mal, skeptisch an und führt mit Gabriel die gleiche Diskussion.

„Das ist nur ein Einzelzimmer. Wenn sie zu zweit übernachten wollen, müssen wir ihnen mehr berechnen."

„Nein, das ist nicht notwendig", gibt Gabriel so knapp wie möglich zurück.

„Wir hätten auch tolle Doppelzimmer. Mit Aussicht auf den Weiher", argumentiert sie weiter und sucht meinen Blick. „Sie müssten nur dieses Gastformular ausfüllen und ich bräuchte kurz ihren Personalausweis. Der Aufpreis ist geringfügig."

Die Alte ist wohl gar nicht so alt. Ich würde sie höchstens auf Mitte 60 schätzen. Ihr Haar ist weißblond. Akkurat auf Kinnlänge gekürzt mit geradem Pony. Sie hat dickes Haar, das bei jeder Kopfbewegung in der exakt gleichen Position bleibt. Nie fällt ihr nur eine einzige Strähne ins Gesicht. Sie hat liebe Gesichtszüge, freundliche grüne Augen und viele Falten. Wie immer stinkt sie nach Zigarettenrauch und wäre es nicht der Geruch, würden es ihre gelb gefärbten Finger verraten. Sie wirkt nett und ich bin mir sicher, dass sie mich nicht kennt. Aber Aalen ist eine kleine Stadt. Leute reden und wir wissen beide, dass sie eine hohe Gefahr für uns darstellt. Warum Gabriel trotzdem Wochenende für Wochenende dieselbe Pension bucht, ist mir ein Rätsel. Manchmal vermute ich sogar, er spielt damit, dass wir auffliegen.

„Danke. Aber ich wohne hier im Ort. Ich brauche keine Übernachtungsmöglichkeit", lehne ich ab. Als ich wieder in Gabriels Augen schaue, sieht er mich streng an. Der Blick sagt eindeutig: Warum erzählst du ihr überhaupt irgendwas? Ich sage nichts mehr, während er das Zimmer im Voraus bar bezahlt und ihr sehnsüchtig den Zimmerschlüssel aus der Hand reißt.

Als Gabriel mir zum ersten Mal ein Hotelzimmer vorgeschlagen hat, lag vor meinem geistigen Auge ein modernes, lichtdurchflutetes Apartment hoch über den Dächern der Stadt. Mit Zimmerservice, strahlend weißen Bettlaken und dem Gefühl, sich verwöhnen zu lassen. Das Gefühl, erwachsen zu sein. Mit modernen, unbenutzten Möbeln, einem großen Bett, eine Bettdecke so riesig, dass man zu zweit darunter liegen kann. Romantisch mit Blumen und einem Glas Sekt. Und im

Bad eine freistehende Badewanne.

Hier in der Pension Rainbügl ist alles anders. Wir haben wie immer das Zimmer mit den Dachschrägen. Gabriel hat es als Einzelzimmer gebucht, aber es stehen zwei Einzelbetten darin. Eins ist an der linken, das andere an der hinteren Wand fest in der Wand verschraubt, sodass man sich nicht unerlaubt ein Doppelzimmer daraus zurechtrücken kann. Das linke ist frisch bezogen, das andere wurde mit Tagesdecke und dicken schweren Kissen zu einer unbequemen Couch umfunktioniert. Der dritte Stock fühlt sich gut an, weit weg von der Alten, sodass sie uns nicht hören kann. Das Zimmer ist an der Decke und den Dachschrägen mit hellem Holz verkleidet. Über den Betten, knapp unter den Schrägen, findet sich noch etwas Raum für ein paar kleine Bilder. Dort hängen historische Kupferstiche von Aalens Wahrzeichen. Detaillierte schwarzweiße Strich-Ansammlungen, die ich auswendiger kenne als die wirklichen Gebäude, denn sie geben meinem Blick einen Anhaltspunkt, wenn es einfach nur vorbei gehen soll. Darunter weiße Raufasertapete. Dieses Zimmer ist einfach nur zweckmäßig. Einfachheit gepaart mit Spießbürgertum. Zwischen den beiden Betten ist die Türe zum Badezimmer. Das Bad ist schmaler als der Schlafraum, die Dachschrägen rechts und links nehmen noch mehr Raum ein. Die Wände und sogar die Decke sind mit dem gleichen hellen Holz verkleidet, das durch die Feuchtigkeit viel mitgenommener aussieht als im Schlafraum. Das Waschbecken links, Duschkabine und Toilette rechts. Gegenüber der Tür gibt es ein klitzekleines Fenster, das keine Chance hat, den Raum mit Licht zu versorgen.

Gabriel holt seinen Kulturbeutel aus der Reisetasche und wir gehen gemeinsam ins Badezimmer. Er pinkelt, während ich mich bereits ausziehe. Ich lege Felis Oberteil sorgfältig zur Seite. Sobald er fertig ist, hilft er mir langsam und zärtlich, meine Unterwäsche auszuziehen, bis ich nackt im Badezimmer stehe. Er stellt mich in die Mitte des Raumes und betrachtet mich, umkreist mich wie ein wildes Tier seine Beute. Hier kommt jedes Mal eine Art von Lehrstunde, ein Auftrag, eine Erfahrung, die er mit mir teilt.

Ich muss auf meine Figur achten, das hat er mir das letzte Mal gesagt. Es ist wichtig, gesund zu essen und eine attraktive Figur zu haben. Für die Gesundheit, aber vor allem, damit man sexuell attraktiv bleibt. Er hat nicht gesagt, ich wäre zu dick. Aber mit dem Griff auf die Hüfte und meinen Bauch hat er mir tief in die Augen geblickt und mich beauftragt, dass ich den wegbekommen könnte, wenn ich nur will. Seitdem habe ich so wenig gegessen, wie es mir nur möglich war. Aber mit einer Oma, die schon fast darauf besteht, dass man mindestens zweimal aufnimmt, ist das nicht so einfach. Seit er mich so explizit darauf hingewiesen hat, ist mir klar, dass er mich nicht hübsch findet. Was auch immer es ist, was er an mir mag, es ist nicht mein Äußeres und ich verstehe es voll. Ich hab' ein Bäuchlein, ich hab' diese schlimme Akne, keinen Stil und kein Auftreten. Und ich weiß ganz genau, dass er mich verlässt, wenn ich nicht abnehme. Jetzt sind zwei Wochen vergangen. Mein Bäuchlein ist noch da und anstatt, dass er verschwindet, fühle ich mich nur noch dicker. Vor allem direkt hier unter der alles aufdeckenden viel zu hellen Badezimmerlampe.

„Hast du dir zu Herzen genommen, was ich dir letztens gesagt habe?", fragt er ernst.

„Natürlich." Und ich berichte von meinem Essverhalten. Aber nicht davon, wie schwer es mir gefallen ist. Wie mir nachts der Magen knurrte nach dem ausgelassenen Abendessen. Das habe ich zwar offiziell in meinem Zimmer zu mir genommen, in Wirklichkeit aber in einer Plastiktüte verknotet am nächsten Tag auf dem Weg zur Schule entsorgt. Auch das Frühstück konnte ich vermeiden. Zuhause habe ich gesagt, ich würde in der Schule essen. In der Schule habe ich gesagt, ich hätte schon zuhause gegessen. Das Mittagessen war dann so eine Wucht, das mir am Nachmittag der Magen wehtat und ich komischerweise noch viel mehr Hunger empfand. Ich war unkonzentriert, genervt und gereizt.

Essen ist etwas, das mir guttut. Ich weiß, dass ich zu viel esse. Aber die Wärme von manchen Nahrungsmitteln fühlt sich friedlich an. Der gedeckte Apfelkuchen meiner Oma ist ein einziger Ruhepol. Weintrauben geben mir Energie und lassen oft die schlimmen Wartezeiten auf Gabriels Anruf vergehen, Traube für Traube ein klein wenig süßer. Die anderen Mädchen aus meiner Klasse arbeiten schon lange auf ihr Schlankheitsideal hin. Sie verfluchen jegliches kalorienreiche Essen, und wer es schafft, sich in eine Kleidergröße kleiner zu hungern, wird vornerum bejubelt, hintenrum beneidet und gleichzeitig für essgestört erklärt. Obwohl jedes Mädchen exakt das Gleiche versucht. Zumindest hier habe ich mich immer stark gefühlt. Als ein Mädchen, das mit diesen extra Pfunden gut leben kann und sie akzeptieren kann, das Essen als Genuss empfindet, aber seit zwei Wochen ist auch hier mein Rückgrat gebrochen. Ich hungere, aus Angst ihm nicht mehr zu gefallen und verlassen zu werden. Aber er hat ja recht. Es ist zu viel. Es ist ungesund und nicht sexy. Ich hätte ihm so gerne ein besseres Ergebnis präsentieren wollen, aber er reagiert zum Glück verständnisvoll.

„Du wirst das loswerden. Nicht in zwei Wochen oder in vier. Dafür ist es zu viel. Aber du schaffst das und in zwei Monaten steht mein Schatz vor mir und ist sexy und schlank." Er dreht sich enger um mich und streicht mit seinen Händen an meinen Hüften. Ich schließe die Augen, genieße die sanften Berührungen und versuche dabei zu vergessen, dass er noch immer angezogen und nur ich nackt bin.

„Ich wüsste aber etwas, womit wir die Sache etwas beschleunigen könnten." Seine Hand rutscht auf meinen Speck. „Würdest du für deinen Gabriel alles tun?"

„Ja, alles!"

„Bist du dir sicher?"

„Alles. Für dich tu' ich alles."

„Ich hab etwas dabei, damit wirst du es ohne Hunger schaffen, vier Tage nichts zu essen. Das schwöre ich dir. Und noch dazu hätten wir den besten Sex, den man sich nur vorstellen kann." Er flüstert verführerisch.

„Was soll das sein?", frage ich ernsthaft, denn diese Hinweise lassen mich im Stockdunkeln.

„Du musst mir versprechen ganz ehrlich zu sein und ganz für dich zu entscheiden, ob du es willst", spricht er weiter und geht zu seinem Kulturbeutel. „Sandra, es wäre das Geilste, wenn ich mit dir auf Koks ficken dürfte. Aber wir müssen beide high sein." Er öffnet seine Hand, in der das kleine Plastiksäckchen mit dem weißen Pulver liegt.

„Und man hat wirklich keinen Hunger, wenn man das nimmt?" Der Hunger spricht schneller als meine Angst.

„Oh ja! Dir geht's ein paar Tage einfach nur gut und du brauchst nichts außer meinen Schwanz. Du vergisst jeden Hunger, jede Traurigkeit und wir können uns einfach durchs Wochenende vögeln, ohne müde zu werden!"

„Das ist 'ne harte Droge!"

„Keine Sorge, Süße, von einem Mal wird man nicht gleich abhängig. Einmal ist keinmal. Und da du es nicht gewohnt bist, wirst du gar nicht viel brauchen und es gleich spüren. Es ist keine Gefahr, wenn man es mit der richtigen Person macht. Und ich bin ja dabei und pass' auf dich auf."

„Aber du wirst auch high sein."

„Darum fängst du an. Wir wollen nur etwas Spaß haben. Wir schießen uns ja nicht ab. Mach dir keine Sorgen."

Ich mach' mir aber Sorgen. Würde ich jetzt Nein sagen, würde er das ganze Wochenende versuchen, mich zu überreden, bis ich es doch mache. Das war schon so beim Thema Analverkehr. Und am Ende hat es mir nichts gebracht außer eine endlose unangenehme Argumentation, in der meine Stimme zitternd um Erbarmen gefleht hat vor Scham und Angst. Bis ich ‚Ja‘ gesagt hab’. Voller Angst starre ich ihn an und sage „Okay“. Meine Kehle ist eingetrocknet. In meinen Augen steht das Wasser. Ich weiß, dass ich das nicht möchte. Schon wieder ist es mir zu hundert Prozent bewusst, ich will das nicht. Aber ich habe viel zu viel Angst, ihm nicht zu gefallen, ihm keinen Spaß zu bereiten, ihn zu verlieren, vor allem wenn es Dinge sind, die ich doch einfach für ihn tun könnte. Ich tu es einfach und sichere mir seine Liebe. Und wenn das wahr ist, bekomm’ ich sogar schneller meine Kilos runter. Ich weiß, wie gefährlich diese Droge ist. Wir haben es in der Schule gelernt. Damals habe ich mich gefragt, wie man so dumm sein kann und überhaupt damit anfängt. Jetzt knie ich über dem geschlossenen Klodeckel und soll die zarte Line, die mir Gabriel hergerichtet hat, in meine Nase ziehen. Ich zittere. Eine Träne fällt neben das Pulver. Er nimmt mich in den Arm. Mittlerweile hat auch er sich ausgezogen. Ganz fest drückt er meinen nackten Körper gegen seinen und flüstert.

„Du darfst es nicht mir zuliebe machen. Du musst es selbst wollen. Ich will nicht, dass du dich gezwungen fühlst. Du bist eine starke Frau! Du sollst alles aus Überzeugung machen, aus freiem Willen. Es macht mir keinen Spaß, wenn ich den Eindruck habe, du fühlst dich gezwungen.“ Er sieht mein Gesicht nicht, daher heule ich geräuschlos. Ich klammere mich fest an ihn.

„Es ist doch nur...“

„Was ist?“

„Ich habe das noch nie gemacht. Ich weiß nicht, wie.“

Er umgreift mein Gesicht und blickt mich verständnisvoll an.

„Kein Problem. Ich zeige es dir.“

„Wirklich?“ Ich tu so, als wäre damit mein Problem

gelöst, belüge mich selbst und verkneife mir mein Weinen. In meinem Kopf drängen sich die Zweifel, doch ich lasse keine Fragen zu. Ich schalte meine Gedanken aus. Stumpf starre ich auf die weiße Linie. Sie zieht mich an wie ein schwarzes Loch.

„Natürlich. Aber vorher musst du nur schwören, dass du es aus freien Stücken wirklich nehmen willst."

„Ja, unbedingt", erzähle ich seinen grün glänzenden Augen und mir selbst sage ich innerlich *„Ja, denn ich habe keine andere Wahl'.*

Er nimmt das Röhrchen, das er aus dem 10-Mark-Schein gerollt hat, und zieht die Line, die für mich bestimmt war, in einem schnellen Zug in seine Nase.

„Einfach tief durch die Nase einatmen. Es ist ganz leicht."

Er bereitet die exakt gleiche Line noch mal vor und ich tue es ihm gleich, wie ein automatisierter Affe. Ich tue so, als würde ich meine laufende Nase nach oben ziehen und merke ein kühles, frisches Ziehen in meinem Kopf. Es ist drin. Ich merke nichts. Keinen Unterschied. Alles wie immer. Gabriel nimmt eine zweite Line.

„Wie oft nimmst du was?"

Er will mir ausweichen. „Ich hab 'ne Zeit lang öfter was genommen. Aber jetzt schon fast ein Jahr gar nicht. Aber mit dir zusammen was nehmen, darauf hatte ich schon länger Lust. Du bist der Wahnsinn, was du dich alles traust. Hast du überhaupt vor etwas Angst, Sandra?"

Ich zucke nur mit den Schultern. Ich hab' Angst vor jedem neuen Schultag. Am meisten davor, dass mich ein Lehrer aufruft. Ich hab' Angst vor meinen Klassenkameraden, vor Pausen, vor Klassenfahrten. Ich habe eine Höllenangst davor, ihn zu verlieren. Ich hatte Angst vor jeder Zigarette, die ich gemeinsam mit Feli geraucht habe. Als ob ich direkt danach tot umfallen würde. Seit es Gabriel gibt, rauchen wir aber beide nicht mehr. Denn er findet, dass es ungesund und schlecht für die Haut ist. Natürlich hab' ich Angst vor dem Koks, das in meiner Nase steckt. Die Tatsache, dass ich es geschafft habe, so viele Ängste vor ihm zu verheimlichen, lässt mich aber ein bisschen so fühlen, als wäre ich diese angstfreie, mutige Sandra, von der er spricht. Die selbstbewusst auf ihren eigenen Beinen steht.

Ich merke noch immer keine Wirkung, außer dass ich mich sehr wach und energiegeladen fühle. Aber dieser Zustand fühlt sich grundsätzlich nicht anders an. Das beruhigt mich. Gabriel würde nie etwas Schlechtes wollen und hat mir sicher eine bedenkenlos geringe Menge gegeben.

Wir gehen, wie üblich seitdem wir hier in die Pension kommen, als erstes gemeinsam duschen. Ich liebe das, denn hier passiert nichts schnell und alles ist glitschig, weich und warm. Er besteht darauf, mich zuerst Einseifen zu dürfen, und knöpft sich jede Körperregion mit penibler Sorgfalt vor. Er seift nicht nur ein, sondern massiert und streichelt und gleitet mit seinen Händen über meine Haut. Selbst meine Vagina wäscht er nur gründlich, ohne sie zu penetrieren. Er spült das Duschbad von oben nach unten wieder ab. Dann seift er meine Haare ein. Wenn sie nass sind, reichen sie schon fast bis über die Schulterblätter. Er liebt lange Haare, er findet sie weiblich und sexy und lobt den Glanz und die Kraft meiner dicken braunen Haare. Die Kopfmassage tut gut und irgendwie fühle ich mich ganz plötzlich befreit. Leichter. Schöner. Glücklicher. Denn was könnte es gerade Besseres geben, als nackt mit dem gutaussehendsten Typen der Welt unter der Dusche zu stehen. Nichts! Er massiert sogar meine Stirn, meine Schläfen, die Wangen und das Kinn und ich akzeptiere sogar die vielen Krater, über die seine Finger wandern. Mittlerweile weiß er, dass sie da sind. Würde er mich nicht so lieben, wie ich bin, würde er das doch nicht tun. Es ist wunderschön, so zärtlich im Gesicht angefasst zu werden.

Mit der größten Dankbarkeit kopiere ich bei ihm die exakte Waschung, die ich gerade genießen durfte. Genau wie eben sprechen wir nicht. Ich lasse mir Zeit, wiederhole dieselben Körperteile, obwohl ich sie bereits gewaschen habe. Als ich den Schaum von seinem Penis spüle, nimmt er mir die Brause aus der Hand und drückt mich nach unten. Kniend ist er genau auf der Höhe meines Gesichts und ich nehme ihn langsam und zart in den Mund. So wie ich ihn vorher mit den Händen verwöhnt habe, mache ich jetzt mit Mund und Zunge weiter.

Ich weiß genau, was ich zu tun habe, denn dafür gab es schon viele, sehr genaue, sehr lange Lehrstunden. Er hat es mich wieder und wieder machen lassen. Aber als beim nächsten Treffen die gleiche Lehrstunde kam, habe ich gewusst, dass ich es nicht gut gemacht habe. Aber es ekelt mich noch immer. Es ist einfach so viel in meinem Mund und es fühlt sich merkwürdig an, der harte Penis und die dünne Haut, die daran hoch und runterrutscht. Ich habe Angst ihn zu verletzten, und es würgt mich. Jetzt aber, wo ich kniend in der Duschwanne nicht nur seinen Penis, sondern auch noch jede Menge Wasser über mein Gesicht laufen habe, vergesse ich die Möglichkeit des Erstickens, ich nehme ihn an, so wie er ist. So wie er es haben will. Gabriel hält sich fest, er stöhnt und zittert und zwischendurch sagt er nur Dinge wie „Genau so, Schatz" oder „Hör nicht auf, bitte, hör nicht auf!". Keinerlei Kritik wie sonst. Auf einmal kann ich es und fühle mich großartig. Er nimmt meinen Kopf fest und beginnt, mit seinen Hüften zu schwingen. Ich sauge, lecke, schmatze und lass' ihn in mich gleiten und wieder heraus. Er drückt meinen Kopf fest gegen die kalte Duschwand und stößt in mich, sodass seine Hüftknochen schmerzhaft gegen meinen Kiefer schlagen. Und dann passiert, worauf ich nicht vorbereitet war: Er spritzt ab. Er presst sich so tief in mich, dass ich kurz das Gefühl habe zu erbrechen. Er gleitet aus mir heraus, kniet sich schnell zu mir herunter und hält mir fest den Mund zu.

„Schluck es, Sandra. Schluck es runter."

Ich blicke ihn mit großen Augen an. Der Saft schmeckt säuerlich und der Ekel ist plötzlich wieder da. Fast befürchte ich unter seiner festen Hand zu ersticken. Ich kann es weder ausspucken noch etwas sagen. Langsam schließe ich die Augen und schlucke. Als wäre es ein versehentlich verschluckter Kaugummi, spüre ich wie das Gallige meinen Rachen hinunterrutscht. Als es weg ist, öffne ich die Augen. Dann küsst er mich und schleckt mit seiner Zunge meinen Mund aus.

„Was bist du nur für eine gute Schülerin!", lobt er mich und ich verdränge, was war und suhle mich in seinem Lob. Und dann denke ich erleichtert, wenn er gerade gekommen ist, werden wir nicht sofort wieder Sex haben können. Vielleicht kuscheln wir oder gehen etwas raus.

Doch nachdem wir uns abgetrocknet haben, nimmt er mich genauso, als wäre nichts passiert. Seine Potenz und seine Energie scheinen durch das Kokain mannigfaltig geworden zu sein. Meine Durchhaltekraft allerdings auch. Und wie aus dem Nichts beginne ich beim Sex hier und da die Oberhand zu gewinnen, und fange an, es auch hier zu genießen. Ich bahne mir den Weg nach oben und beiße und kratze ihn, genauso wie er es sonst bei mir macht. Wir machen nichts anderes außer miteinander zu schlafen. Wir essen nicht. Wir trinken hin und wieder Wasser, weil er sagt, es wäre wichtig. Die Pausen sind kurz zum Pinkeln da oder um sich den Schweiß abzuwaschen. Keiner zählt mit, wie oft wir es tun.

Plötzlich klingelt mein Handy. Und damit fällt mein Blick automatisch auf die Uhrzeit. Es ist nach zwei Uhr morgens.

„Hallo", beantworte ich den Anruf meiner Mutter.

„Ja, wo bist du denn, Sandra?"

„Bei Feli. Hab ich doch gesagt."

„Aber doch nicht so lange. Schau doch mal auf die Uhr!"

Ihr Entsetzen klingt durch jede einzelne Silbe.

„Ich hab's grad erst gesehen. Tut mir leid. Wir haben gar nicht auf die Zeit geachtet."

„Seid ihr denn bei Feli zuhause? Oder seid ihr etwa ausgegangen?"

„Nee, natürlich bei Feli zuhause."

„Dann hol ich dich jetzt ab. Ich will nicht, dass du um diese Uhrzeit alleine nach Hause gehst."

„Aber ich kann auch Felis Vater fragen, er fährt mich bestimmt gern."

„Nein. Nix. Du hast die Gastfreundschaft der Bergers schon genug beansprucht."

„Aber es ist sicher kein Problem und dann musst du nicht extra."

„Nein. Ich fahr gleich los. Mach dich fertig. Ich bin in zehn Minuten vor ihrem Haus, da kommst du raus. Tschüss."

Sie hat aufgelegt. Ich bin erstarrt. Gabriel, der mitgehört hat, schreit mich panisch an.

„Wo holt sie dich ab? Nimm deine Sachen. Zieh dich an." Er reißt mich aus dem Bett und ich gehorche. Er zieht die Jeans an und ich versuche die Klamotten im Bad zu suchen. Ich merke, wie dringend ich auf Toilette muss, aber dafür ist keine Zeit.

„Schneller. Sandra. Mach jetzt."

Ohne Jacke steht Gabriel in der Tür. Ich hab nur Unterwäsche und Schuhe an. Die Socken hab ich nicht gefunden. Er lässt mir keine Zeit. Die anderen Kleider und meine Tasche in den Armen renne ich mit ihm die drei Stockwerke nach unten und wir steigen in den direkt vor der Pension geparkten Panda.

Wir fahren bereits und ich ziehe mich weiter an.

„Bind' deine Haare zusammen, die sehen total wild aus!"

Ich fasse in meine Haare und spüre wieder, wie zerzaust sie sind. ‚Oh Gott‘, denke ich. ‚*Das geht nicht gut. Das geht nicht gut.*‘ Ich sage ihm den Weg an. Er hält an der Ecke und ich springe raus und renne bis vor Felis Haus. Grade als ich vor der Gartentür angekommen bin, rollt im Schneckentempo etwas völlig Dunkles auf mich zu. Und es ist tatsächlich meine Mutter in ihrer Mercedes A-Klasse.

„Wieso hast du denn kein Licht an?“, frage ich sie.

„Was?“ Sie wirkt völlig erschrocken. „Ich hab’ doch Licht an.“

„Nein, da leuchtet nix. Ist es kaputt?“

Meine Mutter dreht am Lichtschalter und mit einem Mal ist die Straße vor uns hell erleuchtet.

„Ich bin so blöd. Mein Gott, bin ich blöd. Ich hab’ einfach vergessen, das Licht anzumachen. Ich bin so ein riesengroßer Depp.“

„Ach komm. Ist doch nicht so schlimm“, beruhige ich.

Sie ist von ihrem eigenen Ungeschick so abgelenkt, dass sie völlig vergisst, mich überhaupt anzusehen. Meine Mutter ist die schlechteste Autofahrerin der Welt. Sie sitzt so nah an dem Lenkrad, als müsste sie sich daran festhalten. Es fällt ihr schwer, die Geschwindigkeiten anderer Fahrzeuge einzuschätzen, und sie fährt grundsätzlich 15 km/h zu langsam. Wenn sie aber abbiegen muss oder in die Kurve fährt, gibt sie deutlich zu viel Gas, als ob sie die gefährliche Situation einfach schneller hinter sich bringen will. Es ist ernsthaft angsteinflößend, neben ihr zu sitzen. Jedes Mal, wenn sie schaltet, muss sie nach unten auf den Schaltknüppel schauen, als ob sie vergessen hätte, in welcher Reihenfolge die Gänge angebracht sind.

Gestresst vom Autofahren schleicht meine Mutter in Schrittgeschwindigkeit am lila Fiat Panda vorbei, aus dessen Dunkelheit Gabriels wache Augen glänzen.

13/ 2019

Nur an dieser Bar zu sitzen, macht mich schon nervös. Als einzige Frau fühle ich mich wie ein Fremdkörper. Wo bitte sind die Lesben? Ehrlicherweise bin ich neugierig, ob ich von einer Frau angebaggert werde. Aber anscheinend ist das kein Laden für Frauen. Die Blicke, die ich bisher bekomme, geben mir das Gefühl, nicht willkommen zu sein. Was mir meine Suche nur aussichtsloser erscheinen lässt. Ziel ist es, hier einen zu finden, der mir meinen Martin abkauft. Und das, so habe ich überlegt, geht am besten, wenn man mein Produkt direkt sehen kann. Er muss eigentlich jede Sekunde kommen. Und bis dahin trinke ich mir mit Gin Tonic Mut an.

‚Das Röckchen' wird seit meinem kurzen Ausfall mit Dina wieder regelmäßig besucht. Vielleicht hätte ich sonst wieder normalen Sex in mein Leben bringen müssen, was mich ziemlich abtörnt. Ich habe eine viel höhere Zufriedenheit mit ihm als mit der unendlichen Anzahl von Dates und One-Night-Stands zuvor. Irgendwie habe ich es satt. Vom Mann-sein werde ich aber nur noch hungriger und darum stehe ich jetzt auch hier und will ihm seinen Wunsch erfüllen. Quasi als Dankeschön. Oder weil er mir zu oft damit in den Ohren gelegen ist. Auch wenn ich noch immer keine Ahnung hab', wie das gehen soll.

Er tippt mich an die Schulter, begrüßt mich mit einem Küsschen auf die Wange und bestellt sich noch beim Hinsetzen ein Helles. Er hat sich richtig rausgeputzt. Ein schwarz schimmerndes Hemd. Eine enganliegende dunkelblaue Jeans, in der Weite eine Nummer zu klein. Ein schwarzes Jackett, wahrscheinlich zwei Nummern zu klein. Passt aber trotzdem, da er es weit offen trägt. Seine Haare sind nach oben gegelt und wirken deutlich dunkler. Er sieht gut aus. Immer noch viel zu nett für unser Vorhaben. Er bleibt einfach der Vorzeige-Schwiegersohn, der niemals in dieser Art von Kneipe verortbar wäre. Martin hat sie selbst vorgeschlagen. Es gäbe hier sogar einen Dark Room, der öffnet aber nur jede Donnerstagnacht. Wie gut also, dass Samstag ist.

„Hast du schon jemanden gefunden?"

„Nein. Bisher habe ich nur merkwürdige Blicke geerntet. So als einzige Frau."

Allerdings merke ich, wie sich diese schlagartig verändert haben, seit Martin neben mir sitzt. Offensichtlich schauen sie mehr ihn an als mich.

„Oh Shit, das hab ich vergessen. Hier kommt sonst nie 'ne Frau rein."

„Dafür gehörst du wirklich bestraft."

„Herrin." Und er blickt schuldbewusst nach unten.

„Später."

Ich blicke mich um. Der Laden wird immer voller, aber es ist nach wie vor einfach, den Überblick zu behalten. Es fühlt sich an wie eine zu fleischgewordene Tinder App, die ich für einen anderen bedienen soll. Mein schlechtes Gewissen ist gänzlich weg. Ich tue ihm nichts damit an, und für mich ist der Reiz des Neuen zu groß, um schlussendlich abzulehnen. Gut. Tun wir es. Ich swipe mich durchs Publikum.

Zu alt, den will ich nicht nackt sehen.

Zu hässlich.

Zu verweichlicht, der würde sich nie auf das einlassen, was wir vorhaben.

Okay, aber nur okay.

Geheimnisvoll. Der wäre ein Match.

Hmmm ja, aber irgendwie zu eitel.

Der sieht aus wie ein Schwerverbrecher. Nein, Danke.

Der wie ein gemütlicher Fernsehjunkie. Da kann ich mir nicht vorstellen, dass er den aktiven Teil übernehmen soll.

Gutaussehend. Aalglatt. Match.

Und so gehe ich jeden durch, bis meine Augen auf einen Neuankömmling fallen, der gerade zur Tür herein kommt.

„Der ist es", sage ich bestimmt.

„Ohhh, yes!", summt Martin und betrachtet ihn.

Er ist noch größer als Martin, bestimmt zwei Meter, dunkler Typ. Bart und Haare sind auf die gleiche Länge rasiert. Auf seiner rechten Wange scheint unter den dunklen Bartstoppeln ein großer dunkler Leberfleck durch. Seine Augen sind groß und dunkel unter breiten buschigen Augenbrauen. Der Hals ist lang mit großem Adamsapfel. Sein Gesicht schmal und kantig. Er hat breite Schultern und einen starken Brustkorb, und doch ist er für diese Größe ein bisschen zu schlank. Seine Kleidung interessiert mich nicht, denn ich hänge an diesen spitzen Wangenknochen, den breiten Lippen, der großen, aber perfekten Nase. Mir wird fast etwas mulmig. Würde der mir nicht selbst gefallen? Ich blicke zwischen ihm und Martin hin und her und ich weiß genau: Würde er nicht. Aber ich will ihn mit ihm sehen. Genau ihn. Martin und der Fremde in der Tür, beide sind sie schön. Aber zusammen sind sie noch schöner. Wie eine sich ergänzende Symphonie.

„Er wäre perfekt", sagt Martin, der wahrscheinlich schon davon träumt, was der Typ wohl in der Hose hat.

Der schöne Unbekannte schaut uns an. Wahrscheinlich haben wir zu auffällig gegafft. Ich drehe mich schnell um und fokussiere die Gurkenscheibe in meinem Gin Tonic. *Wie mache ich das jetzt nur?*, frage ich mich. Ich kann ihn doch nicht einfach so auf einen Drink einladen, dafür, dass er mir dann später Geld gibt, dass er meinen devoten Sexpartner vögelt. Hier kommt sie wieder, die schwarze Mauer der Unbezwingbarkeit. Aber dann schießt es mir ein: Wir haben nie darüber geredet, wie viel er mir dafür gibt. Es ist ganz alleine meine Entscheidung. Das kann meine Taktik werden. Und plötzlich habe ich einen Plan. Als ich mich, deutlich gelassener, zurückdrehe, entdecke ich ihn, wie er sich allein an einen der freien Hochtische setzt und beginnt, sich eine Zigarette zu drehen. Ich nehme noch einen Schluck und befehle Martin, hier auf mich zu warten und mit niemand anderem zu sprechen. Er soll uns die ganze Zeit im Blick behalten. Dann gehe ich zu ihm, was er sofort bemerkt. Es fühlt sich an, als hätte ich noch nie in einer Bar einen Typen angesprochen.

„Hi", sage ich, gespielt unaufgeregt.

„Hi. Was machst du hier?"

„Ich muss dich etwas fragen."

„Okay."

„Sitzt hier denn schon wer?" Und ausgesprochen, weiß ich, wie billig diese Anmache klingt.

Ein langes „Ähh,..." zieht sich aus seinem offenen Mund und seine Augen öffnen sich zu ungläubigen Kulleraugen. „...Nein." Sein Fragezeichen im Gesicht verrät mir, dass er mich für einen Vollidioten hält.

Ich setze mich trotzdem und zwinge mich weiterzumachen, indem meine Augen seinen Blick suchen.

„Welche Art von Sex suchst du?"

Statt mir zu antworten, rollen seine Augen genervt nach oben, aber mein Blick lässt nicht nach und ich zünde mir die Zigarette, die ich mir aus Martins Packung mitgenommen habe, an. Ich warte die Stille ab, die ihn zu einer Antwort zwingt. „Keinen Sex, der eine Frau inkludiert", antwortet er klar und direkt.

„Nicht mal als Zuschauerin?"

„Hmmmm, als Zuschauerin?" Er wirkt interessiert.

„Ich würde gerne zuschauen, wie du mit ihm...", ich zeige auf Martin, „...Sex hast."

Und jetzt zieht sich sein Mund in ein breites Grinsen. „Now we are talking", sagt er vergnügt. „Er ist schwul?"

„Bi. Aber seine Qualitäten als aktiver Teil kann ich nicht beurteilen. Er ist der Passive."

„Darum baggerst auch du mich an und nicht er."

„Ja. Da gibt es noch einen anderen Grund."

„Und der wäre?"

„Du musst für ihn bezahlen."

„Er ist eine Prostituierte?" Wieder schaut er mich mit großen Augen an. „So optisch passt ihr aber beide nicht in diese Schiene."

„Ist er auch nicht", kläre ich ihn auf. „Es ist mehr eine Abwechslung für unsere Affäre."

„Abwechslung", lacht er. „Ich glaube, ich will gar nicht wissen, was für eine Art von Beziehung ihr miteinander habt."

„Musst du ja auch nicht."

„Hat er irgendwelche Krankheiten?"

„Nein. Aber Sex gibt's trotzdem nur mit Kondom. Soll ja auch so bleiben."

„Und ich muss den aktiven Teil übernehmen."

„Steht dir doch eh besser", flirte ich ein bisschen.

„Und du siehst zu?"

„Genau."

„Und willst nicht irgendwann doch mitmachen?"

„Garantiert nicht."

„Es geht um Sex, wie kannst du mir dabei was garantieren?"

„Es gibt eine Garantie, weil es hier um bezahlten Sex

geht. Sehe es als eine Dienstleistung. Wir legen vorher fest, was passiert und wie, und dann halten wir uns an das Ausgemachte. Du musst nicht nett zu ihm sein. Du musst nicht mal mit ihm reden, wenn du nicht willst. Du kannst dir einfach nehmen, was du brauchst. Ohne Übernachten, ohne Frühstück, ohne Telefonnummern austauschen."

„Klingt gar nicht so schlecht", gibt er zu. „Wo ist der Haken?"

„Es gibt keinen."

„Und wieviel soll dieses Vergnügen kosten?"

„Einen Drink für mich."

Erstaunt blickt er mich an. Wartet kurz. Schaut ihn an. Schaut wieder mich an.

„Was willst du denn trinken?"

„Gin Tonic, bitte."

Er geht zu Martin und ohne ein Wort küsst er ihn leidenschaftlich. Und Martin lässt ihn gewähren. Obwohl er Küsse von Männern doch gar nicht mag, sieht es aus, als wäre er sehr gut darin. Die beiden blicken sich tief in die Augen, wechseln ein paar Worte und kommen dann gemeinsam mit einem frischen Gin Tonic zu mir.

„Überredet", sagt er. „Ich heiße übrigens Jens."

Das ging viel leichter als erwartet, und dann noch so ein Treffer. Für den praktischen Teil dieser Nacht wollte ich unser aller Anonymität wahren und vor allem nichts davon mit unserem Röckchen-Ritual vermischen. Darum nehmen wir ein Taxi in die Schwabinger Wahrheit. Sonst lass' ich nicht so was Teures springen. Aber heute muss es einfach etwas Besonders sein. Eine Suite. Hätten wir niemanden gefunden, hätten wir uns hier immerhin auch zu zweit etwas Luxus gönnen können. Doch, dass wir hier zu dritt, noch vor Mitternacht, ankommen, hätte ich nie gedacht. Das Einchecken hatte ich schon vorher gemacht und darum wartet auch schon oben mitten auf dem Bett ein Koffer mit lustigen Spielsachen aus Martins Schublade. Der Strap-on ist woanders versteckt. Der war ja nur für der Notfall-Plan.

Uns ist allen nach Rauchen oder vielleicht auch Quatschen, um die ungewohnte Situation noch etwas hinauszuzögern. Also nehmen wir uns von der Bar Drinks mit nach draußen, rauchen und trinken. Und so tratschen wir, als wären wir alte Freunde. Jens ist Künstler und betreibt einen kleinen Shop für Comics und Comic-Sammelfiguren. Und während Martin und er ihre gemeinsame Leidenschaft für Marvel entdecken, treffe ich in Jens einen gleich großen Gerhard-Richter-Fan wie ich es bin. Sie unterrichten mich über den Zusammenhang der verschiedensten Marvel-Figuren und wir erzählen dem Fotografen, welche Bedeutung Richters Werk hat und sind entsetzt, dass er noch nie was von ihm gehört hat. Wir schwärmen und philosophieren. Zeigen auf Smartphones Bilder, die uns faszinieren und erklären warum. In einer völlig natürlichen Bewegung nimmt Jens Martin in den Arm und küsst ihn wieder.

„Ihr beide seid mir noch etwas schuldig", fordert Jens ein.

„Hast du denn schon bezahlt?", fragt Martin gierig.

„Alles bezahlt", bestätige ich.

Wir gehen ins Zimmer und ich bestelle uns an der Rezeption eine Flasche Champagner.

Jens stürmt als Erstes in die kleine Suite und ist völlig geflasht davon, was ihn hier erwartet. Martin sieht mich an und wir umarmen uns freundschaftlich und fest. Und ich muss mich zwingen, zurück in meine Rolle zu gehen.

„Sei ein braves Stück und mach deinen Freier glücklich."

„Zu Befehl, Herrin", strahlt er.

Das Sofa ist direkt neben dem Bett und gemeinsam mit der Flasche Champagner mein Revier. Für die beiden bin ich nach einem kurzen Schluck, einem offiziellen Anstoßen, wie vergessen. Und genau das möchte ich sein. Sex so nah zu sein, aber trotzdem unberührt zu bleiben, ist für mich ein bizarrer Rausch der Reinheit. Jens küsst Martin. Er hält seinen Kopf in seinen schönen großen Händen. Sie sind über den Handrücken, sowie über die Finger mit schwarzen Haaren – deutlich länger als am Kopf – überzogen und darunter erheben sich die Adern wie dicke Tunnel aus seinem Handrücken. Er strahlt viel mehr Männlichkeit und Stärke aus als Martin. Vielleicht sind es die schwarzen Haare, vielleicht seine Körpergröße, oder ist es Martin? Martin wirkt fraulicher als je zuvor, ganz ohne Röckchen. Er lässt sich führen. Lässt sich küssen. Die beiden wirken wie ein Liebespaar, so respektvoll ziehen sie sich gegenseitig aus und auch hier wird weitergeküsst. Man spürt nichts von der schwulen Härte, die ich in der Dating App kennengelernt habe. Ein Knopf des Hemdes wird geöffnet und die darunter liegende Haut mit einem Kuss an der freien Luft begrüßt. Fast kitschig. Sie reden nicht. Es werden nur tiefe Blicke ausgetauscht und dann wieder mit verschlossenen Augen genossen. Hier an dem Punkt, an dem ich dachte, wäre meine persönliche Grenze völlig überschritten, sehe ich, wie schön Sex sein kann. Wie vollkommen Lust ist. Was für ein Tanz zwischen zwei Menschen, die sich erleben und sich aufs Intimste füreinander öffnen und zulassen, sich fallen zu lassen. Sie wirken wie füreinander bestimmt.

Erst als die beiden komplett nackt sind, legen sie sich ins Bett. Dabei liegt Jens oben. Sie schauen sich an. Ihre Lust ist jetzt unaufhaltbar und Martin spreizt die Beine, um sich ihm hinzugeben. Es sieht aus wie Blümchensex, es sieht wunderschön aus. Martins Attraktivität zeichnet sich durch seine weichen, die lieben Gesichtszüge, seine Körpergröße und Gepflegtheit aus, seine vollen welligen Haare, seinen perfektionistisch gepflegten Vollbart, den er seit ein paar Wochen trägt. Und dazu als Gegengewicht einen völlig durchtrainierten Jens. Sein Körper ist muskulös, haarig, seinen kurz rasierten Kopf und Barthaare lassen ihn wie das harte Gegenstück wirken, die dunklen Muttermale, die sich über seinen ganzen Körper verteilen, schreien nach Außen, dass niemand so ist wie er. Er wäre ein Model für griechische Bildhauer. Es ist ein wahres Vergnügen, den beiden zuzusehen. Wie Porno schauen, nur als wäre man dafür ins Theater gegangen statt zuhause vor den Fernseher. Echter. Es riecht so wie das Leben. Es törnt mich an. Aber nicht auf eine Art, wie es Pornos von Hetero Paaren oder Lesben für mich tun. Vielleicht weil hier für mich nichts Stimulierendes dabei ist. Und trotzdem fühl ich mich erregt. Ich studiere die Bewegungen von Jens und genieße es, seinen Muskeln dabei zuzusehen, wie sie sich anspannen und entspannen. Es gefällt mir, weil ich hier sitzen darf, Teil davon bin, sie zusammengebracht habe. Es hat nichts vom harten Rein-Raus-Spiel aus Clockwork-Orange. Martins Unterwürfigkeit wird so sanft geführt wie bei einem klassischen Walzer. Er fühlt sich pudelwohl. Was er wohl denken würde, wenn er wüsste, dass er gerade Mal einen Gin Tonic wert ist?

Nachdem Jens gekommen ist, gehe ich nach unten, um eine Zigarette zu rauchen. Als ich unser Zimmer wieder betrete, legen die beiden eine neue Runde ein, diesmal mit Dildo. Aber auch jetzt wirkt es kein bisschen billig oder schmutzig. Sie sind eine Einheit, auf die ich neidisch bin, die mir fremd ist. Bei all den Beziehungsversuchen, Affären und One-Night-Stands, die ich schon hatte, scheint es mir, dass ich das Fallenlassen bisher nur vorspielen konnte. Aber wirklich zu entspannen und zu genießen – wie sich das wohl anfühlt?

Als sich Martin duscht, setzt sich Jens, komplett nackt, neben mich. Ich schenke ihm nach.

„Es war mir ein Feuerwerk", proste ich ihm zu.

„Und mir erst!" Wir trinken. „Jetzt musst du aber doch

mehr verraten. Was für eine Art Beziehung führt ihr? Martin steht doch ganz eindeutig auf Schwänze."

Ich erkläre es ihm und ernte seinen Respekt. Er schätzt es, wenn man Neigungen nachgibt und sich nicht von der Gesellschaft steuern lässt.

„Aber was hat es mit der Bezahlung auf sich?"

„Das war nur für Martin. Er wollte von mir verkauft werden. Er wollte sich wirklich wie ein materielles Gut fühlen, über das bestimmt wird. Ich hab ewig gebraucht, um mich darauf einzulassen."

Jens trinkt und denkt nach. Dann geht er zu seinem Portemonnaie und holt 200 Euro heraus und hält es mir hin.

„Hier. Die Schlampe ist weit mehr wert als nur einen Drink."

17/ 2000

Heute ist mein 13. Geburtstag. Seit acht Monaten kenne ich nun Gabriel und seit ich weiß, wie alt er wirklich ist, will ich nur eins: erwachsen sein. Darum ist mir mein neues Alter genauso peinlich wie mein altes. Wie gern würde ich doch schon 16 werden oder noch besser 18. Dann wäre alles anders.

Klar wollte ich das vorher auch schon. Niemandem Rechenschaft schuldig sein, sich nichts vorschreiben lassen und nicht mehr auf meine Eltern angewiesen sein. Aber wirklich danach gesehnt habe ich mich nicht. Und auch so habe ich mich verändert. Wenn ich in den Spiegel schaue, sehe ich eine andere Person. Ich hab' etwas größere Brüste und mir kommt es so vor, als hätte ich wirklich etwas abgenommen. So gefall' ich mir viel mehr. Gabriel hat mir gezeigt, wie er seine Haut reinigt. Direkt nach der heißen Dusche, wenn die Poren richtig offen sind, reibt er seine Gesichtshaut an einem Handtuch. Am besten funktionieren die jahrelang ausgewaschenen Handtücher, die sich mehr kratzig als weich anfühlen mit ganz kurzen Frottee-Fäden. Man reibt, bis es an der Stelle heiß wird und danach kannst du auf dem Handtuch den gelben Talg sehen. So mache ich das jetzt auch. Außerdem habe ich mir verboten, Pickel auszudrücken. Oder besser gesagt: Er verbietet es mir. Er hat's nicht direkt so gesagt. Oder irgendwie schon. Niemand sonst spricht die Dinge so konkret an. Verbindet Ursache mit Wirkung. Es ist logisch – das ist noch viel einfacher als Mathe.

„Pickel ausdrücken führt zu mehr Entzündungen.

Gesicht reinigen zu reinerer Haut. Oder?"

„Ja. Stimmt."

„Dann gibt es doch keinen Grund, es zu tun."

Darüber zu sprechen, ist mir viel zu unangenehm.

„Tu' es für deinen Ciri, Süße."

Und ich tue es. Ganz egal wie hart es für mich ist. Und wenn ich schon manche Fakten, wie mein Alter, nicht ändern kann, dann zumindest solche Dinge wie die Gesichtspflege, Haarentfernung oder mein Essverhalten.

Noch immer finde ich mich hässlich, dick und unreif, aber immerhin gibt es kleine Fortschritte. Ich spüre die Erfahrungen mit ihm, die mich stärker machen und mir Selbstvertrauen schenken. Vor Gabriel war ich nicht wirklich sportlich. Aber der häufige und lange Sex hat meinen Körper kräftiger gemacht. Irgendwie fester. Ich fühle mich fitter und sogar meine Klassenkameraden haben das bemerkt. Mittlerweile werde ich mindestens im guten Mittelfeld in die Sportmannschaften gewählt. Die Mannschaft, die mich dann nicht bekommen hat, flucht sogar manchmal leise, dass sie mich nicht rechtzeitig gewählt haben. Dieser kleine Fluch ist für mich ein wahres Triumphgefühl. Denn sonst war ich immer das ungewollte Überbleibsel.

Aber der größte Schritt war wohl unser letztes gemeinsames Wochenende. So schrecklich es auch war, ganz ohne Verabschiedung von ihm gerissen zu werden. Und auf unseren gemeinsamen Sonntag zu verzichten, denn als meine Mutter und ich zuhause ankamen, gab es Hausarrest für die ganze nächste Woche. Die Woche war mir scheißegal, nur der nächste Tag war die Hölle. Schließlich war der schnelle Abgang nur deswegen zu ertragen, weil ich davon ausgegangen bin, dass wir uns in ein paar Stunden wiedersehen würden. Ich nörgelte, wie unfair das ist. So was gehöre dazu, dass man mal länger macht. Sie sollte sich doch freuen, wenn ihre Tochter Freunde hätte. Und dann hab' ich sie noch darauf hingewiesen, dass sie keine hat und daran selbst schuld ist. Weil sie sich für niemanden Zeit nimmt oder Dinge macht, die anderen eine Freude bereiten und nicht nur ihr selbst. Dann hat sie nichts mehr gesagt. Es muss das Zeug gewesen sein, dass mich dazu gebracht hat, das auszusprechen. Ich hab' sie gefragt, ob es nicht doch okay ist, wenn ich wenigstens meine Verabredung mit Anna am nächsten Tag halten könnte. Die natürlich nur ein Alibi für ein weiteres Treffen mit Gabriel war. Aber sie hat frustriert in den Boden gestarrt und ist hart geblieben. Und ich bin beleidigt in mein Zimmer gegangen.

Es war zu dem Zeitpunkt schon über 15 Stunden her, seit wir es genommen haben. Und ich fühlte mich noch immer locker, leicht und kein bisschen müde. Natürlich war ich sauer, dass wir so abrupt auseinandergerissen wurden. Aber auf der anderen Seite hatte ich Lust auf etwas, das er mir nicht geben konnte. Mich. Ich wollte nicht mehr seine Erwartungen erfüllen. Nicht warten, bis die schmerzhafte, monotone Penetration aufhört, obwohl mir die Beine schon krampfen. Überhaupt wollte ich nichts in meiner Vagina spüren. Nicht dort. Ich wollte nur dort etwas spüren, wo es sich für mich gut anfühlt. Ohne einen einzigen Gedanken an ihn begann ich, es mir selbst zu machen. Genauso so sanft, wie es sich für mich gut anfühlt. Ich ließ meine Hände über mich streicheln, als ob sie nicht meine eigenen wären. Zart. Langsam. Liebevoll. Ich eröffnete meine Klitoris und hier spürte ich den Drang, schneller zu werden. Nicht fester. Das Gefühl der Sensibilität, wechselte mit dem Gefühl der Taubheit. Ich rieb und rieb und drückte, und mein Atem wurde lauter, ohne dass ich es zurückhalten könnte. Ich stöhnte nicht, weil er es verlangt. Ich stöhnte vor Lust. Ich genoss das zuckende Gefühl, dass der Orgasmus wellenartig durch mich schwemmen ließ. Ich presste meine flache Hand fest auf meine Scheide, weil ich es nicht anders aushielt.

Es war glitschig nass und heiß. Es pulsierte unter meinen Fingern. Ich fühlte mich befriedigter als je zuvor. Obwohl es nur wenige Minuten gedauert hatte.

Ich konnte mir vorstellen, dass dieses gute Gefühl perfekt wäre, um einzuschlafen, aber die Droge hielt mich wach. Ich musste etwas machen. Im Bad habe ich mich gewaschen und versucht, meine Haare wieder zu ordnen. Komischerweise ohne dabei einen Schmerz zu spüren, obwohl wir ziemlich groben Sex hatten und die Knoten meine Haare regelrecht auftoupiert hatten. Schließlich hatte ich ihm dieses Mal Kontra gegeben, was ihn nur noch härter hat zupacken lassen. Und bei dem einen Mal hat er sogar meine Hände hinter meinen Rücken gefesselt, bis er fertig war. Die Striemen an den Handgelenken waren zu erkennen, aber ich spürte nichts. Meine Wachheit forderte Taten, den Rest der Nacht habe ich alle offenen Hausaufgaben erledigt, ohne Schlaf, ohne Appetit.

Meiner Mutter spielte ich am nächsten Tag die Beleidigte vor, obwohl ich Gabriel eigentlich gar nicht vermisste. Stattdessen habe ich die drei kommenden Kapitel des Englisch-Arbeitsbuches durchgearbeitet, danach Mathe und in den frühen Morgenstunden am Montag bin ich sogar zu Physik übergegangen und auch daran hatte ich Spaß. In der Nacht von Montag auf Dienstag ließ mich die Vernunft vier Stunden mit offenen Augen im Bett ruhen. Danach hab' ich endlich wieder die Schachnovelle in die Hand genommen und tatsächlich gelesen. Flüssig, am Stück. Seite für Seite konnte ich mich darauf konzentrieren und hab' gelesen, wie der arme Dr. B wieder in seine Persönlichkeitsspaltung von Ich Schwarz und Ich Weiß verfiel. Und konnte mich bizarr in ihn hineinversetzen. Hatte ich nicht auch zwei Personen in mir: Ich Gabriel und Ich Alleine? Das ganze Buch in einer halben Nacht. Und dabei floss, Zeile für Zeile, der Inhalt in meinen Kopf und ich freute mich, zum ersten Mal richtig lesen zu können. Es war, als ob ich einen Film anschauen würde, zu dem mein eigener Kopf die Bilder malt.

Dienstagabend kam dann der Absturz. Die Wirkung ließ von dem einen Moment auf den anderen nach. Aber statt Müdigkeit fühlte ich nur Traurigkeit. Ich schämte mich so sehr für die Dinge, die ich getan hatte, über die ich niemals in der Lage sein würde zu sprechen. Ich fühlte mich beschmutzt und schuldig, wertlos, ausgenutzt und vor allem einsam. Meine Mutter erwischte mich beim Heulen. Und hatte das nervige Bedürfnis, genau jetzt anzufangen für mich da sein zu wollen. Sie bohrte nach, was denn los sei. Aber ich sagte nichts. Ich wurde nur wütender auf sie, je länger sie blieb. Warum hat sie sich auch einmischen müssen? Sie hat Gabriel die Chance genommen, selbst die Wahrheit zu sagen. Ihr hässliches schadenfrohes Lachen habe ich noch immer im Ohr. Noch immer bin ich überzeugt, dass sie sich darüber freut, dass sie uns scheinbar auseinandergebracht hat. So sehr sie es auch versucht, ich sehe nicht die kleinste Chance, mich ihr anvertrauen zu können. Sie hob den Hausarrest auf, brachte mir etwas zu essen, das ich später nur unter noch mehr Tränen in einer Plastiktüte verschwinden ließ. Und kurz vor 20 Uhr war endlich das TV-Programm auf meiner Seite und sie ging endgültig ins Wohnzimmer. Das Schrecklichste war, dass auch Gabriel an diesem Tag nicht anrief. Und irgendwann hatte ich so viel geweint, dass ich erschöpft eingeschlafen bin. Trotz zehn Stunden Schlaf ummantelte mich noch immer eine unfassbare Müdigkeit und das Gefühl, ständig losheulen zu müssen. So quälte ich mich in die Schule. Denn im Grunde konnte ich nur noch an eines denken, das süße weiße Pulver. Ich wollte es wieder haben. Ich wollte es sofort wieder tun. Aber ich wusste doch gar nicht woher. Und ich könnte es doch nicht gleich, nachdem die Wirkung weg war, wieder nehmen. So funktioniert doch Sucht, oder? Tatsächlich vermisste ich die Droge mehr als Gabriel. Seinen nächsten Anruf habe ich mit gelangweilter Miene über mich ergehen lassen. Ich hab' ihn sogar abgewimmelt. Dieser Zustand blieb bis Samstag. Eine ganze Woche verlangte dieser kleine Zug. Eine Woche von ganz weit oben, nach ganz tief unten, und genau nach einer Woche musste ich wieder essen. Da der Hunger komplett weg war, konnte ich es völlig akzeptieren nichts zu essen, aber dann war ich bei meinem Vater und der belächelte nur meinen Versuch ihm zu erklären, ich hätte keinen Hunger. Da stand schon ein riesen Schnitzel vor meiner Nase und mein Vater forderte plump: „Iss, du siehst echt scheiße aus." Und ich aß.

Seitdem esse ich wieder, weil der Hunger zurück-gekommen ist. Dafür ist die Traurigkeit zum Glück verschwunden. Ich habe mir geschworen, dieses Zeug nie wieder anzufassen. Das große Verlangen macht mir Angst. Als ich es Gabriel am Telefon erzählt habe, musste ich allen Mut zusammennehmen. Aber er hat es sogar gut gefunden. „Das ist mein Mädchen. So stark und weiß, was es will." Und dann hat er gebeten, dass er es ab und zu nehmen darf, wenn wir zusammen sind. Er aber nie wieder versuchen werde, mich zu überreden mitzu-machen. Und das war für mich okay. Schließlich darf er das genauso frei entscheiden wie ich.

Immerhin 13. Damit bin ich ganz offiziell nicht mehr Kind, sondern Teenager. Und das feiern wir. Gabriel kam heute Nachmittag an und die letzten Stunden waren besonders leidenschaftlich, laut Gabriel. Ich habe versucht, mich in den schwebenden lockeren Zustand von vor zwei Wochen zurückzuversetzen, als wir miteinander schliefen, was gar nicht so einfach war. Und dann hab' ich mich an meine Masturbation erinnert und versucht, genau diese Lust zu empfinden. Ich hab' ihn gebremst und gebeten zärtlicher zu sein, was auch kurz funktio-niert hat, bevor er mich noch härter genommen hat. Jetzt gehen wir gemeinsam mit Feli und Michael zum Italiener.

Gabriel und Feli lieben beide italienisches Essen. Und mir ist es egal. Schließlich werde ich so oder so versuchen, so wenig wie möglich zu essen. Schließlich sieht er mir zu, wie könnte ich da eine ganze Pizza verschlingen, ohne an den strengen Blick auf meinen Bauchspeck zu denken.

Da ich noch nie einen Freund hatte, hatte ich natürlich auch noch nie einen Pärchen-Abend. Irgendwie habe ich mir das wahnsinnig erwachsen vorgestellt. Aber schon kurz nach der Bestellung war klar, es war eine doofe Idee. Gabriel spricht fließend Italienisch und konnte nicht anders als unser Essen auf italienisch zu bestellen. Feli und Michael wurden gefragt, was sie wollen, für mich jedoch hat er irgendetwas bestellt und mir nur zugeflüstert, dass ich es lieben werde. Und dann hat auch Feli angefangen, italienisch zu sprechen. Was die Sprache nur verstärkt, war bereits vorher deutlich. Feli war so sexy angezogen, wie ich sie noch nie zuvor gesehen habe. Ich kannte kein einziges Teil von dem, was sie anhatte. Sie musste also extra shoppen gegangen sein, nur für diesen Abend. Mich überkommt das Gefühl von Verrat. Baggert meine beste Freundin wirklich meinen Freund an?

Wir hatten darüber gesprochen. Nach dem ersten Treffen mit Feli konnte ich nicht anders, als ihn zu fragen, ob er sie attraktiv findet. Und meine Eifersucht hat ihn ab der ersten Silbe gestört. Er hat mir Vorwürfe gemacht, ob ich nach all den vielen Wochenenden, den unzählbaren Kilometern, den immens hohen Telefonrechnungen, wirklich an seiner Treue zweifeln würde. Der Streit war schrecklich und irgendwann hab' ich einfach nichts mehr gesagt. Jetzt spüre ich es wieder: die pure Eifersucht und Verrat von Feli. Vorher dachte ich immer, es ist einfach Gabriels Art, mit Frauen umzugehen, aber sie tut alles, um ihm zu gefallen. Michael sitzt da und sagt kein Wort. Meine kläglichen Versuche, mit ihm ein Gespräch anzufangen, haben meine Nervosität im Umgang mit Menschen voll zurückgebracht. Seine Blicke hängen auf

Gabriel und Feli. Und ich hab keine Ahnung, was ich mit ihm reden soll. Hoffentlich ist das Essen bald vorbei.

Die Vorspeise kommt. Vor mir steht ein Vitello tonnato und ich schneide kleinste Stücke von dem hauchdünnen Fleisch herunter und kaue auf jedem Happs so lange wie möglich herum. Nachdem Feli und Gabriel mit Tränen in den Augen weiter vor sich hin schäkern, versucht auch Michael, die beiden erfolglos zu unterbrechen. Dann gibt er auf und beginnt mit mir zu flirten.

„Du siehst echt gut aus, hast du abgenommen?" Und der Satz wirkt. Nicht auf Feli, aber auf Gabriel. Feli brabbelt weiter, während Gabriel mit ernster Miene Michaels Lippen verfolgt.

„Oh, Danke. Ja ein bisschen." Ich nehme das Kompliment ernst und freue mich, dass es ihm aufgefallen ist.

„Unsere Band sucht für den Auftritt am Schulball noch Background-Tänzerinnen, hättest du nicht Lust? Feli ist dafür ja nicht zu haben." Damit ist auch Feli ruhig.

„Ehrlich, das wäre cool", sage ich überrascht. Denn ich wurde noch nie bei sowas gefragt. Das neue Selbstbewusstsein verdrängt die Angst, vor Menschen zu stehen und außerdem müsste ich ja weder etwas sagen noch singen. Die Vorstellung fühlt sich an, als hätte ich es vielleicht doch geschafft, schon etwas cooler zu sein.

Mit einem Mal packt mich Gabriel grob an der Schulter und zieht mich von meinem Stuhl hoch, dass ich auf meine Lippen beiße, um nicht laut aufzuschreien. Er zerrt mich auf die Toilette. Wir sind gemeinsam in dem kleinen Kämmerchen und er drückt mich im festen Griff gegen die Wand. Meine Zehenspitzen erreichen kaum mehr den Boden.

„Was soll das Geflirte?"

„Ich flirte doch gar nicht."

„Quatsch. Er hat dich angeflirtet und du hast ihn nicht sofort abgewiesen. Vor meinen Augen!"

„Hallo, ich war froh, dass überhaupt mal einer mit mir spricht. In meiner Sprache. Ist nämlich mein Geburtstag, falls du es vergessen hast." Ich erschrecke vor meiner Standhaftigkeit.

Und dann schwingt er um. Er küsst mich innig. „Oh, Sandra! Ich will, dass du nur mir gehörst." Er zerreißt meine Strumpfhose, schiebt mein Höschen zur Seite und fickt mich. Es fühlt sich an wie eine Bestrafung, nicht wie ein Handeln aus Sehnsucht. Aber ich habe es wohl verdient. Schließlich hätte ich wirklich abweisender zu Michael sein können. Es ist sinnlos, mich dagegen zu wehren. Und er hat zum Glück genügend gesellschaftlichen Anstand, die Nummer schnell zu beenden, damit wir nicht zu sehr auffallen. Außerdem hat er weder meine Haare noch mein Kleid angefasst. Alles sieht aus, als wäre nichts gewesen. Ich ziehe die hautfarbene Strumpfhose aus, schmeiße sie in den Müll und wir gehen zurück zum Tisch. Die beiden wirken, als hätten sie gestritten.

„Wir sollten Deutsch sprechen, damit wir uns alle unterhalten könne", verkündet Gabriel freundlich.

„Das ist doch mal 'ne Sache", sagt Michael und prostet ihm zu. Und jetzt unterhalten sich die beiden Männer und Feli sieht mich bitterböse an, als hätte ich ihr Gespräch mit Gabriel beendet. Wir sagen beide kein Wort mehr, bis wir endlich bezahlen und uns verabschieden können.

Nach dem Schock von letzter Woche fährt mich Gabriel direkt nach Hause. Ich sage ihm, wie traurig ich darüber wäre, aber das ist gelogen. Ich bin froh, allein sein zu dürfen.

14/ 2019

Dieser Laden ist so schlicht und einfach wie ein Wohnzimmer der Elterngeneration, nur ungesaugt. Es gibt
Wasserpfeifen, stinknormalen Schinken-Käse-Toast und
alles an Getränken, was sich der Durchschnitt wünscht.
Nichts Ausgefallenes, keine Neuheiten, keine Über-
raschungen, nur Gemütlichkeit. Es gibt drei Gründe,
warum wir ins Quentins gehen: 1) Wir verabschieden uns
von einem Kollegen. 2) Wir geben vor, wir bräuchten für
eine gute Idee einen Ortswechsel, sind aber im Zweifelsfall schnell wieder zurück im Büro oder 3) so wie heute:
Es ist Donnerstag.

Keiner dieser drei Gründe verführt mich normalerweise
zum Trinken. Schließlich ist und bleibt es trotz Location-
Wechsel Arbeit. Allerdings wurde das Alkoholverbot für
diesen Marathon sowieso schon so häufig gebrochen, dass
der Regelbruch zur Regel wurde. Auch die strenge Diät,
die ich sonst vor einem Wettkampf mache, gibt es dieses
Mal nicht. Am Sonntag laufe ich den Paris Marathon und
es kommt mir so beiläufig vor wie der regelmäßige, lange
langsame Lauf am Wochenende. Wenigstens hab ich das
Training einigermaßen eingehalten, um mich fit genug zu
fühlen. Ins Ziel werd' ich schon kommen, denke ich und
bestelle mir ein Aperol Spritz.

Inga, die links neben mir sitzt, tröstet Dina über
mich hinweg, denn die sitzt rechts von mir. Dina wollte
umziehen, hat dann aber in ganzen zwei Wochen auf
dem frustrierenden Münchner Wohnungsmarkt keine
passende Wohnung gefunden. Sie ist tatsächlich davon
überrascht, wie lange sowas dauert und so frustriert, dass

sie ganz aufgeben will. Ingas schwesterlicher Trost wird von Dina abgeschmettert mit fassungslosen Kommentaren wie: „Aber ich war jeden Tag auf einer Wohnungsbesichtigung" oder „Und wie konnten die wagen, nach meinen Einkommensverhältnissen zu fragen? Das würde ich nie einem Fremden erzählen." Ich bewundere mal wieder Ingas Anteilnahme.

„Hey Sandra", spricht mich eine wohlbekannte Stimme an. Jedoch hab ich sie noch nie meinen Namen aussprechen gehört.

Ich drehe mich um und stehe gleichzeitig auf, obwohl ich überfordert bin, wie ich Martin vor meinen Kollegen begrüßen soll. Kuss? Umarmung? Ein Küsschen auf die Wange? Ja, das ist, glaub ich, okay. „Martin, was 'ne Überraschung. Setz dich", sage ich und befinde mich trotz Quentins plötzlich gar nicht mehr in meiner Komfortzone. ‚Was macht er hier?'

Ich stelle ihm Inga und Dina vor, von denen er schon viele Geschichten kennt. Andersherum weiß nur Inga von Martin, aber nicht mal ansatzweise, was wirklich zwischen uns läuft. Ihre Theorie, ich wäre heillos in ihn verknallt, hat sie aber aufgegeben. Sie denkt jetzt nur, ich würde ihn hinhalten und für meinen Spaß ausnutzen. Die beiden sind sich sofort sympathisch. Kein Wunder bei Inga. Und auch nicht bei Martin. Nach wenigen Sekunden die Martin Dina wahrnimmt, nickt er mir kurz bestätigend zu. Unser Gespräch geht über Abendplanung, Quentin-Gewohnheiten, Münchens Nachtleben bis hin zu Mikrobrauereien und Reinheitsgebot. Wir bestellen noch 'nen Drink und typisch für Inga fragt sie direkt und schamlos.

„Also Martin, was läuft jetzt zwischen Sandra und dir? Habt ihr Sex oder nicht?"

Martin reagiert auf diese Frage, wie auf alle heiklen Fragen, total locker. „Nee." Er schmunzelt sogar. „Hat Sandra nicht erzählt, dass wir das mal kurz ausprobiert haben und uns danach dafür entschieden haben, dass wir das lieber lassen?"

„Sandra ist gar nicht so gut im Bett, wie sie immer behauptet, richtig?", fragt Inga frech.

Ich schaue auf Dina, der ich am liebsten die Ohren zugehalten hätte. Aber sie ist nicht ein bisschen verwirrt, sondern fasziniert von dem Gespräch. Vielleicht unterschätze ich die Manga-Leserin in ihr. Geht's da nicht auch um Sex, Gewalt und Rock 'n' Roll?

„Also für jeden, der noch nie Sex mit mir hatte: Ich bin die Beste. Für dich, Martin: Ich hab' mein Bestes gegeben."

Er lächelt mir wohlwissend zu, denn unsere Geheimnisse sind bei uns gut behütet.

„Ich würde bei dir auch mein Bestes geben!", flirtet mich Inga lachend an.

„Sag' mal, seid ihr wirklich Arbeitskollegen? Oder teilt ihr vielleicht mehr, als mir Sandra erzählt hat?"

„Nein. Ich steh' nicht auf Frauen. Aber wäre ich ein Typ, ich würde alles dafür geben, mit Sandra zusammen zu sein."

Und jetzt treffen sich Martins und meine Augen und wir schauen schnell beide wieder weg. Peinlich.

„Oh man, was hab ich für Freunde. Dauernd geht es um Sex, Sex, Sex." Ich schüttele den Kopf und gehe zur Toilette in der Hoffnung, dass sich bis zu meiner Rückkehr das Gesprächsthema gewechselt hat.

Als ich vom WC zurückkomme, spricht Inga mit Markus an der Bar. Damit der Chef nicht noch vorbeikommen und einen wieder mit Arbeit zuschwallen kann, sollten wir echt nicht immer in dieselbe Spelunke gehen. Markus winkt mich zu ihnen. Er erzählt vom Meeting mit Asics. Der neue Schuh braucht eine PR-Kampagne. Neue Kanäle, sie wollen wirklich mal was ausprobieren. Das ist eine mega Chance. Problem ist nur, dass wir gar nicht viel Zeit haben. Klingt also wie jedes beliebige Briefing. Ich bin wenig bis gar nicht alarmiert.

„Wir haben das Kundenbriefing gerade bekommen. Das würde ich euch direkt morgen früh einbriefen."

,Warum nicht jetzt, wo wir doch schon so nett zusammenstehen?', denke ich gereizt.

„Aber ich habe da bereits eine Idee. Das ist vielleicht die Lösung", prahlt er mit ausgebreiteten Armen.

,Dann brauchen wir ja nicht mehr drauf arbeiten, wenn er sich schon in seine eigene Idee verliebt hat.' Meine innere Stimme klingt maximal genervt.

Ich bestelle an der Bar noch mal einen Aperol und stelle inhaltliche Fragen, die ohne Antwort bleiben. Mit jedem weiteren Gespräch mit Markus wächst mein Gefühl, dass ich wieder den Job wechseln muss. Mir fehlt der Respekt vor meinem Vorgesetzten, die Sicherheit, er würde tatsächlich hinter uns stehen und nicht nur sich selbst in den Vordergrund drängen. Vor allem fehlt aber das Gefühl, von ihm etwas lernen zu können. Und gleichzeitig fällt es mir schwer bei dem Gedanken, mich dann höchstwahrscheinlich von Inga trennen zu müssen, zumindest beruflich. Und auch die anderen Kollegen sind echt gute Freunde geworden. Bei all seinen Unfähigkeiten hat Markus es geschafft, ein wirklich nettes Team aufzustellen. Unter allen gibt es keinen Egozentriker, kein Arschloch, keinen faulen Trittbrettfahrer, na gut, bis auf Dina. Das ist aber mein eigener Fehler. Alle anderen sind ausgeglichene, eher zurückhaltende Menschen, die wirklich fleißig ihren Job machen. Gutes Material für meinen Chef, der große Hahn im Korb zu bleiben, der sich gegen keine andere Diva durchsetzen muss.

Ich bin völlig im Gespräch über den neuen Laufschuh, gepaart mit meinen Wutgedanken über Markus, als mich Martin antippt und mir ins Ohr flüstert „Ich hab sie soweit!". Ich verstehe nicht. Blicke hinter ihn in die großen aufgeregten Augen von Dina.

Ich verstehe.

Versteinert widerstehe ich dem Gefühl, ihm sofort eine runterzuhauen und ‚*Du perverses Stück, lass deine Finger von ihr!*' zu brüllen. Martin verabschiedet sich von Inga. Markus redet energisch über unser neues Projekt und sucht unsere Aufmerksamkeit. Dann ziehe ich Martin noch mal zu mir. „Ernsthaft Martin, das war ein Scherz. Das Mädel muss ihren eigenen Weg finden. Das kannst du ihr nicht antun. Fass sie nicht an."

„Schauen wir doch mal."

„Wehe! Wehe! Tu es nicht! Ich warn' dich."

Er blickt mich vergnügt an und flüstert nur noch „Dann musst du mich eben wieder mal richtig bestrafen."

Markus' fordernder Blick erwischt mich in meinem Pflichtbewusstsein für meinen Job. Ich spiele ihm vor zuzuhören und sehe wie die Ausgangstür aufgeht, Martin und Dina raushuschen und die Türe zugeht. Sie sind weg. Mir ist schlecht. Was hab' ich getan? Ich hatte mein blödes Gerede von damals schon ganz vergessen und vor allem nicht ernst gemeint. Er schon. Ich habe ihn tatsächlich damit angestachelt, ihr die Unschuld zu nehmen. Sie wird daran zugrunde gehen. Sie wird sich in ihn verlieben und das unglücklichste Wesen auf der Welt sein. Was bin ich für ein grausames ekliges Stück?

„Hallo Sandra. Das hier ist wichtig. Hörst du zu?", ermahnt mich Markus.

Ich stehe sprachlos da und zeige auf die Türe.

„Was ist denn mit dir los?", fragt Inga. „Hast du ihn doch gern? Oder ist es, weil er gerade mit Dina geht."

Ich blicke in Ingas zarte blauen Augen und fühle mich so schäbig, so eklig, so abartig. Wie könnte ich ihr erzählen, was ich getan habe. Mir laufen die Tränen über, als Markus mich erneut zurück ins Gespräch ermahnt.

Ich drehe mich um, gehe auf Toilette und muss mich übergeben.

18/ 2000

Mein Vater sitzt am Steuer und süffelt genüsslich sein Weißbier, das er geräuschvoll immer wieder durch seine Zähne zieht. Er fährt seit Kurzem wieder einen VW-Bus California, wie früher, aber ein moderneres Modell, das gibt uns die Freiheit, egal wo übernachten zu können. Seit der Abfahrt hat er nur zweimal gebeten, dass ich ihm ein frisches Bier von hinten hole, ansonsten schweigen wir uns an. Wir sind auf dem Weg nach Davos zum Gleitschirmfliegen über das lange Pfingstwochenende. Heute wollen wir nur bis zum Bodensee fahren, weil wir viel zu spät losgefahren sind. Mein Herz schmerzt bei dem Gedanken, wie nah wir an Winterthur vorbeifahren und wie einfach es wäre, einen Abstecher zu machen oder Gabriel einfach abzuholen und mitzunehmen. Aber stattdessen düsen wir knapp daneben vorbei und ich werde mal wieder meinem Vater dabei zusehen, wie er einen Berg hochfährt, runterfliegt, hochfährt, runterfliegt, so lange, bis der Tag zu Ende geht. Am Abend werde ich die Fliegergeschichten von ihm und seinen Freunden anhören, bis es spät genug ist, dass ich mich ins Bett verziehen kann. Spätestens morgen werde ich beginnen, die Stunden zu zählen, bis wir endlich wieder nach Hause fahren. Tolles Pfingstwochenende. Mir wäre lieber, alleine eingesperrt in meinem Zimmer zu hocken.

Die Leute sprechen immer davon, wie erfüllend und schön Reisen ist. Für mich habe ich diese Erfüllung aber noch nicht gefunden, obwohl wir oft wegfahren. Vielleicht liegt es ja daran, dass wir kaum Dinge machen, die mir Spaß machen. Aber selbst wenn sie mich fragen würden, wüsste ich nicht, was mir wirklich Spaß machen würde. Früher bin ich gerne ins Schwimmbad gegangen. Aber im Augenblick schäme ich mich zu sehr im Badeanzug, und mein Dad würde eh nur gehen, wenn er auch in die Sauna gehen könnte, und dann wird's gleich noch schlimmer. Außerdem bin ich kaum mehr frei von blauen Flecken. Mittlerweile glaube ich daran, dass ich zu den Personen gehören, die extrem schnell Blutergüsse bekommen. So etwas gibt's wirklich. Manche bekommen ständig, andere so gut wie nie blaue Flecken. Früher gehörte ich zu denen, die nie welche hatten.

Ich akzeptiere, was vor mir liegt. Ein Wochenende, an dem ich nicht telefonieren werde oder zumindest nur kurz, niemanden zum Quatschen und nichts zu tun hab', außer das neue Buch zu lesen, das ich mir extra besorgt habe: ‚Die Verwandlung' von Franz Kafka. Ich hab's noch nicht mal angefasst, weil ich mir direkt ein langes Zeitfenster dafür nehmen will. Damit ich gleich zu Beginn ein ordentliches Stück vorankomme. Morgen am Berg ist es ideal.

Das beschauliche Abendbrot am ausgeklappten Tisch des VW-Busses gibt zwar nicht viel Auswahl, aber die wenigen Dinge, die es gibt, sind dafür umso reichhaltiger. Einen Fleischsalat mit extra viel Mayonnaise, Salami mit riesigen weißen Fettaugen, cremiger Weichkäse, Butter und Weißbrot. Die Getränkeauswahl neben Bier ist Cola oder Apfelsaftschorle. Ich nage an einem Salamibrot herum. Nach den neuesten Geschichten aus Papas Firma, dem Gleitschirmklub und ein paar abgegrasten Witzen, die er aufgeschnappt hat, wird mein Vater plötzlich ruhig. Und ich bemerke, wie er mich beobachtet. Alibimäßig mache ich 'nen extra großen Bissen und schmatze. „Das ist die Salami von dem guten Metzger, oder?", versuche ich das Gespräch aufrechtzuerhalten, ohne dass es mich interessiert.

„Logo, Kleine! Für dich nur das Beste. Weißt du doch."

Dann wieder Stille. Wir haben kein Gesprächsthema und die Ruhe ist mir unangenehm.

„Du kannst mir alles sagen Sandra. Das weißt du, oder?"

Ich erschrecke. „Klar weiß ich das."

„Ist denn alles okay bei dir?"

Nachdem Lügen so allgegenwärtig geworden ist, scheint das *Ja, alles klar'* kinderleicht. Doch aus irgendeinem Grund kann ich nicht und sage nichts. Er hat eh schon bemerkt, dass irgendwas gar nicht okay ist.

„Hey, willst du ein Geheimnis wissen?", fragt er mit leiser Stimme, als ob uns jemand hören könnte.

Da meine Tränen mir meine Stimme verschnüren, nicke ich nur, dankbar dafür, dass das bedeutet, nicht reden zu müssen.

„Du erinnerst dich doch an das Landen am Strand in der Nebenbucht in Spanien. Wir sind damals nicht in der Schweinebucht gelandet, so wie du es vorher verlangt hast."

Wieder nicke ich und mir kommt wieder die Angst von damals hoch, als ich registriert hatte, dass wir den gefährlichen Strand zum Landen ansteuern. Ich hatte uns schon gesehen, wie wir aufs Meer hinausgeweht werden und gefangen in dem riesigen Gleitschirm in den großen Wellen untergehen. Zum Glück ist alles gut gegangen und mein Vater ist damals schier ausgeflippt und hat besonders betont, wie mutig ich bin, dass ich hier gelandet bin. Dabei konnte ich ja eh nichts machen. Schließlich war ich nur der Passagier und er der Pilot.

„Niemals ist dort auch nur ein einziger Gleitschirmflieger ins Meer gestürzt." Er lacht laut und findet sich extrem witzig.

„Ich war's, der diese Geschichte erfunden hat und jetzt scheißen sich alle in die Hose!" Er grölt jetzt. Und ich schaue ihn unglaubwürdig an. *,Wie kann er so was* *erfinden? Warum?'*

„Und jetzt verpassen die armen Würstchen den schönsten Landeplatz Spaniens, weil sie keine Ahnung vom Wetter haben und den Windsack nicht lesen können." Er lacht laut. Währenddessen registriere ich, dass sein gesamter Verein diese Lüge glaubt und danach handelt. Sie haben alle Angst. Ich hatte Angst. Dabei ist alles nur erfunden.

Er hat sich etwas beruhigt von seinem Lachkrampf. „Das zeigt nur, wie arg wir uns selbst in diesem Leben im Weg stehen. Nur weil wir Angst haben. Nur weil wir alles glauben, was uns ein dahergelaufener Depp wie ich erzählt. Wir lassen uns ständig Angst machen, weil wir es zulassen wollen. Deine Mutter ist da Expertin drin. Aber ganz ehrlich, im Leben kann doch gar nichts Schlimmes passieren, das man nicht mit der Unterstützung und 'ner ordentlichen Umarmung vom Papa wieder hinbekommen kann."

Ich schmunzle ehrlich. Mein Vater ist chaotisch, aber unbeschreiblich liebenswürdig.

„Ganz egal was passiert ist, Sandra, du kannst mir alles erzählen, so wie ich dir alles erzählen kann. Also, was ist los?"

„Es ist viel zu viel los", beginne ich und ignoriere die Angst, darüber zu sprechen.

„Fang einfach an!", fordert er mich ruhig auf.

Es gibt jede Menge aufzuholen, wovon er nichts weiß. Gabriel und ich sind weiterhin, trotz Altersunterschied, ein Paar. Ich wollte mich damals von ihm trennen, habe es aber einfach nicht geschafft. Wir treffen uns heimlich. Wir lieben uns. Wir haben Sex miteinander. Ich vermisse ihn so schrecklich, weil wir uns so selten sehen können. Aber vor allem erzähle ich ihm, wie toll er ist. Was er alles für mich macht. Wie gut er aussieht. Wie adrett und wortgewandt er ist. Wie lieb er ist. Ein wahrer

Gentleman. Wie bereits bei Feli erzähle ich nur von den guten Seiten. So wie es auch ist, manchmal, und wie ich ihn mir immer wünsche. So wie ich ihn immer vermisse. Ich erzähle und weine. Erzähle, wie schlimm es ist, dass ich es noch niemandem wirklich erzählen kann. Schließlich ist selbst Feli kein Gesprächspartner mehr, weil sie selbst auf ihn steht. Ich erzähle Papa, wie weh es mir tut, dass sie ihn mir ausspannen will. Wie doof mein Geburtstag war. Ich erzähle ihm von der Pension. Sogar manche Details wie, dass Gabriel mir richtige Lehrstunden gibt, wie das Erwachsenenleben funktioniert. Die reichen von Tipps, wie man im Alltag Entspannungspausen einlegt, bis hin zum Umgang mit Geld, obwohl ich noch gar keines verdiene. Mein Vater trinkt, während er mir zuhört, er trinkt und trinkt und sagt kein einziges Wort. Und irgendwann hab' ich mir eine riesen Last von der Seele geredet und dann schweigen wir.

„Verurteilst du mich?", frage ich ihn.

„Nein. Wie könnte ich." Er zieht das Weißbier durch seine Zähne. „Du hast nach deinem Herzen gehandelt und das ist im Zweifelsfall immer die richtige Wahl. Ich hätte ja damals gedacht, dass er dich nur für eine kurze Affäre ausnutzen will, aber ihm scheint ja wirklich was an dir zu liegen. Und du scheinst ihn auch wirklich gern zu haben."

„Ich liebe ihn, von ganzem Herzen. Wirklich, ich weiß nicht mehr, wie ich ohne ihn sein kann." Auch wenn ich meine Worte dumm finde, weiß ich, dass es die Wahrheit ist.

„Trotzdem..." Er blickt mich ernst an. „Tut er irgendwas, was deine eigenen Grenzen überschreitet? Verlangt er Dinge von dir, die du nicht möchtest? Hat er dir irgendwann mal wehgetan?"

Jeder Muskel meines Körpers ist angespannt. Mein Blick brennt sich in seine Augen ein. Ich darf ihm jetzt nicht ausweichen. Wenn ich jetzt nicht lüge, würde ich ihn nie wiedersehen und das könnte ich nicht aushalten.

„Nein, nie. Gabriel ist immer sehr einfühlsam."

„Das will ich hoffen. Denn wer meine Tochter auch nur einmal falsch anfasst, bekommt es mit mir zu tun." Schlagartig wirkt er betrunken. „Dafür hab ich nämlich mein Taschenmesser immer hier in meiner Hooooosentasche." Und wie betrunken. Ich hab so viel geredet und er die ganze Zeit getrunken. Mir ist nicht aufgefallen, wann er seinen Pegel überschritten hat. Ich weiß genau, was jetzt kommt, denn er wartet wohl nur darauf, dass endlich ein Bösewicht kommt, dem er sein Taschenmesser ins Sitzfleisch rammen kann. Das hat er mir schon hunderte Male prophezeit. „Ich niiiiimm das Messssss und rammmm es ihm in seinen Arrrrrrsch. Schöööööön in die Poooooobacke. Und wenn es drinnnn steckt, dannnnn dreh ich es schööön laaaaaangsaaaam rum, bevor ich's wieder raussssssshole. Das tut schöööööön lange weh. Jedesss Mal, wenn er sich hinsetzt, wird er an mich denken... Uuuuuh, das tut g'scheid weh... uuuuuuuh", grölt er.

„Du musst ihn mal kennenlernen, dann wüsstest du, dass er ein Guter ist."

„Oh jaaaaaaa. Den möcht ich mir schooooooo genau anschauen."

„Du wirst ihn mögen."

„Weißt du waaaaas! Scheißßßß auf Davos. Wir fahren zu ihm. Das ist wichtiger. Wir fahren nach Winterthur. Da war ich eh noch nie!"

Ich hab' das Gefühl, ich höre nicht richtig und dann denke ich nach und zähle in Gedanken die vielen Biere, die mein Vater mittlerweile getrunken hat. 11? 12? Oder noch mehr? Diese Aussage ist wohl leider nicht ernst zu nehmen.

„Ja, fahren wir hin." Ich lächele wohl zum ersten Mal heute.

Es war tatsächlich keine leere Versprechung. Wir sind kurz vor Winterthur. Gabriel weiß nichts, denn endlich kann ich ihn mal überraschen. Seine Adresse kenne ich, da ich ihm schon ein paar Postkarten und Briefe geschickt habe. Wir fragen uns durch und mir wird klar, wie weit weg Gabriel tatsächlich wohnt. Wir sind in einem anderen Land, in dem ich niemanden verstehe. Mein Vater beweist schon mehr Talent und äfft das Schweizerdeutsch nach. Dann stehen wir tatsächlich in der richtigen Straße vor der richtigen Hausnummer. Es ist ein vierstöckiges Wohnhaus. Ganz unten ist ein Versicherungsbüro und auf einem Plakat im Schaufenster sehe ich ein glückliches Rentnerpärchen händchenhaltend über den Strand spazieren mit der Überschrift ‚Blicken sie sorgenfrei und sicher in die Zukunft'.

Ich drücke die Klingel neben dem per Hand beschrifteten Schild ‚Rochat' und in Gedanken stelle ich mir vor, dass dies auch mein Name wäre. Sandra Rochat. Klingt doch irgendwie viel interessanter als Sandra Fischer.

„Ja, Hallo!", meldet sich Gabriels Stimme etwas gehetzt.

„Überraschung! Ich bin's! Ich bin hier!", trällere ich fröhlich.

„Sandra?"

„Jaaaa, wir sind zu dir gefahren und nicht nach Davos!"

„Du bist verrückt. Warte unten, ich bin grad am Sprung!"

„Aber wir wollen doch deine Wohnung sehen!"

Wieder warte ich kurz auf seine Antwort. „Das wirst du, aber ich muss noch kurz auf die Post, die schließt sonst", erklärt er. „Ich bin sofort da."

Mein Vater wartet etwas hinter mir und ist genauso enttäuscht wie ich, dass wir nicht gleich hoch können. „So so." Er wirkt skeptisch. Oh nein, hoffentlich sammelt Gabriel nicht schon wieder Minuspunkte bei ihm. Ich bin nervös. Dieses Treffen muss gut laufen. Mein Vater muss ihn einfach mögen.

Wir warten noch ein ganzes Weilchen, was meine Unsicherheit und Nervosität nur steigert. Dann steht er vor uns. Ich rieche sein frisch aufgetragenes One von Calvin Klein und schmunzle. Er ist genauso nervös wie ich. Er begrüßt mich mit dezenten Küssen auf die Wange.

„Ihr seid ja verrückt! Damit hab ich nie gerechnet." Er blickt mir tief in die Augen, als würde mein Vater nicht danebenstehen und auf seine Begrüßung warten. „Wie schön es ist, dich endlich hier zu haben, Sandra." Und ich schmelze dahin. Nie im Leben dachte ich, dass dieses Wochenende so großartig wird. Erst jetzt dreht Gabriel sich zu meinem Vater, streckt ihm die Hand hin, die prüfend ergriffen wird. Wie auch bei meiner Mutter sucht er Körperkontakt und legt seine Hand brüderlich auf die Schulter meines Vaters.

„Grüß dich, Gerd! Ich hab schon viel von dir gehört."

„Ich auch. Aber erst gestern!", kontert er und gibt ihm klar zu erkennen: Ich bin der Vater und meine Erlaubnis habt ihr noch lange nicht. Die beiden beginnen sich zu unterhalten, direkt hier. Es geht von Davos übers Gleit-schirmfliegen, zu großen Reisezielen und die richtige Arbeitsmoral. Mein Vater wird von ihm auf das Podest gestellt, auf das er sich sonst so gerne selbst stellt. Und er genießt es.

„Wolltest du nicht noch zur Post?", unterbreche ich. Wir setzen uns in Bewegung. Nach der Post lädt Gabriel uns in ein gutes Lokal zum Mittagessen ein. Steak. Mein Dad ist begeistert. Ich lasse sie und genieße die kleinen zärt-lichen Berührungen von Gabriel, die unsere Zuneigung deutlich machen, aber keineswegs anstößig sind.

Gabriel zahlt und dann verkündet mein Vater total gelassen: „Wisst ihr was! Ich fahr' jetzt weiter nach Davos. Das sind immerhin noch 1½ Flugtage und da meine Tochter hier in guten Händen ist, kann ich sie ja bei dir lassen. Ich hol dich am Dienstagnachmittag wieder ab. Einverstanden?"

Wir starren ihn ungläubig mit offenen Augen an.

„Ähh, na klar sind wir einverstanden!", stottert Gabriel.

„Du bist ein feiner Kerl, da brauch' ich mir keine Gedanken machen. Und ich kann mir vorstellen, dass Sandra bestimmt lieber deine Stadt anschaut als ihrem alten Herrn beim Fliegen."

„Oh Papa, du weißt doch, dass ich gern Zeit mit dir verbringe", versuche ich, ihm zu schmeicheln. Denn der gestrige Abend und das Gespräch mit ihm haben mir tatsächlich unglaublich viel bedeutet. Ich hätte mir keine andere Person dafür vorstellen können.

Wir spazieren zurück zu Gabriels Wohnung, machen einen kurzen Stop bei Papas Bus, um meine Tasche zu holen. Ich gehe in Gedanken durch und schäme mich für die praktische Berg-Kleidung, die ich dabeihabe. Jetzt gerade trage ich eh das Schönste, was ich aus den wenigen Dingen herausholen konnte. Aber für ein ganzes Wochenende und zwei volle Nächte ist klamottentechnisch eine peinliche Vollkatastrophe vorprogrammiert. Die Hoffnung bleibt, dass wir sowieso nur nackt sind. Darum verdränge ich den Gedanken und freue mich über das Unfassbare. Kein nächtliches Herumschleichen. Keine Heimlichtuerei. Keine Lügen. Man kann es tatsächlich endlich einmal zulassen, auf seiner Schulter einzuschlafen.

Gabriel nimmt mir meine Reisetasche ab und begutachtet noch mit einem interessierten Blick fürs Detail Papas Bus. Dann gehen wir gemeinsam in Gabriels Wohnung.

Es ist eine kleine Wohnung. Nur 43 qm². Die Wohnungstür führt in einen knappen Flur, gleich links ist ein mikroskopisch kleines Badezimmer. Ein länglicher schmaler Schlauch, ausgefüllt mit zu satten blauen

Fliesen. Das Waschbecken links, an dem man sich rechts an der Wand vorbeidrücken muss, um zur dahinterliegenden Toilette zu kommen. Und auch über die muss man drübersteigen, um zur Dusche zu gelangen. Die ist genauso breit wie der ganze Raum und weit oben befinden sich zwei dicke Glasfliesen als Fenster, die sich mit einer filigranen Kette kippen lassen.

Dahinter ist links die Küche. Immerhin ein bisschen mehr Platz. Die Küchenzeile ist links angeordnet und gegenüber ein schmaler hoher Tresen mit Barhockern. Der schmale Tisch gibt gerade mal die Tiefe für einen kleinen Teller. Für einen schnellen Espresso – typisch italienisch – ist es jedoch perfekt. Schick finde ich die offene Durchreiche ins Wohnzimmer. So etwas kenne ich nur aus dem Fernsehen, wie damals bei Alf.

Rechts vom Flur liegt das Schlafzimmer. Es ist klein. Und reicht gerade mal für ein Bett und einen offenen Kleiderschrank. Überall liegen querbeet verteilt seine Klamotten. Der Gang endet im Wohnzimmer, wo eine freistehende schwarze Ledercouch, ein Couchtisch, ein Fernseher, ein gläserner Esstisch mit vier Metallstühlen und schwarzem Lederbezug und ein Bücherregal zu finden sind. Im Grunde wäre es schick und stilvoll, wenn es nicht so unaufgeräumt wäre.

„Na, da muss aber jemand mal dringend aufräumen."

„Ich hatte euch gewarnt, wie es hier aussieht. Aber mit den Wochenenden immer on Tour komme ich zu nichts mehr."

„Das könnt ihr ja dieses Wochenende machen, wenn euch langweilig werden sollte", scherzt mein Vater, wohl wissend, dass wir garantiert nicht aufräumen werden.

Er umarmt mich und fragt, ob es wirklich okay für mich ist. Dann geht er noch kurz auf die Toilette und wünscht uns ein schönes Wochenende. „Schön brav sein. Und schalt' dein Handy am Dienstag ein, dann sag ich dir, wann ich hier bin, um dich abzuholen." Und dann ist er aus der Tür.

Gabriel und ich starren uns an und können es nicht fassen. Wir fallen übereinander her und machen es direkt am Boden seines Wohnzimmers zwischen all dem Chaos. Danach liegen wir nackt aufeinander und ich erzähle ihm von dem Gespräch mit meinem Vater.

„Ich schwöre dir, wäre ich an seiner Stelle, ich würde mich umbringen. Ich hatte echt Schiss vor ihm vorhin", gibt Gabriel zu, aber dann schmunzeln wir beide vor Erleichterung. Es ist freundschaftlich witzig und ich habe das Gefühl, angekommen zu sein. Hier in Winterthur, wo nichts geheim bleiben muss. Mein Vater akzeptiert uns. Er mag ihn offensichtlich. Mein Vater kann Menschen gut einschätzen. Würde Gabriel wirklich etwas Schlechtes mit mir vorhaben, hätte er es bemerkt.

Ich bitte ihn, mir die Stadt zu zeigen und seine Lieblingsplätze. Die Innenstadt ist in Laufweite. Hand in Hand gehen wir in kleine Boutiquen und er probiert ein paar Hemden und Pullover an, die ihm alle ausgezeichnet stehen. Anschließend gehen wir noch zu einem gemütlichen Italiener und weil es so wunderbar mild ist, sitzen wir draußen. Wieder bestellt er auf Italienisch, ohne zu fragen, was ich möchte. Über dem Tisch nimmt er meine Hände in seine und darunter berühren sich unsere Füße. Gerade mal zum Essen nehmen wir eine Hand weg, die andere bleibt fest umschlossen. So wäre es, wenn die Lügen nicht wären. Es ist der gelebte Traum. Das erste Mal seit Monaten fühle ich mich entspannt. Ich vergesse, was war und was sein könnte, und genieße den Moment. Und auch das Essen. Ohne nachzudenken, lasse ich's mir einfach schmecken. Über dem Tiramisu, das wir uns teilen, küssen wir uns. Es ist ein zarter, wunderschöner Kuss und er ist in der Öffentlichkeit, ohne Scham, ohne Verstecken. Ich kann gar nicht genug davon bekommen. Als er rasant seine Hand von mir zieht, öffne ich meine Augen. Der Traum ist vorbei. Gabriels Blick richtet sich erschrocken auf die andere Straßenseite, wo eine junge Frau steht, die uns ebenso ungläubig anstarrt. Die Frau ist zwar nicht unattraktiv, in Wahrheit viel hübscher als ich, jedoch ein ganz anderer Typ als Gabriel. Sie trägt lange, rot gefärbte Dreadlocks, einen weiten bunten Hippie-Rock, ein weites leichtes Oberteil, das nur mit zwei hauchdünnen Trägern über ihren mageren Schulterknochen gehalten wird. Sie führt ihren Hund Gassi. Ich kenn' mich mit Hunderassen nicht aus, aber diesen Windhund kenne ich als Markenzeichen von alten Fahrrädern. Er ist genauso mager wie sie, mit kurzen hellbraunem Fell und einer langen dünnen Schnauze. Er zieht sein Frauchen weiter nach vorne, aber die bewegt sich keinen Millimeter. Das kann keine Ex-Freundin sein, auch wenn dies ihre Reaktion erklären würde. Aber so ein Hippie zum eleganten Gabriel? Nie im Leben.

„Wer ist das?", frage ich flüsternd.

„Meine Schwester", gibt er trocken zurück.

Ich atme durch. Schön, endlich jemanden aus seiner Familie kennenzulernen. Ich schaue wieder zu ihr und winke freundlich. Sie blickt kalt und böse zurück. Mir wird klar, dass ich gar nicht wusste, dass er eine Schwester hat. Ich ziehe die Hand verunsichert zurück und warte ab.

Gabriel geht, ohne eine weitere Erklärung, zu ihr. Die beiden beginnen zu streiten. Aber wie sehr ich mich auch bemühe, ich kann sie nicht verstehen. Nur das Wort „krank!" schreit sie ihm des Öfteren laut entgegen. Aber warum? Wer ist krank?

Als er endlich wieder zurück ist, frage ich ihn, während er sein fast volles Glas Rotwein in einem Zug austrinkt. Er stottert. „Krank? Wer soll krank sein?" Als hätte er meine ganze Frage nicht richtig verstanden.

„Deine Schwester hat ein paarmal ‚krank' geschrien. Wer ist krank? Ist was mit deinen Eltern? Ist etwas mit dir?"

Er antwortet ernst und noch langsamer, als er eh schon spricht. „Ja. Mein Vater ist krank."

„Das tut mir leid. Warum hast du denn nichts gesagt?"

Er lächelt wieder etwas.

„Was hat er denn?"

„Äh ja, schwierig. Die Ärzte sind sich noch nicht sicher, aber Krebs ist nicht ausgeschlossen."

„Um Gottes Willen. Das tut mir so leid."

„Sandra, sei mir nicht böse. Ich will nicht darüber sprechen."

„Klar. Versteh' ich."

Wir sitzen schweigend da. Es ist mir unangenehm, ihn abzulenken und er quält sich offensichtlich. Dann zahlen wir und gehen nach Hause.

Doch auch hier wirkt er niedergeschlagen und ich mache mir Sorgen, wie schlimm es wohl um seinen Vater stehen muss. Ich frage aber nicht weiter. Er steht bereits in seinem Wohnzimmer, ich komme hinterher und es überkommt ihn Panik. Wütend reißt er an meinem Arm und schreit: „Sandra, hast du hier etwas angefasst?"

„Was? Nein! Wann hätte ich denn was anfassen sollen? Wir waren doch sie ganze Zeit unterwegs."

Das Wohnzimmer ist in meinen Augen genauso unordentlich wie vorher. Ich verstehe nichts mehr. Er telefoniert – vielleicht wieder mit seiner Schwester?

„Warst du hier?", fragt er ohne ein Hallo. Er geht nervös in seinem Wohnzimmer auf und ab. „Was hast du mitgenommen?" Und gleich danach „Ich komme".

19/ 2000

In Gabriels Wohnung allein zu sein, fühlt sich erwachsen an. Frei und angekommen zugleich laufe ich in der Wohnung herum und tue so, als kenne ich jeden Winkel. Dabei trage ich eine weite Boxershorts und ein T-Shirt von ihm, eines der wenigen, die etwas weiter sind. Alles riecht nach Gabriel.

So merkwürdig auch seine Reaktion mit seiner Schwester war. Dafür gibt es anscheinend Gründe und ich werde sie schon noch erfahren. Ich werde nicht weiter nachbohren. Schließlich nervt es mich ja auch unglaublich, wenn ich gerade über etwas nicht reden will und man mir keine Ruhe gibt. Seinem Vater geht's schlecht, ich hab' keine Ahnung, wie es einem da geht. Und ich weiß auch nicht, wie er zu seiner Schwester steht oder seinem Vater. Ich weiß nichts von seiner Familie. Nur, dass meine Mutter bereits mit seinem Vater telefoniert hat und dass beide etwas gegen unseren Altersunterschied haben. Aber das war Ende letzten Jahres. Jetzt ist Pfingsten. Ich bin ein Jahr älter und unsere Beziehung hat sich bereits über ein halbes Jahr bewährt. Mit einer Ernsthaftigkeit, die man nicht mehr als kurze Liebelei abtun kann. Das Leben verläuft nicht immer nach Plan. Wir sind glücklich, weil wir auf unsere Herzen hören und wenn sie uns lieben, werden sie es verstehen. So wie Papa.

Auch wenn Gabriel offensichtlich nicht will, dass ich in seinen Sachen herumstöbere, kann ich nicht anders, als seine Unordnung zu betrachten. Dabei fasse ich nichts an. Ich wandere nur umher und erfasse die Dinge, die herumliegen. Seine schwarze Reisetasche, halb gepackt, die Kulturtasche darin steht offen. Es liegen jede Menge Kabel, technische Anleitungen zu Videokamera, TV-Gerät, Fernbedienung, aufgerissene Packungen Batterien herum, dann wild verteilt Hygieneartikel, was man bei der Größe des Badezimmers verstehen kann, getragene Kleidung und frisch gewaschene, sogar neu gekaufte, an denen noch das Etikett hängt, Tüten, benutzte Espressotassen und hier und da leere Wasserflaschen. Nichts zeugt von Essen. Keine leere Verpackung, kein Teller, nichts. Ich öffne den Kühlschrank. Dort sind Wasserflaschen, Bier und Schnaps eingekühlt und zwei angefangene Essen vom Chinesen. Das Kochfeld sieht unbenutzt aus. Überhaupt ist die Küche extrem sauber. Bis auf seine Espressomaschine scheint er hier wenig zu benutzen, obwohl im Schrank ein paar Dinge zu finden sind, die darauf hinweisen, dass er zumindest mal die Absicht hatte zu kochen: Pfannen, Töpfe, Käsereibe, Teller, Besteck, so wie es sich gehört, fein säuberlich aufgeräumt.

Bei meiner zweiten Runde durch die Wohnung sammle ich alle benutzten Kaffeetassen, trage sie in die Küche und spüle sie. Ich werfe das verschimmelte Essen in den Mülleimer und stelle den Sack vor die Tür. Bei alldem lass' ich mir Zeit. Ich traue mich nicht, zu viel aufzuräumen. Es ist ein Widerspruch, ich fühle mich so zuhause, dass ich hier ganz selbstverständlich Ordnung schaffen will und trotzdem habe ich das Gefühl, dass es ihm nicht recht ist. Nach der komischen Reaktion vorhin lasse ich es lieber und krümele mich auf das kalte Ledersofa. Schalte den Fernseher ein und zappe durch die Schweizer Sender.

Als der Schlüssel sich im Schloss dreht, liege ich bereits in seinem Bett. Ich konnte nicht einschlafen, aber es ist so spät geworden, dass ich dem Schlaf wenigstens eine Chance geben wollte. Gabriel schaltet kein Licht an, was auch nicht notwendig ist, da es hier weder Vorhänge noch Jalousien gibt und das warme Strahlen der

Straßenlaternen genügend Licht abgibt.

„Endlich!", sagt er. „Endlich wieder bei dir, meine Schöne." Seine Stimme ist sanft und ich weiß, dass alles wieder in Ordnung ist. Zum Glück.

„Ich hab dich sehr vermisst. Hier riecht alles nach dir, nur du warst nicht da."

„Es tut mir leid! Das konnte ich nicht verschieben."

„Ist alles okay?"

„Shhhhhhh!" Er legt mir seinen Zeigefinger auf meinen Mund. „Wir reden jetzt nicht über Probleme. Wir reden jetzt über dich und mich und darüber, was du gerne mit mir anstellen möchtest."

„Ich würde mich gerne an dich kuscheln und auf deiner Schulter einschlafen", flehe ich fast, denn ich bin todmüde und fühle mich erschöpft von so viel Schönem heute.

„Oh, das klingt gut. Aber davor müssen wir noch was tun, damit auch ich richtig müde werde", flüstert er verführerisch und beginnt, mich zu küssen.

„Hey, du hast ja mein T-Shirt an!", sagt er überrascht und ich blicke ihn schuldbewusst an. „Gib' es mir sofort zurück!"

„Du willst mich nur nackt sehen."

„Neeeeein", sagt er ruhig. „Ich will mein T-Shirt wieder haben." Wir lachen beide.

Er zieht mir das T-Shirt aus, betrachtet seine Short an meinen Hüften und wirft mich unangenehm forsch auf sein Bett.

„Zeig mir die andere Unterwäsche, die du noch dabeihast!", fordert er mich auf.

Ich bin verwirrt. „Was, warum? Ich hab dir doch gesagt, die ist furchtbar!", wehre ich ab.

„Aber du hast sie ganz oft getragen. Sie gehört zu dir und deswegen möchte ich sie sehen", sagt er sanft. Und so hat er mich. Wie kann ich ihm denn so einen Wunsch verwehren? Langsam und mit Scham gehe ich zu meiner Reisetasche.

Dann kommt mir eine Idee, vielleicht kann ich ihn von dieser Idee abbringen, wenn ich mich ganz ausziehe. So sexy wie möglich wackele ich mit meinem Po und ziehe langsam die Short über mein Becken. Ich strecke meinen Rücken durch. Ziehe den Bauch ein und schaue verschmitzt über meine Schulter.

„Lass das!", fährt er mich an. Seine Stimme hat nichts Sanftes mehr. Ich blicke mich um, denn diese Worte machen mir Angst. Warum ist er so streng? „Ich will, dass du ganz du selbst bleibst", erklärt er. Ich gehorche. Meine Körperspannung fällt wieder in sich zusammen. Mein Rücken ist rund, mein Kopf nach unten. Eine tiefe Traurigkeit überkommt mich. Ich schäme mich für meinen Strip-Versuch. Mit dieser Figur, mit diesem Körpergefühl, wie konnte ich nur? Mit allem Selbstbewusstsein scheint mir auch die Kraft aus Händen und Armen entwichen zu sein, denn als ich versuche den Reißverschluss meiner Tasche zu öffnen, fühlen sie sich taub an.

Mit gesenktem Blick lege ich die Wäsche auf dem Bett aus. Es sind zwei Sport-Bustiers – beide ganz schlicht in Schwarz – und drei ganz unterschiedliche Höschen. Alle aus der Kategorie, die meine Uroma ‚Schlüpfer' genannt hätte. Keiner davon ist abgetragen oder ausgeleiert, aber die Form ist eben sehr kindlich. Eine ist ganz schlicht in Weiß und hat vorne kleine Bärchen in feinen grauen Linien aufgemalt. Diese Unterhose ist das Peinlichste, was mein Kleiderschrank hergibt, allerdings auch das Bequemste und dafür lieb' ich sie. Die anderen sind gestreift. Eine in Rosa-Weiß, die andere in einem dunkleren Rot mit kleinen gelben Herzen darauf. Auch die beiden beschämen mich, aber dafür, dass ich die Bärchen-Unterhose mitgenommen habe, hasse ich mich.

Er zeigt auf die Bärchen. „Zieh die an!", haucht er.

„Willst du dich lächerlich über mich machen?"

„Nein! Sandra! Das würde ich niemals! Du schämst dich dafür, wie jung du bist, aber ich muss doch zugeben, wie sehr ich das an dir mag. Trag dieses Höschen für mich! Und sonst nichts. Bitte!", sagt er lieb und einfühlsam. Ich schließe die Augen. Drücke meine Augäpfel tief in mich, als ob ich mich damit retten könnte.

„Bitte nicht, Gabriel", flehe ich leise. Ich wage es nicht ihn anzuschauen.

Er steht vom Bett auf, führt mein Kinn mit seiner Hand nach oben zu seinem Gesicht und küsst mich. „Ich bitte dich, Sandra. Tu' es für deinen Ciri."

Zwei Tränen machen sich auf den Weg nach unten und um diese vor Gabriel zu verstecken, drehe ich mich um, ziehe seine Short aus. Selbst komplett nackt fühle ich mich vor ihm wohler als das, was ich ihm jetzt darbieten soll. Ich schlucke die Tränen herunter. Wenn er es wünscht, dann gehört es sich so. Die Unterhose sitzt ungewohnt locker.

„Das ist mein Mädchen", sagt er stolz. Seine Hände liegen auf meinen Schultern und fahren an den Armen langsam nach unten, während er sich vor mich kniet und mich durch die Bärchen durch in meinen Schambereich beißt. Er riecht daran. Er reibt seinen Kopf dagegen und ich empfinde nicht die geringste Lust, nur Beschämung. Ich weiß, was er da macht, soll mich entspannen, aber ich kann nur an das Unwohlsein in diesem peinlichen Höschen denken.

Nachdem er mich aufs Bett gelegt hat, schiebt er das Höschen zur Seite und befriedigt mich sanft mit seiner Zunge. Ich wünschte mir, er würde aufhören. Ich wünsche es mir so sehr, dass ich nichts von seinen Berührungen wahrnehme. Mein Kopf liegt auf seinem Bett und ich versuche, es auszuhalten, aber dann höre ich ein ungewohntes Geräusch und ich blicke nach unten. Ich sehe, wie er sich parallel seinen Penis reibt. Noch nie zuvor hat er sich vor mir selbst angefasst und ich erschrecke davor, wie grob er sich selbst behandelt, wie sein Teil in seine Hand gepresst wird und wieder herausflutscht. Als wäre es ein Stück totes Fleisch. Es widert mich an und ich will zurückweichen, aber er hält mich fest. Ich wehre mich. Schwinge das eine Bein über das andere und habe mich tatsächlich befreit.

„Du sollst doch stillhalten." Er ist verärgert. Zieht sich in Windeseile vom Boden hoch und reißt mich grob zu sich.

„Nein nicht, Gabriel. Bitte. Ich halt still. Versprochen."

Aber dann packt er mich nach oben und zieht mich Richtung Badezimmer. Er drückt mich in die Dusche, wobei ich nacheinander an den Türrahmen, das Waschbecken und die Toilette knalle. Und dann stehe ich in der Dusche. Er bleibt draußen, nimmt den Duschkopf und duscht mich eiskalt ab! Ich schreie auf vor dem schnellen Schock. Dann spritzt er mir das Wasser direkt ins Gesicht. Es geht alles so schnell. Und ich verstehe nichts. Es prasselt in eiskalter Härte wie tausend Stiche auf meiner Haut und beißt sich seinen Weg nach unten. Erstarrt vor Kälte wage ich keine Bewegung. Es nützt nichts, sich zu wehren, zu schreien, ich stehe einfach da. Die Bärchen-Unterhose hängt klitschnass auf meinen Hüften. Ich zittere stark. Die Haare liegen nass über meinen Schultern und ich blicke ihn schuldbewusst an.

„Bitte, Gabriel. Mir ist kalt", sage ich leise.

Er schaut mich nicht an, aber dreht das Wasser ab und lässt den Duschhahn fallen.

Er holt etwas aus dem kleinen Spiegelschränkchen über dem Waschbecken. Kokain. Er breitet eine dünne Line auf dem Klodeckel aus und zieht es in die Nase, dann eine zweite. Ich zittere noch immer, wage es nicht, aus der Dusche zu gehen.

Er setzt sich auf den engen Platz vor der Toiletten-schüssel und starrt abwesend auf die Fliesen. Es dauert wenige Minuten. Erst dann blickt er wieder zu mir.

„Wenn du nichts koksen willst, ist das auch eine gute Möglichkeit abzunehmen." sagt er lehrerhaft. „Dein Körper verbraucht deutlich mehr Kalorien, wenn er sich aufheizen muss." Und dann höre ich wieder die fiese fremde Stimme aus seinem Mund. „Vielleicht denkst du, du hättest schon etwas erreicht, aber du bist noch immer ein Pummelchen."

Ich schlottere laut.

„Ich will dich schön abgemagert haben, Schatz. Ich will deine Knochen sehen. Das musst du für mich machen. Und darum ficken wir jetzt. Das ganze Wochenende. Oh, wie heiß dein nasses Höschen aussieht."

Er zieht sein T-Shirt über den Kopf, das letzte Kleidungsstück, das er noch anhatte, und zerrt mich aus der Dusche. Er setzt mich in einem Schwung auf seinen Schoß. Wir sitzen beide auf dem verkoksten Klodeckel. Er reißt die Bärenunterhose kaputt und schiebt seinen harten Penis in mich. Es ist unmöglich, mich nicht zu bewegen, obwohl die Kälte sich anfühlt, als hätte sie alle Muskeln eingefroren. Seine Finger bohren sich tief in meine Hüfte und er zwingt mich dazu, mich auf und ab zu bewegen. Ich halte mich an seinen Schultern fest und bin dankbar für jedes bisschen Körperkontakt und die damit spürbare Wärme.

Nach dem Sex auf der Toilette nimmt Gabriel eine heiße Dusche. Verbietet mir aber mitzukommen. Außer ich würde auch eine Line ziehen, dann dürfte ich auch warm duschen. Die Angst vor dem Zeug ist zu groß. Außerdem bin ich, bis auf die Haare, fast trocken und langsam spüre ich, wie mein Blut es schafft mich wieder aufzuheizen. Ich soll ihm beim Duschen zugucken, und während ich das mache, spiele ich mit dem Gedanken zu gehen. Ich müsste kurz in sein Schlafzimmer, ein paar Kleider anziehen. Auf die Unterwäsche könnte ich verzichten, aber Hose und Pullover, dann meinen Rucksack packen, die Reisetasche wäre auch gut, und los. Aber ich müsste ja wieder am Badezimmer vorbei und in der Zeit hätte er sicher mein Weggehen bemerkt und wäre schon aus der Dusche gekommen. Er würde mich aufhalten und sicher noch wütender werden. Ich trau mich nicht.

Ich gehe in Gedanken durch, was passiert ist. Was war der Auslöser? Anfangs wollte er ja nur ganz normal mit mir schlafen. Und dann erinnere ich mich, ich hab mich ihm entzogen. Es waren die Bärchen. Richtig, es war mein Unwohlsein. Der Moment, als ich ihn so hart masturbieren sah. Das hab' ich nicht ausgehalten. Definitiv war es meine Schuld. Nur deswegen hat er mich mit der kalten Dusche bestraft. Und auch die ist ja nur gut gemeint, schließlich hilft er mir, meine Kilos wegzubekommen. Und ja, verdammt, er hat recht. Der Speck an meinem Bauch ist noch immer da. Er zeigt mir den Weg und auch wenn er mir nicht gefällt, er meint es nur gut mit mir. Mein jetziges Leben ist so viel besser als noch vor ihm. Mein Aussehen, meine Fähigkeit, mit Menschen zu sprechen. Endlich fange ich an, jemand zu sein. Alles nur dank ihm. Es gibt keinen Grund, vor ihm wegzulaufen oder ihm nicht zu gehorchen.

Er dreht das Wasser ab und ich gehe ihm mit einem großen Handtuch entgegen. Ich unterdrücke den Wunsch, mich selbst darin einzukuscheln und rubbele ihn ab, damit er es schön warm hat. Die Kälte nehme ich mit Stolz, denn ich glaube daran, dass ich es aushalten kann. Er blickt mich dankbar an.

„Das ist mein Mädchen!"

Ich sage nichts und weiche seinem Blick aus. Er küsst mich zärtlich und lange. Er zieht das Handtuch weg, hebt mich hoch und trägt mich in sein Schlafzimmer, wo er erst mich aufs Bett wirft und danach sich selbst auf mich.

Sex, duschen, kurz ruhen, selten auch schlafen und – immer hungriger – das Gleiche wiederholen. Das ist unser Wochenende und ich erlaube mir keinen zweifelnden Gedanken mehr. Ich bin bei ihm. Ich bin im Glück. Ich bin. Nichts. Der Kopf wird leerer und leerer.

Wir verlassen die Wohnung erst wieder am Dienstagnachmittag, als mein Vater vor der Tür auf mich wartet. Er bedankt sich bei Gabriel, dass er gut auf mich aufgepasst hat. Gabriel hält mich, so fest er kann, und ich genieße diese Umarmung. Es fühlt sich an, als bekomme ich meine Kraft wieder. Wir blicken uns tief in die Augen und küssen uns zum allerletzten Mal.

15/ 2019

Ich wähle Martins Nummer in Dauerschleife. Aber jeder Anruf wird ignoriert. Dinas Nummer hab' ich nicht. Das war eine Absicht, die ich gerade bitter bereue. Was hab' ich nur getan? Ich fühle mich, als hätte ich eine Lawine losgetreten, die ich nicht mehr stoppen kann.

Vielleicht sind sie zu ihm gegangen? Ich muss ihn aufhalten. Ich muss es zumindest versuchen. Winkend rufe ich das nächste Taxi heran und lass' mich zu Martins Wohnung fahren. Vom Auto aus sehe ich schon, dass kein Licht in seiner Wohnung brennt. Das heißt noch nichts. Ich gehe zur Klingel, läute Sturm. Niemand öffnet. Ich klingele weiter, bis ein Nachbar in die Gegensprechanlage brüllt:

„Da ist scheinbar niemand da! Akzeptier' es endlich und halt deine Finger still."

„Fresse!", brülle ich zurück. Mit dem herausgepressten Wort verschnürt es mir die Kehle und ich beginne zu heulen. Aus Wut drücke ich nochmal extra lang auf Martins Klingel.

„Ich hole die Polizei, wenn du nicht sofort aufhörst!"

Ich drücke noch mal die Klingel und reiße mich, ohne ein weiteres Wort, von der Tür und renne los. Ich kann nicht langsam gehen. Es geht nur schnell. Aber wenigstens gehe ich voran, auch wenn ich nicht weiß, wohin ich muss, um noch etwas zu bewirken. An der nächsten Ecke stoppe ich und rufe wieder bei Martin an. Erfolglos.

Ich rufe Inga an.

„Weißt du, wo Dina wohnt?", drängele ich ins Telefon, bevor sie auch nur ‚Hi' sagen kann.

„Äh. Nein. Entspann dich doch mal, Sandra. Das wäre nicht das Schlechteste, wenn sich Dina mal auf 'nen Typen einlässt. Das hast du doch selbst gesagt."

„Ja. Hab ich." Und wie sehr ich mich dafür hasse, dass ich das gesagt habe.

„Aber nicht mit ihm", erkläre ich. „Frag die anderen! Vielleicht kennt ja einer Dinas Adresse", fordere ich sie auf.

„Warte kurz! Ich frage." Und ich höre im Lokal-Gebrabbel Ingas Stimme, wie sie in die Runde fragt. „Der Andi hat ihre Adresse. Er guckt gerade nach."

„Bitte!", flehe ich.

„Was bist du denn so panisch, Süße? Der Typ war doch voll sympathisch. Ich finde, wir sollten uns da nicht einmischen."

„Das muss ich dir in Ruhe erklären."

„Ja! Ich versteh es nämlich wirklich nicht."

„Ich werd's dir erklären. Versprochen." Und alles in mir will es ihr erklären, aber nichts in mir weiß wie.

„Andi hat die Adresse. Er schickt sie dir."

„Perfekt! Danke!" Und ich lege auf.

Hier in der Ecke fährt sicher kein Taxi vorbei. Also bestelle ich schon mal eins, obwohl Dinas Adresse noch nicht angekommen ist. Es ist keine kalte Nacht, trotzdem zittere ich vor Ungeduld. Allein bei der Vorstellung, was Dina wohl gerade passieren mag. Martin ist zwar super-nett und in sich ruhend. Aber er ist sicher nicht Dinas Prinz, der auf einem weißen Pferd hergeritten kommt und ihr ein Huhn schenkt. Er ist unberechenbar und pervers. Wir haben immer alles im Einverständnis miteinander gemacht. Noch dazu mit ihm in der devoten Rolle. Aber diese Rolle kann er bei Dina nicht einnehmen. Wie ist er wohl, wenn er dominiert? Welcher sexuelle Abschaum mag sich dahinter verbergen? Aber das aller Widerlichste ist, dass alles auf ein Vorspielen hinausläuft. Er verführt Dina und gaukelt ihr sein Interesse vor. Er lügt sie an. Durch eine Lüge die Unschuld verlieren. Egal wie sehr sie mich nervt, das hat sie nicht verdient. Ich bin grausam. Wie konnte ich so etwas sagen? Wie konnte ich sowas nur denken? Das Taxi kommt, ich steige ein und zeige ihm an, einen kurzen Moment zu warten.

„Die Adresse bitte."

Noch immer keine Adresse. Meine Batterie hat nur noch 10 %.

„Moment!", herrsche ich ihn an. Ich will gerade Andis Nummer wählen, als endlich seine Nachricht kommt und ich sie dem ungeduldigen Taxifahrer durchgeben kann. Hin- und hergerissen, weiter Martin zu erreichen oder lieber Akku zu sparen, zwinge ich mir ein Handyverbot auf, bis ich dort bin. Wer weiß, vielleicht find' ich sie ja gleich und hoffentlich ist es dann noch nicht zu spät.

Auch an Dinas Haus klingele ich und klingele, klingele, klingele, bis sich wieder ein Nachbar beschwert. Diesmal antworte ich nicht mal auf die Beschimpfungen und klingele einfach weiter. Der zweite Nachbar schaltet sich ein und ich akzeptiere es: Sie sind also auch nicht bei ihr.

Vielleicht sind sie ja einfach noch was Trinken gegangen. Und sie verstehen sich nur gut. Am Bordstein sitzend, lass' ich es immer wieder bei Martin klingeln und fühle mich wie die super Stalkerin. Was soll ich nur tun? Warum verdammt stand ich vorhin wie festgewurzelt da und hab' die beiden nicht gleich aufgehalten? Wie konnte ich sie gehen lassen? Wieder zurück zu Martins Wohnung? Ich will gerade ein Taxi rufen, als das Handy endgültig schwarz wird.

Langsam gehe ich Richtung Hauptstraße, damit ich mir dort eins anhalten kann. Aber ich halte das Gehen nicht aus. Ich halte mich nicht aus. Ich halte das schwarze

Display meines Handys nicht aus und schreie wütend. Werfe das Handy auf den Boden und schlage gegen die kalte Hauswand. Dann falle ich zusammen. Kein einziger Muskel in meinen Körper hat die Kraft, mich wieder zum Aufstehen zu bringen. Mein Kopf hat begriffen, welche Abartigkeit ich versuche gerade aufzuhalten. Aber ich kann es nicht aufhalten. Egal wie oft ich aufstehe, es ist nicht aufzuhalten. Ich bin ein Monster. Das gleiche Monster wie Gabriel.

Ich klaube das Handy auf, das jetzt über dem schwarzen Nichts feine Spinnweben voller Glasbrüche zeigt. Verdammte Scheiße. Dann renne ich los. Ohne Aufwärmen, ohne Laufklamotten, ohne Aktivierung des Pulsmessers, ohne GPS oder Lauf-App; ich renne einfach los.

So beschissen ich auch bin. Ich kann nur ich sein. Niemand anderes. Schritt für Schritt spüre ich, dass dieses ‚ich' am Leben ist und hingenommen werden muss. Auch, wenn es sich jetzt, in diesem Moment, einfach nur scheiße anfühlt. Ich widere mich an. Ich bin der dreckige Abschaum hinter einem Fake-Profil, das nach außen schön glänzt. Und dieser Dreck, dieser abscheulich stinkende Dreck, der muss ausgehalten werden. Ich muss aushalten, was für ein egoistisches Arschloch ich bin. Und immer war. Wie ich mir nur so lange selbst einreden konnte, dass ich eine Gute wäre. Das ich Herz hätte, das ich liebenswert wäre. Aber all das ist falsch.

Ich bin verlogen. Seit ich angefangen habe zu lügen, lüge ich permanent. Wann hat das eigentlich begonnen? Als meine Eltern sich getrennt haben, da ging es los. ‚Was deine Mutter nicht weiß, macht sie nicht heiß' hämmert in meinem Kopf. Und so haben wir Motorradtouren gemacht, Wochenendtrips, lange Autofahrten, Übernachtungen am Beifahrersitz des Mietwagens, weil wir nicht mehr rechtzeitig ein Hotel gefunden haben. Nichts davon war lebensbedrohlich. Es war genau das

Gegenteil: Spaß und Abenteuer. Aber für meine ängstliche Mutter wäre es ein riesen Thema gewesen und auf diese Diskussionen hatte mein Vater keinen Bock. Darum durfte ich nichts sagen. Und natürlich durfte ich auch nichts erzählen von seiner Theorie, dass ich mich irgendwann von meiner Mutter abwenden würde, wenn sie sich weiter so verhalten würde. Und meinem Vater durfte ich nichts davon erzählen, was meine Mutter über ihn erzählte. Dass er adrenalinsüchtig ist und ernsthaft alkoholabhängig. Ein Süchtiger, der sich selbst nicht mehr im Griff hat. Sie hat mir aufgetragen mitzuzählen wie viel er trinkt und ihn davon abhalten, nach mehr als zwei Bier noch Auto zu fahren. Was ein schlechter Scherz war. Im Grunde konnte man bei jeder Autofahrt froh sein, wenn mein Vater mindestens zwei Bier intus hatte, sonst wären wir wohl nirgendwo heil angekommen.

Damals hatte ich kein Rückgrat und habe die Dinge verheimlicht, verschönert, abgeschwächt, sodass meine Mutter keine weiteren Gründe hatte, auf meinen Vater sauer zu sein und umgekehrt. Schlussendlich waren sie es aber doch. Nichts von diesen Lügen haben die beiden wieder näher zusammengebracht.

Ich weiß noch, als mein Vater eines Sonntagabends, als er mich zurückgebracht hat, tatsächlich mit meiner Mutter gesprochen hat, was sie nach der Trennung so gut wie gar nicht mehr gemacht haben. An dem Wochenende hab' ich ihm von Ernst erzählt. Er hat wohl gedacht, ich wäre schon außer Hörweite und seine Worte für meine Mutter brannten sich in meinen Gehörgang wie ein Tattoo. „Hast also wieder jemanden gefunden für dein dreckiges Loch." Hätte ich bloß nichts gesagt. Hätte ich doch gelogen, als er mich gefragt hat, ob sie jemand Neues trifft. Aber es war geschehen. Ich hatte es gesagt und danach hat er es gesagt und keines dieser Worte kann zurückgenommen werden. Meine Mutter weinte die ganze Nacht im Badezimmer und ich saß vor der Tür und schämte mich. Es wäre so gut gewesen, zu lügen.

Ich habe gelernt, mit wechselnden Gesichtern aufzutreten, ich spiele den Leuten das vor, was sie sehen wollen, erzähle ihnen, was sie hören wollen, erfülle Erwartungen, nur um zu gefallen. Vielleicht mache ich deswegen so gute Presse und lasse die unnötigsten Produktneuheiten aussehen, als könnte die Welt nicht mehr ohne sie leben. Ich kann Arbeitsplätze-Abbau beim Kunden so klingen lassen, wie Umstrukturierungen und neuer Aufschwung. Ich kann mich stundenlang mit dem schwulen Anskar in seiner Welt tummeln, aber auch mit Ingas rechtem Vater Bier trinken, der allen Schwulen am liebsten ihre Geschlechtsteile abnehmen lassen würde. Bis auf ein freundliches „Ich kenne Schwule und find' die ganz nett" argumentiere ich nicht weiter. Ich hebe das Glas und schlage vor, das Thema zu wechseln. Dann reden wir über Taxidermie, Trachtenkult oder Tatort-Kommissare. Ich wäre in den 69er-Bewegung in der Kommune 1 gehasst worden. Gehe auf keine Demo. Erhebe alle möglichen Stimmen, aber nie meine eigene. Und warum? Wem würde ich denn noch gefallen, der wüsste, was für ein verlogenes Stück ich bin? Wer könnte die Wahrheit ertragen? Welche Wahrheit? Alles nur aus dem Egoismus heraus, geliebt zu werden? Ich ertrage es nicht, Leute gegen mich zu stellen, dass sie sich unwohl fühlen, weil ich nicht in ihre Welt passe. Lieber bin ich leise, bin mit allem einverstanden, richte mich nach anderen und denke nur selten im Stillen, wie ich es selbst gerne tun würde. So selten, dass ich im Grunde gar nicht weiß, was sich hinter all dem befindet.

Gleichzeitig – und hier eröffnet sich die wahre Größe meiner Abartigkeit – bin ich damit schon immer in einer absurden Rolle der Befehlsgeber. Martin hat es mir zum ersten Mal offensichtlich angeboten. Er hat gesagt, ich soll bestimmen. Anfangs habe ich gedacht, das wäre nicht ich, aber ich bin noch nie etwas anderes gewesen als der Bestimmer. Selbst damals bei Gabriel war ich der Imperativ, weil ich es ihm erlaubt habe, mich so zu behandeln.

Ich habe wieder und wieder das Telefon abgenommen, habe nicht aufgelegt, obwohl ich wusste, dass er lügt. Ich habe die Dinge gesagt, die er von mir hören wollte. Habe gesagt, ich würde ihn lieben und ihm vertrauen und er hat nichts anderes getan, als seinem pädophilen Ruf zu folgen. Kann man es ihm übelnehmen? Er hat mich mit allen Sinnen geliebt, schließlich hat er das bekommen, was er wollte. Er hat mich sicher nicht so geliebt, wie ich es mir damals gewünscht habe. Das wusste ich. Wusste ich irgendwie nicht. Ich habe gewusst, dass es falsch war und trotzdem mitgemacht. Weil seine Aufmerksamkeit mir etwas Größeres gegeben hat. Sich geliebt fühlen.

Meine Gedanken erreichen einen nie dagewesenen Selbsthass. Ich wäre heute so wie Dina, ich könnte nicht vor Menschen sprechen, hätte mich nie von Aalen loslösen können, hätte keine Freunde, keinen erfolgreichen Job, würde wohl am Rockzipfel meiner Mutter hängen. Wäre er nicht gewesen. Eine schreckliche Vorstellung. Ich hab ihn ausgenutzt, um dort herauszukommen, und will dafür noch Mitleid. Ne ganze Menge, was ich da verlange. Kann ich bitte schneller laufen? Kann ich mich bitte wieder ertragen? Wie kann mich nur irgendwer anders ertragen?

Nur wegen mir lässt sich das arme Mädchen jetzt die Unschuld rauben, weil ihr Martin das vorlügt, was sie hören muss, damit sie sich dazu bereit erklärt. Alles, weil ich ihn dazu beauftragt habe. Weil ich die Unverfrorenheit hatte zu behaupten, Sex würde uns alle heilen. Ein erfülltes Sexleben würde unserer Seele guttun, aber davon habe ich doch nicht die geringste Ahnung. Sex ist das Abartigste, was ich kenne, und es widert mich an, wenn ich an die unendlichen Versuche denke, mich mit Stöhnen, Lecken und Blasen in eine bessere Welt zu vögeln. Es hat nie geklappt. Und jetzt verliert Dina ihre Unschuld in einem bedeutungslosen One-Night-Stand und fällt danach in ein Tief, weil alles nur gefaked ist. Wie konnte ich ihr das antun?

Mir war meine Zeit zu kostbar. Meine Zeit, die ich ganz allein für meine Projekte, für meine Interessen, für mein Standing aufwenden wollte, als mich wirklich mit diesem armen Mädchen auseinanderzusetzen. Ich hab gegenüber meiner eigenen Mitarbeiterin keinerlei Verantwortung übernommen. Ihr keine Dinge gezeigt. Nicht mit ihr gesprochen. So wie es Inga so oft gemacht hat. Ich hatte nicht mal die Geduld, ihr wirklich zuzuhören. Über sie gelästert habe ich. Wie unnormal ihr Essverhalten ist. Hab mich über ihre Unselbstständigkeit lustig gemacht. Warum bin ich nur so ein egoistischer Arsch? Ihr Verhalten ist nichts anderes als mein Verhalten, bevor ich Gabriel getroffen habe. Und darum müsste ich es doch besser wissen. Alles ist ein einziger Schrei nach Hilfe. Und wir stehen da, zeigen mit dem Finger auf sie und lachen.

Ich renne und denke und renne und denke und merke, dass ich schon längt an einigen Taxis vorbei bin. Aber ich kann nicht stehen bleiben. Martins Wohnung ist sicher noch zehn Kilometer entfernt. Es ist mir egal. Ich muss dorthin und ich kann die Beklemmung einer Taxi-Rückbank nicht ertragen. Ich kann nicht anrufen. Nur laufen. Nicht mehr dagegen ankämpfen, denn es ist längt zu spät.

Wieso hab ich sie nicht aufgehalten, als sie sich im Quentins von uns verabschiedet haben? Warum? Warum? Nur dumm dagestanden bin ich. Was, wenn er sie nicht mal zuhause entjungfert, sondern auf irgendeiner schäbigen Kneipen-Toilette. Ich schäme mich für die schmutzigen Gedanken, die ich mit ihm geteilt habe. Für diesen grausamen Deal, ich verkaufe ihn und er nimmt ihr die Jungfräulichkeit. Was sind wir für Monster, die so etwas amüsant finden? Ist es dieser grausame Alkohol? Ist es diese grausame Wut? Ist es diese Art von Sex, die wir praktizieren? Meine Füße tragen mich nach vorne, aber meine Gedanken gehen in den immer gleichen Kreisen. Das war doch alles nicht ernstgemeint.

All diese Fassade des Jobs. All der scheinbare Erfolg. Gehaltszahlungen, schicke Wohnungen, Präsentationen vor 200 Leuten hier, Business-English quatschen dort, Verhandlungen führen da, Einladungen zu Events bekommen, 1372 Freunde auf Facebook, Geschäftsreisen, Shoppen was man will, keine Angst vor Rechnungen haben. All diese Dinge haben mich das fühlen lassen, was ich immer wollte: Erfolg haben. Jemand sein. Von allem unabhängig. Das sind doch die Dinge, die jemanden ausmachen. Aber die Wahrheit ist doch knallhart: Ich bin noch immer dasselbe schwache Naivchen, das alles macht, was von ihm verlangt wird. Aus Egoismus? Aus Schwäche? Woher soll ich es wissen. Ich mache genau das, was andere von mir erwarten: im Job, als Mieterin, als Freundin, als Tochter, im Bett. Ich weiß genau, was sie haben wollen. Denn nur dann bekomme ich Bestätigung und Aufmerksamkeit. Das ist vielleicht das Einzige, was ich wirklich will. Ich widerspreche mir selbst. Ich widere mich an. Habe ich nicht nur deswegen die dominante Rolle für Martin eingenommen, weil er es so konkret von mir verlangt hat? Hat er mir nicht genau gesagt, was er wollte? Hab' wirklich ich entschieden, einen Strap-on zu kaufen? Hat es nicht eigentlich er verlangt und ich hab's einfach gemacht, wie willenloses Fleisch? Ich kann das doch nicht ernsthaft wirklich wollen? Ich will gar nichts davon. Ich will niemanden dominieren und ich will von niemanden dominiert werden. Warum verdammt habe ich mich darauf eingelassen? Ich tue immer noch einfach das, was von mir verlangt wird. So wie damals. Ich dummes Stück.

Als ich bei Martins Wohnung ankomme, bin ich von oben bis unten nass geschwitzt, aber immerhin ist jetzt Licht an.

20/ 2000

Sie steht am Fenster des alten Bummelzugs. Diejenigen, bei denen man das Fenster nur oben ein klein bisschen aufschieben kann. Michael ist draußen und obwohl er groß ist, muss er sich auf seine Zehenspitzen stellen, um gerade so Felis Hand zu erreichen. Ihr laufen die Tränen herunter. Er malt ein Herz in den Dreck der Scheibe. Er wackelt und kann kurz sein Gleichgewicht nicht mehr halten, was dazu führt, dass ihre Hände auseinander rutschen. Sie schluchzt laut auf.

„Ich werde dich vermissen!" Ihre Hände liegen wieder weißgedrückt ineinander.

„Ich dich auch!", gluckst Felis Stimme, die sich unter den Tränen hervor kämpft. Die Tränen, die so ganz und gar nicht Feli entsprechen.

„Fünf Tage! Ich hol' dich am Freitag vom Bahnhof ab!"

Sie nickt nur.

„Und ich ruf' dich jeden Tag an!"

Die Tränen laufen ihr in Bächen herunter. Macht sie sich mit dieser Darstellung über mich lustig, wenn ich ihr von meiner Sehnsucht nach Gabriel erzähle? Bin ich ansatzweise so theatralisch, so lächerlich?

„Denk an mich!", hallt Michael von außen, während von hinten die Pfeife des Schaffners ertönt.

„Ich werde nichts anderes tun! Ich werde nur an dich denken!", kreischt sie jetzt am Fenster klammernd. Den Kopf aus dem Spalt rausdrückend. Er rennt dem Zug nach und wirft Feli Luftküsse zu. Sie winkt. Dann sind wir aus dem Bahnhof, aber erst nach der Kurve nimmt Feli zunächst ihre Hand und dann den Kopf zurück ins Abteil.

Sie setzt sich mir Gegenüber und ich gebe ihr wortlos ein Taschentuch. Am liebsten hätte ich applaudiert vor so viel Schauspielkunst.

„Es sind nur fünf Tage!", sage ich so beruhigend wie möglich.

Feli schluchzt laut auf. „Eben! Fünf Tage! Das halt' ich nicht aus!"

„Ich hab Gabriel bereits seit 13 Tagen nicht gesehen. Nächstes Wochenende werde ich ihn auch nicht sehen, weil ich bei meinem Vater bin. Das heißt, wir werden uns noch weitere zwei Wochen nicht sehen", berichte ich ihr wenig Neues – denn das weiß sie eigentlich. Trotzdem hoffe ich ihr mit dem Vergleich ihre fünf Tage ohne Michael weniger schlimm vorkommen zu lassen.

„Das ist doch etwas völlig anderes", schnauzt sie mich an. „Ihr seid daran gewöhnt, dass ihr euch so selten seht. Michael und ich sehen uns grad' jeden Tag. Das brauchen wir eben. Sonst würde Michael doch nur gelangweilt sein und sich zu seiner Ex schleichen. Hoffentlich schaffen wir diese fünf Tage überhaupt."

„Das glaub' ich nicht. Sonst hätte er sich doch jetzt nicht so herzzerreißend von dir verabschiedet, wenn er es nicht ernst mit dir meint. Vertrau ihm doch einfach."

„Vertrau ihm doch einfach", äfft sie mich nach und dreht ihr Gesicht zum Fenster, um weiter zu weinen.

Sie ist wütend und ich habe keine Lust, das abzubekommen und schneuze in mein Taschentuch. Die Erkältung nach dem Wochenende in der Schweiz war zu erwarten, aber dass sie so hartnäckig bleibt, kenne ich nicht. Aber auf das Schullandheim zu verzichten und eine ganze Woche weiter krank zuhause gefangen zu sein, hätte ich nicht ausgehalten. Meine Mutter ist ja grundsätzlich schwer auszuhalten. Aber als Krankenpflegerin noch viel weniger. Sie ist hypochondrisch, vermutet schwerste Krankheiten. Vor allem weil ihr mit größter Sorge mein Gewichtsverlust aufgefallen ist. Jetzt denkt sie, ich hätte eine schwere Stoffwechselerkrankung und hat mich von einem Arzt zum anderen geschleppt. Zuhause hat sie dann das Rezept zerrissen, denn sie ist überzeugt, dass die Schulmedizin uns alle abhängig macht und vergiften will mit ihren Antibiotika. Ich war nur genervt, hatte Kopf- und Gliederschmerzen und wollte einfach nur meine Ruhe. Seitdem ich wieder angefangen habe, einigermaßen normal zu essen, geht's wieder besser. Ich hasse es, Gabriel damit so zu hintergehen. Gerade nach dem, was bei ihm war, wage ich es nicht, ihm zu berichten, wie viel ich esse. Sobald ich wieder richtig gesund bin, werde ich noch konsequenter weitermachen, damit ich, bis wir uns wiedersehen, zumindest mein Gewicht halten kann.

Ich hole mir die Thermoskanne heraus und gieße mir Tee in meine Tasse. Daran halt ich mich fest, versuche Feli zu ignorieren und schaue durch Michaels Herz auf die vorbeifahrende Landschaft. In Gedanken bin ich nur im Hier. Eigentlich müsste ich das Schullandheim als puren Horror empfinden. Aber es ist okay. Ich fühle mich ruhig und will mich dem stellen, was ich erreichen will. Mit genug Konzentration und Willen geht es immer besser. Darum sehe ich diese Woche als Chance. Es ist meine erste Woche in einem Schullandheim, die erste Woche, in der ich ständig in Gruppen unterwegs sein, mit freien Zeiten konfrontiert, ohne einen Rückzugspunkt für mich allein sein werde. Jeder aus meiner Klasse freut sich darauf. Sie freuen sich, weil sie das Miteinander genießen. Ich will keine Angst mehr vor den Dingen haben, die grundsätzlich schön sein sollen. Es gibt andere Dinge, vor denen man Angst haben sollte. Und wenn Feli jetzt rumspinnt, liegt es noch mehr an mir, dass ich auf die anderen zugehe. Ich schwöre mir: Eine Woche ohne Angst!

Mach mit, lerne, den Mund aufzubekommen, interessiere dich einfach für die anderen, dann reden sie schon. Husum muss gut werden! Das ist mein Vorsatz. Denk' nicht an Gabriel. Nicht was war, und nicht, was sein wird. Es ist nicht zu ändern. Und unsere Liebe ist tausendmal größer als das, für das ich keinen Namen habe.

Umsteigen in Dortmund. Ich ziehe meinen schweren, riesigen Koffer auf die Rolltreppe. Meine Mutter hat gepackt, ohne dass ich die notwendige Selektion vornehmen konnte. In diesem Punkt hat sie meine Krankheit schamlos ausgenutzt. Katja, Nadine und Lilly stehen auf der Rolltreppe vor mir. Sie sagen es natürlich nie, aber irgendwie merkt man, dass ihre Eltern in anderen Gehaltsklassen leben. Keiner besitzt so viel Klamotten wie sie oder überhaupt Sachen von Marc O'Polo oder Strenesse. Elegante Blazer, seidige Kleidchen und richtig schicke Schuhe, wie die von Geschäftsfrauen. Sie sind meilenweit von den anderen weg. Sie ziehen mit einer Leichtigkeit den gleichen klassischen Rimowa Trolley hinter sich her.

„Was hast du denn alles dabei?", fragt mich Nadine.

„Zu viel, eindeutig. Ich kann's selbst kaum heben."

„Warum, wir sind doch nur fünf Tage weg?"

„Ich war doch krank, und meine Mutter hat im letzten Moment für mich gepackt. Das ist so peinlich, ich weiß. Aber die packt immer, als würde man dreimal so lange wegbleiben wie geplant."

„Du lässt deine Mutter für dich packen?", kichert Lilly.

„Normalerweise nie. Aber durch meine Erkältung musste sie die Übermutter spielen. Ihr müsst mir mal eure Erziehungstipps für eure Mütter geben. Oder sind die einfach nicht so schwer zu erziehen wie die meine?"

Jetzt schauen sie verständnisvoll.

Als wir am richtigen Gleis angekommen sind, öffne ich den Koffer. Ich finde darin zehn 0,5 Liter PET-Flaschen

Mineralwasser, als ob wir dort nichts zu trinken bekommen werden, vier Handtücher, Gummistiefel, die ich noch nie anhatte. Darunter die andere Kleidung, die ich nicht vor meinen Kameraden auseinandernehmen möchte. Ich nehme eine Flasche, stecke sie mir ins Handgepäck und lasse ein Handtuch drin. Den Rest lege ich neben die Bank am Bahngleis und schreibe einen Zettel drauf ‚Nimm mich!‘. Die drei sind beeindruckt.

„Du kannst doch nicht einfach deine Sachen hier rausschmeißen", sagt Katja verdutzt.

„Oh doch. Kann ich. Dann schaffe ich es nämlich auch, den Koffer in den Zug zu heben. Ganz ehrlich, wir haben so viele Handtücher zuhause, meine Mutter wird gar nicht merken, dass es drei weniger sind. Und die Gummistiefel werden bei der Rückfahrt einfach nicht mehr in den Koffer gepasst haben."

„Du bist verrückt."

Ich zucke nur mit den Schultern, als ob es mir total leichtgefallen wäre. „Aber jetzt mal ehrlich, mischen sich eure Mums nicht ein beim Packen?"

Das Eis ist endgültig gebrochen. Alle geben zu, dass ihre Mütter auch drüber schauen und dass sie nach der Stippvisite noch heimlich Sachen austauschen. Wir haben tatsächlich eine Gemeinsamkeit.

Auf dem Weg nach Hamburg hat sich zum Glück auch Felis Laune gebessert und wir reden schon längst nicht mehr über Typen, sondern diskutieren über Haare und Styles aus den Frauenzeitschriften, die wir dabeihaben. Jegliches Anzicken ist vergessen. Und letztendlich muss ich ja auch Feli eingestehen, dass sie mich wirklich schlecht behandeln könnte und ich ihr alles verzeihen würde, denn ich brauche sie so sehr. Darum denke ich nicht mehr darüber nach, was war.

Im Schullandheim angekommen gehen wir gemeinsam mit zwei anderen Mädchen in einen 4er-Schlafraum. Die anderen beiden himmeln Feli ähnlich an wie ich und empfinden es offensichtlich als große Ehre, mit ihr den Schlafraum zu teilen. Als ob dadurch ihr Beliebtheitsranking innerhalb der Klasse steigen würde. Ich habe mir schon so oft gewünscht, dass es so wäre, dass mir die Freundschaft zu Feli ein cooleres Image geben würde. Doch jedes Mal, wenn ich die wenigen Antworten vor den anderen versucht und dabei gestottert habe, als hätte ich einen derben Sprachfehler, hab' ich es gespürt: Ich bin es selbst. Es ist hilfreich, wenn dich einer der Coolen mag, aber du musst es aus dir selbst schaffen. Nur das hält. Zum Glück fühle ich mich irgendwie, als würde es mir langsam gelingen, denn auf eine andere, weniger schleimige, aber nicht unehrliche Art sind sie auch begeistert davon, mit mir das Zimmer zu teilen. Nachdem sich Feli das obere rechte Stockbett ausgewählt hat, lassen die beiden ohne Absprache mir den Vortritt, das Bett zu wählen. Ich will das obere Bett des linken Stockbettes, damit zwinge ich aber beide auf die unteren Betten, was mir gemein vorkommt.

„Ist es für euch okay, ich würde lieber oben schlafen."

Beide geben zu, sie hätten Angst davor, von oben runterzufallen, und sind einverstanden. Ich genieße es, diese Entscheidung getroffen zu haben, ohne das Gefühl, die anderen übermannt zu haben.

Feli packt als erstes ein T-Shirt von Michael aus. Sie zieht sich vor uns bis auf die Unterwäsche aus, damit sie sofort in das nach Michael riechende übergroße Shirt gehen kann. Ich beobachte Rebekka und Kerstin, wie sie mit offenen Mund Felis perfekten Körper anstarren.

Während die anderen also weiter auf die nackten schlanken Beine schauen, die unter Michaels T-Shirt rausschauen, lege ich mich zurück. Schaue von Felis Bett zufrieden auf die Decke. Ich liege nicht unter Feli. Ich liege auf Augenhöhe. Mein Handy klingelt und Gabriel lässt sich von mir unsere Schlafsituation erklären. Er macht kleine Anspielungen, was es für eine heiße Nummer wäre, mit mir mucksmäuschen-still Sex in diesem Stockbett zu haben, während meine Klassenkameraden im selben Raum schlafen. Aber ich gehe nicht darauf ein. Ich wimmele ihn ab, weil wir bald schlafen gehen müssen, und bin froh, mich wieder auf die Mädchen zu konzentrieren. Nachdem wir nacheinander im Waschraum waren, fragen uns Rebekka und Kerstin Löcher in den Bauch. Sie haben beide keinen Freund und natürlich auch keinen Sex. Ich schweige dazu und wir hören alle nur Feli zu, die vor Kurzem zum ersten Mal mit Michael geschlafen hat. Ihre Worte sind wie aus einer fremden Welt.

Die gesamte 8a stampft widerwillig durch das Watt. Besonders die Mädchen finden die sandigen Würste, die die Wattwürmer hinterlassen, eklig. Dabei ist es nur Sand, denke ich, und zerdrücke den Sandhaufen mit meiner Zehe und verreibe ihn sanft, sodass er wieder glatt und dem Sandboden gleich ist. Ein kleines Häufchen Unrat, das sich so einfach wieder unsichtbar machen lässt. Was für ein friedlicher Gedanke, dass man manchen Scheiß einfach wieder ungeschehen machen kann.

Mein Vorsatz geht gut auf. Ich nehme mir jeden Tag andere Cliquen oder einzelne Leute vor, mit denen ich zumindest kurz das Gespräch suche. Es zählt auch, wenn ich nur ein einziges Wort wie ‚Danke‘, ‚Bitte‘ oder ‚Entschuldigung‘ gewechselt habe. Je öfter es zu kleinen Gesprächen kommt, desto besser läuft's. Jedoch gebe ich zu, mit den Jungs funktioniert es am besten. Ich frage sie bei irgendwas um Hilfe, meine Flasche aufdrehen zum Beispiel, und dann frag' ich noch irgendwas, was ich so ansatzweise von ihnen weiß, ob er eigentlich noch immer im Fußballverein spielt. Schon ist der Knoten geplatzt und sie labern los. Mit Benjamin habe ich den ganzen Spaziergang über seine Schwierigkeiten in Mathe geredet. Vielleicht fällt er durch. Seine Sorge, wie seine Eltern wohl reagieren, wenn sie davon erfahren. Was für ein überschaubares Problem, denke ich, und gebe ihm noch während wir gehen Mathe-Nachhilfe.

Wir waren gerade am Deich, als mein Handy läutete. Tagsüber. Das erste Mal tagsüber. Ich hab mich absichtlich zurückfallen lassen, um unauffällig zu telefonieren.

„Hallo Gabriel, was für eine schöne Überraschung!", trällere ich.

„Sandra!" Er flüstert hastig. „Sandra! Ganz egal, was du hören wirst. Ganz egal, was sie dir sagen werden, du darfst nie vergessen, dass ich dich über alles liebe!"

„Was ist denn los?"

„Versprich mir, dass du es nicht vergisst! Ich liebe Dich! Du bist das Wertvollste, was ich je in meinem Leben besessen habe."

„Ich verspreche es."

„Du musst es mir glauben, wirklich! Ich liebe Dich, Sandra! Ich liebe, liebe, liebe Dich. So sehr", weint er.

Ich bin völlig verwirrt.

„Was ist denn los? Natürlich weiß ich, dass du mich liebst! Ich vertrau' dir doch! Ich brauch dich doch!"

„Du musst jetzt ganz stark sein!"

„Warum?"

„Ich werde eine Zeitlang weg sein. Bestimmt nicht lange! Aber ich weiß nicht, wann ich mich wieder bei dir melden kann!"

„Weg? Wo bist du denn? Was ist los?"

Er legt auf. Der Rückruf ist zwecklos, denn es läutet noch nicht mal.

Die Klasse hat sich bereits entfernt und die Lehrerin winkt mir zu, dass ich mich beeilen soll. Ich laufe, blicke in die leere Landschaft und fühle die Leere in mir, die dieses Gespräch hinterlassen hat. Ich verstehe nichts.

Der Anruf war so skurril, dass ich ihn einfach gedanklich lösche. Das kann ja nicht sein. Ich konzentriere mich auf das Programm unserer Schullandheimwoche. Feli und ich spazieren gemeinsam durch St. Peter Ording. Sie schwärmt von einem Armband, das sie sich gerade gekauft hat.

Plötzlich ruft mich Benjamin zu der Gruppe Jungs, mit denen er in der Eisdiele sitzt, herüber. Er lobt mich als Mathetalent. Feli sieht mich bitterböse an. Sie steht bockig auf und will noch Postkarten besorgen. Ihre Körpersprache macht klar, dass sie alleine gehen will. Also bleibe ich bei den Jungs und wir unterhalten uns übers Windsurfen, das ich letzten Sommer mit meinem Vater im Italienurlaub gelernt habe. Wir verbringen noch die ganze Busfahrt zurück ins Schullandheim zusammen und danach habe ich zwei Nachhilfeschüler und mir damit ganz ungeplant einen kleinen Nebenjob organisiert.

Als ich an diesem Mittwoch zurück ins Schlafzimmer komme, ignoriert mich Feli noch deutlicher. Sie spricht nur mit Rebekka und Kerstin und lässt mich links liegen. Überraschenderweise tut es mir nicht weh. Mir kommen meine Gedanken von der Zugfahrt, dass sie mir alles antun könnte und ich würde ihr alles verzeihen und merke, dass das gar nicht wahr ist. Ich muss ihr nicht alles verzeihen. Noch mehr: Ich darf ihr nicht alles verzeihen. Ich muss anfangen, mich selbst so wertzuschätzen, dass ich selbst entscheide, was man mit mir machen darf. Ich frag' mich, ob ich diesen Mut irgendwann Gabriel gegenüber finden werde.

Es ist 2:43 Uhr in der Nacht von Mittwoch auf Donnerstag. Das Warten nimmt kein Ende. Es gibt keinen weiteren Anruf, keine Nachricht von ihm. So wie er gesagt hat. Aber sonst kommt es ja auch vor, dass ich länger nichts von ihm höre. Ich lege das Handy weg und nehme mir vor einzuschlafen.

Am nächsten Tag warte ich weiter. Kein Lebenszeichen. Feli ignoriert mich ebenso und es bleibt mir nichts anderes übrig, als auf die anderen Klassenkameraden zuzugehen.

Donnerstagabend wähle ich wieder Gabriels Telefonnummer. Sein Handy ist aus. Meine SMS bleiben unbeantwortet.

Es ist Freitag. Rückreisetag. Und noch immer gibt es kein Lebenszeichen von ihm. Mir wird klar, dass irgendetwas wirklich nicht stimmt. Ich rufe das Telefonat am Deich Wort für Wort in mein Gedächtnis. ‚*Ganz egal, was du hören wirst. Ganz egal, was sie dir sagen werden, du darfst nie vergessen, dass ich dich über alles liebe!*‘.

Wer sind sie? Wer sagt mir was?

Wir packen die Sachen. Und als Feli und ich kurz alleine im Zimmer sind, schiebe ich Gabriel zur Seite und versuche mit ihr zu reden.

„Was ist los mit dir?"

„Was ist denn mit dir los? Machst einen auf super beliebt oder was?", fragt sie schnippisch zurück.

„Nein. Was heißt denn das? Darf ich denn nicht mit den anderen reden?"

„Du redest nicht. Du schleimst dich ein."

Ich fang leise an zu heulen und fühle mich, als würde die Welt wie ein Kartenhaus zusammenbrechen. Nichts funktioniert mehr. Ich bin unfähig zu antworten und sacke auf den Boden. Mir wird bewusst, wie wenig ich mit Feli geteilt habe von den Dingen, die mich belasten. Wie viele Geheimnisse zwischen uns stehen und wie wenig sie von mir weiß.

„Und jetzt willst du auch noch Mitleid, weil du keinen

Konflikt aushältst? Was Gabriel nur an dir findet, das versteh' ich nicht."

Ich blicke sie an und kann nicht fassen, zu was sich meine beste Freundin gerade verwandelt hat.

„Er ist weg", schluchze ich.

„Das ist auch kein Wunder." Und dann geht sie.

Ich weine weiter. Als Kerstin reinkommt, wische ich meine Tränen weg und tue so, als würde ich noch immer eifrig meinen Koffer einpacken.

Ich gehe raus hinters Schullandheim, wo sich immer ein paar Leute zum Rauchen verstecken. Ich sehe Katja, wie sie mit zwei Jungs dasteht und kichert. Ich frage nach einer Zigarette. Sie gibt mir sofort eine. Dann stehe ich bei ihnen. Ihr Gespräch ist verebbt. Meine Kehle zugeschnürt. Für weitere Worte ist meine Stimme zu zittrig und mein Interesse zu gering. Ich hab' nicht mehr die Kraft für Kommunikation, die mir am Ende ja nur von Feli übelgenommen wird. Ich hab mich nicht eingeschleimt. Was meint sie bloß damit? Wie kann sie sowas behaupten? Wie kann sie nicht wissen, was es für mich bedeutet?

Die drei anderen haben fertig geraucht und finden mich wieder so merkwürdig wie vor der Schullandheimwoche. Ich spüre es regelrecht in ihren Blicken. Aber es ist mir egal, was sie denken. Stumm starre ich in die flache Weite und ziehe an der Zigarette. Noch einmal wähle ich seine Nummer, aber wieder ist sein Handy ausgeschaltet.

Absichtlich setze ich mich im ICE an denselben Vierertisch wie Feli. Irgendwie will ich nicht glauben, was passiert ist, aber sie redet kein einziges Wort mit mir und ich auch nicht. Nicht mit ihr und auch kaum mit jemand anderem. Im Hintergrund höre ich Gesprächsfetzen, wie Feli Kerstin und Rebekka von Michael vorschwärmt. Was die beiden sich am Telefon erzählt haben. Wie sehr die beiden sich vermissen und wie sehr sie sich darauf freut, ihn endlich wiederzusehen. Im Vordergrund lese ich. Richtig lesen, mit voller Konzentration. Seite für Seite ignoriere ich Gabriels Verschwinden und lasse mich fesseln von Kafkas Verwandlung. Ich hab' mir eines der Taschenbücher gekauft, das auch im großen verbotenen Buch meiner Mutter zu finden ist, das noch immer eingeschweißt und nicht geeignet für mich ist. Und es fesselt mich.

Ich bin verwandelt und genau wie Gregor versuche ich, vor allem den Schein zu wahren. Weiter so zu tun, als wäre alles wie vorher. Aber nichts ist wie vorher. Nichts. Ich hab' genug Leute verletzt, genug Verbotenes gemacht, so unglaublich viel gelogen. Ich hab es verdient, dass alles einstürzt. Der verfaulte Apfel klemmt in meinem Rücken und ich komme nicht ran, um ihn wegzumachen.

16/ 2019

Die ersten Kilometer eines Marathons sind für mich Aufwärmen. Leider laufe ich in einer anderen Liga als jene, die sich noch vor dem Start ihre 30 Minuten einlaufen. Mein Laufstil ist gut, aber an einem Tag, an dem ich 42 km laufe, laufe ich auch keine Schritt mehr. Außerdem ist das Feld am Anfang in meiner Pace so dicht, dass man seine Wettkampfgeschwindigkeit nur schwer finden kann. In meinem Fall ist es also eine Utopie, die komplette Strecke in der gleichen Pace zu laufen. Also fange ich gemütlich an, etwa bis Kilometer zehn, danach geht's in die geplante Pace bis zur Hälfte und dann versuche ich, noch 'ne halbe Minute schneller am Kilometer zu werden. Und dann ab Kilometer 37 beginnt der richtige Kampf gegen die Müdigkeit.

Gerade lauf' ich am Bastille vorbei und die Lab Station wird von der Masse gestürmt, als wären wir schon 20 Kilometer gerannt. Das fühlt sich für mich völlig fehl am Platz an. Wie kann man nach fünf Kilometern schon so durstig und hungrig sein? Ich weiß, ich sollte trotzdem trinken. Die kleine Flasche Vittel, die sie ausgeben, hat sogar einen Schraubverschluss mit Halteschlaufe. Sowas gibt's nur in Paris. Ich benetzte meinen Mund mit Wasser und trage die Flasche in der Hand, als wäre sie meine Handtasche. Gemütlich trabe ich weiter. Es fühlt sich großartig an. Seit dem ersten Meter auf der Strecke fühle ich mich gut. Ganz in meinem Element. Und verglichen mit den letzten Tagen wie neugeboren. Jedes einzelne Auftreffen auf dem Asphalt dieser geschichtsträchtigen Straßen genieße ich als Privileg. Geteilt mit über 50.000 anderen Läufern. Die Strecke ist eine einzige Sightseeing-Tour: der erste Kilometer entlang der Champs-Élysées direkt auf den Palace de la Concorde zu. Und am Louvre vorbei in die Rue-St. Antoine bis eben zur Bastille. Und wir haben gerade erst begonnen. Jedes normale Wohnhaus, jedes Geschäft, jede Sehenswürdigkeit an der ich vorbeilaufe, lässt mich Paris näher fühlen. Als ob ich die Stadt besser kenne, nur weil ich darin laufe. Jeder Passant, dem ich ins Gesicht schaue, fühlt sich an wie ein Freund. Diese eleganten Pariser. Ganz anders als die Deutschen, die plump und tief „Hopp Hopp Hopp" grölen. Hier wird dezent mit den Avène-gecremten Händen geklatscht und „Courage! Courage!" gerufen. Was für eine großartige andere Welt, in der ich da laufen darf. Dafür bin ich dankbar. Ich bin dankbar, dass mir Leute, die mich gar nicht kennen, Mut wünschen, weiterzulaufen. Den ganzen Weg zu schaffen. Die Kraft zu finden. In der scheinbar einfachsten Tätigkeit der Welt: einen Fuß nach den anderen setzen.

Ich habe das Gefühl, dass in meinem Leben wohl ein paar zu wenige Menschen an meiner Seite standen und ‚Courage! Courage!' gerufen haben. Kaum einer kennt mich wirklich. Kennt alles. Sie kennen immer nur die Teile, die sie sehen wollen, die sie selbst interessieren. Immer im Interesse für sich selbst. Meinen Chef interessiert kein Familienleben. Meine Eltern interessiert kein Business-Leben. Die Freunde, mit denen man läuft, mit denen geht man nicht trinken. Die Freunde, mit denen man trinkt, mit denen geht man nicht laufen. Die Menschen, mit denen man schläft, geben nur vor, sich auch für den Rest zu interessieren. Aber mit wem könnte man tatsächlich über alles sprechen? Aber fuck, das ist doch bei niemandem so. Ich habe das Gefühl, ich habe kein Recht, mir leidzutun. Denn es ist nicht nur, dass ich andere Lebensabschnitte nicht teile. Ich verheimliche, verleugne, verschweige. Bewusst nichts zu sagen ist wie Lügen. Lügen ist wie Gift. Gift, das meine Scham zu einer

Unendlichkeit aufquellen lässt. Denn ich bin mir sicher, dass mich alle für die Wahrheit verurteilen würden. Es steht mir bis zum Hals. Denn ich lüge. Schon immer. Diese Gedanken verfolgen mich seit Tagen. Schon ab der ersten Lüge tat es mir körperlich weh zu lügen. Das hat sich bis heute nicht geändert. Die Tatsache, dass ich so früh begonnen habe, heimliche Parallelwelten zu leben, hat es jedoch zu einer Gewohnheit gemacht, die mich den Schmerz aushalten lässt. Ich habe es perfektioniert, Dinge nicht zu erzählen und das hat aus mir ein auseinandergerissenes Puzzle gemacht. Es entspannt mich, wenn ich Menschen keine Facette zeige, sondern einen Spiegel. Damit schwebt man mit dem Gegenüber leichter auf einer Augenhöhe. Noch dazu schiebe ich es vor mir her, selbst alle Facetten von mir zu kennen. Wer sie nicht kennt, kann sie auch nicht mit Stolz nach außen tragen.

Diese Gedanken laufen mit mir am Château de Vincennes vorbei durch viel Grün und mit leichten Beinen. Ich schiebe dieses wieder und wiederkehrende Gedankenungut weg und automatisch kommen die Erinnerungen frei an Donnerstagnacht.

Als ich an Martins Wohnungstür ankam, trug er nur Boxershorts unter seinem offenen gelben Bademantel.

„Bitte nicht! Bitte sag mir nicht, dass du es getan hast!" Ich war viel zu ernst, um ihn tatsächlich zu schlagen.

„Du meinst Dina?"

„Klar mein ich Dina", brüllte ich.

Der Nachbar kommt im Pyjama aus der Wohnung „Jetzt reicht es aber wirklich. Andere Menschen müssen morgen arbeiten!"

Ich hatte ein schlechtes Gewissen gegenüber dem Nachbarn und trotzdem wollte ich, dass er sofort aufhörte, sich aufzuspielen. „Zieh aufs Land, wenn dich Menschen stören." Kam es wütend aus tief in mir.

Martin zog mich in seine Wohnung. „Entschuldigen Sie vielmals, Herr Wolf. Wir sind jetzt ruhig. Ich kann ihnen versichern, dass wir das hier schnell geklärt haben", beschwichtigte Martin hinter mir.

Die Antwort vom Wolf hab ich nicht mehr mitbekommen. Ich habe mich losgerissen und bin in sein Schlafzimmer gerannt, um Dina zu suchen. Aber da war sie nicht.

„Wart ihr bei ihr?"

„Pssst! Beruhige dich, Sandra! Es ist nichts passiert!"

Ich musste ihn so ungläubig und blöd angeglotzt haben, während der Tropfen viel.

„Du hast sie nicht...?"

„Nein, hab ich nicht!"

Ich hab ausgeholt und ihm eine schallende Ohrfeige gegeben. Das war keine Rolle. Das war ich.

„Warum dann diese Andeutungen?", schrie ich ihn an.

„Ich wusste doch nicht, wie frigide die tatsächlich ist. Sorry, aber bei so viel Kindsein, da ist selbst mir der Schwanz eingeschlafen. Wir waren noch was trinken, dann hab ich sie heimgebracht. Es ist nichts passiert! Und es wird auch nie etwas passieren!"

Ich bin auf seinen Boden gesunken vor Erleichterung. Was bin ich stolz, dass dieses Mädel einfach immer bleibt, wer sie ist. Ist sie noch so unselbstständig, noch so nervig, noch so arm – sie hat ihre Facetten gefunden und lebt sie. Vielleicht fühlt sie nicht, wie oft ihr genau das selbst im Weg steht – aber sie bleibt sich treu. Es fällt ihr sicher nicht leicht, damit zum Außenseiter zu werden. Wahrscheinlich weiß sie es gar nicht. Aber ist das nicht der ehrlichste Ansatz, wie man mit sich umgehen sollte? Sie hat sich selbst gerettet, vor der dümmsten Idee, die ich jemals hatte.

„Es ist besser, wenn wir uns nicht mehr sehen", eröffnete ich Martin.

„Was? Aber es ist doch gar nichts passiert?"

„Es ist viel zu viel passiert und das, wozu ich dich fast gebracht hätte, ist das Schlimmste, was ich jemals einer Person angetan hätte."

„Jetzt überstürz' mal nichts!"

„Ich überstürze nichts. Es ist allerhöchste Zeit."

Es schmerzt, dass ich das beendet habe. Aber das, was diese Macht aus mir gemacht hat, widert mich an. Ich hatte das mit Dina nie ernst gemeint und zum Glück ist es nicht passiert, aber dieses ganze Spiel, das einer dominiert und der andere unten kriecht und die Tritte abbekommt, das will ich nicht. Weder in der einen noch in der anderen Rolle. Ich will Lebendigkeit.

An Kilometer 22 läuft man um die andere Seite der Bastille. Und mir wird klar, dass ich schon über die Hälfte des Weges hinter mich gebracht habe. Das hintere Feld der über 50.000 Läufer quält sich noch bei Kilometer sieben auf der anderen Seite des Kreisverkehrs. Ich bin stolz auf den Weg, der bereits hinter mir liegt, und das in einer nicht mal so schlechten Zeit. 2:10 h bin ich jetzt auf der Strecke. Wenn ich jetzt die schnelleren Streckenabschnitte durchhalte, bekomme ich es vielleicht wirklich noch hin. Verdient hätte ich es ja nicht. Mein Feld ist zwar noch immer eng, aber es bleibt keine Wahl. Jetzt muss ich schneller werden. Ich erhöhe auf fünf Minuten pro Kilometer. Meine Atmung ist ruhig. ‚Courage! Courage!' Die Kilometer legen sich einer nach dem anderen hinter mich. An der Seine entlang die Tunnel nach unten und wieder oben. Zweimal muss der Sanitätswagen durch die Menge fahren, was mich jedes Mal erschreckt. Mir tut jeder leid, der heute nicht ans Ziel kommt oder sich selbst ernsthaft in Gefahr bringen.

So wie vorher schon andere Plakate auf Pariser Sehenswürdigkeiten hingewiesen haben, steht auf dem nächsten rechts von mir: „And now the Eiffel Tower.' Ein Blick, den ich gleichzeitig immer lieben und hassen werde. Das Symbol für die Stadt der Liebe und ich spüre, wie glücklich ich bin, dass mir der Ablauf dieses Marathons so viel Ablenkung gibt und ich nicht nur die verliebten Pärchen um mich herum sehe. Das würde mich wohl gerade in ein riesen Loch reißen.

Ich war nicht verliebt in Martin und wir haben uns keine Zukunft miteinander vorgestellt. Aber es war für viele Jahre wieder das erste Mal, dass ich mich selbst gespürt habe. Wir haben uns die intimsten Geheimnisse anvertraut. Es gab Routinen und wir kannten uns mittlerweile in- und auswendig. Und abgesehen von allem Dominieren und Bestrafen, haben wir uns auch wirklich gut verstanden. Wie gute Freunde. Um genau diese Beständigkeit trauere ich. Die Erfahrung mit Martin war gefühlt der Gegenpol zu allem, was ich mit Gabriel erlebt habe. Der Gedanke, dass sich die beiden gegenseitig aufwiegen könnten, gefällt mir. Als ob sie sich neutralisieren würden, wie Plus und Minus in der Mathematik, und am Ende stehen wir wieder bei Null. Aber es lässt sich nicht ändern. Was geschehen ist, ist geschehen. Beides bleibt. Beides reiht sich ein in die lange Schlange an Erfahrungen, die nichts mit der Liebe zu tun haben, mit der man in diese Stadt fährt oder mit den Versprechungen, die man sich unter dem Eiffelturm gibt: Treue, Ehrlichkeit, Geborgenheit und Vertrauen.

Irgendwann mal werd' ich auch mit einem Mann in Paris sein. Irgendwann mal werde ich auch einfach so eine rote Rose geschenkt bekommen. Mit ihm teilen, was zu mir gehört und er mich akzeptieren, wie ich bin. Ihn ansehen und wissen, dass er in mein Leben getreten ist, um zu bleiben. Aber jetzt werde ich erst mal einer anderen Person meine Liebe schwören, einer Person, die lange nichts davon bekommen hat. Bei der ich mich schon immer frage, was sie überhaupt will und trotzdem nicht die Zeit finde, sie zu fragen: ich selbst.

Schaff' ich das überhaupt? Widere ich mich nicht noch immer zu sehr an? Aber es hilft nichts. Ich hab nur ein Leben und es ist höchste Zeit, mir selbst den Spiegel zu zeigen.

„Also, liebe Sandra, was willst du denn?', frage ich mich in Gedanken.

„Unter vier Stunden laufen!", sage ich laut zu mir selbst und beschleunige.

Wie bei jedem Marathon ist das letzte Achtel mental das herausforderndste. Es gibt keinen Raum mehr für Hirnwixen. Es gibt nur noch schmerzende Füße. Ich spüre seit vier Kilometern eine Blase an meiner linken Ferse. Bei jedem Abstoßen brennt die heiße Reibung unter der Haut. Schritt für Schritt konzentriere ich mich auf nichts anderes. Als ob nichts anderes wehtun würde. Wirklich jede Lab-Stelle muss ausgekostet werden. Statt einer nehme ich mir zwei Flaschen Wasser. Ich presse das letzte meiner Gels in den Mund. Ich lechze nach Energie. Aber ich höre nicht auf. Die Zeit ist gut, aber nicht so gut, dass ich mich in Sicherheit wiegen könnte. Bei Kilometer 40, kurz nach der Fondation Louis Vuitton, liege ich bei 03:52:19 h. Das heißt zwei Kilometer in weniger als acht Minuten. Das kann ich schaffen. Aber kann ich es auch, nachdem meine Beine bereits 40 Kilometer gelaufen sind? Ich ziehe. Ich konzentriere mich auf jede freie Stelle, die mir das Feld gibt. Ich rolle ab und drücke mich vom Boden ab. Die Schritte fühlen sich lahm an, die Beine wie Blei. Ich kämpfe, obwohl ich weiß, dass ich es nicht mehr packen werde. Mir geht die Kraft aus für die Geschwindigkeit. Fuck. Ich verfluche den Alkohol. Warum hab ich nur so viel trinken müssen? Ich wäre schon im Ziel ohne dieses Teufelszeug. Ich beginne wieder einen Hass für mich selbst zu spüren und denke: *„Nein! Keine Vorwürfe! Du rennst gerade um die vier Stunden in Paris. Du bist* *dabei! Scheiß auf die Zeit, du schaffst es ins Ziel.'* Und gleichzeitig: *‚Fuck. Fuck. Fuck. Ich bin zu langsam.'*

Plötzlich rennt meinem Vordermann ein kleines Mädchen aus dem Publikum vor die Füße. Sie trägt ein entzückendes rotes Kleid und sieht aus wie eine kleine Laetitia Casta. Grazil und voller Freude rennt sie auf die andere Straßenseite. Ich höre ihre niedliche Stimme „Papa!" rufen. Mein Vordermann stoppt abrupt und ich weiche ihm aus. Es geht so schnell und der Schwung zieht mich nach vorne. Zum Glück, ohne ihn zu rempeln. Ich blicke zurück. Der Mann, ein Deutscher, hat Kurs auf das kleine Mädchen gemacht, das sich durch die Menge kämpft. Ich gehe einen Schritt zur Seite und sehe, wie er das Mädchen verfolgt. „Du Drecksbalg! Schau, dass du hier verschwindest." Zum Glück hat sich das Mädchen in die eleganten Arme ihres Vaters gerettet. Der Deutsche brüllt die beiden fragenden Gesichter an. „Kann man denn nicht seine Kinder im Zaum halten. Das hier ist ein Wettkampf. Versaut mir meinen Schnitt, die dumme Göre." Und dann rennt er an mir vorbei und auch ich laufe wieder los. Geschockt von diesem Vorfall. Angetrieben von der Wut laufe ich. Er ist schnell. Direkt vor mir. Und ich weiß, das ist das Unsportlichste, was man tun kann, aber ich ziehe an ihm vorbei und rempele ihn absichtlich. Nicht so, dass er stürzt, aber dass es ihn noch ein paar Sekunden mehr kostet.

„Pass doch auf, du Fotze!", schreit er und ich ziehe davon. Ohne zurückzuschauen, zeige ich ihm den Mittelfinger und renne vor ihm weg, so wie das kleine Mädchen gerade eben. Die paar extra Sekunden hat er verdient dafür, dass er dem armen Mädchen so einen Schrecken eingejagt hat. Ich fühle mich gut, als hätte ich sie gerächt.

Ich höre das Publikum am Ziel. Ich tue es. Ich renne nicht weg. Ich renne gerade erst los! Ich komme mit genau vier Stunden und 14 Sekunden über die Ziellinie und heule vor Glück. Ich fühle mich, als könnte ich mich gerade tatsächlich lieben.

21/ 2000

Es muss ihr wohl schon merkwürdig vorkommen, dass ich mehr und mehr Zeit mit ihr verbringe. Wobei sie das noch nicht angesprochen hat. Sie hat es mir gegenüber weder skeptisch noch wohlwollend erwähnt. Als ob es für sie keinen Unterschied macht. Letztes Wochenende bin ich sogar bei einem ihrer stink langweiligen Ausflüge mit Ernst dabei gewesen. Wir sind in die Eifel gefahren in eine Greifvogelstation mit Wildgehege. Es hätte sogar Greifvogelvorführungen gegeben, aber meiner Mutter waren das zu viele Leute und sie wollte lieber durch das Gehege spazieren, was einen Spaziergang im Wald um die Ecke gleichgekommen ist. Denn anders als in Zoos sind diese Tiere mit der absoluten Freiheit auf 64 Hektar Land beglückt und können sich natürlich aussuchen, ob sie lieber fröhlich durchs Wäldchen hüpfen oder sich von schweigsamen Patchwork-Familien beobachten lassen wollen. Es gibt nichts über diesen Ausflug zu berichten, außer die Tatsache, dass er mich keine Sekunde von Gabriels Verschwinden abgelenkt hat.

Über vier Wochen sind seit dem merkwürdigen Anruf vergangen. Ohne Anruf. Ohne SMS. Ohne Brief. Ohne Rauchzeichen. Niemand hat sich bei mir gemeldet. Kein Wort. Es bleiben nur Fragezeichen. Sein Handy ist weiter ausgeschaltet. Am liebsten würde ich nach Winterthur fahren und an seiner Wohnung läuten. Aber irgendwas sagt mir, dass auch dort niemand sein würde, und ich hab' weder das Geld für die Zugfahrt noch eine gute Ausrede für meine Eltern. Bis auf Feli, die es nach wie vor nicht interessiert, habe ich mit niemandem darüber gesprochen. Eigentlich wollte ich es meinem Vater sagen, aber den habe ich doch gerade erst für Gabriel gewonnen, und so würde ich all das Vertrauen gleich wieder verlieren. Das halte ich nicht aus. Gleichzeitig halte ich es aber auch nicht mehr aus, niemanden zum Reden zu haben. Mir fehlt Gabriel. Mir fehlen unsere Telefonate.

Dass ich ausgerechnet meine Mutter ausgewählt habe, ist nicht der Wunsch nach dem Gespräch mit ihr, sondern die einzige Möglichkeit, etwas herauszufinden. Ich weiß nämlich nicht, wie sie damals an die Telefonnummer von seinem Vater gekommen ist. Ich habe bei der Auskunft angerufen, im Internet recherchiert, jede Telefonnummer von Rochats angerufen, die ich nur finden konnte, ohne Erfolg. Sie jedoch hat bereits mit ihm telefoniert und damals Gabriels wahres Alter herausgefunden. Sie könnte ihn wieder anrufen und herausfinden, ob der Vater etwas weiß. Aber dazu muss sie wissen, dass Gabriel und ich weiterhin ein Paar sind.

Wir haben bald ein dreiviertel Jahr eine Beziehung hinter ihrem Rücken geführt. Wie auch immer ich das verpacke, sie wird stinksauer sein. Das geht gar nicht anders. Mittlerweile sind so viele Lügen gefallen, dass es mir schwerfällt, mich an alle zu erinnern. Darum habe ich mehr und mehr den Abstand gesucht, damit ich nichts von einem Nachmittag mit Feli erzählen muss, an dem ich eigentlich bei Gabriel war.

Sie wuselt in der Küche herum und räumt das spärliche Abendbrot, das wir gegessen haben, wieder auf. Es gab Brot, Butter, Käse und Tomaten. Ich hab ein paar Tomaten gegessen und das Brot, das ich mir zubereitet habe, unterm Tisch verschwinden lassen. Meine Mutter ist davon überzeugt, mit dem Geschirrspüler zu viel Wasser zu verbrauchen, darum will sie vor allem die kleinen Teile einfach schnell mit der Hand spülen. Dass meine Oma aber heute Mittag schon den Geschirrspüler zum Teil beladen hat, findet sie erst nach dem Spülen heraus.

„Ich bin so ein Depp. Da hätte ich es ja dazu stellen können."

Gerne würde ich zustimmen, aber ich darf nicht mehr Ärger erzeugen, als ohnehin schon vorprogrammiert ist.

„Na, mit dem Geschirr von morgen wird's schon noch voll. Stört ja nicht, wenn man das im Geschirrspüler lässt."

„Das fängt doch an zu stinken. Und außerdem fehlt uns das Geschirr."

„Wir haben doch genug", sage ich beschwichtigend.

Meine Mutter ist unglaublich nervös. Minutenlang poliert sie die von Hand gespülten Teile trocken und murmelt vor sich hin.

„Sie hätte ja 'nen Zettel schreiben können, dass sie die Spülmaschine eingeräumt hat. Oder was sagen können. Wie soll ich denn das wissen."

Die Probleme meiner Mutter scheinen ihr körperlich näher zu gehen als mir meine. Sie zittert, sie fasst immer wieder schmerzverzerrt an ihren Kopf, vergisst nach jedem Teil, dass sie am Abtrocknen war, um sich dann wieder fluchend daran zu erinnern. Sie tut mir leid. Irgendwie.

„Ich hab solche Kopfschmerzen", gesteht sie mir. Und ich beschließe, jetzt ist der falsche Zeitpunkt, ihr davon zu erzählen.

„Darf ich gehen? Mathe-Hausi wartet noch."

„Ja, ja, klar. Lass mich ruhig wieder allein." Sie fängt an zu schluchzen.

Ich gehe zu ihr und lege ihr die Hand auf die Schulter.

„Ich muss wirklich noch Mathe machen", sage ich aufrichtig, denn ich muss wirklich noch Mathe machen. Meine Nachmittage vergehen, ohne dass ich zu viel komme, denn mir fehlt die Konzentration vor lauter trüber Gedanken.

„Ja, dann geh schon."

Ich nehme diesen Freifahrtschein gerne an, denn das Trösten fällt mir schwer. Was würde ich dafür geben, mich über das Geschirr im Geschirrspüler aufzuregen, statt darüber zu rätseln, was mit Gabriel passiert ist.

Ich werd' ihr das nie sagen können. Nie. Sie ist null belastbar, und ich würde alles nur noch schlimmer machen. Auf meinem Zimmer wartet das Matheheft, worauf ich meine Hände verschränke, meinen Kopf darauflege und regungslos auf meine Tür starre. Bis mir irgendwann meine Blase das Signal gibt, zur Toilette zu müssen. Ich gehe. Komme zurück und starre stumpf weiter, aber diesmal zum Fenster, nicht zur Tür. Da fällt mir ein, dass ich seit dem Abendessen nicht mehr auf mein Handy gesehen habe. Unterbreche aber nicht das Starren, weil ich ahne, was dort auf mich wartet. Zwei Stunden später, ohne mit Mathe angefangen zu haben, hole ich mir am Handy ab, was ich zu gut kenne: Nichts.

Wie so oft, schaffe ich es auch heute Nacht nicht, einzuschlafen. Es ist nach halb drei Uhr morgens und ich stehe auf, um wenigstens Mathe zu machen. Hilft ja nichts, denke ich. Ich zwinge mich, denke an meine Leseerfolge und daran, wie leicht mir Mathe sonst fällt. Und plötzlich bin ich doch drin. Ich löse die Hausaufgabe und die weiteren Übungen auf der Seite, ich blättere weiter und löse auch die Aufgaben auf der nächsten und mache dann einfach mit der nächsten weiter, obwohl sie schon zu dem nächsten Kapitel gehört, aber auch das ist schnell verstanden. Es ist kurz nach fünf, als ich meine Mutter höre. Sie hat wohl Frühschicht. Was ihre schlechte Laune und Nervosität erklärt. Sie ist immer gestresst, wenn sie am nächsten Tag früh raus muss. Ich lasse in Windeseile meinen Kuli liegen, lösche das Licht und steige, blind von der plötzlichen Dunkelheit, in mein Bett. Mit offenen Augen warte ich darauf, ob ich nicht doch noch einschlafen kann, und höre meiner Mutter bei ihrer Morgenroutine zu. Nach dem Frühstück geht sie zurück in ihr Zimmer, um sich anzuziehen. Danach ins Badezimmer. Sie duscht nie, wenn sie Frühschicht hat, es würde sie zu viel Zeit kosten, behauptet sie. Das liegt aber vor allem daran, wie langsam meine Mutter die Dinge macht und nicht daran, dass sie keine Zeit hätte. Sie geht noch etwas in der Wohnung auf und ab, wahrscheinlich um zu überprüfen, ob sie auch alles hat. Es ist unglaublich, was diese Frau alles braucht und wie schwer es ihr fällt, sich von Sachen zu trennen. Oft klaubt sie die Sachen, die ich weggeschmissen habe aus dem Mülleimer, um sie entweder zurückzustellen oder bei sich irgendwo aufzuheben. Und ich flippe dabei aus. Mein Zimmer ist so klein, dass ich es nicht ertrage, von zu viel Zeug umgeben zu sein, das ich nicht benutze. Sie dagegen schmeißt nie was weg. Vielleicht hat sie ja die Telefonnummer irgendwo aufgehoben? Am Telefon im Wohnzimmer hab' ich schon alles nachgeguckt, aber vielleicht ist sie in ihrem Zimmer.

Irgendwann höre ich die Haustüre, die Garage, ihr Auto und sie ist weg. Obwohl sie nicht mehr da ist, schleiche ich mucksmäuschenstill in ihr Zimmer. Ich blicke mich um, durchsuche ihren Schreibtisch und finde die Bedienungsanleitungen von unserem 15 Jahre alten Eierkocher neben aktuellen Quittungen vom Supermarkt, abgekauten Radiergummis, die mal mir gehörten, alte Knöpfe, Parfumproben, an mich adressierte Briefe von Versicherungen. Taschentücher, Verbandszeug, Wärmflaschen und weiteres Unnützes, das in einem Schreibtisch nichts zu tun hat. Dabei sind auch jede Menge Zettel, die sie aufgehoben hat. ,Waschmaschine bitte entleeren.' Oder ,Bitte Müll rausbringen.' Quasi Zettel, die sie immer wieder verwenden kann. Ich seufze laut. Eine Telefonnummer oder einen Hinweis auf Gabriels Vater ist nicht dabei. Auch im Adressbuch kein Eintrag zu Rochat und kein loser Zettel mit Schweizer Telefonnummer. Ihr Nachtkästchen ist schnell durchsucht, denn die drei Schubladen sind vollgestopft bis obenhin mit Socken. Wieder nichts.

Aus Frust und Verzweiflung öffne ich den Kleiderschrank.

Es ist wie der Blick in einen Secondhand-Laden. Man bekommt alles von den hippen 70ern und 80er bis ins brave beigefarbene Heute. Stapelweise gehortet, sodass man nichts auf den ersten Blick findet. Dieser Schrank würde mich krank machen. Macht er vielleicht auch bereits, denn sie hat schon große Teile meines Schrankes mit ihren Sachen besetzt, sodass der Überfluss auch in mein Zimmer vorgedrungen ist. Und das Schlimmste: Es gibt ihr immer eine Ausrede, in mein Zimmer zu kommen, weil sie ganz dringend etwas davon braucht. Allein der Anblick ermüdet mich, aber es ist auch schon früh am Morgen, ich habe nicht geschlafen und werde wahrscheinlich auch nicht mehr schlafen, bevor ich zur Schule muss. Ich scanne die Stapel, ich rücke heraus und herum, streife durch die muffigen Blusen, Kleider und Jacken. Ich nehme den Nerz heraus. Als Kind hat mich dieser echte Nerzmantel immer fasziniert. Kein einziges Mal habe ich meine Mutter darin gesehen, aber ich habe ihn oft probiert und mir vorgestellt, ich wäre eine elegante Dame. Wie früher ziehe ich ihn über mein Schlafshirt und drehe mich im Kreis. Ich stolziere auf Zehenspitzen durch ihr Zimmer und ahme den Wiener Freund meines Vaters nach. Mit besonders nasaler Stimme sage ich laut: „Ja, küss die Hand, schöne Frau, küss die Hand. Und am besten noch ein Bussi links, ein Bussi rechts." Ich schmunzle und lege gespielt beschämt die Hände auf mein Gesicht und stelle mir vor, ich würde weiße Handschuhe tragen. Ohne zu denken, greife ich in die Manteltasche und ziehe einen Zettel heraus. Ich starre drauf und alles steht still. Keine Beschriftung. Nur eine lange Telefonnummer mit Schweizer Vorwahl. Das gibt's doch nicht. Aber wen sollte meine Mutter sonst in der Schweiz kennen? Warum hat sie ihn ausgerechnet hier versteckt? Ganz bewusst? Was würde ich darum geben, meine Mutter so etwas fragen zu können?

Auf einmal werde ich hektisch. Ich renne im Nerz in mein Zimmer, schreibe die Nummer ab, kontrolliere dreimal, ob ich auch jede Ziffer richtig abgeschrieben habe. Dann stecke ich den Zettel zurück in die Manteltasche, hänge den Mantel in ihren Schrank und überprüfe, ob ich Mamas Zimmer wirklich exakt so verlasse, wie ich es betreten habe. In 20 Minuten müsste ich aufstehen. Aber jetzt muss ich mich beschäftigen. Ich gehe ins Bad, dusche lang, mache mich fertig und versuche mich so hübsch wie möglich zu schminken, sogar mit einem feinen Lidstrich, an den ich mich nur selten wage. Ich suche mir möglichst elegante Kleidung raus, denn ich muss mich irgendwie mutiger fühlen als ich bin. Und alles, was mich mutig macht, muss ich nutzen, um die Kraft zu finden, dort anzurufen.

In der Schule melde ich mich bei jeder Antwort. Ich ignoriere meine Angst, denn wenn ich das schaffe, dann schaffe ich es auch, anzurufen. Dann ertrage ich auch, was ich hören werde. In den beiden ersten Stunden stottere ich noch oft, aber je öfter ich etwas sage, desto fließender geht es. Und von Mal zu Mal versuche ich, erwachsener zu klingen. Klar und deutlich zu sprechen und meine Lautstärke zu heben. Es ist wie eine Funktion meines Körpers, die ich vorher einfach nicht anwenden konnte. Und das Beste: Ich kann sie tatsächlich abrufen. Die letzte Stunde – Erdkunde – sprüht es aus mir 'raus und nachdem ich mich bestimmt zehn Mal gemeldet habe, holt mich Herr Lippert sogar an die Tafel, um meine Mitarbeit zu nutzen und auf der Europakarte die Hauptstädte zu lernen. Ich soll auf ein Land zeigen und einer aus der Klasse soll die Hauptstadt nennen. Ich fühl mich gut, als ich da mit dem Zeigestab vor der Klasse stehe und jede Antwort kenne.

Direkt nach der Schule gehe ich zur Telefonzelle, werfe eine Münze ein und warte, bis die erste unten angekommen ist, um die nächste einzuwerfen. Mein Magen stülpt sich um vor Angst, was gleich auf mich zukommen mag. Die Sekunden zwischen dem Wählen der Nummern dauern ewig. Mein Speichel ist ausgetrocknet. Ich habe das Gefühl keine Stimme mehr zu haben.

Ich wähle. Es tutet.

„Rochat. Guten Tag.“

„Hallo! Hallo!“ Ich klinge viel zu aufgeregt.

„Wer spricht denn da?“

Ich atme durch. „Hier spricht Sandra Fischer. Ich bin mit ihrem Sohn befreundet.“

„Sandra Fischer?“

„Ja. Sie haben bereits mit meiner Mutter telefoniert.“

Ich höre ein tiefes lautes Ausatmen.

„Können Sie mir sagen, wo Gabriel ist?“

Keine Antwort.

Ich fange an zu weinen und flehe. „Bitte!“

„Bibeli, ich kann dir nicht helfen.“

„Bitte!“

„Wiederhören.“

Er legt auf.

Ich rufe nochmal an.

Er geht nicht ran.

Ich lasse es weiter klingeln.

„Rochat.“

„Ich bitte sie. Sagen Sie mir, was mit ihrem Sohn ist.“

Er seufzt.

„Mädchen. Er sitzt in Untersuchungshaft. Vergiss ihn einfach, dann kommt er vielleicht schneller wieder frei.“ Dann legt er auf.

Natürlich ist sie schon da. Ich hab' mich extra beeilt, damit ich ein paar Minuten früher da bin und ich sie nicht so lange warten lasse.

„Hi, wartest du schon lang?"

„Ach, macht doch nichts." Es ist erstaunlich, sie versucht nicht zu verstecken, dass sie diese Zeiten nicht abschätzen kann.

„Wie lange brauchst du denn von zu Hause bis hierher?"

„20 Minuten hab' ich gebraucht."

„Und wann bist du losgefahren", frage ich und befürchte schon zu nervig dabei zu klingen.

„Vor 'ner Stunde etwa", sagt sie und schiebt nach einer kurzen Pause noch ein, dass sie noch etwas besorgen musste. Vielleicht ist es ihr ja doch etwas peinlich, dass sie so verfrüht los ist. Ich merke schon jetzt, dass mir dieses Treffen nicht einfach fällt. Aber ich bleibe bei meinem Vorsatz.

„Na dann, los! Hast du 'nen Lieblingsladen, wo du als erstes hin möchtest?"

„Ich weiß nicht", sagt sie völlig überfordert.

„Wo kaufst du denn sonst ein?"

„Bei H&M, manchmal."

Bei H&M sind die Bikinis direkt neben der Unterwäsche, was Dina extrem peinlich zu sein scheint. Dina greift zu einem schwarzen Bikini-Oberteil mit Schaumstoffeinlage zum Binden hinter dem Hals und ein weiteres schwarzes Oberteil, das eigentlich so aussieht wie ein BH, nur aus Badestoff, auch gepolstert.

„Ich weiß eben schon mal grundsätzlich nicht: hinterm Hals oder lieber normale Träger?"

Ich nehm' ihr beide wieder aus der Hand. „Du fängst am falschen Ende an, Dina. Die Frage ist, welcher gefällt dir am besten."

Sie schaut mich total verdattert an. „Aber ich muss doch erst die Form kennen."

„Spätzchen. Das ist ein Bikini, den trägst du wenige Stunden, wenn du sofort damit schwimmen gehst, vielleicht auch nur so lange wie du im Wasser bist, und dann ziehst du dir was Trockenes an. Also: Um was geht's beim Bikini?"

Sie starrt mich ratlos an.

„Dass er verdammt gut aussieht. Entscheide optisch!", kläre ich sie auf.

„Ja, aber es geht doch auch ums Bräunen. Wenn ich ein Oberteil mit der Bindung hinter dem Hals nehme, sieht man immer meine Bikini Bräunung. Und es wäre doch..."

„Na und?"

„...so gleichmäßig, also, das wäre doch..."

„Denk nicht so viel. Welcher gefällt dir gut?"

Wieder nimmt sie das schwarze Oberteil mit dem gebundenen Verschluss hinter dem Hals.

„Nein, Dina. Das ist ein Bikini, kein Trauer-Outfit. Wir sind im Freibad, am Strand, die Sonne scheint, es gibt Eis am Stil; wenn du all das hörst, denkst du dann an diesen Bikini?"

„Nein.

Dann entscheidet sie sich für einen hellrosa Bikini mit weißen Punkten.

„Schon besser! Such dir mindestens drei Alternativen

für die Umkleide. Die Wartezeit muss sich ja lohnen. Was ist deine nächste Wahl?"

Jetzt dauert es richtig lang. Sie guckt, prüft, fasst an, sagt dann doch „Nein" und legt das Teil wieder zurück. Ich gehe für sie schon mal in die Schlange zur Umkleide, damit es nicht allzu lange dauert, und ich kann mir mit dem Abstand wieder neue Energie holen, um diesen Shopping Trip zu überstehen. Wie verdammt kann man sich nur so viele Gedanken machen? ‚*Die kauft ja ein wie meine Mutter*‘, denke ich als sie mit einem hellrosa Berg an Bikini-Teilen auf mich zukommt.

„Ich weiß nicht, irgendwie gefällt mir keiner so recht."

„Also gut, dann nur der. Hast du die richtige Größe?"

„Ich bin mir nicht sicher, jetzt hab ich vier unterschiedliche Größen genommen. Und das Höschen noch."

„Das darf man nie vergessen!", scherze ich, aber sie versteht es nicht.

Ich warte vor ihrer Umkleide und frag mich, wie ich ihr dieses blass machende Teil ausreden kann, ohne dass sie es auf sich bezieht. Auf der anderen Seite muss man sich ja schon freuen, dass sie überhaupt etwas gefunden hat. Oh, ich bin so genervt. Warum nur tue ich das? Warum?

Nach einer gefühlten Ewigkeit geht der Vorhang auf. Sie hat ihre Straßenklamotten an.

„Hey, warum hast du es mir nicht gezeigt?"

„Steht mir nicht", presst sie knapp hervor.

„Das muss immer noch eine zweite Person beurteilen. Darum bin ich doch mitgekommen. Du musst ja nicht hier rauskommen, ich hätte auch durch den Vorhang geguckt."

„Oh, aber ich hab mich wirklich nicht wohlgefühlt." Und ihr Blick zeigt, dass sie gerade genauso wenig Spaß an der Sache hat wie ich.

„Kein Ding, dann finden wir 'nen Besseren", beruhige

ich. „Komm, wir schauen weiter!"

Bei C&A und Forever18 lässt sie mich zumindest mal in die Kabine gucken und ich finde, sie hat gar keine so schlechte Auswahl getroffen. Sie hat sich aber nicht getraut, das Bikinioberteil direkt auf ihrer Haut anzuprobieren. Das ist ja schließlich nicht gewaschen. Und trotz ihres weißen BHs darunter hätte ich sicher bei zwei Paar zugeschlagen, aber sie hat sich noch immer nicht wohlgefühlt. Bei keinem. Dann zerre ich sie in den Triumph-Laden, in den sie nicht rein will, weil er ihr zu teuer ist.

„Wenn wir ihn dort drin finden, dann geht er auf mich. Der erste Bikini. Da sollte man nicht sparen."

Und sofort macht die Qualität einen Quantensprung. Die Nähte sind besser, die Stoffe fühlen sich fein und gleichzeitig widerstandsfähig an.

Ich ziehe ihr einen heraus. Das Oberteil ist sportlich gerade geschnitten, unten marineblau, oben weiß und mit unterschiedlich dünnen roten Linien versetzt. Er sieht eher elegant maritim, aber trotzdem sportlich, aus. Das Höschen hat links eine weiße, rechts eine rote Seite. Er ist perfekt, denke ich. Wir nehmen noch zwei andere mit, aber ich weiß, das ist er. Ich nehme mir genau den gleichen Bikini mit und ich schwinge mich schnell mit in ihre Umkleide.

„Achso, ja klar. Dann nehme ich die nächste Kabine", sagt sie vorsichtig.

„Quatsch. Mädels-Time. Wir teilen uns eine!" Und ich ziehe den Vorhang zu und, ohne zu warten, mich aus. Sie fängt auch zögerlich an, ihr T-Shirt auszuziehen.

Ich nehme meinen BH ab und sie schaut auf meine Brüste. Meine riesigen Brustwarzen und die zwei Handvoll Fleisch. Das Laufen hat mich kantiger gemacht, der Alkohol etwas pummeliger. Meine Bikinifigur hat schon mal besser ausgesehen, aber das Bikini-Oberteil ist top.

Ich ziehe meine Jeans aus und das Höschen über meinen Slip.

„Da versteh ich dich total. Höschen würd' auch nie direkt auf der Haut probieren, aber alles andere – kein Problem!"

Zögerlich zieht sich Dina weiter aus.

„Ich kuck auch weg!", sage ich, als sie bereits das Bikini-Oberteil unterhalb ihres BHs geschlossen hat. Mit geschlossenen Augen führe ich weiter aus: „Das ist auch die einzige Art, ihn wirklich zu beurteilen. Im Freibad trägst du ja auch keinen BH drunter."

„Kannst die Augen wieder aufmachen!" Und da steht sie vor mir. Dina in ihrem allerersten Bikini.

„Wow! Mädel, siehst du gut aus!"

Und erst mit meinen Worten schafft sie es zu lächeln.

„Wirklich? Bin ich nicht noch immer zu fett für einen Bikini?"

„Wenn du was bist, dann zu mager! Schau uns doch an. Ich trag zwei Kleidergrößen mehr als du. Würdest du sagen, ich könnte keinen Bikini tragen?"

„Doch. Du kannst irgendwie alles tragen."

Ich fasse ihr auf die Schulter und suche ihren Blick. „Das kannst du auch, Dina. Du bist wunderschön. Und ganz ehrlich, als du dich bei uns vorgestellt hast, bevor du abgenommen hast, da warst du noch viel schöner. Schön ist nicht zwingend dünn. Aber glücklich zu sein, das macht wirklich schön. Dieser Bikini scheint dich glücklich zu machen."

Der gleiche Bikini wirkt bei jedem von uns ganz unterschiedlich. Ich bin ein paar Zentimeter größer, kantiger, meine muskulösen Beine haben wenig Feminines. Und auch mein Oberkörper ist breiter. Dinas graziler, schmaler Mädchenkörper mit der weißen Porzellanhaut wirkt so unverbraucht dagegen. Sie ist nicht sexy, dafür fehlt es ihr an eigenem Körpergefühl. Aber sie ist zauberhaft, wie ein Fabelwesen. Ich befürchte, meine Rede hat sie traurig gemacht. Also rede ich schnell weiter. „Er steht dir richtig gut. Aber du bist es, die den Bikini ausfüllt. Du glänzt, nicht das Stück Stoff. Also die Sache steht fest: Den nehmen wir!"

Sie strahlt wieder und ist gleichzeitig den Tränen nahe. Unfähig zu sprechen oder etwas zu tun.

„Weißt du was? Ich geb' dir noch 'nen Moment." Ich nehme meine Klamotten in die Hand und wechsele die Kabine.

Sie braucht 'ne ganze Zeit lang, bis sie mir den Bikini raus reicht.

„Ich weiß nicht, Sandra. Er ist so teuer. Ich kann das nicht annehmen."

„Das ist kein Ding, hab' ich dir doch gesagt. Und wenn du ihn doch nur für dich alleine zuhause trägst, er soll dich einfach ein bisschen glücklich machen", sage ich und ohne ihr eine Chance zum Antworten zu geben, gehe ich zur Kasse.

Die Verkäuferin packt den Bikini sorgfältig in rosa Seidenpapier, steckt das Päckchen in eine edle Papiertüte und tippt in die Kasse.

„Das macht 84,90."

Ich sage „Bitteschön" und reiche ihr den 200-Euro-Schein von Jens.

Wie schön wäre es doch, wenn man tatsächlich durch das einfache Bezahlen dieser zwei Stofffetzen dem armen Mädchen mehr Selbstwertgefühl schenken könnte. Aber ich hoffe, dass ich es mit meinem Treffen heute, vielleicht mit meinen Worten, einen kleinen Schritt dorthin geschafft habe. Vielleicht auch nicht. Vielleicht glaubt sie mir nicht, weil man mir ansieht, wie viele Gedanken ich im Hinterkopf habe, wenn ich sie ansehe. Ich warte mit dem eleganten Papiertäschchen auf sie und strecke es ihr entgegen „Herzlichen Glückwunsch zu deinem ersten Bikini."

Sie macht einen Knicks – vielleicht ist das so ein Manga-Ding – und sagt: „Danke". Dann umarmt sie mich herzlich. „Wirklich. Danke."

„Nicht dafür, sagen die in Hamburg. Los, Inga wartet im Biergarten und will unbedingt deinen Bikini sehen."